【长篇小说】

大金王朝

卷二·降龙的骑士

熊召政

長江出版傳媒 | 长江文艺出版社

北京长江新世纪文化传媒有限公司
www.cjxinshiji.com
出品

目 录
contents

第一章　猎杀疯牛　/ 001

第二章　湖边密语　/ 011

第三章　篝火晚宴　/ 020

第四章　皇帝兄弟　/ 030

第五章　大王帐内　/ 040

第六章　向太阳神祈祷　/ 050

第七章　帐房妖人　/ 060

第八章　经筵之后　/ 071

第九章　燕京夜话　/ 081

第十章　平州铁幕　/ 092

第十一章　摇命鬼儿　/ 103

第十二章　草原深处　/ 113

第十三章　复国之梦　/ 122

第十四章　天之骄子　/ 132

第十五章　新皇登基　/ 141

第十六章　徽宗调情　/ 152

第十七章　龙芽兰雪　/ 161

第十八章　一夕数惊　/ 171

第十九章　权臣褫职　/ 181
第二十章　奇兵偷袭　/ 192
第二十一章　兵锋斗智　/ 201
第二十二章　惊弓之鸟　/ 211
第二十三章　午夜祭礼　/ 221
第二十四章　权臣面圣　/ 232
第二十五章　夜访佳人　/ 242
第二十六章　高人解梦　/ 252
第二十七章　封王挂冠　/ 262
第二十八章　药师献计　/ 272
第二十九章　查验首级　/ 284
第三十章　绝命替身　/ 295
第三十一章　枭雄毙命　/ 304
第三十二章　神秘香客　/ 314
第三十三章　边城奇袭　/ 324
第三十四章　铁帅柔情　/ 335
第三十五章　玛哈嘎拉　/ 345
第三十六章　王的葬礼　/ 356

第一章　猎杀疯牛

当张觉叛变的消息传到辽阳府鸳鸯泡的大金皇帝行宫大营时，完颜阿骨打正在围猎。卫队长杰布将从平州城中打探情报的细作领到完颜阿骨打跟前，奏道："皇上，平州的张觉叛变了。"

在杰布看来，这消息无异于晴天霹雳。可是，完颜阿骨打听了就像没事儿人似的。他骑在马上，眯着眼睛看着抹斜儿朝西奔跑的一群野兽，怕是有百十来只，被踢踢踏踏的马蹄声惊扰得没命地逃窜。今天是围猎的第二天，近三千名军士在方圆十几里的一大片山岗中，将野兽们从茂密的森林中驱赶出来，迫使它们顺着一条溪流蜿蜒的山谷向外逃窜，山谷的四周都被围猎的大军封得死死的。谷口是它们逃生的唯一通道。谷口外边，是一大片长满杂草的开阔地。开阔地的尽头，便是清波粼粼的鸳鸯泡。这里被阿骨打选为围猎的收网地，野兽们被驱赶到这里后，便无法逃脱被猎杀的命运。此时，从谷口逃出的野兽分成了三路，一路沿溪水向南逃向沼泽地，一路向北顺着森林的边缘朝一溜缓坡奔去，而向西窜向草地的那一个兽群，离完颜阿骨打立马的山头最近，所以才会引起他及时的注意。他看到被士兵驱赶的兽群仓皇逃窜的样子，脸上泛起得意的笑容。突然，他发现有一头野驴掉队了，便喊叫了起来。

“杰布，你看末老丫子的那头野驴，怎么像瘸了腿儿？”

杰布手搭凉棚眺望了一下，回答：“皇上，那头野驴不是瘸了腿儿，好像是怀了崽儿。”

“啊，是头怀崽的母驴，”阿骨打舔了一下嘴唇，说道，“杰布，传咱的命令，凡是怀崽的母兽们，一律不准捕杀，放它们一条活路。”

杰布打手势招过来三位亲兵，让他们分头去传达命令，他自己则凑到阿骨打跟前，小声提醒道：“皇上，张觉叛变了。”

阿骨打笑道：“一个虎屄烂架儿的人，尥蹶子是迟早的事。”

见阿骨打说得如此轻松，杰布反而不好意思，他咕哝了一句“我还以为是天大的事儿”，随即让人将那名细作领去找陈尔栻禀报。

在细作离开岗坡的时候，谷口开阔地上盛大的围猎很快展开了壮烈而又血腥的一幕。

对于契丹与女真来说，围猎是他们展示剽悍与凝聚人气的最为重要的活动，甚至可以说是比春节还要隆重的节日。契丹族是世世代代居住在蒙古高原上的游牧民族，他们在华夏太行山以北以及西伯利亚贝加尔湖以南的广袤土地上建立强大的辽国之后，其生活方式并没有多大的改变，渔猎仍然是他们主要的生存方式。契丹贵族们成为辽国的统治者之后，渔猎对他们来说，不再是一种生产活动，而是演变成了一种宫廷游戏，他们将这种游戏称为四季捺搏。其中最为隆重的是春秋两季捺搏。春捺搏以捕鱼为主，秋捺搏以狩猎为主。每年，辽朝皇帝都会在春秋两季选定一个时间举行捺搏活动，春天选择在湖泽，秋天选择在山林。因此，这两次捺搏也被称为春水秋山。如同宋朝皇帝徽宗赵佶醉心于优伶翰墨一样，辽天祚帝耶律延禧登基之后，也沉迷于春水秋山。在他的统治下，春水秋山成为辽宫廷每年最为重大的活动。在他之前的皇帝，举行春水秋山活动，参与的文武大臣、宫眷贵戚，以及军士仆从，大都是几千人，最多也不过一两万人。天祚帝玩心大，好排场，每次春水秋山活动，少则五六万人，多时达到二十余万人，以致举行这场活动的经费成为了朝廷财政的重大负担，在朝野间引起诸多非议。阿骨打就是因为参加了天祚帝在查干湖举办的春捺搏活动受到了侮辱，才发动了兴兵伐辽的战争，使辽国败亡。

却说阿骨打于谷雨节后率军离开平州，十数日来到辽阳府境内，其时燕蓟地面虽然春气浮漾，杂树交花；但辽阳地面还只是蛰气初萌，花讯未至却已枯草泛绿。在燕京地面盘桓数月，那里的山山水水也让阿骨打心旷神怡啧啧称赞。一出榆关，触眼所见的山川河流、平原湖泊，乃至村庄屯舍、林树农田，更让他产生了那种故国山河、熟稔家园的亲切感。此情之下，他拒绝了辽阳府官员迎他入城视察的请求，独自率领军队僚属来到鸳鸯泡安营扎寨。

阿骨打之所以选中鸳鸯泡，是因为这里是天祚帝第一次举行春捺搏的地方。春捺搏举行的时间是元宵节，清明一过即告停止。阿骨打来到鸳鸯泡时早已过了春捺搏的时间，但他仍然决定在这里举行一场围猎活动。女真人同契丹人一样喜爱四季捺搏。但自七年前举兵反辽，阿骨打置身军旅，戎马倥偬，再也没有参加任何一场捺搏活动了。

毫无疑问，一场围猎活动的最后一幕总是激动人心的。经过一天半的驱赶，野兽们在眼前这片不大的山地草原上惊慌失措地四处逃窜，骑在马上的猎手们逐步缩小他们的包围圈。当数百只野兽被逼迫到不到两里地的一个狭长而又盘曲的草沟时，我们通常所说的困兽犹斗的场面出现了……

眼看野兽们被驱赶到草沟，阿骨打一拉缰绳，胯下的火飞龙立刻像一道红色的闪电冲下了山坡。尽管阿骨打没有打招呼就突然纵马狂奔，但他的训练有素的卫队还是及时赶了上来，杰布与水老哇紧紧跟随着他。驱赶兽群的共有三支队伍，栋摩、宗望与娄石各自领了一支。如今，三支队伍会合到一起，把草沟围得严严实实。阿骨打驱马来到离他先前驻足的那座山岗最近的草沟的北头，宗望的部队正好在这里。骑着火飞龙奔驰的阿骨打非常抢眼，因此宗望大老远地就发现了他，策马迎了过去。二马相遇，宗望喊了一句："父皇！"

阿骨打并没有停住的打算，他只是放慢了速度，与宗望并辔而行，问道："猎物都进沟了？"

"是的。"

"凡是怀了崽儿的，都不得猎杀，命令传下去了？"

"传下去了。"

"这就好。"说话间，父子二人已到沟头，阿骨打瞅着沟里，兴奋地叫道，"宗望，看来，还有一些大家伙！"

"有十几头野牛，凶巴巴的。入沟前，一头野牛还用犄角顶伤了两名军士。"

阿骨打听罢，瞪大了眼睛朝草沟里巡视了一番。这狭长的草沟内，大的野兽如野牛、野驴、野羊、狐狸、豺狼，大约有数百只；小的如野兔、锦鸡、獾子、豪猪，更是不计其数。草沟的边沿上站满了兵士，他们只是守卫着沟沿不让野兽们外逃，却也没有慌着入沟猎杀。如果沟中的这些野兽知道对它们的杀戮马上就要开始，肯定会惊恐万分想尽一切办法突围。但它们是兽类，还没有能力预知人类的残暴，所以它们在免除了被驱赶的痛苦之后，这会儿都在享受啃吃青草的快乐。而那些靠捕食小动物为生的大兽，这时候也开始觊觎附近那些可以猎食的琴鸡、飞熊、地鼠什么的……更有那些跑骚儿的野驴，也在迫不及待地物色交配的对象。

虽然立夏过了三天，这沟中的景色却还留在仲春。放眼望去，无边的青棵子正摽着劲儿疯长，在它的怀抱里，一片一片地开满了耗子花儿，半人高的蓼吊子也缀上了紫色的花朵，线麻儿刚抽了穗，偶尔几棵抱马子树，枝叶的嫩绿被半晌午的阳光镀上了迷人的金色。而花盖梨、车轱辘菜、苤蓝疙瘩、黑豆果儿等等在夏日里才会旺盛的植物，这会儿它们刚露头的嫩嫩的叶芽，正好成了野兽们可口的吃食儿。

如果不是围猎，眼前草沟里的景象，倒更像一幅意境谐和的山林牧歌图。但是，阿骨打不这样想，他不喜欢这种令人慵困的宁静。面对如此庞大的兽群，猎人的血必须沸腾。他盯着沟底下面百十丈远的地方，那里是沟中稍稍隆起的一处小土丘，或者干脆说是一道土楞子。土楞子是沟底的制高点，一头黑色的壮硕的野公牛站在土楞子上，它昂着头，一对牛角翘起来像一张拉满弦的硬弓，它警惕地观察着周围的动静。在土楞子周围，大约有十几头野牛，它们有的埋头吃草，有的不安地摇动着尾巴……

阿骨打下意识地摸摸腰间的剑及插在皮靴里的匕首，然后张开手伸向水老哇，嘴里迸出两个字："拿来！"

水老哇知道，阿骨打这是向他索要他心爱的兵器，那把枣木手柄上镶嵌着各色宝石以及熨贴着金箔的月牙斧。水老哇有些为难地看着宗望，因为此前宗望叮嘱过他和杰布，千万不要让皇帝参加围猎，如果皇帝自己执意要参加与野兽的决斗，也一定要加以阻止。

"拿来！"

阿骨打又重复了一句，他伸出的手攥成了拳头，挥舞着，仿佛在示威。

宗望喊了一句："父皇！"

阿骨打并不看他心爱的儿子，他的眼睛仍盯着那头站在土楞子上的野牛，笑道："宗望，不要跟我耍小把戏。"

宗望不好意思地笑一笑，解释说："父皇，你可别屈赖我。这狩猎是个卖力气的粗活儿，哪用得着你亲自动手。"

说话间，宗望觑了水老哇一眼，水老哇会意，把月牙斧递到了阿骨打的手上。阿骨打接过月牙斧后，又从水老哇的腰间摘下一根狼牙棒挂到马鞍前的玉钩上，然后指着土楞子上的那头黑公牛，嚷道："孩子们，你们看着，我来拿下那头野牛。"

"父皇，你不要……"

宗望还想阻止，却见阿骨打一夹马肚子，火飞龙立刻像离弦的箭一样飞了出去。从沟头下到沟底，大约是七八丈高的大陡坡，火飞龙四蹄腾空，三跳两跳就落到了沟底。在它腾跃的时候，骑手要是掌握不了平衡就会失去重心被摔出去。但阿骨打从小儿就在马背上长大，只要一临战阵，马就成了他身体的一部分。他早就预料到火飞龙下陡坡时的举动，所以，在夹马肚子的同时，他的屁股已离开了马鞍，身子前倾伏在马背上。为了不让火飞龙头重脚轻翻筋斗，他左手抓住马脖子上的绳套，右手握住月牙斧将身子挺得直直的往后伸展。这动作还真奏效，火飞龙不会把所有的重量都压在两只前蹄上，因此奔跑的时候既敏捷又稳健。

看到阿骨打平稳地落在了沟底，沟坎上的将士们情不自禁地欢呼起来。接着，在这充满了野性又洋溢着兴奋的呐喊、呼哨声中，将士们像下饺子似的纷纷蹦到了谷底，一场人与兽的剧烈搏斗顷刻间开始了。

也许是受了将士们鼓噪的影响，火飞龙喷了一个响鼻，马脖子上的鬃毛一根根竖立起来。阿骨打将月牙斧顺手指向了土楞子，火飞龙立刻就领会了主人的意思，只见它昂着头，竖起耳朵，载着阿骨打朝那头野牛奔去。

草沟里这时乱成了一锅粥，战马的嘶鸣声，野兽的咆哮声，震耳欲聋。毫无疑问，土楞子上的那头黑公牛是兽群之王。当杀戮开始的时候，它没有惊恐地逃窜，而是耸动着背脊，做好随时搏斗的准备。

兽类特别是具有强大攻击性的野兽，遇到敌人都会以命相搏。而且野兽也知道谁是真正的对手。当火飞龙朝着它狂奔而来的时候，黑公牛知道该出击了。只见它的身躯稍稍往后倾了一下，四条腿稍有弯曲，接着两只前腿扬起，借着后坐的力量弹出身子，朝火飞龙没命地奔去。在它的带领下，其他的野牛也疯狂地奔跑起来。

却说火飞龙朝黑公牛奔来的时候，也遇到了不少阻力。惊恐万分的兽群四处逃窜，除了被猎杀，它们自己也互相践踏。火飞龙单骑突入，不单遭遇到一个驴群、一个狼群，还有更多的小兽在它的蹄子下窜来窜去。它不可避免地踩死了两三只野兔和琴鸡。而大的兽群倒不是迎上来与火飞龙搏斗，只是慌不择路间挡了道儿。阿骨打一路上都在挥动他的月牙斧左劈右砍，不少的野兽倒在血泊中。大约前行了五六十丈远，与飞奔而来的黑公牛撞了个正着。恰在这时，阿骨打的月牙斧砍进了一棵槐树中拔不出来。这是为了击杀一头挡路的野驴造成的。黑公牛跑得比骏马都快，大约离火飞龙还有两三丈远的时候，黑公牛在不减奔跑速度的同时偏过脑袋，把一只向前斜长着的锥子一样的角刺向了火飞龙的脑袋。如果一般的战马遇到这样的情况，也许会受惊吓愣在原地，遭到灭顶之灾。火飞龙作为阿骨打最喜爱的坐骑之一，毕竟跟着主人经历了无数战阵，出生入死临危不惧本是常态，所以，当黑公牛的利角刺来的刹那间，火飞龙突然腾空将身子侧向槐树。这是一个明显的救助主人的动作，既躲过了黑公牛的攻击，又让阿骨打趁机拔出了月牙斧。

此时危险并没有解除，黑公牛扑了空之后，立刻转过身子，再次挺起利角向火飞龙的肚子刺了过来，说时迟那时快，只见阿骨打麻利地取下狼牙棒，身子前倾，朝黑公牛的犄角奋力一击。就这一击，阿骨打的右臂震得酸麻，几乎都有脱臼的感觉。而野公牛显然也被打得剧痛难忍，它原地打了三个旋，然后，更加凶猛地朝火飞龙撞来。

在野公牛打旋的时候，阿骨打已从马鞍上跳了下来。此刻，他已扔掉了月牙斧，他知道近距离搏斗，长兵器已不起任何作用了。只见他左手握着狼牙棒，右手则握着一柄锋利的双刃剑。黑公牛发现阿骨打跳下了马背，便舍弃了火飞龙，改为攻击阿骨打。因为疼痛，也因为暴怒，黑公牛的野性陡然暴涨了起来，显得更加威猛，更加强大。因为犄角已经负伤，黑公牛便不再使用它，而是改用撞击。阿骨打看出黑公牛想把他逼入槐树边的沟堑里，那里无路可逃，黑公牛可以把他顶死或者踩死。阿骨打怎么可能轻易就范呢？他像一头灵巧的豹子挪身跳到一片开阔的地方。黑公牛只得调整身形再次对准他，他与它之间的距离不过一丈多远。阿骨打知道，这个距离不足以让黑公牛蓄积全身的力量猛扑，它必须后退几步才能纵身一跃，若这一扑成功，阿骨打必定会被它踩成肉泥。但阿骨打并不逃避，而是站在那里等待黑公牛扑来。他知道，奔跑逃逸是没有用的，两条腿的人怎么跑得过四条腿的猛兽呢？所以他在镇静地等待黑公牛的攻击。

黑公牛果然后退几步耸了耸身子，然后像一块巨大的高山滚石朝阿骨打飞速地碾压过来。看到黑公牛身形陡胀，铜铃大小的眼球也仿佛要迸射出来，阿骨打情不自禁地吼叫了一声，像年轻人那样扭了几下身子。当黑公牛铺天盖地般顷刻就可吞噬他的时候，他迅速将左手的狼牙棒朝黑公牛的脑袋奋力一掷，黑公牛脑袋一低，狼牙棒从它头顶上飞了过去。趁黑公牛分神的时候，阿骨打倒在地上一个驴打滚到了黑公牛的右侧，又一个鲤鱼打挺站了起来，黑公牛刚好四蹄落地，它的视线已够不着阿骨打的身影了，不等它扭头寻找，阿骨打已双手握剑，将三分之二的剑身插进了黑公牛的腹部……

在阿骨打与黑公牛搏斗时，野牛群已形成包围圈，阿骨打表面上是对付一头公牛，其实十几头野牛都对他虎视眈眈。宗望、杰布、水老哇等一众军士赶了过来，他们想冲散野牛的包围圈，解救腹背受敌的老皇帝，但野牛们用它们的犄角、蹄子、身躯组成了坚固的防线。经过十几分钟的博斗，有三头野牛死在他们的刀棒下，野牛的阵形开始溃散。从两军对垒到互相缠杀，往往是最危险的时候，因为你永远不知道下一刻会发生什么。现在，有的野牛开始逃窜了，与偶尔跑来的驴群、狼群互相践踏。几乎每一只猛兽的身边，都站着几名军士……留在黑公牛身边的野牛只剩下两头了。一头毛色黑白相间的花牛口中喷着白沫，露出白厉厉的牙齿仿佛要咬碎一切；另一头长着一双向前的犄角的黄褐色的野牛，样子很英俊，也很凶猛。因为搏斗，军士们都散开了，留在原地的只有宗望、杰布和水老哇等六个人了。

看到黑公牛扑向阿骨打时，宗望的心提到了嗓子眼上，但他没有叫，他知道叫声会让父亲分神，稍稍的疏忽会给父亲带来灭顶之灾。他想跑过去与父亲并肩战斗，但那两头野牛挡住了去路。就在阿骨打将佩剑插进黑公牛的右腹时，宗望发现，那头黄褐色的野牛突然掉转身子，低头伸直犄角朝背对着它的阿骨打刺去。情急中，宗望原地腾空跳起，先踩在花牛的背上，将花牛背当成跳板，凌空以一个俯冲的姿势，跳到黄褐色野牛的背上，将手中的匕首猛扎进它的脖子。此时，这头野牛距阿骨打已不到三尺的距离。这把匕首扎得很准，刺中黄褐色野牛颈部的动脉。黄褐色野牛突然收起两只前蹄站立起来，猝不及防的宗望被重重地摔在地上。

两头最凶猛的野牛，黑色的与黄褐色的，这时都倒在血泊中，而那头花牛也被杰布与水老哇杀死。阿骨打看了看周围，走到宗望跟前将他扶起来。

宗望一瘸一瘸走了两步。

“哪儿摔着了？”阿骨打问。

“没摔着，”宗望扭了扭腰，又伸了伸胳膊腿儿，不好意思地回答，“只是摔蒙了一会儿。”

阿骨打点点头，又走到那头黑公牛跟前。躺在地上的黑公牛抽搐着，插在它腹中的剑在夕阳中闪射着寒光。看到阿骨打走过来，黑公牛的眼眶中射出仇恨的光芒，它四只蹄子动了动，那样子是想站起来继续搏斗。这时，宗望也走了过来，阿骨打指着黑公牛的眼睛说：“你看它的眼睛。”

“它在流泪。”

“为什么流泪？”

“它害怕死亡。”

“不，它是痛心，再也不能站起来搏斗了。”

“啊！”

“英雄是不服输的。”

“英雄是不服输的。”

宗望重复了一句。他看着父亲被夕阳涂得古铜色的脸庞，咂摸着这句话的意义。

草沟里的猎杀结束了，阿骨打看到战士们在清点战利品，把猎物抬上马车，便指着地上三头咽了气儿的野牛吩咐杰布：“找一些人来，挖个大坑，把这三位英雄埋了。”

第二章　湖边密语

阿骨打回到鸳鸯泡边上的行营大帐时，夕阳正好贴近了湖面，余晖在水面上漾起点点波光。阿骨打眯眼儿瞅过去，像是有无数条小金蛇在波光中游弋、嬉闹。一些野鸭、鸳鸯之类的野禽也在刚刚泛青的芦苇中穿来穿去，偶尔一只鹭鸶劈空而下，叼起一条川丁子，又一道闪电似的奓着翅膀飞走了。这景色让阿骨打想起了故乡的阿什河。他本是要回到大帐里头去的，这时候便改变了主意，吩咐水老哇搬了一把椅子，面对着湖水坐了下来。

阿骨打刚坐下，早在大帐中等候的栋摩与陈尔栻等人也都走了出来，在阿骨打身边觅凳儿坐了下来。

“皇上，听说你一个人杀死了一头野牛？”陈尔栻问。

“可不是，”阿骨打接过水老哇递来的提梁壶，咕噜了一口半热的煎茶，兴致勃勃地说，“那头野牛是个英雄，我喜欢它。”

陈尔栻本想说“可是你还是宰了它”，但话到嘴边他又咽了回去，改口说：“张觉叛变的事，皇上您已知道了？”

阿骨打点点头，问坐在他右侧的栋摩："三弟，你还相信张觉不会叛变吗？"

阿骨打说这句话事出有因，盖因在榆关密议时，陈尔栻认为张觉心术不正要早做提防，栋摩认为张觉降金是诚心诚意。阿骨打说这句话时并没有太多责怪的意思，但栋摩听了仍觉芒刺在背，他讪讪一笑，回道："皇上您放心，张觉这王八羔子，我会亲手宰了他。"

"眼下最要紧的，是要看他是和南朝勾搭上了，还是真的要把天祚帝找回来。"

听了阿骨打的话，陈尔栻赶紧说："左企弓被张觉杀了。"

"杀了左企弓？"

阿骨打差不多是惊叫了一声。他霍地站起身来，愣愣地看着陈尔栻。

陈尔栻把张觉杀害左企弓等四位大辽降金官员的细节述说了一遍。

如果说乍一听到张觉叛变的消息，阿骨打并不吃惊。那么，左企弓的死讯对于他来说却完全出乎意料。在他看来，左企弓是难得的治国良臣，他曾对陈尔栻讲过："得一个左企弓，胜过十万甲兵。"此时，也不等旁边的人回答，他又问道："谁安排左企弓走平州官道的？"

栋摩站起来回答："皇上，是我。"

"你？"

"我是想，平州路是官道，从那儿来辽阳府，会少了很多舟车劳顿。"

"老先生，你看看，我这个三弟因为相信张觉，害得左企弓丢了性命，可惜呀，可惜呀！"

阿骨打一边说一边跺脚。栋摩羞愧难当，却又无法辩解，只得嗫嚅着说："都是我的错，都是我的错……"

陈尔栻及时解围说："现在，追究是谁的错已经没有意义了。关键是怎样夺回平州。"

栋摩接过话头说："咱立即提兵，前往平州割了张觉的脑袋。"

阿骨打问："老先生，你说说看，你有啥招儿？"

陈尔栻斟酌了一下，答道："现在正值春耕，开仗就会伤农。"

阿骨打点点头说："平州城是咱定的南京，一定要夺回来。张觉的脑袋也要取，但种田人一年之计在于春，不可开仗伤农。老先生的悯农之心，合着咱的心思。"

栋摩气呼呼地说："让张觉多活一天，就是我的罪过。"

阿骨打讥了栋摩一句："瞧你那熬拉巴糟的样子。张觉这家伙贼能捯饬，斗心眼你斗不过他。"

"哥，你这话咱不爱听，"栋摩一急，也忘了喊皇上，直通通地说，"张觉他屙得起三尺高的尿，咱就不信剁不了他的鸡巴。"说罢，也不看阿骨打一眼，一扭身头也不回地走了。

望着他的背影，陈尔栻微微摇了摇头，苦笑道："大元帅这人，直着性子做人，竟敢跟皇上较真儿。"

阿骨打倒也不恼，笑着回答："栋摩从小就野。有一次，为了逮一只鹌鹑，他不让我下网，就扑上来撕掳着和我打了一架。后来，两人都倒在水沟里，滚得像泥鳅。"

陈尔栻正颜说道："现在不是当年，你是大金国的皇帝，栋摩便是你亲弟弟，可也得讲究君臣之道啊。"

阿骨打笑道："咱现在还顾不着这些穷讲究。老先生，你说，张觉的事如何处理？"

陈尔栻说："咱是不是暂不兴兵，等过了农忙时节再说。"

"这是好主意，但咱大金国总还得有个说法呀，不然，人家还以为咱们软弱可欺呢。"

"皇上，这一层，咱也想到了。趁你围猎还没回的时候，咱先替皇上拟了一篇檄文。"

阿骨打咧嘴一笑："咱就知道，正事儿你都做在前面。"

说话间，阿骨打已从旁边站着的录事手上拿过几张笺纸，却看不清纸上的字迹，笑道："这眼神儿一年不如一年了，老花了，看不清字体了。"

"咱同皇上一样，早几年就老花了。"陈尔栻说着便喊过录事，"你来念给皇上听。”

录事从阿骨打手上接过笺纸，字正腔圆地念了起来：

诏谕南京官吏：

朕初驻跸燕京，嘉尔吏民率先来附，故升府治为南京。减徭役，薄赋税，恩亦至矣。何可辄为叛逆？今欲进兵攻取，时方农月，不忍以张觉一恶人而害及众庶，且辽国举为我有，孤城自守，终欲何为？今止坐首恶，余并释之。

大金国皇帝用印

阿骨打听了，咂摸着说：“话不多，该说的也都说了，这诏谕称咱的意，老先生，这就发出去。”

陈尔栻吩咐录事前去办理，大帐外只剩下阿骨打与陈尔栻两人。阿骨打盯着陈尔栻瘦骨棱棱的身子，关切地说：“老先生，今晚上，你得陪咱好好喝一盅酒，今天围猎收了不少兽物，下酒菜管好。”

陈尔栻摇摇头，自嘲道：“咱胃气弱，早吃不动油腻了。皇上，臣下想劝你一句。”

“啊，你要说什么？”

“听说你猎杀了一头野牛？”

“是的，那野牛同咱一样，性子犟，不服输。”

“皇上，下臣嘴贱，敢问一句，你今年贵庚应是五十八岁了吧？”

“是呀。”

“年龄不饶人哪，何况你又是一国之尊，可不敢像后生一样斗狠。野牛不通人性，万一有个三长两短……”

陈尔栻打住了话头，他不敢往下说不吉利的话，阿骨打倒也不挑毛病，笑着回答：“老辈儿说‘五十五，下山虎’。咱这身子骨儿，比三十岁的人，差不到哪里去。老先生，待把天祚帝逮住了，南朝的事儿处置妥当了，明年，咱还想带着孩子们到库页岛去，逮几只海东青回来。”

陈尔栻心里头念叨“英雄就是英雄”，嘴上却说：“眼睛老花了，这就是报警儿，不服不行。”

这时，在一边候了一会儿的杰布走过来禀道：“皇上，两位皇后那边的篝火已经燃起来了，一只野羊也快烤好了，等着你过去呢。”

“好，待我换下这身铠甲就过去。杰布，你领老先生先过去。”

阿骨打说罢，迈腿儿进了大帐。

乌古乃与迪雅各住一间帐篷，与阿骨打的行营大帐相隔不过十几丈远。这儿顶帐篷搭在湖边缓坡上，为数千顶帐篷所环绕，前面是一大片开阔地。如今这片开阔地上燃起了数十堆篝火，将刚刚落下的夜色烧得红彤彤的。围猎后的篝火野炊往往充满了欢乐。将洗净和处理过的猎物放在火堆上烧烤，猎手们围着火堆席地而坐，一边吃着烤得滋滋冒油香喷喷的各种野味，一边喝着酒，兴奋地交谈着捕获猎物的经过，一边嬉闹打斗，或者唱歌跳舞……年轻的猎手们仿佛浑身有着使不完的劲儿，围猎时的疲惫就像衣服上的尘土，抖一抖就掉了。这样的篝火野炊通常会闹得很晚，一些精力特别旺盛的年轻人甚至会闹个通宵。

夕阳刚刚贴近湖面的时候，乌古乃与迪雅就带着几位士兵架起了一个特别大的火堆。这季节，山上的林木大都已抽枝泛青，如果砍伐这样的树木生火，肯定难以燃烧，即便燃着了，也是浓烟滚滚，烤出的野味很难吃。所以，两位皇后亲自到山上寻找在冬天里倒下死掉的枯木。当她们还在山上捡拾木头时，就看到围猎的将士们带着大批的猎物归来。从他们的口中，乌古乃与迪雅得知阿骨打一个人杀死了一头疯狂的野牛，两位女人为她们的丈夫高兴。看到将士们互相展示他们的战利品，迪雅显得特别兴奋，她对乌古乃说：“姐，下辈子我不想当女人了，我要当皇上那样的男人，一个人去杀死一头野牛。”

乌古乃年近五十，但从她洋溢的笑脸中，依然可以看出她年轻时的美丽。听了迪雅的话，她放下手里刚从沟堑中拖出的一根木头，用手背擦了擦额上的汗，笑谑道：“迪雅，托生当男人，你做梦吧，你没有这个命。”

“为啥？”

“咱看你每天都在打探皇上干什么，这说明你女人还没有当够。”

“姐，你不能这样说。”迪雅有些不好意思。

“姐该怎么说？”乌古乃拉着迪雅在沟坎上坐了下来,压低声音问，“皇上多久没有上你那儿去了？”

“应有十好几天了。”

“你想他吧？”

迪雅咬着嘴唇不说话,脸红红的。她忽然抬起眼睛,问乌古乃:“姐，你不想吗？”

乌古乃摇摇头：“姐老了。”

“你哪里老，你还不到五十呢！”迪雅从乌古乃的眼神里读到一丝莫名的忧伤，不由得叹了一口气，幽幽地说，“姐，皇上这么长的日子，不到你那里去，也不到我这里来，他是怎么啦？”

“老了呗。”

“老了，老了还杀得死野牛？”

“天下的事儿操心呗。”

“操心，也不会没日没夜啊！”

“你没看到，只要一有空，皇上就会跟老先生两个人凑一堆儿没完没了地嘀咕。”

“陈尔栻那老先生，没儿没女没老婆。但皇上不一样，现成两个老婆放在这儿，他一个人窝在大帐里睡在虎皮褥子上，这算哪回事儿？”

迪雅说着说着竟然生起气来。乌古乃抬起胳膊轻轻搡了她一下，嗔道：“瞧你说话，哪像个皇后？”

“这不是跟你说话吗？姐，咱这点苦水，只能朝你这儿倒了。”

“迪雅，姐问你，皇上为何疏远了咱们？姐老了，你比姐小了五六岁，还当时呢。”

“是啊，皇上他……八成儿，皇上他厌烦了咱。”

“皇上这个人，咱知晓他。要是把他情绪撩拨起来，他真的比野牛还撒泼。迪雅，你难道没尝试过吗？”

“是啊，只要他像野牛撒泼，我就仿佛被送到云彩里头。”

迪雅脸色臊红，她望着远处湛蓝的湖水，一脸的神往。乌古乃注视着她，却没有受她的情绪感染，仍含蓄地问：“迪雅，你我都是女人，又都深深地爱着皇上。这事儿，别把自己摆进去，就从女人的眼光来看，皇上为何要独处呢？”

“他同你说过吗？”迪雅问。

乌古乃摇摇头。

迪雅想了想，很不情愿地说：“难道，皇上真的嫌弃了咱们？”

“我想应该是吧。”乌古乃仍像个局外人，慢吞吞地说，“皇上喜欢吃羊杂碎，你让他天天吃，他也会腻味的。”

“咱们成了他的羊杂碎？”

“我老了，在皇上眼中，你也老了。迪雅，你要明白，男人疼爱一个女人，就是一阵子。”

迪雅轻声地啜泣起来。

乌古乃帮她拭了拭眼泪，安慰道：“皇上没有变心，皇上仍喜欢我们，但喜欢一个人与疼爱一个人，远不是一回事。”

迪雅仔细地品味这句话，忽然像明白了什么，问道：“姐，咱们该为皇上做点什么呢？”

“做什么呢？”乌古乃一笑，凑趣儿说，“今夜里，你去大帐，钻到皇上的被窝里去。”

“他还不一脚把咱踹下来，”迪雅摇摇头，“这是作践自己，这不能做。”

乌古乃也摇摇头，重复着：“是啊，这事儿不能做。”

“那能做什么呢？”

“开春了，漫坡都泛绿了，你看那些牲畜，无论是马、骡子，还是羊，都在挑嫩草吃。”

“挑嫩草？”迪雅嘴一撇笑了起来，“姐，咱们给皇上吃嫩草？”

“你看行不？”

“皇上想吃嫩草，干吗不自己找去，还要咱们来找？”

“这就是皇上的为人哪！成天带着两个女人，鞍马劳顿的，他上哪儿找去？即便能找，碍着咱们挂在他眼皮底下，他也不好意思呀。”

“他是皇上，他什么都能做。”

“天祚帝什么都能做，不是玩完了吗？再说，咱们皇上是个有情有义的男人，他即便想吃点嫩草，还顾忌咱们俩呢。”

“这倒也是。只是仓促之间，咱们上哪儿替他找嫩草呢？”

“这一层我想到了。”

“姐，你吩咐，咱当个跑腿儿的。”

“不劳烦你了，迪雅，今儿早上，咱已偷偷安排杰布，派人去辽阳府中带了三个宫女来。”

“宫女？”

“对，宫女！”乌古乃说，“皇上下令退出燕京的时候，不是随着大军带了不少匠人和女眷吗？这些人如今都在辽阳府中。还在燕京王宫里过春节的时候，咱就看中了三个宫女。”

“姐真是有心人。”

“咱们从这儿回去，说不定那三个丫头已经被送到了。”

“走，咱们快回去。”迪雅嘴上这么说，心里头却酸溜溜的。

两人回到乌古乃帐篷边的时候，太阳离湖面还有二三丈高，远远地看到帐篷外停着一辆马车，乌古乃便对迪雅说：“看看，她们来了。”

乌古乃的帐篷，收拾得利利落落的。地上平展展地铺了干草，草上头又铺了洁白的羊毛毡，凡进来的人，得先把鞋子脱了。乌古乃先入帐篷换衣服，让贴身丫鬟从衣箱里找出皇后闲暇时应该穿戴的衣裳。

头上戴了一顶蓝地黄彩蝶装花罗包黄玉练鹊纹佩饰的花珠冠，冠上镶了大如弹子的名贵的北珠，冠后两根皂罗款幔带，上身穿了一件绿地忍冬云纹夔龙金锦袍，下穿一条棕褐菱纹暗花罗萱草团花绣锦大口裤，脚上穿了一双绿罗萱草皮绣鞋，脸上薄施脂粉，眼角细碎的鱼尾纹被珍珠粉与胭脂盖住了。这么一收拾，乌古乃又光彩照人了，不是说她千娇百媚，而是她呈现了这个年龄应有的端庄与华贵。

乌古乃刚穿戴完毕，迪雅便走了进来，她回到自己的帐篷后也把自己收拾得焕然一新。只见她梳了三叠云髻，二层云髻上用北珠宝石链收束，穿了一袭黄朵梅暗花皂罗质地的多褶裙，外头罩了一件素縠月白长度过膝的褙子，戴了一对用掐丝滴珠工艺制作的三瓣卷蔓纹内嵌绿松石的桃形金珰珥，粉白的脖颈上戴了一条赤金红玛瑙项链，这身打扮也超凡脱俗。两人见了，都把对方美美地夸了一回。

迪雅看了看乌古乃微微翘起的下巴，感慨地说："姐，你总说你老了，你老什么呀，就这么简单收拾一下，就仙女下凡了。"

乌古乃嘴一瘪："什么仙女下凡，是仙女她娘下凡吧。"

迪雅兴趣不减，又压低了声音问："姐，咱俩这状态，那榆木疙瘩还会视而不见吗？"

"你是说皇上？"

"是的。"

"他不是榆木疙瘩，他是你的王，也是我的王。"

偏偏迪雅犟嘴，咕哝道："王也是他，榆木疙瘩也是他。"

乌古乃摇摇头，换了话头说："那三个丫头已经来了，咱们该见见她们了。"

"姐，如果咱们俩把她们比下去了呢？"

"怎么会呢？"

"皇上喜欢野性的人。"

"年经大了，慢慢就驯化了。年轻才有野性哪。"

说到这里，乌古乃吩咐身边的丫鬟，把那三位宫女带进帐篷来。

第三章　篝火晚宴

天色完全黑了下来，挂在天幕的上弦月穿过浮云，在鸳鸯泡的涟漪上投射出朦胧的微弱的光芒。湖边空旷的坡地上虽然架起了几百个大小不一的柴堆，但都还没有点燃。士兵们早就将各种剥了皮的兽类穿到了烤架上，这些火堆要等到阿骨打前来下令才能点燃。但乌古乃帐篷前的最大的火堆早就噼里啪啦烧起来了，火堆上支了三个烤肉架，分别烤了一只野羊、一大块野牛肉和两只肥嘟嘟的野兔。这是乌古乃的主意，她担心阿骨打饿过了头，所以下令先点燃火堆烤肉，这样阿骨打一来就可以解馋。

阿骨打本想回到大帐里换身衣服就出来，谁知换好了一领黄绫绲边的青色棉长袍后，却找不到要系扎在袍子外面的那根金腰带了。搁在平常，找不着就找不着了，随便束一条丝带或牛皮带就可以。但今天不一样，围猎的篝火晚会可是一件非常重要的大事，那条金腰带是他登基时专为日后参加围猎定制的。腰带的两胁及后腰上各制作了三个镶着宝石的带扣，扣子上挂着几把小匕首，几只外头罩了丝囊的玉盒儿。这些玉盒儿是用来盛装粉盐、辣椒面、胡椒粉等调味品的。因为一年多没有围猎了，加之行军打仗，负责收拾阿骨打行李的水老哇不知把金腰带放到哪里了。这会儿阿骨打一问，他翻箱倒柜倒腾了半天，急得嘴儿嘴儿咒骂着自己。亏得杰布提醒他是不是和马具搁一起了，他才又跑到马具棚中翻找，果真在那里找到了。原来水老哇没想到金腰带应该和衣服放在一起，而是当成金具与两副金马鞍搁在一起了。所以，当阿骨打来到乌古乃帐篷前的时候，酉时都快过完了。

阿骨打还没有走近火堆，杰布就对早已在此候命的一排号兵做了一个手势，示意他们吹响手中的海螺。顿时，深沉、悠远的海螺声吹起了，一直兴奋地守候在火堆旁的兵士们，爆发出雷鸣般的欢呼。这些骁勇的猎手，整齐有力地呼喊："皇帝！皇帝！阿骨打皇帝！"

阿骨打站到一块突出的石头上，接过杰布递给他的一根正在燃烧的拳头粗的枯枝，在空中晃动着，那摇曳的火焰，像飞舞的霞光，这霞光既是昭示，也是命令。立刻，所有的火堆被熊熊点燃，烤肉的香味开始弥漫。当阿骨打把火把扔进乌古乃跟前的火堆上，不知是谁，领头唱起来《猎神之歌》：

把天上的星星摘下来，
投到我们的火堆上；
把山林的野兽抓起来，
放在我们的烤架上。
闻到浓浓的肉香，
我们的祖宗回来了；
闻到醇醇的酒香，
我们的朋友来到了。
来呀，手持铁叉的猎神，
篝火边的座位给你留好了；

来呀，我最心爱的姑娘，
你就坐在我的身旁……

女真族的男人们是天生的猎手，也是天生的战士，他们没有谁不会唱《猎神之歌》，歌声与篝火，烧酒与女人，都会让猎手们兴奋。当数以千计的烤肉架在火堆上转动，当数百面大金国皇帝的龙旗以及绣着猛禽海东青的战旗在逶迤起伏的缓坡上迎风招展，当粗犷嘹亮的歌声像旷野上的风席卷一切，鸳鸯泡湖边的篝火晚宴顷刻间达到了高潮……

阿骨打从大石头上跳下来，借着篝火的亮光，发现乌古乃和迪雅都站在石头下迎接他。同时，他还发现这两位皇后都盛装打扮，于是他开心地笑了起来，大着嗓门儿说道："两位皇后，你们怎么都一下子年轻了十岁呢？"

乌古乃微笑着应道："皇上，你就不能声音小点？"

"干吗要小声音，夫妻之间，难道还需遮掩吗？"

阿骨打说着，便伸出双手，左手拉着乌古乃，右手牵着迪雅，满脸兴奋地走到火堆前入座了。

参加今晚湖畔篝火晚宴的，是阿骨打的两千名卫队兵士以及皇帝行宫的臣僚。随他一起撤回关外的约两万多人的部队，分别在栋摩、宗望、完颜娄石的统领下觅了营地驻扎。他们今晚也都在各自的营地里举行篝火盛宴。乌古乃帐篷前的这堆篝火无疑是最大的，围着篝火圈儿坐下的大约有一二十人，除了阿骨打与两个皇后，还有陈尔栻、杰布、水老哇以及辽阳府特地赶来觐见的军政大员。阿骨打心情很好，刚坐下来，水老哇就把烤得香喷喷的一只整羊连烤架一起搬到阿骨打跟前，兴奋地说："皇上，这羊已经烤酥了，还望你动用金刀，给它折个架儿。"

"好！"

阿骨打应声儿拔出金腰带上的匕首，在羊肚子上划了一刀。

水老哇张罗着就要拆分羊肉了。乌古乃喊了一句："水老哇，住手！"

水老哇不解地问："乌古乃皇后，怎么啦？"

乌古乃瞋了水老哇一眼，说："蘸羊肉的佐料都没备好，叫皇上怎么吃呀！"

水老哇指着临时支在每位客人面前的木凳子说："这不都备齐了么？乌古乃皇后您看，这是喝酒的金碗，从会宁府皇宫中带出来的，这还是第一次使用呢！余下的盐、姜、蒜，还有辣椒面，也都调在碗里，搁在木凳子上了。"

"说了你还犟嘴呢，皇上能同你用一样的调料吗？"

"这……"

"柳芽儿！"

"奴婢在。"

乌古乃话音一落，一位穿着皂罗左衽袍服的姑娘答应着站了起来。

乌古乃将她向阿骨打跟前一推，说："去，将皇上金腰带上的锦囊摘下来，帮皇上调好佐料。"

柳芽儿对着阿骨打双腿微微一蹲，敛手道了万福，嗫嚅着说："皇上，奴婢能帮你吗？"

阿骨打端详着眼前这位年轻的女子，只见她袅袅婷婷，一张瓜子脸显得十分秀气，只是因为背对着篝火，看不清她的容颜。就在阿骨打这么瞅着的时候，乌古乃站了起来。

阿骨打问乌古乃："这女子是谁？"

"她叫柳芽儿。"

"柳芽儿，柳芽儿从哪里来的？"

"从燕京来的，是萧莫娜的宫女。"

"萧莫娜的宫女，"阿骨打蹙了蹙眉头，又忍不住朝柳芽儿多看了几眼，"宫女怎么会跑到这儿来？"

憋了半天的迪雅，这时也站起来，拉着另外两名宫女过来，说："皇上，这里还有两个呢！”

阿骨打又瞅了瞅走到他跟前的两个宫女，见她们都长得不俗，问：“你们都是萧莫娜的宫女？”

“是。”

“你们叫什么？”

个头儿高一点的回答：“奴婢叫月兰。”

身材微胖的回答：“奴婢叫香雪。”

“柳芽儿，月兰，香雪，”阿骨打重复着她们的名字，站起身来说，“你们替我取下锦囊。”

三位宫女上前，将阿骨打挂在后腰的三只锦囊取了下来，又从中取出玉盒儿，取出胡椒面、八角、茴香等香料用芝麻油调和出一碗蘸水来。阿骨打拿起来嗅了嗅，耸了耸鼻子说：“唔，香！”

水老哇赶紧又把烤架朝前推了推，高声喊道：“乌古乃皇后，现在可以让皇上品尝烤全羊了吧。”

水老哇说着，就用匕首刺进羊腹想着给阿骨打取下一块羊排。迪雅嫌他毛手毛脚，便一把推开他，嚷道：“你口口声声说要让皇上吃羊排，你跟皇上这么多年，难道不知道皇上最喜欢吃什么吗？”

“我知道，皇上喜欢吃羊胰子。”

“既然你知道，为什么不给皇上割羊胰子？”

“我不会割。”

水老哇脸红红的，不好意思地搓着手，迪雅盯着他，也不搭话，而是伸手拔出阿骨打腰间的匕首，插进烤羊的右腹下部，在第二根肋骨的边上麻利地割下去，拉开了一尺多长的口子，接着又见迪雅的手一转，匕首回割，依旧在切入的地方将匕首提起来，只见匕首的尖尖上挑起了一条长约四寸宽约两指白晃晃的肥肉，这就是羊胰子。在女真人看来，羊胰子是羊身上最好吃也是最珍贵的零碎儿。喝大酒之前先吞一块羊胰子，喝再多的酒也不会醉。但切割羊胰子却是绝活儿，十之八九的猎手都会割碎羊胰子，让这美味大打折扣。

当迪雅把这条羊胰子恭恭敬敬递给阿骨打的时候，篝火堆旁的人们无不啧啧称赞，看到阿骨打津津有味吃下这条羊胰子，水老哇赞叹道："没想到迪雅皇后还有这样的绝活儿。"

迪雅非常自信地说："大金国皇帝的女人，可不是那么好当的。"

乌古乃听了这句话，情不自禁看了看那三位宫女，心里头感觉有些怪怪的，她接过话头说："迪雅你的确很优秀，你得把自己的本领教教这三位宫女。"

迪雅自负地回答："只要她们愿意学，我什么都会教。"

阿骨打咂摸两位皇后的对话，转而问宫女："柳芽儿，你们三位怎么来到了鸳鸯泡？"

"是……"柳芽儿欲言又止。

"讲！"阿骨打催促。

"是乌古乃皇后让我们来的。"

"哦！"阿骨打瞟了一眼乌古乃。

"让她们来，是我和迪雅两人的意思。"乌古乃解释。

阿骨打叮问："为什么让她们来呢？"

乌古乃拿起木凳上的金碗，双手端给阿骨打说："皇上，吃了羊胰子，你该喝碗酒了。"

阿骨打接过酒碗一仰脖儿喝了，然后擦了擦嘴角的余滴，说："乌古乃，你还没回答我呢。"

乌古乃浅浅一笑，回道："咱看你辛劳，选了三位宫女照料你的生活。"

"让她们照料我？"

阿骨打摇摇头，笑道："杰布与水老哇把我照料得很好，再弄这仨女的来，咱的帐篷就没法住了。"

乌古乃敛了笑容，正色说道："皇上，再细心的男人，也照料不好人的。"

迪雅也补了一句："就是，大老爷们会照料人，也挺腻歪的，家里头少了女人，没滋拉味儿。”

阿骨打意识到迪雅的话中有怨气，情不自禁看了她几眼，发觉她今夜里精心打扮，泼辣中透出几分妖娆，便故意挑逗她说：“迪雅，你年轻的时候，可比这些宫女长得俏。”

“皇上，什么长都不如日子长，毕竟我嫁给你也有二十多年了。”

迪雅说着，眼眶里闪着泪花。阿骨打不想在这喜庆的日子里惹得大家扫兴，便用匕首割了一小块羊颈肉塞到迪雅嘴里，故意显得亲热地说：“你说过，你打小儿就喜欢羊颈子肉，这头野羊是公的，颈肉更有嚼劲。”

迪雅大口大口地吞咽着羊颈肉，脸上洋溢着幸福的微笑。阿骨打又把匕首递给她说：“你再割一块羊胰子，给老先生送过去。”

迪雅欢喜地照办了，她绕过火堆给坐在对面的陈尔栻送过去一块香喷喷的羊胰子。阿骨打又从金腰带上抽出另一把匕首，小心翼翼在羊嘴上割了一小片唇肉，递给一直站在旁边的乌古乃。

乌古乃接过来，塞到嘴里咬了一小口，阿骨打对那三位宫女说：“你们和水老哇一起，切一些烤肉，分头送给各位客人。”

宫女们分头去了，望着她们的身影，阿骨打压低声音问乌古乃：“是你的主意吗？”

“你是说宫女？”乌古乃问。

“是的。”

“当然是我的主意。”

“为什么要这样？”

“皇上，我和迪雅都老了，可你还年轻。”

“迪雅并没有认为她老了。”

“女人什么时候吃醋了，就说明她老了。”

“其实，我也老了。”

“你老什么呀，今儿个下午，你还杀死了一头野牛呢！”

阿骨打朝乌古乃做了一个鬼脸，高深莫测地笑了起来。

乌古乃瞅着迪雅朝这边走来，便用更低的声音说："我的王，你说实话，这三位宫女，你更喜欢谁？"

阿骨打摇摇头，盯着乌古乃，颇为动情地说："乌古乃，你是我的结发妻子，你最心疼你的男人。"

"那就柳芽儿了。今夜，让她陪你。"

"你说什么？"

"我是说柳芽儿今夜去陪你。"

乌古乃一副不由分说的样子，逗得阿骨打开怀大笑。

就在鸳鸯泡湖畔的篝火晚宴进入高潮的时候，一支三千人的队伍已穿过葫芦岛，离榆关只有六十多里地了。这支部队的指挥官便是阿骨打皇帝的三弟，大金国南征兵马大元帅栋摩。

却说在鸳鸯泡湖边行营大帐内因张觉事件栋摩与阿骨打发生争执赌气离开后，他就翻身上马，一路狂奔回到十二里地外的自己的宿营地。这里住了不到四千名将士，由他直接辖制的虎林左军与虎林右军各一千五百名，都是旋风铁骑。另外还有八百名管理三百辆骡马大车的士兵，负责军需给养。三千名虎林军也参加了一连两天的围猎，他们带着几十车战利品即那些死于他们刀斧下的野兽们回到营地，只不过比栋摩早回了小半个时辰。眼下，留守的后勤兵已弄好了柴堆，准备等栋摩一回来就开始篝火晚宴。

栋摩带着十几名亲兵回到自己的大帐，早有左军郎将刘冲与右军郎将李黑把等一干僚佐裨将在帐前迎候。也不待亲兵搬过马凳，栋摩就纵身一跃稳稳地落在地上。

刘冲趋前抱拳一揖，赞道："大帅累了两日，还这般抖擞，委实了不得，了不得！"

刘冲话音刚落，李黑把也上前几步，将手中燃烧的火把递给栋摩说："大帅，请点篝火。"

栋摩接过火把，看了看两丈开外的柴堆以及已上了烤架的兽肉，忽然一跺脚，把手中的火把扔到了地上。这一举动令在场的人都惊愕不已。

“大帅，你怎么啦？”刘冲问。

“张觉在平州叛变了，还杀了左企弓等四位投诚我大金的前辽大臣。这兔崽子，真真是气炸了我的肺。”

听到这个消息，在场的将佐无不生气，偏偏李黑把哪壶不开提哪壶，愤愤言道：“这个张觉真他妈的是个黑心王八，大帅对他那么好，帮他在皇上那里讲了一箩筐一箩筐的好话，他才得到了皇上的赏识……”

“别说了，”栋摩黑着脸吼了一声，接着下令，“刘冲、李黑把，你们各自把部队集结了，咱们这就讨伐张觉去。”

刘冲问：“什么时候？”

“现在，就现在。”

“这……大帅，是不是太仓促？”

“你们是不是舍不得这几块野牛肉？真他妈的没出息。关羽温酒斩华雄，这故事你们没听过？”

“听过了，请大元帅息怒，咱们这就去集合部队。”

将佐们山雀一样散开了。栋摩回到大帐内换了一身铠甲，胡乱啃了两张烙饼，也不过一炷香的工夫，就带着三千铁骑出发了。八百名后勤兵，就留下来照看营地。他们驻扎的营地在辽阳府地面，离榆关大约一百五十里地。

部队出发时天色就黑了，过了葫芦岛来到一个名叫桑树镇的地方，已是子时，栋摩勒住马头，问一路随行的探长：“此去离榆关还有多远？”

“五十里地。”

“路况如何？”

“进入山区，不大好走了。”

“走，知会后面，加快行军速度。”

刘冲拦了拦正要拨转马头的传令兵，鼓起勇气问栋摩：“大帅，部队连续两天围猎，又饿着肚子连夜赶路，如今人困马乏，是不是就在这镇上歇了，让兵士们吃顿饭，打个盹儿，天一亮再赶路。”

“刘冲，你以为我这个大元帅不心疼士兵和马？”栋摩今晚是谁说话就跟谁戗，这会儿忍了忍火气，解释说，“这一路上，保不准都有张觉派出的奸细，咱们远道奔袭，一定要赶在奸细前面，否则，岂不是伸出脑袋挨剁？”

刘冲一听有理，也就不再争辩，他从马褡子上取下一个麻薯子递给传令兵，对他说：“传下帅令，黎明之前，进入榆关安歇。”

第四章　皇帝兄弟

篝火晚宴几乎通宵达旦地举行。大约一个半时辰，阿骨打就已经半醉了，因为在篝火晚宴进行大半个时辰的时候，阿骨打就带着陈尔栻与杰布沿着湖畔将所有的火堆巡视了一遍。士兵们高呼着“皇帝！皇帝！”一路将他迎送。碰到熟悉的将士，他会搭讪几句，即使不认识，他也会拍拍士兵的肩头，夸赞几句。兴之所至，他也会接过士兵的酒碗喝几口。阿骨打快要走到缓坡高地的时候，士兵们唱起歌来，很显然，这歌是唱给阿骨打听的，开头是几个人唱，后来所有的将士都唱了起来，连跟着阿骨打的杰布，也情不自禁地大声歌唱：

在一个春风吹拂的夜晚，
酋长来到了我们中间。
跳神的萨满宣布上天的昭示，
这酋长代表我们的祖先。
我们的王踩着北斗星来，

我们的王乘着大鹏鸟来，
太阳和月亮是他的风火轮
勇士的热血是他的诗篇……

这首歌也是萨满的跳神曲，名叫《酋长是我们的王》。萨满的歌曲有数百首，几乎所有的女真人都会唱这些歌曲。此时此地，穿行在熊熊燃烧的篝火中，阿骨打听到这些歌曲，内心波涛汹涌，或者说烈焰腾腾，他知道士兵们都对他衷心爱戴，他也像爱护自己的眼睛一样爱护着士兵。聆听着士兵们献给他的歌曲，这位酋长出身的帝王，与其说是在享受九五之尊的威严，倒不如说更像一位长者，无论是心灵还是脸上，荡漾着的全是慈祥。

歌声此起彼伏，阿骨打领着陈尔栻走到高坡上的一处灌木林旁边，杰布看出皇帝似乎有话要单独对陈尔栻说，便故意放慢脚步，落在后面，远远地警戒。

在灌木丛边，阿骨打与陈尔栻寒暄了几句，便切入正题说："老先生，乌古乃送了三个宫女来，这是干啥呢？"

陈尔栻没想到阿骨打会问他这个，便谨慎回答："乌古乃是好心。"

"乌古乃皇后这个女人，是好女人，大女人，但这事儿做得倒叫我为难了。"

"皇上有啥为难的？"陈尔栻清了清喉咙，答道，"南朝（金称宋为南朝）与大辽国的皇帝，哪一个不是三宫六院？就皇上您，只有两个女人。"

"一直忙着打仗，日夜都在操心，那有闲工夫想着去找乐子。"

陈尔栻斟酌了一下，轻声言道："皇上，老祖宗留下的《黄帝内经》讲述的是阴阳平衡的道理。女过四十，癸水渐少，男过五十，精气日衰，采阴补阳，是说男过五十之后，若想保持精气不衰，则应纳妾。"

"纳妾？"阿骨打追问了一句。

"对，纳妾。"陈尔栻望着阿骨打笑了笑，又说，"皇上不叫纳妾，叫选妃。选几个十几岁乃至二十来岁的姑娘充实后宫，这事儿，皇上您该考虑了。”

阿骨打朝大约十几丈远的乌古乃主持的那堆篝火瞄了瞄，笑道：“常言道，这个世界上，即使找得到两只脚的蛤蟆，也绝找不到不吃醋的女人，但乌古乃真的就是一个不吃醋的女人。”

“乌古乃皇后是大女人，大女人是不会吃醋的。”

“我没有想到，她竟然给我找来了萧莫娜王宫中的三位宫女。”

“乌古乃皇后说，这是她和迪雅皇后两人的意思。”

“乌古乃很善良，迪雅有毛病，但她总是呵护着迪雅，我敢说，选三位宫女的事儿，是乌古乃一手操办的。”

陈尔栻感叹地说：“皇上，有乌古乃这样的皇后，是你的洪福呀。这三位宫女，她最喜欢哪一个呢？”

“你猜猜？”

“柳芽儿。”

“是，是柳芽儿，”阿骨打好奇的追问，“老先生，你怎么知道是柳芽儿呢？”

“因为柳芽儿坐在乌古乃皇后的身边。另外两位宫女月兰和香雪，是坐在迪雅皇后身边的。”

“乌古乃有洁癖，很挑剔的。这柳芽儿看上去很干净。”

“皇上说得不错，但乌古乃皇后喜欢柳芽儿，却不是出自她个人的好恶。”

“啊？”

“皇上，乌古乃皇后是为了你。”

“为我？怎么是为我？”

“因为你喜欢柳芽儿。”

“我可从来没有见过这个柳芽儿。”

“知子莫若父，知夫莫若妻。乌古乃皇后对皇上您知晓甚深。”

阿骨打不语，蹙起眉头，似乎在思索什么。

陈尔栻继续说道："贱臣看到，当乌古乃皇后把柳芽儿介绍给皇上您的时候，您脸上有惊诧之色。"

"我是有些惊诧。"

"为什么呢？皇上？"

"我看柳芽儿这女孩子，长得有点像萧莫娜。"

"皇上啥时候见过萧莫娜？"

"大约八九年前吧，在查干湖，天祚帝的头鱼宴上。"

"过了这么多年，皇上还念念不忘，可见这萧莫娜也算得上绝代佳人。"

"不是算得上，而是真正的大辽国第一美人，"阿骨打回忆道，"她高挑儿身材，皮肤白，瓷实丰润，一双大眼睛会说话。记得天祚帝那老小子看到她，千方百计和她套近乎，但萧莫娜爱理不理。她越这样，天祚帝越是神魂颠倒……咦，咱忽然明白了。"

"皇上明白什么了？"

阿骨打拍了拍脑门子，一副如梦初醒的样子，答道："这柳芽儿，如果长得不像萧莫娜，乌古乃不会把她选来。"

陈尔栻心里头咕哝了一句："原来皇上心里头一直惦记着萧莫娜啊！"

阿骨打见陈尔栻愣住，便搡了搡他的肩膀，兴冲冲地问："老先生，你不觉得柳芽儿长得有点像萧莫娜吗？"

"皇上，贱臣见到萧莫娜比你更早，只觉得她的确是大美人，但长什么样儿，早就记忆模糊了。"

"像，两人长得像！"阿骨打越说越兴奋，"听说萧莫娜带着天开寺的老和尚澄宇逃进了草原，找不到她的下落了，这人去了哪儿呢？"

"不是有一个说法，她可能去找天祚帝了。"

"如果这两人真能见面，老先生你说，天祚帝会杀了她吗？"

"萧莫娜的丈夫秦晋王收拢天祚帝的旧部，于燕京城建立后辽，这是僭越。秦晋王死后，萧莫娜续理朝纲，从这一点上说，天祚帝绝不会饶过萧莫娜。”

“你是说天祚帝会杀她？”

“应该会。”

“为什么？”

“建立后辽，等于是废黜了天祚帝，这样的仇恨，搁在哪一个男人身上，都无法接受。”

“老先生，你这个判断是错的。”

“啊？请皇上赐教。”

“天祚帝如果真的能够与萧莫娜重逢，他俩会化干戈为玉……玉……玉什么呀？老先生。”

“皇上，化干戈为玉帛。”

“对，化干戈为玉帛！”阿骨打咳嗽一声，朝地上吐了一口唾沫，继续说道，“天祚帝这人不是一个好皇帝，却是一个好男人。他不会因为仇恨而消除爱，但却会因为爱而忘掉仇恨。让他杀萧莫娜，他下不了手。”

这番话在陈尔栻心中引起巨大的震动。在他的记忆中，阿骨打从未与他谈过女人，他粗粝、剽悍，从未看到他表现哪怕是一丝半点儿的柔情。却没有想到他的内心中还蕴藏着这样一份缱绻，甚至可以说，这样一份渴望。在男女问题上，陈尔栻早已心如死灰，但此时，他忽然产生了一个古怪的念头，他看着阿骨打忽然间变得柔和的眼神，问道：“皇上，贱臣斗胆问一句，如果攻陷燕京城时，萧莫娜恰好在城中成了俘虏，你会杀她吗？”

“她会投降吗？”

“她不会的，这女人既高贵，又充满野性。”

“那我就不会杀她。”

“那，你会娶她吗？”

“会的。只要她愿意。”说到这里，阿骨打自己笑了起来，嘲道，“老先生，两个老男人在这里呱唧女人，这算哪门子事儿啊。”

“皇上，那我们回到篝火旁边去吧，走之前，乌古乃皇后让水老哇烤了一只獐子，这会儿该熟了。”

“走，回去。”

君臣二人迈开步走向篝火堆，快临近的时候，忽见一匹战马直接冲到了乌古乃帐篷跟前，一名兵士从马背上纵身跳了下来，杰布上前拦住那士兵询问究竟，却没想到得到一个惊人的消息：栋摩率领三千虎林军，独自讨伐张觉去了。

由于栋摩的坚持，虎林军三千铁骑人不解甲马不卸鞍通宵疾行，五个多时辰走了一百五十里地，刚好卯时就到了榆关。好在自平州到辽阳全是官道，倒也不是特别难走。只是事发突然仓促出征，临近榆关时已是人马饥困，难以坚持。

离榆关大约还有五里路时，栋摩命令部队原地休息。按照事先的安排，刘冲麾下一支三十人的骠骑兵在一名哨长的率领下前往榆关探路。这一布置事出有因：大金军主力撤出平州前，按阿骨打布置，要留一千名士兵控守榆关。用阿骨打的话说就是“咱们不想进兵中原，但得控守通往中原的关隘”。栋摩是南征军大元帅，阿骨打的旨意得通过他来执行。偏偏栋摩在这件事情上与阿骨打这位当皇帝的哥哥意见相左，栋摩认为张觉不敢反叛，在榆关布置一千精兵防守有些多余。他虽然遵循阿骨打旨意布置了一千精兵，但当大部队出关时，留守榆关的精兵听说大军要随皇帝前往鸳鸯泊围猎，便再三请求栋摩让他们也随大军前往，并表示一俟围猎完成，便立即返回榆关镇守。栋摩心想离关三五天谅也不会出什么大事，加上参与皇上的围猎活动对于一个兵士来说，是一生难得的殊荣，于是答应了士兵们的请求。守关的千名精兵随大军走了八百名，只留下二百人在城内值事。栋摩本以为这只是一桩小事，谁知祸起肘腋，张觉真的就在榆关空虚的时候举了反旗。乍一听到消息，他就担心榆关失守，这也是他星夜起兵的缘由。自鸳鸯泊一路狂奔而来，他始终担心榆关是否安全。临近榆关时他才命令虎林军勒马待命，派三十名骠骑前往打探虚实，并交代哨长：若榆关失守，便回来复命；若榆关尚在大金守军手中，便大开城门以迎虎林军入关。

骠骑兵前往的时候，天色尚未破晓，兵士们疲惫至极，一下马莫不寻了便宜地儿沉沉睡去。栋摩虽然也困得眼皮子打架，却不得不强撑着等待榆关的消息。

不到小半个时辰，天色已亮。官道两旁的燕山山脉在曙光的照耀下生机勃勃。草叶上的露珠、花丛中的蝴蝶无不明媚生动。从海面上吹来的潮润的晨风，多少解除了兵士们的一些困乏。

心神不定的栋摩一直等待榆关的消息，几次欲跳上马背前往探个究竟，都被身边将佐拦了下来。直到卯辰之交，先头部队才派人来报告榆关城头上插满了大金国旗帜，而且关门大开以迎王师。

听到这个消息，一直双眉紧锁的栋摩这才兴奋起来，他下令部队快速前行进入榆关。

这时候，薄雾浮漾、霞光映照的榆关仿佛是一幅画，远远看去，高耸的关楼像是天上楼台，迎风招展的描红绲边杏黄旗，中间绣有斗大的汉隶“金”字。关楼下的大门敞开着，门两边还有列队的士兵。看到这些景象，栋摩一夹马肚，胯下四蹄踏雪的栗色战马屁股一耸，以更快的速度奔跑起来。

按大金军的规矩，在战场上若主帅前冲，他的两位副帅一定要跑在他的前面，而四名先锋又要跑在副帅的前面。依次下来，裨将、团总、营佐直至最小的指挥官哨长，都要冲到自己的长官前面。否则，营佐死哨长斩首，团总死营佐斩首，以此类推，这就是为什么大金军所向披靡的原因。主帅不怕死，三军都拼命。此刻，栋摩率领的虎林军仿佛一股突然刮起的巨风，以蹈海海涌、摧山山裂的气势逼近榆关。

眼看离榆关还有一箭之地，冲在前面与栋摩仅隔半个马身的刘冲忽然俯身抓住栋摩的马嚼，栗色马乘着惯性仍奔驰了两三丈远，才两只前蹄腾空原地旋转一圈停下来。栋摩朝刘冲吼了一声，斥道：“你要干什么？”

刘冲气喘吁吁回答：“大帅，你不觉得有点蹊跷吗？”

“什么蹊跷？”

“榆关。”

“唔？”

“榆关太静了，有点不对劲。”

栋摩朝榆关张望了一眼，还来不及说什么，忽见关门关闭，刚才只见旌旗猎猎却不见人影的关楼，突然间鼓声大作，关楼上的大金国旗帜顿时尽数撤换成大辽国的杏黄绲边的红旗，每面旗上绣有欧体楷书“张”字，几乎同一时间，关楼垛堞后面伸出无数的弩机，弩箭像蝗虫一般射下……

栋摩情知中计，不由得心中暗暗叫苦。

却说张觉在平州杀了左企弓等几位大辽降官后，又将数万名借道平州迁往金上京会宁府的燕京各色人等就地释放，听任他们返回燕京或留在平州居住，并于所有府县衙门及军营辕门内，换插大辽国国旗并重新悬挂天祚帝画像。一时间，大辽旧吏欢欣鼓舞，被迫迁徙的燕京百姓对他感恩戴德。

张觉知道，出榆关二百里地的阿骨打不会善罢甘休，他肯定会派大军前来攻夺平州，而保卫平州的关键在于控制榆关。所以，在已做好一切准备斩杀左企弓一应叛臣的头一天夜里，他就派两千兵士伪装成迁徙人群分头进到榆关，天一亮，就将留守的二百名金兵悉数收拾。张觉之所以轻而易举获得榆关的控制权，一是他已侦知大金军留守榆关的兵士只有二百人；二是因为每天有大量迁徙人群通过榆关，他的军士以此掩护不易察觉；三是张觉尚未叛城易帜，守关的金兵对他尚未设防。所以说，当他的士兵登上关楼以及进入金兵营房时，没有人会怀疑这些兵士会有非分之图。及至发生械斗，便是金兵也敌不过有备而来的张觉部队，二百人几乎被杀了一半，剩下的全部都关到死牢。抢占榆关的部队得到张觉的密令：宁可全部杀光，也绝不允许逃走一个。

这就是为什么阿骨打与栋摩只知道张觉叛城却不知道榆关失守的原因。

比狐狸还要狡猾的张觉，知道大金军一定会报复，所以他下令守关的部队仍然穿戴大金军的军服，关楼上飘动的还是大金国的军旗，他自己也于叛城后的第二天亲自来到榆关布置军事，以防万一。所以，当栋摩的三十名骠骑兵前来叩关时，张觉下令打开城门，等他们一入城便将城门紧闭，在瓮城内将这些骠骑兵尽数射杀……

争先恐后欲入榆关的虎林军，眼看离榆关只有二三十丈远，却见门外站着的百十名士兵突然闪电般撤回关内，接着就关上城门。第一批虎林军十几名勇士已冲进了城门洞里，他们侥幸躲过了弩箭，而跟在他们身后的数百名骑士，却纷纷中箭落马，还有不少战马被射杀倒地。

骤遇危险，栋摩的第一个反应是下令部队后撤，但因为马队驰行太快，前面虽停下，后头仍蜂拥而上，这就免不了发生踩踏与拥挤，官道上一片混乱。幸亏虎林军是一支身经百战的劲旅，尽管处境狼狈，但他们很快稳住了阵脚，按照过往的军事经验，他们变后卫为前锋循原路返回。可是，第二件意想不到的事情又发生了。当部队撤离榆关两里多地的时候，路左的燕山一孤峰峭壁上突然鼓声大作，接着檑木滚石铺天盖地呼啸而下，因路右是断崖无处可下，虎林军再次遭到重创。

两次袭击都来得如此猛烈，栋摩彻底被激怒了。两军对垒，他可是从未输过。记得第一次进攻黄龙府，他的敢死队不足一千人，面对十倍于自己的守城辽军他毫不胆怯，愣是在枪林箭雨中撕开一个豁口攀上城墙。但是今天却不同，他看不到任何敌人，但自己的兵马却在半个时辰内损伤过半。檑木滚石自山坡上飞奔而下时，骑在战马上的他正好处在伏击带的中间，同样骑着战马在他左侧的虎林右军锋将李黑把看到一块大石头朝着栋摩腾空飞来，却因人多道窄已无法闪躲，李黑把眼疾手快，一把将栋摩推落马下，而自己却因躲闪不及被飞石击中。当栋摩不顾安危前来察看，只见李黑把脑袋朝下倒挂在马上。他之所以没有跌落在地是因为马镫拴住了脚。栋摩及两名护卫费了好大的劲儿才把他扶下马来，只见他浑身是血，早已失去了知觉，栋摩伸手探了探他的鼻息，也是只有出气没有进气了。

“黑把，黑把！我的兄弟！”

栋摩撕心裂肺地呼喊着躺在他臂弯里的爱将，深度昏迷的李黑把似乎听到了栋摩的呼叫，他费力地想睁开眼睛，但只是动了动眼皮，额上汩汩流着的鲜血遮住了他的半张脸。

“黑把，黑把！我的兄弟！”

栋摩再次呼喊，李黑把再也听不见了，只见他脑袋一歪，手一耷拉，在栋摩的怀抱中停止了呼吸。

这时，山上的檑木滚石势头已弱，可以判断出这是伏兵的木石备料已用完。栋摩铁青着脸，几颗浑浊的泪珠子滴落在李黑把的脸上，他把李黑把的尸体放到马背上，提着刀要往山上冲，闻讯赶来的刘冲赶紧将他拽住，喊道：“大帅！”

“放开我！”

栋摩声如炸雷。

“大帅，拼命也轮不着你。”刘冲泪流满面，求道，“但现在，不是拼命的时候。”

栋摩好不容易冷静下来，他看了看自榆关一路躺倒在地上的无法计数的人与马的尸体，心如刀绞。

第五章　大王帐内

阿骨打回到大帐的时候，亥时已过。这顶用纯牛皮缝制的大帐乃是攻占辽上京时的战利品，原为天祚帝所有。这大帐大大小小有十数个房间，帐门进来是一条甬道，甬道两旁各有两间小房，为卫队亲兵所用，甬道尽头是一道玉帘，掀帘进去，是铺着虎皮的值事厅，可容纳三十人入座，既可议事也可宴饮。值事厅正中的木胆熊皮的须弥座，是天祚帝的专供。须弥座两侧，又是两道玉帘，各有两间宽大的卧室，这是天祚帝和他的女人们寝息与作乐的地方。

天祚帝撤离辽上京时，虽然带走了五百辆车的宫中物资，但这顶名为“大王帐”的曾经被称为大辽国的第一帐篷，仍然留在了皇宫的库房里。这是因为拆卸这顶帐篷，各种皮革饰品物件儿需要五十辆车才能装载，大概就是因为运输量太大，天祚帝才不得不忍痛割爱。

阿骨打攻占辽上京后，宫内的大部分物资，都被他运回到阿什河畔的金上京会宁府。但这顶大王帐却被他留了下来。他希望在战争的空隙中，能够组织一场围猎，那时候，这大王帐就派上用场了。

尽管喝得半醉，阿骨打并没有立刻睡去，而是和陈尔栻一块回到帐篷，并早就通知杰布把宗望、娄石、博勒等人找来。阿骨打与陈尔栻走进大帐值事厅时，接到杰布通知的将军们已经在厅里候着了。

阿骨打一坐上须弥座，酒便醒了大半，他从水老哇手中接过盛满奶茶的金碗，一口气咕噜了下去，然后笑了笑，歉意地说："看咱这一口酒气，没把你们熏着吧？"

"回皇上，末将来这里之前，也喝了不少酒呢。"完颜娄石恭谨地回答。

阿骨打看了看坐在他对面的宗望，关切地问："儿子啊，你喝了几口吗？"

"喝……，父皇，儿子尝了几口。"宗望恭谨地回答。

"什么酒？"

"当地村家酿的小烧。"

"咱让水老哇给你拿去的那两坛玉壶春酒呢，那可是萧莫娜王宫里的美酒啊。"

"父皇，儿还留着呢。"

"为什么要留着？"

"从这里回到阿什河，还有好长好长的路，儿怕父皇的酒喝完了，所以替你留着。"

"傻瓜，咱这当爹的吃喝，你就少操心，"接着又咕哝了一句，"今朝有酒今朝醉，老先生，你们汉人是这样说的吧？"

陈尔栻欠欠身子答道："是的。"

阿骨打接着说："咱们女真人说，酒是回乡的路。没有酒，咱们就回不了故乡。"

博勒逮空儿说了一句："皇上的教诲，小将谨记在心。"

"这是教诲吗？博勒，难道你不是女真人的子孙吗？"阿骨打半是揶揄半是训诫地说，"我是你们的皇上，但如果我的每一句话都成了教诲，你们就会厌烦我了。老先生，你说是不是？"

陈尔栻知道阿骨打借着酒劲儿说的话都很实在，但他仍觉得自己有责任引导在座的人恪守仪轨，严守君臣之礼，于是避开这话头，笑着劝说道:“皇上，你金口玉言，做臣子的，哪有不认真倾听的。再说，君有君道,臣有臣道,你今天连夜请他们来,不是来谈论喝酒的道理吧。”

“这倒也是，”阿骨打舔了舔嘴唇，吩咐水老哇端了一碗凉水喝下，然后说，“张觉叛变，杀了左企弓，这个你们都知道了？”

“知道了。”众人一起回答。

“你们的大元帅栋摩，两个多时辰前，带着他的虎林军讨伐张觉去了，这个你们知不知道？”

宗望听此吃了一惊，连忙问道：“父皇，是你让皇叔领兵去的？”

“哪会是我？”阿骨打脸上稍露愠色，“你皇叔自作主张。”

“哎呀，张觉这个人阴险狡诈，皇叔孤军前往，会有危险。父皇，请允许儿臣率军前往支援。”

宗望说着就有些坐不住了，阿骨打抬手示意宗望坐下来，说道：“今天找你们几位来，是想就如何处置张觉反叛之事，听听你们的想法。张觉叛变，表面上是忠于天祚帝，但实际上是在与南朝勾结，这里头究竟有多少阴谋，咱们还得用心琢磨，摸清他的底细，该打探的打探，该防范的防范。南朝在燕云十六州谈判时，一直想拿走平、营、滦三州，咱们认为这三州不是石敬瑭所献，故坚决不给。所以，南朝对这三州一直存着非分之想。依咱看，张觉的叛变，可能是南朝在后面鼓捣的结果。栋摩虽是大元帅,倒像个急先锋,脑子里还没整明白是咋回事儿,就拉着队伍刺里呼啦地走了。自与辽国开仗,栋摩从未输过,这是事实,因此也滋长了他的骄气。这一回，保不准他会栽个大跟头。常言道事儿不来都不来，一来就一窝一窝地来。咱这个大金国皇帝不怕事儿多，也不怕事儿大。你们都跟了我多年，都应该知道我这种习性。就上面说的这些事儿，咱与老先生已议了多时，现在，再听听你们的想法。”

阿骨打一席话，在座的人听了都开了窍儿。听他们七嘴八舌议论一番后，阿骨打便做出决定：一、即刻通知驻军西京大同的完颜宗翰，相机调集兵力，密切监视张觉与天祚帝的动向，切断他们会合的路线，一俟露头，便全部歼灭。二、宗望负责收集张觉与南朝秘密勾结的情报，为日后的军事行动提供依据。三、陈尔栻负责起草对南朝的国书，告知张觉叛城之事，表明我大金国守护平、营、滦三州的立场，此举意在震慑。四、收复平、营、滦三州并镇压张觉及其党羽的军事行动，仍依此前已发布的告示，宜于仲秋进行，眼下已是春耕，不可扰农。接下来是夏季，燠热不宜作战，在大规模军事行动前，须完成合围三州的兵力部署。有鉴于此，宗望所率三万主力部队，不随阿骨打回返会宁府，留在辽阳府便宜行事。五、责完颜娄石迅速下令留在平州的细作，保护左企弓等一干被张觉杀害的降金大臣们的家属，通过秘密通道，安送出境。六、张觉叛城必争榆关，我军需保此咽喉，以利日后进军，栋摩擅自用兵，惩罚必不可少，但若能进入榆关，亦属抢占先机之善举，宗望可派一支部队前往策应，如栋摩虎林军占领榆关，不必返回。七、燕京迁徙之民，既遭张觉解脱，暂不予追究，但仍需造册清理，日后待三州恢复，就近充实南京。八、照会摄政处理大金国行政事务的吴乞买，迅速选拔平、营、滦三州各级官员，一月之内委任到职，而后到宗望行营待命，就近练习政事。

此一番讨论布置，大约花去了一个半时辰，待众将退出，阿骨打又留下陈尔栻，问他："老先生，你觉得栋摩会怎样？"

陈尔栻沉默不语。

阿骨打又问："他会进入榆关吗？"

陈尔栻叹了一口气，答道："皇上，依贱臣之见，无论是栋摩还是榆关，都凶多吉少。"

阿骨打点点头，咬着腮帮骨。

陈尔栻继续说："皇上，其实你知道结局，只是不肯说出来。"

阿骨打牵起陈尔栻的手，说："老先生你也累了，咱送你回帐篷休息。"

陈尔栻挣脱阿骨打的手，抱拳一揖，动情地说："老朽何德何能，敢劳皇上相送。老朽这就告辞，皇上也早点安歇。”

“睡不着啊！”阿骨打叹道。

陈尔栻浅浅一笑，小声提醒道：“皇上，你可别辜负了乌古乃皇后的一片好心。”说罢退出了帐篷。

阿骨打离开值事厅，回到须弥座右侧帐篷，这是他的卧室，里侧是一个高度为两尺的由厚木板搭建的炕台，上面铺着丝绵锦褥和大红缎面的盖被，炕台下是狭长的铺着纯白驯鹿皮的平地，上面搁了一张小桌子，两只小凳子，旁边还有一把躺椅。

阿骨打进来时，一位姑娘背对着帐篷门坐在小桌子旁的凳子上，是柳芽儿。

夜色已深，柳芽儿手支着下巴倚着桌子打盹，阿骨打的脚步将她惊醒，她站起来转过身，揉着眼睛不知所措。

阿骨打坐到炕沿上，看到柳芽儿局促不安的样子，便宽慰她说：“柳芽儿，你坐下。”

“奴婢不敢。”柳芽儿嗫嚅着。

“咱叫你坐，你就坐。”

“谢皇上。”

柳芽儿面对着阿骨打坐了下来，阿骨打看她眼眶红红的，眼角还挂着泪珠，又问道：“你怎么流泪了，谁欺侮你了？”

“启禀皇上，没人欺侮奴婢。”

“没人欺侮，为啥流泪呢？”

“是这蜡烛。”

柳芽儿不好意思地指了指小桌金烛台上点燃的蜡烛。

“是蜡烛的烟熏得你流泪？”阿骨打走过来，把脑袋凑到金烛台跟前，眯眼瞅了一会儿，说，“这蜡烛用的是上等油料，没啥烟子灰呀。”

“启禀皇上，不怪蜡烛，怪奴婢的眼睛娇气。”

“是有点娇气，”阿骨打摇摇头，又回到炕沿坐下，接着问，“你难道连蜡烛都没有点过？”

“没有。”

“那，你是辽王宫的宫女吗？”

“是的。”

“你既是宫女，怎么会没用过蜡烛呢？”

“奴婢的主子不用蜡烛。”

“你的主子是谁？”

“萧太后。”

“萧太后，你是说萧莫娜？”

“回皇上，是的。”

“听说供萧莫娜使唤的宫女有好几百人，你是做什么差事的？”

“侍寝。”

“侍寝，什么叫侍寝？”

“就是料理萧太后睡觉。”

“睡觉还要人料理，萧莫娜也太折磨人了。”阿骨打咧嘴一笑，又问，“柳芽儿，你既料理萧莫娜睡觉，又不点蜡烛，难道黑灯瞎火地上床？”

“不是的，皇上。萧太后的寝宫里，不点蜡烛，而是用夜明珠。”

“夜明珠？”

“这夜明珠的光，幽幽的，比月光稍亮一点，屋子里朦朦胧胧的。萧太后说，月亮上的桂宫，应该就是这个样子。”

“这个女人！”

阿骨打赞叹了一句，他的语调低沉，所以柳芽儿无法判断他这句话的准确含义，究竟是欣赏呢还是斥责。帐房里沉默了一会儿，阿骨打又问：“柳芽儿，你告诉本皇，你是如何料理萧太后睡觉的？”

“启禀皇上，侍寝的宫女不止奴婢一人，有好多个呢！”

“还有好多个？这是咋回事儿呢？”

“侍寝分成好多个差事，有专为萧太后卸头面首饰的，有专门替她清理面妆的，有专门烧调汤水的……”

“什么汤水？”

“沐浴专用。先是热水要烧到好处，然后往水中添两岁口的牛乳，还有二十几味香草熬制的汤料。”

“这萧莫娜，难道是王母娘娘吗？”阿骨打突然拍了拍炕沿，看样子是有些恼怒了，他噘着嘴似乎在想着什么，旋即回过神来，抬起手指着柳芽儿说，“往下说，料理萧莫娜洗澡，然后呢？”

“烧水调料两个人，然后侍浴又是两个人，都是宫女。”

“唔，接着说。”

“沐浴后，就轮到奴婢前来为萧太后料理了。”

“你干的啥活儿？”

“涂香末。”

“涂香末，都是些啥玩意儿？”

“有几十种呢，身子的部位不同，使用的香末也不同。”

“你说说看，说仔细点。”

“皇上，奴婢先说脸部，萧太后用于眼部、额头、两腮及下巴的香末都不同，接着是玉颈、胸、腹及臀部，两腿至脚趾间，每一处都要认真涂抹、摩抚。”

“这些香末，不同在哪里？”

“香末中有名贵的麝香、北珠粉、沉香粉、龙涎香，还有金心兰花粉、香附子、马铃花蜜，皇上，好多好多呢。”

“这萧莫娜，果然活成人精了。”

“皇上，萧太后从卸下头面首饰到最后躺到床上睡觉，要花去一个多时辰呢。”

阿骨打喃喃地说：“天天这么料理，萧莫娜也不怕麻烦。”

“不这样，萧太后怎么可能成为大辽国的第一美人呢。”

“柳芽儿！”

“奴婢在。”

“你每天都看到萧莫娜赤裸着身子，你看得真切，你告诉本皇，萧莫娜究竟美在哪里？”

“这……”

“柳芽儿，但说无妨。”

“皇上，奴婢有些害羞。”

“说，说萧莫娜又不是说你，你害的哪门子羞？”

“这萧太后，第一是皮肤白，那是真的白呀，在夜明珠的光芒下，简直就是一个玉人。”

“这白是天生的吧？”

“是的，但也需后天保养，涂抹北珠粉最管用。”

“一颗北珠，就值十两银子，涂一次北珠粉，那要花多少银子？”

“一次就需要一颗北珠。”

“这女人，逮住她非宰了不可。”

“啊？皇上！”

柳芽儿一声惊叫。阿骨打意识到自己的情绪有些失控了，便又强迫自己平静下来，他用略带歉意的口吻对柳芽儿说：“没吓着你吧，你继续说。”

柳芽儿惊魂未定，说话都有些语无伦次了：“皇上，皇……啊，皇……皇上，奴婢不知晓，还……还需要说什……什么。”

“柳芽儿你别紧张，你就说萧莫娜的身子，究竟美在哪里？你方才说她的皮肤白，这是第一，那第二呢？第二是什么？”

“第二，第二是她的大眼睛，这眼睛又大又有神，会说话，她心情好的时候，这眼睛全是柔柔的慈光，不管是朝中的大臣还是街上的老百姓，谁见了她都说她是观音菩萨现世，都想给她磕头。不过，秦晋王说，萧太后最好看的不是眼睛，而是嘴。”

“嘴？你说说她的嘴。”

“萧太后的嘴，红艳艳的，真的像玫瑰花瓣，她的嘴角翘翘的，嘴唇不薄也不厚，一笑就露出一口比北珠还白的牙齿。还有，还有……”

“还有什么？快说呀！”

“还有，还有，萧太后总是在嘴唇上涂蜜。”

“涂蜜？”

“是，涂蜜，她通常会涂马铃花蜜与楝花蜜，她认为这两种蜜香气淡雅，且很甜。她涂的口红是用金心兰花与玫瑰花蕊熬制成的。然后，再把这两种蜜加进去涂在嘴唇上，看上去又红又亮。秦晋王早上起来，都会过来亲亲萧太后的嘴，秦晋王说，他的心爱的王后嘴唇总是甜的。”

阿骨打被柳芽儿的描述带进了一种幻想中，他眼前闪现一个穿着薄如蝉翼的白色睡袍的女人，她蓬松着头发，脸上浮漾着嫣然的笑，偶尔做出一副嗔怒的样子，看上去却更迷人。这女人有时像乌古乃，有时又像迪雅，但更多的时候却是他想象中的萧莫娜。从柳芽儿的描述中，他知道一个真正的女人应该是什么样子，他感到身上热血沸腾，喉咙有些发干，他舔了舔嘴唇，自言自语地说：“萧莫娜是个好女人。”

柳芽儿听到这句赞扬，眼睛立刻发亮了，她的脸上露出了自进入大王帐后的第一个笑容，阿骨打注意到这一点，问道：“柳芽儿，你为啥笑呢？”

“回皇上，是因为你赞美了萧太后，”

“看来你喜欢你的老主子。”

柳芽儿再次紧张起来：“皇上，奴婢罪过。”

“柳芽儿你没有罪过，”阿骨打心情亢奋起来，“好东西谁都爱。”

“可是……”柳芽儿欲言又止。

“可是什么？”

“皇上你刚才说，你若碰到萧太后，非把她宰了不可。”

“我说过了吗？”

“皇上刚才说过的。”

“啊，我怎么不记得了，”阿骨打一拍脑门子，朝门外大喊了一声，“水老哇！”

正在值厅里打瞌睡的水老哇浑身一激灵醒了过来，三步并作两步跑到卧房门外，问道：“皇上有何吩咐？”

阿骨打走到门口，挑开门帘儿对水老哇说：“天一亮，你就传我的令，从现在起，三军将士不管在哪里碰到萧莫娜，只准活捉，谁要伤她一根毫毛，军法处置。”

这命令很突兀，水老哇一时无法理解，但他知道阿骨打皇帝是个说一不二的人，于是禀了一声“遵命！”便又退下了。

阿骨打回头看着一脸感激的柳芽儿，对她说：“柳芽儿，你不是怕蜡烛吗？本皇命令你，把蜡烛给吹灭喽。”

“皇上？”

“吹灭，吹灭喽，来陪咱睡觉。”

第六章　向太阳神祈祷

黎明之前，老天爷开始下雨了。不是冬日的冻雨或者夏天的暴雨，而是绵绵的润物无声的春雨。这雨下到山上，会让林木更加葳蕤，下到田野上，会让庄稼茁壮地成长。而且，山谷中，路边上，村庄边的隙地上也会借助雨滴的浇灌生长出一簇簇不知名的野花。转眼间，你就会发现大地的色彩丰富起来、生动起来。七彩的花朵与疯狂的绿色一起喧闹。在这迷人的季节里，大地醉了，森林醉了，牛羊醉了，即便那些在花丛中翩翩起舞的蝴蝶，也全醉了。

鸳鸯泊边上的大金国皇帝的行营，沉浸在一片少有的安谧中。略含一点凉意却仍是温暖的春雨与从湖面上弥漫开来的雨雾黏合在一起，笼罩着几百座帐篷。如果从云层上俯瞰这一片地方，会觉得它是一个梦乡，或者是童话中的巨大的蘑菇林……

辰时一过，乌古乃就派人到大王帐这边探询消息，问阿骨打皇帝是否起床了。两眼布满血丝的水老哇一副没睡醒的样子，没精打采地告诉来者："你去禀告乌古乃皇后，皇上睡觉时天都快亮了，这会儿怎么着也不会醒的。”当第二次使者来问皇上是和谁睡在一起时，水老哇顽皮地一笑，答道：“没错，一切都是乌古乃皇后安排的，那个柳芽儿，与皇上睡在一起呢。”

时间一点一点地过去，密一阵疏一阵的雨一直下个不停。接近中午了，忽见各条山道上有很多战马向大王帐驰来，这惊动了附近帐篷里的陈尔栻、杰布等人，当然也惊动了乌古乃与迪雅等，他们不知道发生了什么事情，纷纷走出帐篷。

最早来到大王帐跟前的是宗望，接着是娄石。他们都穿着铠甲，战马也全身披挂，陈尔栻招手让两位将军到他的帐篷避雨，询问他们究竟发生了什么事情。

“老先生你也不知道吗？”宗望惊愕地问，“皇上呢？”

“皇上还在睡觉呢。”陈尔栻替阿骨打掩饰，“昨晚你们走了以后，皇上又让我留下来，商议了一个多时辰的国事，天快亮时才分手，我看他乏极了。”

“哦，皇上难得睡一个囫囵觉。”娄石的语调中充满同情。

“宗望，谁让你们来的？”陈尔栻又问。

“三皇叔。”

“栋摩？他不是去了榆关吗？是他通知你们到大王帐来？”

“是的，他派人来告谕，让我们即刻赶来这里。”

“你们知道栋摩现在哪里？”

宗望与娄石都摇摇头。

陈尔栻顿觉得事有不妙，不免纳闷地说：“这大元帅葫芦里卖的什么药呀？”

说话间，只见从各处骑马而来的将军们挤满了大王帐前空旷的隙地，而杰布卫队的两千余名士兵也都钻出了帐篷，鸳鸯泊的气氛顿时紧张起来，谁也不知道发生了什么事情，而阿骨打皇帝还在大王帐中睡觉，谁也不敢去叫醒他。

众人正心怀疑问，忽见远处的山路上，出现了一支卷旗倒戈的队伍。

由于稠密的雨线，大家看不清这队伍中有谁，但从服装及队形来看，无疑是大金国的军队。于是，在场的人都屏声静气看着这支队伍缓缓走近。等到这支队伍穿过最后一道树林，走到离大王帐只有四五十丈远的时候，大家这才看清，在这支队伍最前边的那匹栗色战马上，坐着一位上身赤膊下身只穿一条裤衩的汉子。这汉子双手反剪，被一条麻绳捆绑，背上插着一把还带着青色枝叶的荆条。

眼尖的宗望首先认出来，不免惊呼了一声："这不是三皇叔吗？"

紧接着，隙地上的将军们出现了骚动，有人尖叫："这不是大元帅吗？"

"大元帅怎么啦？"

"大元帅，你怎么这样？"

宗望与娄石、博勒等人飞奔过来，在隙地的边缘迎上了栋摩。他们要扶栋摩下马，被栋摩阻止，他一偏身子自己跳下马来。

宗望趋前半跪着向栋摩行了军礼，不解地问："三皇叔，你这演的是啥戏呀？"

栋摩眼睛里闪着泪光，扭过头看着跟在他后头的队伍说："你们看看，你们看看。"

众人这才注意到，栋摩后面跟着的是虎林军。这支曾经让大辽国的将士闻风丧胆的铁骑，如今的情形真是惨不忍睹：大约有一半多的战马上都染有湿漉漉的血迹，战马背上驮着的骑士，有一半以上的人负伤，还有不少战士的尸体横卧在马背上。骑士手中的枪矛不少被折断，他们的脸色晦暗，眼眶里充溢着屈辱的泪水……

随后赶来的陈尔栻，一看这情形心中明白了大半，他想安慰栋摩又不知从何说起，只得问道："大元帅，你是来向皇帝负荆请罪的吧？"

栋摩羞愧地点了点头。却说在榆关前连续遭受伏击后，虎林军死伤过半，栋摩深知这一场惨败是由他的鲁莽引起，万死难辞其咎，于是决定亲自到他的亲哥哥阿骨打皇帝的大王帐前负荆请罪，并通知三军将佐赶来见证。

看到虎林军狼狈的样子，宗望心中也责怪三皇叔的草率出征。但事已至此，他又为三皇叔的处境担忧。毕竟，栋摩的这场惨败是三年克辽战争中唯一的一次。他预料父皇得知消息后，一定不会轻饶。

看到栋摩的古铜色的肌肉上起了鸡皮疙瘩，陈尔栻说："大元帅，到老朽的帐篷里避避雨去吧。"

"不，烦老先生去把皇帝请出来。"

"这……"

"这有难处吗？"栋摩回头看了看他身后的战马上驮着的李黑把的尸首，痛苦地说，"我不是孬种，我特意前来请求皇上处置。"

就在大家议论不出头绪时，忽见大王帐的门帘被掀开了。首先出来的是水老哇，他身后跟着的两名士兵抬着那一把阿骨打惯坐的椅子，还有一名士兵擎出一把大大的油布伞遮住椅子免遭雨水打湿。紧接着阿骨打走出来坐到椅子上，只见他脸色铁青，朝人群中扫了一眼，然后耷拉下眼皮，一声不吭。

却说临近五更天的时候，阿骨打才让柳芽儿陪着他上床睡觉。在享受这位美丽宫女的柔软而洁白的胴体时，他的脑海里浮现的却是萧莫娜的形象。这形象有时冷冰冰的像一尊玉雕，有时像彩云上袅袅娜娜的仙女；有时她骑着烈马驰骋在草原上，有时她戴着星月宝冠在祭神的晚会上翩翩起舞……阿骨打并不是一个想象力丰富的人，同时也缺乏浪漫的情怀。但当他把柳芽儿拥在怀中的时候，一种美丽的错觉让他觉得是和萧莫娜激情相拥。所以，在漆黑的帐房里，在可以闻到热烘烘的泥土气息的床上，他感到每一分钟都在凤凰环舞的彩云上，每一分钟都在白雪簇拥的温泉里。柳芽儿常常发出尖叫或者呻吟，受到这声音的刺激，阿骨打被锁在身体中的那头狮子骤然挣脱了羁绊，它开始在生命的原野上撒蹄儿狂奔，任何人也不知道，这头狮子的爆发力多么猛烈，又多么持久。阿骨打感到自己从来没有这么畅快过，他甚至有点肆无忌惮了。但是，彻底的放纵必然带来更大的疲倦，不知过了多久，也许已天亮多时了，阿骨打才一把推开柳芽儿，侧着身子沉沉睡去。等他再次醒来——当然不是自然醒，而是杰布站在门外隔着密不透风的帘子将他唤醒。

“什么事？”阿骨打睡眼惺忪地问。

“启禀皇上，栋摩大元帅负荆请罪来了。”

“谁？栋摩？他怎么了？”

“他负荆请罪来了。”

杰布在门外简单地说了事情的原委，阿骨打一边听，一边在柳芽儿的帮助下穿了衣服，然后随着杰布走出了大王帐。

阿骨打在椅子上刚坐定，栋摩就趋步上前，在离阿骨打大约两丈多远的泥地上跪了下来，泪水和着雨水在他脸上流淌，他似乎花了好大的勇气喊了一声：“大哥，皇上！”

阿骨打此时头痛欲裂，他用手按了按额头，盯着栋摩说：“喊大哥就不要喊皇上，喊皇上就不要喊大哥。”

“皇上！”

栋摩背上的荆条在风中抖动，跪在泥地上的膝盖也让小石子硌出了血。尽管他脸上满是羞愧，阿骨打却仍冷冰冰地问：“张觉呢？”

“没见着。”

“榆关呢？”

“丢了。”

“谁让你出兵的？”

“我自己。”

“你的虎林军死伤多少？”

“过半。”

“栋摩啊栋摩，按大金国的军法，你该当何罪？”

“理当斩首。”

“那你为何还要回来？”

“皇上，你的三弟栋摩不怕死，但是，咱也不肯自杀。畏罪自杀，也不是大丈夫所为。”

“让我下令杀你？”

“是的。”

这一对亲兄弟此时四目相对,阿骨打的眼光中既有赞赏,也有愤怒;栋摩的眼光中却是懊悔掺杂着倔强。所有在场的将军僚佐们，无不屏声静气，紧张地关注着事态的发展。

宗望知道父亲的脾气，他知道只要父亲的嘴中吐出“军法从事”或“你自裁吧”这样的话，三叔栋摩就没有存活的理由。他为了阻止那一刻的到来，便赶紧趋前一步，单腿跪在雨地里，高声求道:“父皇，请饶大元帅一命！”

宗望既带了头,所有在场的人一时间都齐刷刷跪了下去,齐声禀道:“恳请皇上开恩，饶过大元帅。”

阿骨打此时头痛欲裂，喉咙里似有一条火龙在窜。他想要一碗水，却发现舌头呆滞不能发声。他艰难地伸出一根手指头指着自己的脑袋。

宗望感觉有点不对劲，赶紧从地上爬起来冲到父亲跟前，却发现这位大金国的皇帝两眼发直，口角已经歪斜了。

“父皇，你怎么了？”

阿骨打的嘴唇嚅动了一下,他想说“头痛”两个字,却发不出声来。

“父皇！”

“皇上！”

现场的人一齐呼喊，但阿骨打已经听不见了，只见他头一歪，倒在了宗望伸过来的臂弯里。

在宗望、杰布与水老哇等人的协助下，阿骨打被抬进了大王帐。当宗望一脚踏进父亲的卧房，发现柳芽儿还战战兢兢站在里面，他略略有些诧异。但来不及细想，而是与水老哇一起小心翼翼地将阿骨打抬到炕上，让阿骨打头朝炕沿平躺下来，并吩咐柳芽儿去炕里头找来枕头塞到阿骨打脑袋底下。

阿骨打除了身子偶尔抽搐，倒像是熟睡一般，鼾声如雷。这时候，闻讯赶来的随着阿骨打南征北战的军中大萨满穆克石带着法器和药箱赶来了。随他进到帐房的，还有乌古乃和迪雅。

大萨满穆克石看到昏迷的阿骨打，首先趴在地上磕了三记响头。这是君臣的礼仪，任何时候也不能省略，然后，脱掉靴子赤脚走到炕上，面对面审视了阿骨打一番，并探了探他的脉搏，伸手摸了摸他的额头，这才神色严峻地说：“天上的神，亲自来接咱们的阿骨打皇帝了。”

“是天上的哪一尊大神呀？”乌古乃心揪得紧紧的，担忧地问。

“太阳神。”

“太阳神？这主宰万物的神，真的是他亲自来了吗？”

乌古乃问着，泪珠儿扑簌簌滴落在她握着的阿骨打的手臂上。

迪雅也哭了起来。

宗望也背过脸去，偷偷地抹起了眼泪。

生活在白山黑水间的女真人都知道：太阳神总是在出其不意的时候，降临在人间亲自收走那些万人仰慕的英雄。因为，这些英雄原本就是他派遣到人间救苦救难的。

迪雅跪到了地上，低头祷告：“太阳神啊，至高无上的太阳神啊，求你不要带走我的王，要带，你就带走我吧。”

穆克石打开药箱，从中取出一只镶嵌着宝石的小琉璃瓶，取下金制的瓶塞，非常小心地从中倒出一粒只有芝麻一半大的药丸，掰开阿骨打的嘴，将药丸塞进他的嘴中，随即念起了咒语。在穆克石混浊的鼻音中，在场的人看到，阿骨打的嘴唇艰难地嚅动了一下，随即，他的鼾声停止了，那样子，更像是熟睡了。

穆克石把小琉璃瓶递给乌古乃，吩咐道：“乌古乃皇后，阿骨打皇帝咽下这粒还阳丹，可以平稳一个时辰。待过了一个时辰，你再喂给他一颗。”

乌古乃感激地收好小琉璃瓶，问：“穆克石，这是什么仙丹哪？”

“我说过了，还阳丹。”

“这小瓶里有多少颗？”

“六十颗。”

“六十颗，”乌古乃心里默算着，喃喃地说，“这就是说，皇帝可以活六十个时辰，也就是五天，穆克石，五天之后呢？”

“五天之后，我也不知道怎么办，”穆克石痛苦地说，“乌古乃皇后，让我们一起祈祷太阳神吧。”

“是啊，穆克石大萨满，快把你的羊皮鼓敲起来。”

“好的，乌古乃皇后，我遵从你的吩咐，”说着，穆克石捋了捋下巴上稀稀疏疏的山羊胡子，指着水老哇等人说，“这帐房里，就留下三位女人照看阿骨打皇帝，其他的人，都跟随我到大王帐外，祈求万能的太阳神吧。”

于是，在宗望的带领下，屋子里的男人都跟着穆克石来到了大王帐外。

绵绵密密的雨还在下着，面对着大王帐，栋摩仍跪在泥泞里。宗望见状，连忙过去搀扶，栋摩用肩膀搡开他，固执地说：“宗望，你不能让三叔坏了规矩。”

“规矩？三叔，你还等着父皇对你的判决吗？”

“是的。”

“你没有看到父皇晕倒了吗？”

“你的父亲是被我气晕的。他应该已醒过来了。”

“三叔，父皇他……”

宗望哽咽起来。栋摩怔怔地瞅着他，疑惑地说：“宗望，你父亲他？”

“父亲他已宽恕了你。”宗望不由分说将栋摩搀起来，并给他解开了麻绳，将那一把插在背上的荆条摔得远远的，然后说，“三叔，让我们一起祈求太阳神吧。”

“太阳神？”栋摩一愣，腿突然发软。

宗望强忍住眼泪，颤声说：“太阳神要前来接走父皇……”

“不，这不可能！”

栋摩按捺不住地哇哇大哭起来。

而这时，穆克石手中的羊皮鼓已敲响了，他灿烂的法衣上的雨珠儿滚动着，这是因为他的身子已顺应羊皮鼓的节奏扭动起来。他手上的七星宝剑已高高举起。四个小萨满围在他的四周，持着辟邪杖、桃木剑等法器开始了舞蹈。

穆克石开始唱歌了，他唱的是一首《我们赞美万能的太阳神》：

从天上到人间有千万条路，
千万条路都为你而展开。

四个小萨满跟着唱：

每条路上都飞翔着，
比海东青还要矫健的使者。

穆克石接着唱，他的音色虽然略微沙哑，但充满磁力：

太阳神，万能的太阳神啊，
人世间所有的英雄，
都是你派遣的使者。

在场所有的将士们，都跟着穆克石歌唱：

太阳神从东方来，
我们把朝霞献给他；
太阳神从西方来，
我们把山一样的金子献给他；
太阳神从南方来，

我们把大海的珍珠献给他；
太阳神从北方来，
我们将白雪一样的羊群献给他。
太阳神啊太阳神，
求你不要带走我们的英雄，
他的剑还要帮我们斩除苦难……

第七章　帐房妖人

在穆克石领着众将士为阿骨打祈祷的时候，陈尔栻心里头已生了不祥之兆，即阿骨打的生命可能已到了尽头。尽管他不愿意接受这样的现实，但他清楚，一个长期疲劳又骤然兴奋与愤怒交织的人，一旦中风就很难救回来。阿骨打若是驾崩，金、辽、宋三国的局势立刻就会发生变化。眼下，大辽国虽然疆土失去十之八九，天祚帝与萧莫娜又都在逃亡路上，但毕竟还有耶律大石与张觉两股不容小觑的军事力量；而与南朝关于燕云十六州的谈判还在继续，一是山后六州尚未归还，二是平、营、滦三州的管制权，双方还在暗中较劲儿。凡此种种，有阿骨打在，无论是对辽还是对宋，主动权都会在大金手中；如果阿骨打的死讯传到南朝或者逃亡的天祚帝的耳朵里，很可能会在三国的较量中横生枝节……

陈尔栻越想心里头越急，于是让人将宗望从祈祷的队伍中拉出来，两人走进大王帐，在值厅的角落里觅了凳儿坐下，陈尔栻眉心里蹙了疙瘩，慢声拉气儿说："宗望将军，皇上倒床了，你是最得皇上信任的大儿子，又是东路军的总指挥，你说，该如何度过眼下这个难关？”

宗望揩了揩眼角的泪痕，回问道：“老先生，你见多识广，你说，父皇还有救吗？”

“皇上命硬，但愿他能从鬼门关里走回来。”陈尔栻说着喉头也发硬了，他的喉结滑动几下，哽咽着说，“但是，皇上这一回的病来得太突然。”

“父皇是中风吗？”宗望问。

陈尔栻点点头。

宗望愣怔了一下，脸上的表情忽然变得坚毅起来，对陈尔栻说：“老先生，这边的祈祷与救治不能停止，但后事的料理还得秘密进行。”

“大将军说得是，该如何进行呢？”

“是不是请三叔栋摩一起来商量？”

“这个恐怕不行，”陈尔栻摇摇头说，“他犯了军法，眼下是戴罪之身，恐不能参与军国大事。”

“可他是父皇的亲弟弟啊。”

“这不是平常百姓家里，主人辞世了，兄弟姊妹三亲四戚七大姑八大姨都可以来吊孝，来守个灵送个魂幡儿什么的。阿骨打是你的父亲，是栋摩的亲哥哥，这个不假，但他更重要的是大金国的皇帝。他如果驾崩了，唯一能代表他发号施令的，不是别人，就是你宗望。不是因为你是阿骨打皇帝的大儿子，而是因为你是大金国东路军的主帅，眼下在阿骨打皇帝的身边，就你的职衔最高。”

“老先生，多谢你教诲，我明白了。”宗望听着帐外此起彼伏的祈祷歌声，问陈尔栻，“老先生你说，现在，咱们要做的要紧事是什么？”

陈尔栻回道：“大将军，老朽想听听你的主张。”

宗望略略思忖了一会儿，说道：“第一，现在就派遣快马，日夜兼程赶往上京会宁府，知会二叔吴乞买，让他尽早赶来；第二，派遣快马去大同，通知宗翰也尽早赶来；第三，父皇昨夜里做出的关于张觉叛城的处置，照样执行不做更改。”

“这三样很好，事不宜迟，大将军赶快布置下去。”

于是宗望让杰布喊来麾下偏将，派出几路快马执行任务去了。而后又吩咐杰布说：“你去告诉穆克石，这祈祷太阳神的歌不要再唱了。”

杰布对这个命令不理解，甚至有点吃惊，迟疑地问：“大将军，将士们都在为皇上祈祷呢。”

“你对大伙儿宣布，皇上醒过来了。”

“皇上醒过来了？”

宗望点点头。

杰布朝阿骨打的帐房看了看，嘟哝道：“大将军，皇上没有好转啊。”

陈尔栻插话道：“杰布，按大将军的吩咐去做。”

杰布尽管不愿意，但还是快步走了出去。

看着杰布走出帐篷，陈尔栻赞赏地看着宗望，再次压低声音说：“大将军，你这样做很好。当下，在这皇上的行营里，以及你的东路军三万将士中，第一是要稳定军心，让大家相信，皇上还活着；第二，皇上的病情，要绝对隐瞒，一点风声都不能泄露。”

正说着，只见门帘儿被撩开，穆克石带着两脚泥水急匆匆走了进来，他摇着手里的羊皮鼓，嚷道：“大将军，你说皇上的病好了？”

“是的，大萨满。”

“可是，皇上这样深深地眯盹，一时半会儿不会好的。”

“这个我知道。”

“那，你为什么要我停止祈祷？”

“因为不能让将士们人心惶惶。”

“啊……”穆克石似乎明白了其中的奥妙。

“穆克石大萨满，你快去吧。”

“我……我这就去。”

穆克石又摇响羊皮鼓走出大王帐，只听到他站在帐门外大声喊道：

“诸位将士们，你们都听着！”

旷野中的歌声停止了。

穆克石大着嗓子说道：“大金国的将士们，你们诚心诚意不知疲倦的祈祷起作用了，伟大的太阳神发出了慈悲，他把你们无比尊敬的阿骨打皇帝从死神手中夺了回来，阿骨打皇帝现在可以睁着眼睛看着大家了。”

穆克石的话让将士们兴奋，人群中爆发出欢呼声：

“太阳神万岁！”

“阿骨打皇帝万岁！”

听到这样由衷的赞美，陈尔栻与宗望阴郁地对视着，心里头却熬拉巴糟地难受。

就在穆克石在大王帐外举行萨满仪式为阿骨打祈祷的时候，乌古乃、迪雅与柳芽儿三个女人留在帐房里照料阿骨打。乌古乃让两位亲兵弄来一桶热水，亲自替阿骨打擦脸、手和脚。有一段时间，阿骨打口吐白沫，虽然吃了穆克石的还阳丹后阿骨打平静了下来，但嘴角的白沫却仍是擦完了还流。乌古乃一边擦拭，一边深情地呼唤着：“王啊，我们的王啊！你太累了，该歇一歇了，该痛痛快快地睡一觉了，可别睡得太死啊，睡过头了，太阳神不答应，你的女人们也不答应啊，王啊，我看到你眼皮子动了一下，啊，你在听我说话吗？”

乌古乃说着，泪珠儿吧嗒吧嗒掉下来，迪雅与柳芽儿也跟着嘤嘤地哭泣，但她们不敢放声儿，生怕惊扰了“熟睡”的阿骨打。

这时，帐篷外的歌声传了进来，三个女人凝神谛听着：

太阳神啊太阳神
求你不要带走我们的英雄，
他的剑还要帮我们斩除苦难。

迪雅情不自禁跟着唱起来，她本来就有一副令人陶醉的好嗓子，但这会儿她不敢放声唱，只是轻轻地哼着：

太阳神啊太阳神，
大地上的花儿都求你，
满天的星斗都求你，
让英雄回到他女人的怀抱，
让亲人回到他的故乡……

唱着唱着，迪雅突然失控地大声哭起来，乌古乃赶忙提醒她："迪雅，别惊扰了我们的王。"

迪雅停止了哭泣，但她的情绪并没有平静下来，只见她突然从炕上跳下来，狠狠地推了一把站在乌古乃身边的柳芽儿，吼道："你出去。"

柳芽儿被这突然的举动吓蒙了，她一边后退，一边嗫嚅着："迪雅皇后，我……我……"

迪雅一步一步紧逼，手戳着她的鼻子，咬着银牙说："是你害死了皇帝，你是一个贱人！贱人！贱人！"

柳芽儿像是一只受到攻击的小绵羊，瑟缩着不知所措，眼看迪雅要把她推到门外了，乌古乃咳了一声，声音很低却很严厉地喊了一声："迪雅！"

迪雅停止了进逼，回转身来望着乌古乃。

乌古乃盯着迪雅问："干吗为难一个小姑娘？"

迪雅分辩说："姐姐，如果没有她，皇上就不会瘫成这个样子，要知道，他昨天下午还杀死了一头野牛。"

乌古乃不与迪雅争辩，只是对站在门口瑟瑟发抖的柳芽儿说："柳芽儿，你过来。"

柳芽儿畏惧地绕过迪雅，重新走到炕沿边，乌古乃将手中的汗巾递给她，爱抚地说："皇上的额头、手心一直在冒虚汗，你替他擦擦，注意，汗巾若是凉了，就放在热水里蘸一蘸。"

"奴婢遵旨。"

柳芽儿感激地看了乌古乃一眼，接过汗巾，轻轻地擦拭着阿骨打的额头。

"迪雅，咱姐儿俩借一步说话。"

乌古乃说着，便牵着迪雅的手走出了帐房。当然也没有走出多远，只是在值事厅的须弥座旁边站了下来，乌古乃瞅着迪雅气鼓鼓的样子，开导她说："迪雅，眼下皇上的病势不好，在这节骨眼上，你可不能撂脸子。"

"姐，我啥时候撂脸子了？"迪雅不服气地嚷开了，"你以为我是那种搅牙的人吗？"

乌古乃苦笑着："姐没说你嚼性，可是，你干吗要那样对待柳芽儿？"

"我就觉得，皇上中风就是因为柳芽儿……"

"迪雅，你不能这样说。"

"我偏偏要这样说，"迪雅摽劲儿嚷道，"你说，皇上要不是和这贱人鬼混了一晚上，怎么能……"

"迪雅！"

乌古乃断喝一声阻拦了迪雅的话头，她的脸色冷得像块冰，看来是真的生气了。

"姐！"迪雅有点心怯了。

乌古乃严厉地训斥了迪雅几句："你是怎么说皇上的？鬼混了一晚上，这样凶巴巴的话，咒骂二混子的话，居然从你的口中说出来，你这是咒骂皇帝啊！你不觉得羞耻，我都替你害臊！"

"姐，我……我是心疼皇上。"

"心疼皇上，就在心里为他祈祷，就去陪他受罪。这会儿，皇上不能说话，但保不准他正在抽筋拔骨地疼呢。"

“姐，不管怎么说，咱们的王，他……他昨儿晚上，的确与柳芽儿待了一整个晚上，然后，起床不到半个时辰，就焉嘎儿地走了。”

“迪雅，咱们女真人的英雄，就像草原上的骏马，只能倒在奔跑的路上，不能死在马厩里。”

“姐，这帐房难道不是马厩吗？”

“不，它不是。”乌古乃深情而又略带遗憾地说，“咱们的王还是欠点福气，他没有倒在沙场上，也没有倒在女人的臂弯里。”

“姐？”

迪雅对乌古乃的话感到惊讶，她琢磨着还想问点什么，却听得帐房里传来柳芽儿的尖叫：“皇后！皇后！”

乌古乃与迪雅赶紧冲进了帐房，只见柳芽儿两眼直直地瞪着帐房右上角的穹顶，嘴巴张开着，一脸惊恐。

乌古乃首先看了看躺在炕上的阿骨打，他依然平静地躺着。乌古乃这才放心了，她问柳芽儿：“你看到什么了？”

“那里……那里……”

柳芽儿依然指着那片帐篷顶，乌古乃与迪雅顺着她手指的方向看去，什么都没有，乌古乃为了把柳芽儿从惊恐中解救出来，她把柳芽儿的手攥在自己的手心里，尽量平静地问：“柳芽儿，那里有什么？”

“有一个人头，在那里飘浮着。”

“还在吗？”

“还在。”

“长成啥样儿？”

“眼眶凹凹的，龇着牙，留着山羊胡。”

“这会是谁呢？”

乌古乃也感到心里发怵。迪雅看到房门旁的衣架上，挂着阿骨打的铠甲和佩剑，便跑过去拿起那把剑，跳上炕，用剑朝着柳芽儿指的地方一阵乱捅，然后问柳芽儿：“那妖人还在吗？”

“不在了。”柳芽儿一副惊魂未定的样子。

“去哪儿了？”迪雅依然举着剑。

“飘走了。”

“从哪儿飘走的？”

“没看清。”

“这个也看不清？”迪雅不满地斥责。

柳芽儿回答：“那人头就在原地飘来飘去，然后就不见了。”

两人对话的时候，陈尔栻与宗望、杰布、穆克石等人也掀帘儿走了进来。这房中的动静也把他们惊动了。

“发生了什么？”宗望问。

“这帐房里出现了妖人。”杰布与穆克石面面相觑。迪雅收回剑，下了炕，把剑挂回到衣架上。

“妖人？”

“对，妖人。”

迪雅把事情的原委讲了一遍。宗望听完了，问柳芽儿：“是这样的吗？”

柳芽儿点点头。

宗望问穆克石：“大萨满，你说，这妖人为何会在这时出现？”

穆克石一直在为阿骨打的病提心吊胆。他深知，作为大金国的首席大萨满，他对阿骨打的病必须承担最大的责任，如果因为他的误诊而导致皇帝驾崩，他就有可能被处死。即便是皇帝的病不可救治，他若说不出不可救治的理由，也会遭受众人的指责，甚至被剥夺大萨满的法位。从他看到阿骨打发病的那一刻的状态，他就知道阿骨打这是中风了，而且非常严重，他真心祈祷太阳神，希望奇迹在阿骨打身上发生。他也知道阿骨打中风的原因是因为极度的亢奋与愤怒所致，这两种情绪的交织，是柳芽儿与栋摩两人造成，他甚至想到了，万一皇帝驾崩，如果一定要找一个罪魁祸首的话，这人绝不可能是栋摩，只能是柳芽儿。所以，当宗望问他妖人出现的原因，他就想好了如何趁此机会引出一个对自己有利的话题来，于是他一本正经地说：“这事儿若是究根儿，我就得多问几句了。柳芽儿，我且问你，你说那妖人龇着牙，长着山羊胡子？”

“是的。”

“你见过的人中，谁长着山羊胡子呢？”

“我得想想……”

屋子里短暂的沉默，迪雅忽然心血来潮地问：“天祚帝长的是山羊胡子吗？”

宗望摇摇头说：“天祚帝是短胡子，硬得像马鬃。”

穆克石催促柳芽儿：“你想想，你见过的人中，有谁是山羊胡子？”

柳芽儿像突然从梦中醒来似的，怔怔地说：“难道是他？”

穆克石立刻追问：“他是谁？”

柳芽儿回答：“秦晋王，他蓄的是山羊胡子。”

“秦晋王，就是萧莫娜的丈夫耶律淳？”穆克石一下子提高了调门儿，“柳芽儿，你没看错吧？”

“在燕京城的王宫里，奴婢常常见到秦晋王，他就是长着好看的山羊胡子。可是，他为什么会来这里呢？”

“柳芽儿，你现在回避。”

看着卫兵将柳芽儿带出了帐篷，穆克石如释重负地长出一口气，严肃地说：“两位尊敬的皇后，老先生，大将军，阿骨打皇帝犯病的原因现在找到了。”

“什么原因？”乌古乃问。

穆克石斩钉截铁地回答：“就是遭了秦晋王的魔魇。”

“如果是魔魇，应该是天祚帝，而不应该是秦晋王啊。”

宗望说出了他的疑惑。穆克石解释说：“魔魇只能是死人来寻找活人，秦晋王已经死了，来找阿骨打皇帝寻仇，这不可能有错。阿骨打皇帝攻占了他的燕京，将他最爱的夫人萧莫娜赶走了，至今下落不明，这个仇恨还不大吗？”

杰布插话说：“天祚帝仇恨更大。”

“天祚帝肯定还没死，所以他无法魔魇。”

乌古乃开口问道：“人鬼不同天，秦晋王怎么会找到这里来的？”

穆克石说：“因为有引魂幡儿，死去的人灵魂总在旷野上飘荡，一有了引魂幡儿，他就能找到家。”

“谁是他的引魂幡儿呢？”

“柳芽儿。”

“柳芽儿，”迪雅叫起来，“大萨满，你是说柳芽儿引来了秦晋王？”

“是呀。”

迪雅脚一顿，银牙一咬：“这个柳芽儿，果然是个害人精。”

穆克石趁机说出他的想法：“大将军，这柳芽儿应该速速处置。”

宗望问：“怎么处置？”

穆克石说：“凡中了邪的人，必须架一堆火，将其烧死。”

宗望盯着穆克石：“一定要这样做吗？”

“为了阿骨打皇帝的病情，我实在想不出更好的办法。”

迪雅随着穆克石补了一句：“只要能救皇帝，什么人都可以死。”

宗望一时拿不定主意，他望了望自从进了帐房就坐在小凳上始终一言不发的陈尔栻：“老先生，你说说。”

陈尔栻面无表情，淡淡地说：“人命不是儿戏，大将军，我们还是听听你的母亲乌古乃皇后的主见吧。”

宗望转向乌古乃：“娘，你拿个主意。”

乌古乃皇后伸手摸了摸阿骨打的额头，平静地吩咐：“杰布，去把柳芽儿带来。”

杰布出去带回柳芽儿，看到帐房里紧张的气氛，柳芽儿预感到有什么险恶的事情要发生，脸顿时煞白，泪水又流出了眼眶。

乌古乃走过去牵住柳芽儿的手，一起坐到阿骨打的身边，她替柳芽儿擦了擦眼泪，然后对在场的人说：“你们听着，从现在起，柳芽儿就是我的女儿。这几天，我们母女俩会形影不离，替我的王，你们的阿骨打皇帝擦身子、喂药。阿骨打皇帝能活过来，是大金国的福气。他若真的累了，要去天国安安生生地休息，咱们就遂他的愿。死生有命，谁也不能怪谁。柳芽儿，你跪下，喊一声娘。”

柳芽儿珠泪滚滚扑通跪下，哽咽着喊：“娘，娘，我的亲娘。”

在场的人无不愕然，陈尔栻的眼角滚出了浑浊的泪珠。

第八章　经筵之后

立夏后几日，若在江南，已是绿肥红瘦了，但在黄河边上的汴京，却仍在柳烟花雾、姹紫嫣红的浓春时节。这一日，是夏历四月初九，徽宗皇帝赵佶驾临文德殿，出席逢九必开的经筵。

出席经筵的，除了皇上，还有年满十五岁的皇子，以及朝中各部院四品以上大臣，大内各宫殿当值的六品以上官员也在陪侍之列。今日经筵，由龙图阁学士郑川成讲《致中和，天地位》之说。每次经筵，都会在前七日由枢密院开出九个题目送呈皇上裁定，皇上可九选一，也可全部否定自定讲题。这个《致中和，天地位》便是九题中的一个。徽宗之所以选定，是因为看了该题下附简要条目："致，行之至也，致乐以治心。"徽宗当下就心动，拿起朱砂笔勾出该题，批了四字："此题甚好"。但是，等到郑川成呈讲之后，赵佶又暗自在心中叫苦。原来，郑川成讲的不是琴棋书画、吹拉弹唱、莳花弄草、桂楫兰桡的娱乐，而是如丧致哀、见危致命、临国致事、居家致俭的礼乐。他硬着头皮听完，连称赞几句的话也不肯讲，就想起身走人。但是，按经筵仪轨，主讲官说毕，枢密院大臣会应景儿问一句："在座诸臣工，还有何言补进？"一般来讲，陪侍之臣不会站出来说什么，偶尔也有朝臣站起来，就所讲题目提出不同看法，当着皇帝的面与讲官论辩。今日当枢密院正使王黼应景儿问了一句后，有一位年轻的朝臣从靠后的官员队伍中站了起来，言道："臣大成殿侍御史李纲有言要奏。"

王黼早就看出赵佶不耐烦了，便想打消李纲奏言的念头："今日时候不早，改日再进言吧。"

却没料到李纲已走到徽宗须弥座下，在讲官郑川成背后跪下了，言道："皇上，微臣只有几句话。"

徽宗看到李纲一脸英气，两道浓黑的长眉下，目光炯炯有神，心中不免一振，随口问道："你叫什么？"

"臣名李纲。"

"哪一年进身？"

"政和二年。"

"现在哪里供职？"

"大成殿侍御史。"

"听你的口音是南方人？"

"臣福建邵武人，乡音太重，有碍皇上听闻，罪过，罪过。"

"福建邵武人，曾任龙图阁待制的李夔，也是邵武人，你可认识？"

"禀皇上，家父正是李夔。"

"啊，你是李夔的公子。"徽宗忽然颔首笑了起来，"几年前，朕在汴城的东北隅筑了一座寿山艮岳，建成之日，命诸大臣承制颂文，你的父亲李夔所作最称朕意，那篇颂文你记得吗？"

"记得。"

"念。"

"微臣遵旨。"李纲长跪，挺挺身子，朗声诵道：

玉皇御天，金母嫁女，雕璧成车，裁瑛作麈。龙驭昆丘，乌发玄圃，笑月光微，看去色阻。荷露添华，柳烟生妩，九重欢眷，六宫逊处。乃构椒房，用当金宇，碌碌宜阶，瑟瑟为户。碧落深沉，青霞墉堵。小臣献颂，庶叶万舞。

赵佶认真听着，李纲话音一落，他就赞道：“果然是孝子，将令尊大人的文章，一字不差地背下来了。”

面对徽宗的夸奖，李纲回道：“家父乃皇上先臣，以文字供奉禁中，哪怕只言片语，一得皇上赏识，便成家族荣耀。微臣牢记家父文字，一记父德，二记皇恩，若错一字，即为不孝不忠。”

“好见识！”徽宗不禁对李纲产生了好感，又问，“你想要说什么？”

“臣斗胆禀告皇上，讲臣郑川成大人的《致中和，天地位》一讲，寓意深刻，可用心体会。”

“啊？”

“前几日微臣读苏东坡《欧公集序》，他说：‘宋兴七十余年，民不知兵，富而教之，至天圣、景祐极矣，而斯文终有愧于古。士人因陋守旧，论卑而气弱。自欧阳子出，天下争自濯磨，以通经学古为高，以救时行道为贤，以犯颜纳谏为忠，长育成就，至嘉祐末号称多士，此乃欧阳子之功也。’皇上，我大宋开国以来，士风数变，目下朝中命官虽俊杰不少，但少救时行道之臣，犯颜纳谏之士……”

坐在须弥座左下首的王黼听到这里，担心李纲胡言惑圣，于是吼道：“李纲，不要胡说！”

“院主大人，臣不是胡说，这正是中和不至，轻浮漫衍的后果。欧阳文忠公之后，司马温公继其后，文章救世，宏论滔滔。针砭时弊，教化士庶，时人多有赞誉，言司马温公之文，君临天下者得之，足以鉴兴衰，通治体；公卿士人得之，足以为忠嘉，尽臣节；庶从庸流得之，足以检身厉行，慕仿君子之行；乃至山林幽人江湖放客得之，则浩歌流咏，斟酌厌饫，随取随足。皇上，士行中和，家必顺之；君行中和，国必谐之。目下之家国，惟娱乐为尚，社稷情怀，独缺忧患……”

李纲口若悬河，意气风发。本来昏昏欲睡的陪侍经筵的大臣们，顿时都像听到炸雷一样，一个个都机灵了起来。王黼本是经筵的主持者，他感觉像吞了一只苍蝇，但看到徽宗皇帝的表情似乎对李纲有激赏之意，也就不便再出面制止。等李纲说“目下之家国，惟娱乐为尚”时，赵佶的脸色才骤然变得难看，一直觑着皇上的王黼立马从椅子上霍地站起，喝道：“李纲你说够了！今日经筵至此结束，恭请皇上退席！”

于是大殿里的大小臣工一起屁股离了凳儿跪到地上，口中一齐喊道：“恭请皇上退席！”

徽宗皇帝便在内侍的簇拥下出了文德殿后门，王黼与梁师成跟在他后头也走了出来。王黼看到皇上的脸色还阴沉着，便趋前几步说道：“皇上，李纲这家伙，完全不知天高地厚，竟敢在大庭广众下忤逆皇上，臣这就吩咐下去，拟旨将他革职。”

正准备上轿的赵佶，听到这句话，便停下脚步，盯着王黼问：“革职？革谁的职？”

“李纲，革掉他大成殿侍御史的官职。”

“为何？”

“他忤逆皇上。”

“王黼啊王黼，你怎么会这样替朝廷当差呢？”

“皇上，臣看到李纲胡言乱语时，你的脸色就变了。”

“变了？”

“变了，像响晴响晴的蓝天上，突然起了老大一朵乌云。”

“这乌云不是因为李纲。”

“啊？那皇上为何变脸了？”

“因为那匹小如意。”

“啊，原来是这样。”王黼不无尴尬地一笑，“皇上，小如意怎么了？”

小如意是徽宗皇帝众多宝驹中的一匹，因为是一匹小巧玲珑的倮马，故徽宗称它为小如意。早上出席经筵时，他本想骑骑这匹小如意，但不管御马监的侍者如何调弄，小如意就是不肯离开马厩一步。这件事一直在徽宗心中留下挂牵。在李纲向他陈情的时候，他一下走了神，竟没有听到李纲说什么，而是想着小如意为何表现反常。“该不是得了什么病症吧？”这么一思忖，他的脸色就变了，这一变化立刻被王黼发现，于是有了文德殿里的那个结局。此时，听到王黼问到小如意，徽宗忧心忡忡地答道：“这不是听了半天的经筵吗？我也不知道它究竟怎么了？”

正这么说着，忽见一位穿着青衣幞头的小珰牵了一匹腿脚矫健的小马从宣德门中迤逦走出，向西一拐，顺着御道，向文德殿的后门走来。眼尖的梁师成一眼瞥见，便尖着嗓子叫起来：“这不是小如意吗？皇上你看，小如意迎驾来了。”

本欲上轿的徽宗，见到小如意后便弃轿迎了过去，谁知小如意见到徽宗皇帝竟止住蹄儿不肯前行了。徽宗瞧着小如意淘气的样子，便招手说：“小如意，来呀，到朕这里来。”

小如意垂着脑袋，四只蹄子一动不动。

“这畜生怎么啦？”梁师成喊那小珰，“你，把它拉过来。”

小珰使劲扯了扯缰绳，小如意就是不动。

“这畜生！”梁师成又跺着脚骂了一句。

“你别开口一个畜生，闭口一个畜生。”徽宗皇帝白了梁师成一眼，没好气地呵斥了他几句，“再这样，朕就要骂你是畜生了。”

“是，皇上，小的知错了。”

梁师成脸上红一阵白一阵，唯唯诺诺退到一边。

王黼最会察言观色，他知道徽宗皇帝在大内豢养了诸多宠物，大至狮、虎、象、马，小至猫、狗、鸡、兔。这小如意与名为绿珠的波斯猫、名为韩擒虎的天竺国进贡来的狮犬、名为小和尚的吐蕃王进贡来的袖鼠，合称为大内宠物中的四大天王。徽宗经常将这四大天王弄到一块儿，召来后宫眷属与亲近大臣一起赏玩。眼下小如意的反常举动，让徽宗心情不爽，他踱步到小如意跟前，问小珰：“小如意得了什么病？”

小珰摇摇头说：“回皇上，它没有病。”

王黼伸手在小如意的脑门子上摸了一把，小如意赶紧后退一步，那样子好像是对王黼反感，王黼心里头腻味，表面却笑道："这宝贝疙瘩，还闹别扭呢。"

"老天官的话倒说得不差，"小珰接口儿说，"小如意就是在闹别扭。"

"和谁闹别扭呢？"徽宗问。

小珰上前一步，朝徽宗扑通跪了下去，高声奏道："皇上，小如意是在生你的气呢！"

"生我的气？"徽宗吃了一惊，"它干吗生我的气呀？"

"它说皇上您偏心。"

"啊，这话从何说起？"

"旬日前，皇上您高兴，给林灵素大真人的一只灵猴封了一个上清宫供奉的六品官。在这之前，你还给南诏国贡来的一只孔雀赐了个上林公主的名号，也有六品的待遇。小如意跟了皇上四年，天天逗皇上开心，至今却还是个白身。"

"白身？"徽宗不解。

"无职无官，不是白身又咋的？"

"啊，是这样。"徽宗如释重负，想了想又问，"你这厮，小如意又不能说话，怎么能要官？是不是你趁机来诳朕？"

小珰又磕头有声，言道："皇上，纵是玉皇大帝给小的撑腰，十殿阎王借给小的十个胆子，小的也不敢诳皇上您呀，这的确是小如意的意思。"

徽宗问："怎么能证明是它的意思？"

小珰从地上爬起来，返身朝小如意打一躬作了一揖，说道："小如意，小的侍候了你四年，你不算是我的娘，也算是我的爹了。在皇上面前，你可不敢作践我，你要向皇上表达你的真心意。如果你真想要皇上封官，就迈蹄儿朝前走两步，把你两只前蹄子抬三抬，算是磕头恳求皇上了。"

小珰说毕闪到一边，却见小如意真的朝徽宗走出两步，并按小珰所说抬起两只前蹄做了礼敬。它的这个举动让在场的人都惊讶莫名，王黼不禁在心中叹道："这年头儿，不要说人，连畜生都想当官了。"

此时，只见徽宗走上前，拍了拍小如意的脸颊，并把它颈子上的缨络拨弄了几下，叹道："小如意，你通灵啦。你想当神仙，朕帮不了你。想当官，朕倒可以赏赐给你，你是一匹马，咱们总是讲龙马龙马，朕就赐你龙骧将军如何？"

徽宗皇帝话音一落，小珰赶紧上前双手抚着小如意的脑袋，锐声喊道："小如意，从今以后，你就是龙骧将军了，还不赶快谢皇上。"

小如意闻言，竟然举起两只前蹄，朝着徽宗皇帝咴咴儿叫了几声。

正在大家惊叹的时候，却见文德殿值日官气喘吁吁跑出后门，跪在徽宗皇帝面前奏道："皇上，龙图阁学士、敕命与大金国谈判全权大使赵良嗣有急事叩见皇上。"

尽管从燕京城里赶回汴京的赵良嗣声言有急事求见，徽宗皇帝也没有立即见他，而是弃了暖轿，骑上小如意前往大内，在御膳房用了午膳后，又回到寝宫小寐了半个时辰，这才传旨赵良嗣到崇政殿相见，并让蔡京、王黼两位大臣参加。

此时，殿瓦上敷着的明晃晃的阳光仍很炽烈，徽宗皇帝从崇政殿的后门进来时，蔡京、王黼已先来此候驾，徽宗皇帝与他们稍事寒暄便入殿升座，两位大臣也在御座两旁的下首坐了，这才传旨让后殿外回廊里等候多时的赵良嗣进来。

赵卿趋步上阶，给徽宗皇帝行了觐见之礼。徽宗皇帝给他赐座后，问道："赵良嗣有何急事要奏？"

赵良嗣听皇帝问话，顿时屁股又离了凳儿，再次跪了奏道："皇上，下臣奏事之前，先敬贺皇上您又得了一个龙骧将军。"

徽宗皇帝接过宫女递上的黑枸杞红枣汤呷了一口，笑道："才封了不到两个时辰，你就知道了？"

"小如意不是凡马，皇上封它为龙骧将军，可谓实至名归。"赵良嗣一副讨好的笑容，恭维道，“此次诰封，足见皇上圣明。此刻京城已经传遍，就连升斗小民也夸赞皇上的恩德，实可垂范天下。”

“赵良嗣，说说你的急事儿。”

“禀皇上，七天前，前辽国萧莫娜手下的京西节度使兼镇国大将军张觉在营州叛了。”

“叛了？叛了谁？”

“燕京被金国皇帝完颜阿骨打攻占之后,张觉就给阿骨打献上了平、营、滦三州。阿骨打把燕京还给我大宋后，就下令把平州立为大金国的南京，并下旨让张觉仍当平州节度使，兼领营、滦二州。阿骨打率大金军离开平州不到十天，张觉就背叛了大金国，并杀死了前辽宰相左企弓等五位降金的重臣。”

听到这里，赵佶把手中的茶盏递还给宫女，从御座上起身，踱到赵良嗣跟前，兴奋地问：“张觉叛金，有没有归顺我大宋的表示？”

“叛金之前，张觉让儿子张劲秘密到了一趟燕京，与郭药师私下接洽。”

“他们说些什么？”

“下臣不得而知。”

看到徽宗皇帝脸上有些茫然,坐在左下首的蔡京便开口说话了:“你赵良嗣不得而知，不等于此事的底牌我们不知晓啊。”

蔡京心中虽然得意，表面上却不露声色，他说：“皇上，记得正月间大金国特使完颜娄石来汴京参加朝会大典的事吗？”

徽宗点点头：“记得，那位完颜娄石，还在宣德门外闹事，打伤了禁军头目。”

蔡京继续说道：“正是那一次，老臣遵皇上的旨意，在家中设宴招待完颜娄石一行。在几位陪客中，有林灵素、梁师成等。老臣还特地请了前辽降将郭药师作陪。”

“郭药师，就是那个奇丑无比的将军？”

“正是，皇上。”蔡京拭了拭干涩的眼角，接着说，“我让郭药师来，是给他布置了一件秘密的差事，即暗中与张觉接触，想办法让他叛金。”

徽宗皇帝踱回到御座上坐下，略略有些惊讶地问："爱卿，原来张觉叛金，是你预先筹划？"

蔡京觑了一眼王黼，见他眼含醋意，便故意表现出淡然，说道："皇上，朝中部院大臣，各领职责，每一位大臣多为朝廷担责、分忧，皇上就可以享受燕闲之乐，天下垂裳而治。"

尽管如此，王黼仍然感觉不爽，挑刺儿说道："张觉虽然叛金，但也没有明确表示愿意归顺大宋。赵良嗣，是不是这样？"

"是的。"赵良嗣鬼精鬼精，回答的话两边不得罪，"下臣此次从燕京匆匆赶来面圣，是奉童太师之命，就张觉归顺大宋之事，请皇上颁下旨意。"

蔡京问："张觉有何条件？"

赵良嗣回答："据张觉儿子张劲讲，他父亲想得到皇上的亲笔御笺，给出承诺。"

徽宗问："什么承诺呢？"

蔡京捻着花白的胡须，沉吟着说："燕云十六州，在最初的宋金两国密盟中，本说灭辽之后全部归宋。但完颜阿骨打灭辽之后，因平、营、滦三州不属于石敬瑭割让，所以不肯归还，并在那里建立金南京，欲与燕京对峙。这次张觉若携三州来降，十六州才完璧归赵。张觉此举可称不世之功。在他之前，郭药师率领他的八千怨军以及涿、易两州叛辽归宋，皇上赐给他一百斤黄金、四位美妾以及若干珍宝，并封官为河北招讨使，那八千怨军仍然在他麾下。所以，郭药师感恩不尽，死心塌地归顺了大宋……"

蔡京尚未说完，王黼插话道："太师为了笼络郭药师，也选了府中一个名叫香环的丫鬟嫁给了郭药师，郭药师受宠若惊，认了太师这个干爹。"

王黼的话中有揶揄之意，却没想到徽宗皇帝借机大加赞赏："左元仙伯为了朝廷，不惜献出府中美女，真是一心为公啊！"

蔡京感激地看着徽宗，抱拳揖道："为皇上当差，老臣断不敢存有二心，如今对待张觉，当以郭药师为例，不可轻慢。"

"如何才不轻慢呢？"

"这个，还是先听听王大人的高见。"

"王黼，那你说。"

王黼见皇上问上脸来，又是枢密院分内之事，无法回避，便答道："请郭药师策反张觉之事，蔡太师的确与我早有通气。郭药师离开京师回涿州复职，臣也面授机宜。相比较，张觉携三州、四万人马来降，功劳远高于郭药师。但郭药师归顺时大辽尚存，三国形势阴阳未判，其勇气与谋断尤其难得。"

徽宗觉得王黼有些绕弯子，便下了旨意："王黼，你这话等于没说。关于张觉的奖赏，一定要体现我大宋的上国风范。究竟如何赏赐，太师你会同左元仙伯仔细斟酌，然后呈报朕这里裁定。"

两位大臣一同回奏："臣谨遵旨意。"

第九章　燕京夜话

四天后，赵良嗣又马不停蹄赶回燕京，斯时天色向晚，许多店铺开始打烊关门,街面上冷清了下来。进城之后,赵良嗣并没有放慢速度，而是快马加鞭，马蹄踢踏在鹅卵石铺出的街道上溅起点点火星，引得三三两两的行人避到路旁驻足观看。赵良嗣及其一应随行人员在武弁护卫的簇拥下，来到当年的辽王宫，如今的大宋燕京府，滚鞍下马，早有闻讯在此守候的府中值官吏员前来迎接，将其带入府中。

当年萧莫娜的议事厅，如今原封不动地变成了大宋燕京府的议事厅。此时，厅里宫灯璀璨，童贯、蔡攸、王安中、郭药师、詹度五人坐在厅里闲话。却说与大金国的完颜娄石办完燕京城的交割之后，童贯与蔡攸本应择日返回汴京复命。童贯想着自己为燕云十六州归宋一事操劳多年，如今梦想变成现实，自然对这片土地情有独钟，加之在新收复的府州县中安插了许多亲信，也想趁机到他们管辖的地盘走走。此一盘桓不觉过了两旬，这时平州方面传来了张觉叛变的消息。他当机立断，留在燕京就近处理这一骤变事件。在他看来，平、营、滦三州若能尽快收回，燕云十六州回到中原的统治，他必定就是青史留名的第一功臣。因此，在这节骨眼上，他不能让别人染指。至少，处理操控这件事的主动权不能落到别人手上。让赵良嗣第一时间回汴京向徽宗皇帝禀报此事，正是他的决定。今儿个让一应重要官员在这议事厅里等候赵良嗣带来皇上的旨意，也是他的主意。

赵良嗣风尘仆仆走进议事厅，依次施礼见过诸位大僚，然后在郭药师之侧预先给他备好的椅子上坐下，对童贯禀道：“太师大人，下官奉你之命回汴京面圣，只停留了一晚就返程，每天快马跑六七个时辰，四天才回来。”

童贯说：“良嗣，看你一脸疲倦，知道你辛苦。皇上听了禀报，有何旨意？”

赵良嗣便把那一日在崇政殿觐见的事情从头到尾复述了一遍，最后，让随从书办拿出一只四角包金的樟木浅匣，从中拿出徽宗皇帝写的亲笔信。

这是三张徽宗皇帝专用的金花笺纸，童贯对瘦金体的御笔甚为熟悉，便一行行默读下来：

> 日前童贯遣赵良嗣来奏：前辽四军林牙张觉，后降金得封平州知府兼临海军节度使，素有经纶之才，心仪汉室。辽亡之后，拟应按盟誓归还唐之旧土，但平、营、滦三州却持之不还，且立南京。我朝本可重兵讨取，却闻张觉久欲归附，故敕令诸军按兵未动，只待择时率众归我中原皇祚。事成之日，当以金爵畀之，金之封官，准予世袭，一应部众，例皆行赏，三州百姓，许减税三年。
>
> 癸卯岁四月初九
>
> 大宋皇帝之宝

童贯看罢，递给蔡攸等在座臣僚逐个阅览一遍，然后童贯吩咐将金花笺放到樟木匣中妥善收藏。这时候，值日官又匆匆进来禀告有人求见，童贯问：“是什么人？”

值日官答：“来人有元帅府的腰牌，说是直接听从詹大人调遣。”

詹度点点头，吩咐值日官：“让他进来。”

值日官退出去不一会儿，便见一个穿着青衫皂靴的行商打扮的人走了进来，詹度介绍：“这是我奉童大人之命，派往平州的细作，叫王六平。六平，你先见过诸位上官。”

王六平就在堂下对六位上官一总儿磕头行了礼，然后詹度问他：“六平，看你猴儿吧唧的，是不是从平州回来？”

“是的。”王六平压抑不住兴奋，赶着话儿说，“从平州到燕京，少说也有三百里地，我只花了两天赶回，为的是向各位大人报喜。”

“报喜？”童贯的眼睛一下子瞪圆了，他拍了拍椅翅，“快说，报什么喜？”

“张觉在榆关打了一个大胜仗，大金国的南征大将军栋摩带来的三千兵马中了他的埋伏，死伤过半。”

“啊，有这等事？”蔡攸插话说，“张觉能打败栋摩？”

王安中也一旁添油加醋说：“是啊，这栋摩是阿骨打的三弟弟，可是个逢战必胜的家伙。”

“各位大人，小的话句句属实。”

王六平说着，就把榆关之战绘声绘色描述了一遍。众上官听罢，也都亢奋起来，詹度说：“这个张觉，的确是个文武全才，上马治军，下马治民，都是一套一套的，难怪郭药师夸他是萧莫娜手下的小诸葛。”

“小诸葛是小诸葛，”郭药师看到诸人一个劲儿吹捧张觉，心里头便有些不乐意，于是悻悻地说，“但萧莫娜并不信任他。”

“这是为什么？”王安中问。

郭药师回答：“因为张觉像个琉璃球儿，没有人捏得住他。”

王安中说：“但是这一次不同，他叛了大金国，还杀死了左企弓，如今又打败了栋摩，他断了自己的后路。”

童贯听了这些抬杠的话，心里头反倒有了主意，他问郭药师："郭将军，你认为张觉应如何对待？"

"皇上不是有旨意了吗？"郭药师联想到自己，倒也不肯说张觉坏话了，"张觉既然愿意归顺，就该善待。"

"如何善待呢？"

"多给金子，多给女人，多给官爵。太师，连一匹宠物马皇上都可以封一个龙骧将军，何况张觉这个大活人呢！"

童贯哈哈一笑："郭将军倒是坦率，赵学士，你意下如何？"

赵良嗣欠身问道："太师，你是问下官对张觉一事的看法吗？"

"是呀。"

赵良嗣斟酌了一下，慢吞吞地说："下官认为，朝廷不应该在此时招安张觉。"

此语一出，在场的人都愣住了。童贯挥挥手，让王六平退出，然后问赵良嗣："你为何如此说话？"

赵良嗣习惯地捋了捋下巴上稀疏的胡须，神情不安地说："太师，下官要说的话，可能会有欺君之罪，也会冒犯诸位上官。"

童贯急切想知道下文，倒有些烦躁了，他又拍起了椅翅："赵良嗣，你吞吞吐吐的干吗？什么欺君之罪，不说才是欺君之罪，快说。"

赵良嗣起身朝在座各位拱拱手说："那下官就斗胆直言了，良嗣认为，策反张觉有诸多不妥。其一，宋金密盟灭辽，此计由我良嗣构想，童太师报呈皇上批准，仍由童太师主持施行。这其中，蔡太师、王冢宰都是积极推动，到今天不过五年，辽国名存实亡，天祚帝虽未俘获，但已无补于事，连强弩之末都谈不上。我大宋朝廷应得到的燕云十六州，已有十州在手。宋金两国，虽摩擦不断，但依然是盟国，若策反已叛金的张觉，则是背盟之举。其二，张觉这个人诚如郭药师将军所言，是个朝秦暮楚、见利忘义之人。他既然可以背叛萧莫娜归顺大金，又为一己之私叛金而杀害过去的上司左企弓，可见此人除了见利忘义，还心狠手辣。与这样的人打交道，要慎之又慎。其三，大金国方面拒不交还平、营、滦三州，理由是此三州不是石敬瑭所割让，而是在此之前由辽开国皇帝耶律阿保机率兵攻占。此事史有记载，大金国才不肯交割。依良嗣之见，大金方面对此三州并无长占之心，若他们真心想在此建立南京，就绝不会让张觉不挪窝儿地袭职升官。我猜测大金方面是想借此三州，向我大宋索取更多好处。我想如果通过谈判，多给钱帛，三州是可以收回的。其四，大金国足可称得上是虎狼之师，兵力不可小觑。大金取代辽成为我大宋北方之邻，万不可轻易启衅，一旦两国交兵，我大宋必将陷入另一场战争。良嗣想，这肯定不是我大宋君臣愿意看到的局面。”

赵良嗣说这番话的时候，议事厅里一片寂静。可以说，赵良嗣的观点对于他们来说，是完全没有预料到的。童贯手支着下巴在思忖，一向心不在焉的蔡攸也垂下眼皮子在琢磨，詹度迷迷瞪瞪地盯着赵良嗣，仿佛没听懂，王安中舔着嘴唇，眼睛盯着天花板出神，一议事就懒洋洋的郭药师，这会儿抓耳挠腮，显得坐立不安了。

看到在座各位的表情，赵良嗣仍保留着他狡黠而谨慎的表情，又补充道：“太师及诸位上官，刚才良嗣所言，乃一孔之见，如有冒犯，敬祈见谅。”

童贯心里头认为赵良嗣的担心有几分道理，但也埋怨他不识时务，拿下平、营、滦三州，无论君臣朝野，都必将传为佳话，至于留下的隐患，现在有什么好担心的？古人不是讲了吗，车到山前必有路……但赵良嗣毕竟是宋金盟誓的建议人，也是牵线人。正是因为他八年来的奔波努力才有今天这可喜的局面。虑着这一层，童贯也不好当面指责他，接过赵良嗣的话头，他委婉地说：“良嗣，听了你的一席话，我琢磨了半天，倒听出了一点弦外之意，你对大金国还存了几分真情。”

“太师……”

童贯看出赵良嗣想辩解，挥手制止了他，接着说：“你听我把话说完。我且问你，皇上在对大金国的交往中，最想要的是什么？”

“这个，请太师明示。”

“那我就告诉你吧，皇上最想要的，不是什么盟誓，而是完完整整的燕云十六州。”

“这……”赵良嗣语塞。

童贯看着赵良嗣沮丧的神情，笑道：“良嗣，你进京面圣，怎么不把你的想法当面向皇上禀告呢。”

赵良嗣苦笑道：“根本没有机会。”

“为什么？”

“因为皇上听了下官的禀报后，就把此事交给蔡太师、王冢宰二人处置，然后就转了话题。”

“皇上转了什么话题？”蔡攸插话问。

“皇上拿出一张金花笺，让我读上面的一首词。”

“什么词？”依然是蔡攸问。

“词牌《苏慕遮》，皇上说这词是李师师刚刚写下送呈的。并下旨让我和上一阕。”

蔡攸顿时来了精神，说：“李师师比皇上大了十三岁，却是皇上最喜欢的红颜知己。这李师师的词填得好，这首《苏慕遮》是怎么填的，良嗣，你背诵下来了吗？”

赵良嗣点点头，轻声吟哦起来：

玉兰干，金屈戌，簾外长廊，廊响弓弓屧，鬓影春云衫影雪，如水裙拖幅幅相思褶。

阮弦松，笙字涩，心上烧香，香上心先灭，安得返魂枝底叶，便作青虫也褪花蝴蝶。

在座的除童贯和郭药师外，基本上都是诗词高手。如果谈张觉叛金一事，觉得沉重，那么转到这个话题上，则无不感到轻松。詹度不无羡慕地问：“赵大人，你是龙图阁大学士，皇上让你和李师师的词，这是难得的殊荣啊，你是怎么和的？”

“我没有和。”

“没有？”詹度有些诧异，“你是诗词高手，怎么不和呢？这不是违悖圣意吗？”

赵良嗣苦笑了一下，答道：“李师师将这首词送进大内，原是求皇上和答，我一个小人物，焉敢造次。皇上虽说让下官酬和，也只是一时的兴致，下官可不敢顺杆儿爬。”

童贯对这类的谈论不感兴趣，他故意咳了一声。大家都知道，这是童贯要发表什么重要讲话了，于是值事厅立马安静了下来，所有的脑袋都转向了童贯。

童贯的目光在每个人身上审视了一遍，然后用不容置疑的口吻说道：“在座诸位各负其责，郭药师与张觉继续保持联系；王安中你负责调度各衙门，做好接收平、营、滦三州的一应准备；詹度，你必须在五天之内，将皇上的这三张金花笺送到张觉手上。至于赵良嗣，尽管你对皇上的旨意有不同见解，但是，腹诽则可，怠慢则万万不可，为处理好招安张觉之事，你恐怕还得辛苦一趟。明天，你就出榆关，去辽阳府地面寻找大金皇帝阿骨打，当面打探他对张觉叛金的反应，并向他表明我大宋朝廷的态度。”

“什么态度呢？”赵良嗣追问。

童贯哼了一下，不满地反问：“什么态度？难道你不知道吗？哪怕咱们大宋在张觉这件事上做得有些欠妥，但你作为大宋特使，在金国皇帝面前，也一定要无理掰出个理来，让完颜阿骨打相信，咱大宋皇帝理政行事，是完全符合仁义道德的。”

“太师，下官明白，我一定尽力去做。”

大家都听得出来，赵良嗣的表态多少有些勉强。

谯楼上鼓打三更，燕京城中万籁俱寂。初夏的上弦月悬挂在中天，在浮动的云翳中时隐时现，照在一大片参参差差的瓦脊上，仿佛敷了一层薄薄的清霜。燕京本是辽国五京中最为繁华的都市，但因阿骨打决定将其青壮人口迁往混同江以北的金上京会宁府，燕京人士锐减了一半以上。前些时，张觉叛变，许多过境平州的移民就地遣散，使得不少人丁得到机会返回燕京。尽管如此，燕京较之往昔，仍觉得空虚落寞了不少。

此刻，在北大街的一条胡同里，有一户人家的厢房里仍亮着灯火，这是赵良嗣在燕京的寓所。却说赵良嗣自投奔大宋朝廷后，便举家迁往了汴京。徽宗皇帝不但给他赐姓赵，也赐了一座大宅子。但是，他当年在辽燕京做官时，认识了一名叫禅月的妙龄女子，这女子本是一位郎官置办的小妾。不到两年，那郎官暴病而亡，主妇容不得她，将她逐出家门。恰好赵良嗣与那郎官是同衙的官友，在几次酬酢中见过禅月，并对她印象极佳，此时正好收纳门下，云雨新知，巫山暗度，倒也是一段佳话。不过，赵良嗣举家南迁时，却把禅月留在了燕京。因为从一开始，赵良嗣就没有将禅月领进家门，而是另置别业居住。他之所以不让禅月南下，乃是虑着自己常要北上担任密使，在燕京留一个家会方便许多。不过，这个家几乎无人知晓。赵良嗣深知“狡兔三窟”的道理，任何时候，他都会给自己留一条后路。

却说在王城议事厅讨论完后，已是过了亥时。赵良嗣心中郁郁不乐，他没有在王城中的客邸安歇，而是回到北大街的家中。禅月知道他要回来，早就备好了酒菜。禅月成为赵良嗣的侍妾已有九年多了，两人还有一个六岁的儿子。平常赵良嗣不在，家中就由两个丫鬟和一个老苍头里外照料。今儿夜里回来，儿子已经睡了，老苍头和两个丫鬟把酒菜置办妥帖，也都退出膳房，留下禅月陪着赵良嗣吃酒。打从赵良嗣一入家门，禅月就看到他满脸倦容，一副心事重重的样子。她心疼男人一年到头四处奔波，尽做些既不能炫耀又不能怠慢的官家秘事。只要赵良嗣回来，她都亲自陪侍。男人的烦心事愿意谈，她就听，不愿意谈她也不问。今夜里依旧如此。不过闷酒难吃，三杯酒下肚，赵良嗣还是憋不住向禅月诉说了在汴京面圣以及在燕京府中与童贯等上官会谈的情节，禅月听得多，问得少，听到谯楼三更鼓后，她对赵良嗣说："官人，鼓打三更了，你连日疲乏，该歇息了。"

赵良嗣摇摇头，回道："这酒还没喝透呢，心里头乱糟糟的，躺下去更难受。"

"那，妾身给你唱支小曲儿？"

"也好，妙曲佐酒，不负良宵。唱什么呢？"

"就唱官人自己写的《何处难忘酒》如何？"

"何处难忘酒，好，你唱。"

于是禅月吩咐丫鬟取来琵琶，恐夜深吵了邻人，又让丫鬟把门都掩了，这才捻弦轻唱起来：

何处难忘酒，丹心在朝廷。
有心扶白日，无力洗沧溟。
儒客头斑白，功名未汗青。
此时无一盏，谁肯听雷霆。

禅月嗓音柔曼，但因久知丈夫心境，故也有几分激越，唱到最后一句，竟也生了些不平之气，眼角儿挂起了泪珠。赵良嗣也触景生情，一仰脖儿吞了一巨觥，感慨说道："禅月，往日唱这首诗，心境体会欠火候，今晚唱得大好，那第二首，你何不一并唱了出来。"

禅月拨了一下弦，道："官人不说，奴家也会唱的。"说罢又起了旋律。

何处难忘酒，英雄太屈蟠。
时违金若铁，运至土成坛。
梁甫吟声苦，干将宝气寒。
此时无一盏，拍碎石阑干！

这一回，是赵良嗣跟着禅月唱，唱到最后居然眼中噙起泪花，语音哽咽了。

禅月很少见到赵良嗣这么伤神，忙放了琵琶，掏出手绢走过来替他拭泪，安慰道："官人，凡事想开些，南朝皇帝待你不薄。"

"正因为皇上厚待于我，我才伤心哪！"

"为什么？"

"南朝现在同大辽后期没什么两样，官以恩进，政以贿成。小官骗大官，大官骗皇上，这样下去，迟早难逃天祚帝的结局。"

"官人，你可不敢这样说话。"

"我是说给你听，在外头，我半个字也不敢声张，要知道南朝官场如此黑暗，我当初决不会冒死赶到雄州求见童贯，献出这个密盟大金联合破辽的主意。"

禅月毕竟是女辈，也不懂赵良嗣说话的深浅，想了想，便转了话题问："官人，你这回去关外寻见阿骨打皇帝，他会不会一怒之下杀了你？"

"如果杀了我，倒也让我解脱了。"赵良嗣叹道，此时他已有了几分醉意，喃喃说道，"在南朝，我每天做事像是在演戏，演着演着，自己都把假的当成真的了。南朝君臣，都讥笑阿骨打是高粱花子，是榆木疙瘩，是莽夫，是虏酋。其实，阿骨打倒真像辽国的开国皇帝耶律阿保机，有一股撼天动地的英雄气，而且君臣上下都以诚相见，说一是一，说二是二，没有那么多弯弯绕绕的东西。"

"官人，既是这样，你何不再改换一次门庭，投到阿骨打皇帝那里，以你的才干，阿骨打也会重用你。"

"这个万万使不得，我背叛辽国投到南朝，若再背叛南朝投靠大金，千百年后，人家还不骂断我的背脊骨，说我是见利忘义、背祖售奸的小人。"

"官人，那……"

禅月的话还没说完，忽听得厢房门被嘭嘭嘭地敲响。

"谁呀？"禅月问。

“娘子，是我。”门外传来老苍头的声音，“有两个人，在咱家门口晃来晃去，都半宿了，也不肯离开。”

赵良嗣问 :“什么穿戴？”

“看不清，看那走步儿，倒是雄赳赳的，应该是后生。”

“你不要管他，把门闩好。”

“好咧。”

老苍头应声而去。赵良嗣与禅月对视了一眼，禅月惊恐地说 :“官人，咱们在这儿住了八九年，过去从未发生这种事。”

“这是盯梢儿。”

“谁会盯咱们呢？”

“不是盯你，是盯我呢。”赵良嗣酒醒大半，肃容说道，“我若出事，必连累你们，明天我会派人来，领你们去一个地方暂住几天，避避风头再说。”

第十章　平州铁幕

打从杀了左企弓之后，半个月的时间里，张觉没睡过一个囫囵觉。这是因为事出之后，他必须关注辽、金、宋三国的动向。关于辽，虽然领土丧失十之八九，但张觉却是以迎请天祚帝为口号来斩杀左企弓等降金官员的。平、营、滦三州百姓，当然也包括燕云十六州的庶众，由于在辽的统治下生活了二百余年，大多数人还是对辽怀有感情。张觉正是利用了民众的这种心理，反叛易帜才获得成功。尽管表面上他对臣僚士庶信誓旦旦要去关外草原寻找天祚帝的下落，但却没有真正地采取行动。而且，亲近张觉的人都知道，他寻找天祚帝只是个幌子。他真正的目的还在南朝。如今，他管辖的三州土地夹在大金与大宋两国之间，不管倒向哪一边，都是既有利益也有风险。张觉之所以对大金国降而复叛，原也出于三层考量。其一，大金国诸事草创，虽然兵强马壮，然而看起来更像是一群草寇而非一个朝廷，他张觉自见了完颜阿骨打之后，竟然产生了明珠暗投的感觉。其二，大宋朝廷毕竟建都中原，上承汉唐皇祚，其规制章程远胜于边鄙陋国。更重要的是，大金国穷，大宋国富，弃金投宋，所得的好处必然要多得多。其三，也是最重要的一条，张觉发现阿骨打对他表面上客气，褒奖有加，实际上对他并不信任。虽然仍让他管领三州军政，但北有宗望的大军，西有宗翰的帅营，大金国的主力部队，十之八九在这两人手上。除了南下与大宋控制的燕京联合，他似乎也别无他路可走。因此，当他杀掉左企弓等五位降金大臣并将他们的人头挂在平州城门上示众的同时，又下令撤掉布防在南边的两万部队，迅速抢占北边的榆关，并以榆关为轴，向两翼伸展控制山海要塞以防控大金国军队的反扑。这一招果然奏效，当栋摩率领他的三千铁军冒冒失失赶来闯关时，便中了埋伏。一时间，榆关前血流成河，大金军遭受了自伐辽以来最大的一次败绩……

如此一来，张觉与大金国结下的仇恨已是无法弥合。他只剩下两条路可以选择，一是找到天祚帝，让他的五万兵马成为辽朝末代皇帝的勤王之师；二是投靠大宋，靠上这棵大树，获取最大利益。

在这种三国局势扑朔迷离、盈虚消长难以捕捉之际，各处探马、各路密使几乎每天都有新情况前来禀报，张觉常常在平州知府衙门的朝房里，一坐半天，屁股不挪窝儿地会见一拨又一拨候见之人。这一日的下午申时，他刚接见完榆关守备王充海，就榆关营兵的调配增额做了布置，连个懒腰都来不及伸，平州府知事李石就三步并作两步赶到案前，声音很小却很急速地说：“帅爷，关外来人了。”

“关外来人？”张觉敏感地问，“什么人？从关外哪里来的？”

“从天祚帝身边来。”

“啊！”

张觉一惊，屁股离了椅子。

李石又说道：“帅爷，这里不是说话的地方，请你挪步。”

张觉随着李石走出朝堂，沿着回廊走到后院的花厅。在路上，李石说了事情的原委：那个从燕京随着迁徙人群来到平州的张宝成，本是天祚帝的熬鹰师，张觉叛金后，便委派他出关去寻找天祚帝，张宝成从张家口进入蒙古高原，在夹山口上碰到了曾当过天祚帝卫队长的韩八斤，两人过去本就认识，异乡乍见倍觉亲切，双方一谈这才知道各自的使命，张宝成是奉张觉之命寻找天祚帝的下落，而韩八斤是奉天祚帝之命前往平州打探虚实，于是，张宝成便将韩八斤领回了平州。

张觉对韩八斤并不陌生，他的确是天祚帝卫队中的校官，奉天祚帝之命护送左企弓自辽中京来到燕京后就再没回去，而是成为了耶律大石手下的一名裨将。他究竟何时又回到了天祚帝身边，张觉也不太清楚。当他随着李石走进花厅的时候，坐在圈椅上的韩八斤立刻起身，朝张觉抱拳一揖，说道："八斤见过觉帅。"

张觉素来不喜欢韩八斤大大咧咧不守礼敬的做派，但此时也顾不得计较。双方分宾主重新落座后，张觉便问："八斤，你如今又当了天祚帝的特使了？"

"是呀，觉帅，这难道还有假吗？"

张觉撇下韩八斤，转头问张宝成："宝成，你在哪里碰到韩八斤的？"

张宝成答："夹山里一处名叫柴堡的小庄子里。"

韩八斤补充说："柴堡离天祚帝居住的地方，只剩下六七十里地。"

"天祚帝住在哪里？"

"夹山里。"

"夹山方圆数百里，你说个具体地儿。"

"觉帅好像不信任我？"

韩八斤脸色沉了下来，他想让张觉难堪一下，谁知张觉不吃这一套，也把脸一垮，斥道："你韩八斤眼里头也没有我这个觉帅呀！"

韩八斤一愣："此话怎讲？"

张觉说："天祚帝住哪里，你都不肯告诉我，像皇上的特使吗？"

韩八斤一拍胸脯："我当然是。"

"皇上派你来找我？"

"是的。"

"皇上为什么找我？"

"皇上知道你反了大金国，杀了左企弓，并把他的宝像供奉在朝堂。”

“哦，皇上怎么这么快就知道了？”

“皇上住在夹山，可是一刻也没闲着啊！他到处都有千里眼、顺风耳，不单是你平州的事儿，就是南朝与大金的一举一动，皇上也都一清二楚。”

张觉通过这一番谈论，对韩八斤的信任度稍有增加，但也听得出韩八斤的话哪句是真，哪句是假。这会儿他变了话题问：“八斤，燕京陷落之前，我还在王城里头见过你。你给我说实话，你是啥时候找到天祚帝的？”

“正月里。”

“怎么找到的？”

“随耶律大石进了夹山。”

“耶律大石进了夹山？”张觉感到吃惊，“他是怎么去的？”

“带着他的三万部队过坝上草原，在雪地里走了差不多半个多月。”

张觉听到这个消息，心里头酸溜溜的。在他看来，耶律大石是始终忠于天祚帝的，由于他的到来，天祚帝至少不算是一只丧家之犬了。但张觉又是个善于伪装的人，表面上，你看不到他的表情有任何变化。他问韩八斤一个新的问题：“你说，你是奉天祚帝之命，前来与我联络的？”

“正是。”韩八斤回答得很快。

“既是奉敕而来，一定带了天祚帝给咱的手谕。”

“没有。”

韩八斤仍然回答得干脆，张觉不免又开始怀疑了，追问道：

“既无手谕，本帅何以相信？”

“我有这个，”韩八斤从腰间解下一只皮囊，小心翼翼地从里面取出一方玉玺，捧在手上给张觉看，“觉帅，这是天祚帝的大印。”

“啊！”

张觉从韩八斤手中接过玉玺，仔细观赏起来。大凡一国皇帝之印，皆称玉玺，少则七方，多则九方。皆为代代传承，不可自制，所以又称国玺。新皇登基，首先要拿到的，就是这些国玺。这些国玺各有专用，如诰敕、册封、选举、用兵、国书等，用印各有不同。韩八斤带来的这方玉玺，是用于阗羊脂玉制成，虎纽篆文“天子之印”四字。张觉谙熟朝廷掌故，知道“天子之印”是专用于号令群臣的，韩八斤带这方印来，于理无碍。至此，张觉完全相信了韩八斤。验证了韩八斤的身份后，张觉心情不但没有轻松下来，反而更加沉重了。此前，天祚帝究竟是死是活，一直没有确切消息。张觉打他的旗号，并不是真正地忠于辽王室，而是一个号令三州百姓的权宜之计。如今天祚帝真的派了韩八斤前来，倒让他左右为难了。略略思忖，他问韩八斤：“皇上派你来，有何口谕？”

“皇上让咱先来平州看看，若觉帅真的底定三州，他就准备移驾来这平州城中。”

“皇上能来平州，本帅愿率三州官吏百姓倒屣相迎。只是眼下三州夹在宋、金两国之间，处境十分危险。皇上若来，一旦两国知道，势必夹攻，后果不堪设想。”

“觉帅思虑得有道理，皇上还有另一个安排，皇上让你放弃平州，率五万兵马，前往夹山勤王。”

张觉压根儿就不想离开平州，更不会跑到那鬼不生蛋的地方勤王。但没有想出对策之前，他得稳住韩八斤，于是说道：“八斤，长途奔波，你与张宝成先去卢龙驿歇息，好好儿睡个囫囵觉，等解了乏，咱们再从长计议。”

八斤的确也是疲累，于是重新收妥玉玺，随着衙吏前往卢龙驿去了。

初夏的天气，人容易犯困。在衙门里简单地用了午膳，张觉脑子昏沉沉的，本说去廨房里头的卧室里打个盹，但头一挨枕头，人又清醒了起来，一会儿想到完颜阿骨打在城隍庙里祭土地神的情景，一会儿又想到甄五臣来他府邸的密谈，一会儿又想到让儿子张劲去北镇庙善果长老那里抽回的灵签，每件事情似乎是明白的，又似乎是糊涂的，而且想着想着，最终总会落脚到天祚帝头上。总之，一切都似雾里看花，看不透还偏想看……张觉忽然觉得，他的命运中似乎还有什么东西没有捕捉到，他懂得“一着不慎，满盘皆输”的道理，但如何才能不出错呢？他搔了搔脑瓜子，忽然又翻身坐了起来，踱出廨房，看到“鬼不缠”在廊道的美人靠上打盹，便高声喊了他一声。

听到主人叫唤，“鬼不缠”一激灵就站了起来，张觉已走到他跟前，问：“前些时让你去燕京城请来的陆老倌，如今安置在哪里？”

“鬼不缠”揉了揉睡意惺忪的眼睛，答道：“陆老倌现在衙斋后头的小客房安歇，这老家伙天天吵着要回去。”

张觉知道“鬼不缠”是话痨，也不接他的话头，只是让他带路前去拜会陆老倌。从廨房到小客房并不太远，两人很快就到了。这是一个单独的院落，如今只住了陆老倌一人。走到小客房门前，“鬼不缠”敲了敲门。

“谁呀？”陆老倌在里面问。

“鬼不缠”答：“陆老倌，咱们帅爷来看你。”

“门没闩，进来吧。”

“鬼不缠”推开门，张觉抬腿走了进去，只见陆老倌盘腿坐在炕上闭目打坐，虽然来了客人，他也不睁开眼睛。

“陆老倌，知道你来了几天，咱一直穷忙，今天才抽空儿来看你。”

张觉一改平日颐指气使的神气，神情谦恭地站在炕前说话。他之所以尊敬陆老倌，乃是因为陆老倌在燕京城中名气很大，多少达官贵人都找他测过字，十之八九都是灵验的。这陆老倌在燕京自家的测字馆里也接待过张觉，彼此间算是熟人，但他对张觉不满的是，大老远派人专程把他从燕京请来平州，居然五天不见。这会儿从眯着的眼缝儿里瞧见张觉毕恭毕敬的样子，心里头的火气稍稍平息了一点，于是睁开眼睛，抬手指了指东墙根的椅子，示意张觉坐下。他自己也下炕靸了布鞋，拣了西墙根的椅子与张觉对面而坐。

“觉帅，你可真是忙啊。”

张觉听出陆老倌话中仍有怨意，于是耐着性子回答：“老倌，咱们俗人，不比你们神仙安逸。”

“觉帅，你可不是俗人啊，敢于杀死左企弓这样名满朝野的大人物，那是何等的胆量。”

“老倌，在我看来，杀人同吃饭睡觉一样，都是躲不开的俗事。”

“这是英雄话。”陆老倌吩咐闻讯从隔壁房间进来的小伙计给客人上茶，然后说，“觉帅，你这次请咱来平州，究竟有何事？”

张觉抿了一口茶，笑道：“老倌，听说南朝童贯率文武官员浩浩荡荡进了燕京城，你当了奉迎使。”

“有这么回事儿。”

“南朝也知道你的大名啊！”

“江湖混口饭吃，哪有什么大名。人家南朝使者登上我的家门，给了我十两银子，让我当一回欢迎南朝官员的奉迎使。我想，就小半天的活儿，可以赚十两白花花的银子，何乐而不为呢？”

“嘀，老倌这是……”张觉本想说见钱眼开，又怕刺激了陆老倌，故改口说，“俗话说，有钱能使鬼推磨。我看，有钱还能让神仙推磨呢！”

“觉帅，你这是转弯儿说我陆老倌爱钱，我陆老倌是爱钱，但君子爱财，取之有道。”

张觉认为陆老倌是高人，为避免过分的揶揄引起他的不快，于是换了话题：“老倌，我且问你，阿骨打攻破燕京城的时候，你在哪里？”

“我在自家的如意馆里。”

“你最后见的是哪个人？”

“应该说是两个人，先是乔装打扮成老百姓的左企弓，后是韩八斤。”

张觉心里头一惊：“怎么是这两个人？”但问出的话却故意平淡，“两人都是找你抽帖儿？”

“左企弓想抽，没抽成，先自走了。”

“为什么？”

“他要回避韩八斤。”

“啊，那韩八斤呢？”

“他抽了，抽了一个‘魂’字。”

“他问什么？”

“问天祚帝的下落。”

“这个‘魂’字，解出天祚帝藏身之地了吗？”

“解出来了，在大青山与阴山之间的夹山一带，很可能在老柳树营。”

“啊，真有这么神奇？”张觉惊得合不拢嘴，但越发相信韩八斤正是凭着陆老倌的指引找到了天祚帝。陆老倌看出张觉心中似乎有许多待解的疑团，便试探着问：“觉帅，你眼下可是炙手可热的大人物，应该诸事顺利吧？”

张觉挥挥手示意“鬼不缠”退出，然后说：“陆老倌，本帅现在也想抽一帖。”

“好。”

陆老倌吩咐小伙计从隔壁房中提来鸟笼子，放出黄莺，从撒在地上的油纸帖子里叼出一个“嫁”字。

“嫁？”张觉拿到油纸帖，自言自语道，“怎么会是这个字？”

“你要问什么？”

“问平州。”

“问平州什么？”

“问平州的安危。”

“你是平州知府，平州的安危就是你的安危。”

“也可以这样说，”张觉说着晃了晃手中的油纸帖，干笑着说，“就这么一个嫁字，能说出个什么道道来呢？”

“觉帅不要急嘛。”

陆老倌回以高深莫测的一笑，接着就捻动下巴上稀稀疏疏的山羊胡子，闭目深思起来。

大约半炷香的工夫，陆老倌眼皮动了一下，坐立不安的张觉连忙问道：“老倌，判出什么结果了？”

陆老倌呷了一口茶汤，瞅着张觉，表情稍显夸张地问道：“觉帅，你文武双才，应该理解这个嫁字吧？”

“嫁，不就是女子出阁，离开娘家去与夫君成婚吗？”

“这是浅义，深义呢？”

“深义，什么是深义呢？”

张觉抓耳挠腮，左思右想也没个头绪。陆老倌倒也没有取笑他，而是慢条斯理地说出了自己的见解。

“觉帅，你刚才说要知道平州的安危，是吗？”

“是的。”

“女出家门是为嫁，平州恐怕得再嫁一次了。”

“平州再嫁，这是什么意思？”

“诗经有句‘之子于归’，这个归，就是嫁的意思。嫁，不单指女归男，男另谋新主，也叫嫁。列子云：‘国不足，将嫁于卫。’这就是说此地不养爷，自有养爷处。觉帅，你是不是觉得大金不能养你，所以才叛金呢？袭用列子的话，就叫‘金不足，将嫁于宋’。这就是深义。”

张觉咂摸着陆老倌的话，狐疑地问：“为什么要嫁宋，而不是辽呢？”

“辽在哪里？除了你觉帅辖下的三州，辽国哪里还有一寸土地？蒋子的《万机论》里说过：‘主失于国，其臣再嫁。’觉帅，这里用的还是一个嫁字。”

“真没想到，一个人人都会说的嫁字，竟藏了这么深的玄理。”

张觉这么一感叹，倒引出了陆老倌一番本不打算说的话：“觉帅，你杀了左企弓，老倌我觉得你薄情寡义，心里头把你看成奸雄，但看到你释放了那么多被大金国强行迁徙的燕京市民，让他们各自回家，还资助给他们盘缠路费，心里头又觉得你还有仁义。这次你派人到燕京请我，我本不愿意来，但最终还是来了，不为别的，只是想替燕京回返的人家给你道一声谢。因此，也就认认真真把‘嫁’字的本义解给你听。觉帅，你想听的话我都讲了。现在，我陆老倌就向你告辞返回燕京了。”

陆老倌说罢，就让小伙计收拾行李，张觉连忙挽留：“老倌，无论如何，你得宽住几天，怎么着，我也得请你吃顿酒哇。”

“觉帅不必客气，你还是像请我来时那样，弄辆马车把我送回去吧。”

张觉见陆老倌去意已决，也就不再强留，而是封了二十两银子，调了马车送他返回燕京。

陆老倌一走，张觉回到廨房，让“鬼不缠”找来李石。两人屏退左右，密议如何处置韩八斤一事。

张觉问李石：“这个韩八斤带来的天子之宝的玉玺，你在翰林院供职时见过没有？”

“见过，这个玉玺是真的。”

“那，这个韩八斤真的就是天祚帝差遣来的。”

“这一点也不用怀疑。”

“那，你说，该如何回复天祚帝？”

“帅爷，在下听你的。”

“你别耍滑头，本帅一定要听听你的意见。”

李石跟着张觉虽然只有两年，但他自认为对张觉心性脾气的了解已是入木三分。此刻，张觉绝不会真的去追随天祚帝，加上他自己也信奉“识时务者为俊杰”的道理，因此，便大着胆子说：“觉帅，天祚帝命中注定会成为辽国的末代皇帝，这个命运谁也改变不了。”

张觉眉毛一扬：“说下去。”

“对天祚帝，既不能迎回平州，也不能追随到草原。”

“那，韩八斤怎么办？”

“封锁消息，不要让任何人知道天祚帝的特使来到了平州。”

“卢龙驿人多口杂，只怕已走漏了风声。”

“帅爷放心，下官已布置妥帖，不可能走漏半点风声。”

“你是有心人，下一步呢？”

“帅爷，下官建议，捎带还有那个张宝成，一并……”

李石做了个杀人灭口的手势，张觉脸上的肌肉一拧，狠狠地说：“事不宜迟，就在今晚，把这两个人干掉。李石，你去办。”

第十一章　摇命鬼儿

却说韩八斤与张宝成被安置到卢龙驿歇息，中午由驿丞作陪，喝了几杯，然后各自回客房歇息。不觉过了酉时，偏西的日头照在庭院里，东阶灿烂，西阶已是阴暗了。韩八斤的客房在东边，一缕斜阳落在枕上，他还在扯着呼噜酣睡。住在西边厢屋里的张宝成走过来，隔着门缝儿朝内瞧了瞧，然后推开虚掩的门走了进去。

吱扭吱扭的推门声将韩八斤惊醒，他一骨碌翻身起来，见是张宝成，便又倒在炕上。

张宝成把门掩上，站在炕边问："你睡了差不多俩时辰了，还要睡吗？"

"不睡，还能干什么？人家觉帅还没发话召见呢。"

"我想和你先聊一聊。"

"聊啥？你一个熬鹰的，能跟我聊啥？"

韩八斤瞧不起张宝成，翻个身脸朝里，把屁股对着张宝成。却没料到张宝成伸手抓住他的胳膊，像拎小鸡一样把他拎了起来。

“你想干什么？”韩八斤痛得叫起来。

“穿好鞋子，随我来。”

张宝成说完先推门走了，韩八斤只好跟着他，到了他住的西厢房，两人坐定，韩八斤叽咕道：“看不出来，你张宝成竟然是武林高手，功夫了得。”

张宝成并不答话，又站起来隔着窗棂朝院子里瞭了几眼，又支着耳朵听了听，这才回来对韩八斤说：“你别充大瓣儿蒜了，连死到临头了都不知道。”

“什么，死到临头了？”

韩八斤这一惊非同小可，张宝成示意他冷静，压低声音说：“我方才在院子里走了走，除了咱们两人，鬼影儿都看不到一个。我试图出这驿站大门往外溜达溜达，走到门口被拦下了。”

“谁拦你？”韩八斤问。

“门口不知何时添了岗哨，都是张觉卫队的兵士。”

“你咋知道？”

“我毕竟在平州待了一些时候，他卫队的人，我虽叫不出名字，但面孔都熟悉。”

“兴许，觉帅不放心，特意从他的卫队中抽出人来保护我们。”

“你想得美。”

“他不是至今还穿着大辽的三品官服吗？他对天祚帝有感情。”

“那都是哄鬼的，从他杀左企弓的那一刻开始，我就觉得这个人心狠手辣。”

“既是这样，你为何还听他调遣，跑到夹山去找天祚帝？”

“因为寻找天祚帝，是我张宝成日夜不忘的大事。”

“你到了夹山，很快就可见到天祚帝了，为何又随我回平州呢？”

“为了你。”

“为了我？”韩八斤眨巴着他的那一双狡黠的小眼睛，近似恶毒地谑道，“你一个熬鹰的，一辈子待在鹰房里没立过功，这一次，想从我的功劳簿上抢走一份。”

张宝成鄙夷地盯着韩八斤，问他：“你的‘天子之宝’的玉玺呢？”

韩八斤本能地一摸腰间，那只盛放玉玺的皮囊不见了。他立刻推开西厢门跑回自己的房间里里外外搜寻个遍，仍是不见踪影，慌忙又跑回来，气急败坏质问张宝成：“我睡觉时，这印还在我的腰上。除了你，没有人进我的房间，你说，是不是你偷走了？”

“你睡得像条死狗，就是把你抬出去埋了你也不知道，怎么就讹着是我拿的？”

韩八斤觑着张宝成，见他冷淡的神情中似乎还含了一点嘲讽，便断定是他偷了玉玺，于是威胁道：“你若不把玉玺还回来，我要你好看！”

“你把我怎么着？”

“我去觉帅那里告发你。”

“你去呀！”

张宝成说着就把房门拉开，朝韩八斤做了一个请的动作。这样一来，韩八斤反而气馁了，口气软了下来，问道：“大师傅，韩八斤求你了，你说实话，玉玺是不是你拿了？”

“是我拿的。”

张宝成一撩长衫，只见他腰间果然有那只皮囊，韩八斤伸手去抢，张宝成抓住他的手轻轻一拧，韩八斤便痛得嗷嗷叫，半跪在地上。张宝成松了手，韩八斤托着扭疼的手，哀求道：“大师傅，求你把玉玺还给我。”

“你喊我爹，我也不会还你。”

“这可是天祚帝交给我的信物。”

“你编吧，”张宝成嘴角浮出一丝冷笑，“你以为我真不知道这玉玺的来历？”

听到这句话，韩八斤心虚地问：“你知道什么？”

“这玉玺是你偷的。”

“你血口喷人！”

“韩八斤，你真的以为我只是一个熬鹰师吗？”

“那你是什么？”

“我与你一样，受天祚帝派遣，随左企弓前来燕京。走之前，天祚帝将这方玉玺交给左企弓，叮嘱他来燕京后，可使用这方印号令群臣，但因萧莫娜的丈夫耶律淳已经自立为皇帝，这方‘天子之宝’就没用上。知道有这方玉玺的只有三个人，一个是左企弓，另一个就是你。但你们俩不知道还有一个人知道，那就是我。天祚帝让你陪左企弓到燕京，是保护他的人身安全，另外，皇上又秘密降旨于我，要我暗中保护这方玉玺。燕京陷落前夕，左大人告诉我可能是你潜入丞相府盗走了这方玉玺。我起初不相信，直到左大人在张觉面前自杀，我趁机上前检查他的全身，果然没有那方玉玺，于是决定寻找你。没想到，你我在夹山意外相会，你身上果然藏着这方玉玺。当时，我本想绑了你，连人带印押到天祚帝御前，但我又好奇你来平州做些什么，遂允许你冒充天祚帝的特使前来。”

韩八斤没想到张宝成把他的底细摸得如此清楚，心下顿时害怕起来。他本是个欺软怕硬的人，这会儿便摆出个笑脸，讨好地说：“哎呀我的大师傅，没想到你是真人不露相，原来我就听说过，天祚帝身边有三个隐形的铁面卫士，你应该是其中之一吧。”

张宝成不置可否，反问道：“来平州，想在张觉这里捞到什么？”

韩八斤本能地朝门外看了一眼，然后阴笑着低声说：“大师傅既已看出破绽，我也就不说暗话了。我想在张觉身上捞一笔银子，原想我一个人吞了，既然大师傅知道了，那一人一半，咱俩分了。”

“你想要多少银子？”

“先开口要十万两，估计张觉不会给这么多，但不会少于八万两。”

“以何名义？”

“帮天祚帝筹措军费。”

听到这句话，张宝成肺都气炸了，他恨恨地骂了一声：“你个王八羔子，你想让张觉出钱，他张觉可要你的命呢！”

“大师傅，你可别吓唬自己，人家觉帅没有杀咱们的理由。”

“信不信由你。今晚上，咱们在劫难逃。”

韩八斤头摇得像货郎鼓：“我不信。走，咱们这就出门，上街去逛逛。”

“你去，看你能否出得了大门。”

“好，我这就去试试。”

韩八斤说着抬腿就出了厢门，并快步走出这座小院，他是有意借故离开张宝成的。他对张宝成是天祚帝身边隐形的铁面卫士已是深信不疑，因此肚子里已有了小九九，与其让张宝成识破束手待毙，倒不如干脆溜出去投到张觉麾下，让张觉从张宝成手上夺回玉玺……

这么想着，不觉已穿过几重回廊，眼看要走近驿店大门了，却见李石从门外走了进来，韩八斤躲闪不及，只得站在原地与李石拱手相见。

李石自奉了张觉之命要取韩八斤与张宝成二人性命之后，便立即部署，做了精心安排。这会儿他来到卢龙驿，是准备请二人吃顿宴席，然后在宴席上相机行事，却没想到甫一进门，就碰到了韩八斤。

“韩大人，怎么，你要出门？”

李石这么一问，韩八斤像做错了什么事，表情便不自然了。他本可以将刚才发生的事向李石如实禀报，但他虑着李石原是天祚帝亲自任命的翰林学士，说不定与张宝成是一伙儿的，因此打定主意见不着张觉便不说实话。于是回道：“李大人，我想单独去一趟平州府衙，求见觉帅。”

“为何要单独去？”

“我是天祚帝的特使，天祚帝的旨意，我只能对觉帅一人说。”

“啊，觉帅今天没空。韩大人且随我去花厅，先喝杯茶，今晚上，我请你和张宝成喝杯淡酒。”

说着便拉着韩八斤的手，七弯八拐进了后院一间连着膳厅的花厅，里面摆了一应茶具及整洁的桌椅。茶桌后面坐了一位年轻后生，看他皂衣青幞，倒像是一位账房先生，李石一坐下来，便吩咐那位后生：“给韩大人看茶。”

后生答：“李大人，茶已沏好。”

李石点点头，对与他相向而坐的韩八斤说：“夹山那里，天气也开始暖和了吧？”

“暖和了。”韩八斤局促地回答。

“一年没见到天祚帝了，作为臣子，我非常想念皇上。”

韩八斤本想试探李石的态度，听他这么一说，立刻死了心。敷衍答道：“天祚帝也很惦念你们。”

这时候，后生将两盅茶分别递给了李石和韩八斤，李石双手端起白瓷盅，朝韩八斤做了一个请的动作。

韩八斤也端起同样的白瓷盅，朝李石还了一礼，然后张嘴喝了。韩八斤将茶水吞咽，忽觉稍有异味，他皱了一下眉，想吐出来，还不等他伸脖子，只见那后生眼疾手快，抢步上前用手抬起他的下巴，嘴里含着的茶汤便顺着喉咙流了下去。不一会儿，韩八斤便七窍流血瘫倒在椅子上。

李石走过来眼看着韩八斤痛苦不堪的样子，冷着脸说：“韩大人，送佛送上西天，这是没有办法的事。你放心，在下会替你寻一副好棺材。”

“你……你……”

韩八斤想说什么已是语不成声了。只见他手挠着椅子，周身抽搐，口吐白沫而死。

李石吩咐后生：“连夜把他抬出城去埋了。”说罢抬脚走出花厅。

一位小校从甬道里面向他跑来，气喘喘地禀报：“大人，东小院里不见张宝成的人影儿。”

李石说：“二百军士把卢龙驿围了个遍，他往哪儿跑，再仔细搜。”

这时，四五拨兵士在卢龙驿里逐间房屋搜查，均无张宝成的踪迹。那位沏茶后生又赶过来报告：韩八斤的身上及东小院两间房的行李中，均不见那方玉玺。李石为了显示自己的威严，故意在众多兵士面前拿腔拿调地说：“我就不信这个张宝成能长翅膀飞了，你们再给我搜。”

众兵士又乱哄哄地四散搜查去了，李石在卢龙驿丞的引领下来到韩八斤与张宝成下榻的那座小院，只见空落落的，东西两房的行李已被胡乱地丢了一地。这时天色已黑，驿店里到处点亮了灯笼。

李石正自纳闷，忽听得驿丞大喊一声："李大人，你看！"

李石顺着驿丞擎着的灯笼看过去，只见院角的墙上，留着两个湿漉漉的脚印，那院角连着高约丈余的院墙，驿丞惊呼："娘的，这个熬鹰人可能上墙头了。"

李石一跺脚，嚷道："搬梯子来！"

几位兵士顷刻间搬来梯子，李石亲自登梯到墙头查看，墙外是一片小树林，因为偏僻且没有道路，故包围卢龙驿的兵士漏掉了这里。李石查看这院墙上覆盖的青瓦，竟无一点破损，他噌噌噌连忙下梯，对驿丞等候在小院中的人说："这个张宝成，可不是简单的熬鹰人，他有踏雪无痕的轻功。你们传令下去，所有进出平州的人都得严查，决不能让他逃走。"

芒种前后的四月天，即使在关外，该播种的也都播种完了。山间地头上到处绿蓬蓬的，让人看着舒坦。池塘河流里的鱼，都争着咬钩，家畜都有事无事地整天咬群。而那些一到冬天就要死不活的药铫子，如今脱下棉袄穿单褂，也都一天到晚高高兴兴地在精神头儿上。

比起陆地，海上的气候要寒冷一些。进入四月，海上的船只明显增多了。其中大部分是渔船，当然，商船也不在少数。在近海甚至有些未成年的孩子们也敢驾着一种被称为"摇命鬼儿"的单桨小划子下海捞鱼。

就在张觉与李石在廨房密议杀害韩八斤与张宝成的时候，一艘双桅的帆船驶入海阳的洋面上。这时候临近中午，蓝色的波涛被太阳折射出万点粼光。船上的两片帆已是满满升起，乘着从燕京方向吹来的南风，正快速地向海阳码头驶去，这艘船上总共有九个人，六个操船的舵手、帆手、橹手等，以及三个乘客。这三位乘客不是别人，正是燕京方面派往平州与张觉联络的特使，郭药师的副将甄五臣以及他的两个助手。

却说那天夜里，童贯在燕京府衙的值事厅下令，要詹度五天之内必须把徽宗皇帝的金花笺御札送到张觉手上。詹度便与郭药师商量，仍派遣甄五臣前往平州。因为从各方面看，再也找不到比甄五臣更合适的人来担任这个密使的角色。郭药师觉得自己本来就是这件事的第一推手，也就爽快答应。

甄五臣仍像上次一样扮成贩卖纱布的商人，在塘沽雇了最好的可装载八千斤货物的两桅船，并且真的装满了纱布，于清晨寅时出发，也就三个多时辰，就已驶入了海阳水面。从海阳码头靠岸，接货的人已在那里等候，并已替他雇好了马车，改从陆路也就两个时辰就会赶到平州。

眼看临近午时，坐在船舱里的甄五臣明显感到船速慢了，他踱出舱门来到甲板上，海面上的反射光让他睁不开眼睛，他手搭凉棚眺望着一碧万顷的海面，问正在扳着方向轮的舵手："离海阳码头还有多远？"

舵手回答："多远说不上，再慢也过不了午时就能到。"

说话间，一个浪头打来，船一倾斜，甄五臣猝不及防，差一点摔个大跟头。幸亏他迅速抓住船舷边的缆绳，才不至于滚落海中。

舵手无法分身，一名帆手赶紧过来把甄五臣抓牢，大声说道："客官，你快回舱里去，这里太危险。"

甄五臣虽然身经百战，却不识水性，只得在帆手的搀扶下回到舱里，他坐下来便有翻胃的感觉。

"客官，想吐吗？"

帆手递过一只木盆，甄五臣憋口气强吞了几口唾沫，推开那只木盆，问帆手："怎么刚才风平浪静的，这会儿这么颠簸？"

"刚才是顺风，这会儿船掉了方向，由正南行驶改为偏西了，因为海阳城在海的西边。"

“哦，难怪船也慢了。”

“客官，你没瞧见，船降了半帆呢。”

帆手说着退出船舱，坐在舱里的甄五臣对两位跟班说：“这回差事办完了，还是骑马回去，这海船坐得太难受。”

说话间，忽觉船剧烈地摇晃起来，接着听到嘈杂的人声，甄五臣虽然胃里翻江倒海，但仍挣扎着走出舱门，想看看究竟发生了什么事情。谁知他刚出舱门，就被两个壮汉抢步上前，将他按倒在甲板上，他的两个跟班同时也被另几个人制伏。

原来，在甄五臣被帆手扶回舱里歇息的时候，大约有二三十只摇命鬼儿从远远近近的海面突然间向这艘商船围拢过来。不过，划着摇命鬼儿的不是戏水的孩子，而是青一色的虎背熊腰的壮汉。不等船上的水手们有任何反应，这些摇命鬼儿顷刻间就包围了商船。一只摇命鬼儿上的光着膀子的壮汉突然弃了手中的桨板，从划子上抽出一支半截拖在水里的头上装有锋利倒钩的长篙，使劲朝船舷上一搭，倒钩就深深扎在了船木上，壮汉双脚一蹬离了摇命鬼儿，敏捷如猿猴一般顺着长篙爬上了商船。与这壮汉差不多时间，所有的摇命鬼儿上的汉子们都使用同样的长篙蚱蜢一样蹦上了商船。

这一幕发生得太快，待到舵手等一应船夫反应过来的时候，甲板上已站满了人。

甄五臣被摁在甲板上抬不起头来，他强昂着脑袋眯着眼看去，只看到眼前一片赤脚汉子，他号叫着问：“你们是谁？”

舵手四十来岁，有二十多年驾船的经验，他用行话回答甄五臣：“客官，咱们撞上马子了。”

马子就是强盗的意思，偏甄五臣不懂，仍犟着问：“马子是谁？”

就这几句话的工夫，船上的人，不管是驾船的还是坐船的，都被犯船者用麻绳反手捆绑了起来。而后，又让他们背靠着船舱坐了一排。

甄五臣脑袋昏昏沉沉的，但他毕竟多年行伍养出了将军派头，此时虽反剪双手动弹不得，嘴里仍凶巴巴地质问：“你们谁是马子，站出来答话。”

第一个登上商船的壮汉走到甄五臣跟前，蹲下来，瞅着甄五臣一圈络腮胡子，问：“你是甄五臣？”

“咦，你怎么知道我？”

“郭药师手下的裨将，谁不知道。”

“你是？”

壮汉从腰上摘下一只铜牌，递到甄五臣眼前。

“朵颜？”

“对，我是朵颜，我是完颜娄石手下的裨将。”

“你是大金国的将军？”甄五臣大吃一惊，“你们怎么干这种打家劫舍的勾当？”

“打从燕京到塘沽，我们一直跟踪你。”

“为什么？”

这时，一位壮士从船舱里兴奋地跑出来，他手里提着一个褡裢，对朵颜说：“将军，这只褡裢里有一个信匣子，里面有三张纸。”

这位壮士就是随完颜娄石一起在居庸关大战中攀登鹰嘴岩的二牛。因他不识字，故提出褡裢让朵颜验证。

朵颜打开那只四角包金的樟木匣子，里头果然平平展展放着三张金花笺。朵颜粗通文墨，翻了翻金花笺，看到后面有御笔字样，还盖了红彤彤的大印，便知道这就是他奉命要追缴的徽宗皇帝文书了。他让二牛重新收拾好褡裢背到身上，然后对甄五臣说：“我朵颜不是谋财害命之人，我取到这封南朝皇帝写给张觉的亲笔信，差事就办妥了。这里离海阳码头不远，摇命鬼儿给你们，这艘船我们得借用一下。”

朵颜说罢，一努嘴，他手下兵士将甄五臣及其船上所有的人解开绳索扔进大海，然后重新升帆，驾着商船奔葫芦岛方向而去。

第十二章 草原深处

芒种时节，江淮一带的人们已穿着轻衣薄裳开始度夏了，但在蒙古高原，春天才刚刚开始。

这一天，仍旧蛰伏在柳树屯的天祚帝耶律延禧与萧莫娜一起走出行宫——也就是马场总督府的辕门，在三两面高高飘扬的杏黄色龙旗下，两个人跨上早已为他们备好的战马，踩着马凳跨上马鞍的天祚帝，趁马弁为他束紧马肚带的时候，看着正踩着垫了锦缎蒲团的马凳上马的萧莫娜，笑着说："宝贝儿，看你的马，打扮得像一位新娘。"

萧莫娜骑的这匹浑身雪白唯有四蹄及马尾巴梢上毛色赤红的牝马，是她逃离燕京时带出来的。她给这匹马取了一个很别致的名字，雪里妃。她很宠爱这匹雪里妃，平日里代步根本舍不得骑它，只有参加一些诸如宴游礼佛斋醮赏月等在她看来既快乐又高雅的活动时，她才会骑着它出席，而且每次出席必为它盛装打扮。就像今天一大早马夫就从箱笼里拿出马饰披挂，雪里妃的披挂饰品有好几套，萧莫娜指示马夫选了一套以玉佩缨络为主的饰物替雪里妃披戴起来。所以，当雪里妃从马厩里被牵出来时，竟引来不少军士及眷属们围观，他们（还有那些娘们儿）叽叽喳喳地议论，说这匹马里里外外都是仙气，除了萧莫娜，还有什么人够资格骑它呢？

就在天祚帝与萧莫娜上了马，马弁们撤走了马凳时，却见大悲奴颠儿颠儿跑来了，老远就沙哑着声音喊道："皇上！"

本要一抖缰绳纵马而去的天祚帝，只得停了下来，笑着问："大悲奴，你有事儿吗？"

"有哇。"

"什么事儿？"

大悲奴仰着头，向骑在马上的天祚帝报告："昨儿夜里，西夏那边派人送了一百车粮食、麦子、大豆什么的，咱们又可以支撑两个多月了。"

"这是好事儿啊，西夏国王是我女婿，他懂得孝敬岳父大人。"

天祚帝说着得意地笑起来。

大悲奴还有好几件事要禀报，但他看到天祚帝有些心不在焉，加上下面要禀报的事都不算好消息，他只好把要说的话咽了回去，换了话头问道："皇上，你和萧贵妃这是要去哪里啊？"

"去草原上，随便遛遛弯儿。"

"好，皇上好心情。"大悲奴忽然伤感起来，叹道，"往常这个时候，咱们跟着皇上去大黑山猎场狩猎，现在，却只能在这人烟稀少的地方遛弯儿了。"

"春水秋山，唉，大悲奴你提这个干吗？"天祚帝不想受到伤感情绪的感染，他不让大悲奴说下去，便问他，"大悲奴，你记得今天是什么日子吗？"

"四月二十。"

"四月二十是什么日子？"

"四月二十就四月二十，皇上，老臣糊涂了，记不清四月二十是个什么特别的日子。"

"那我告诉你，"天祚帝说着就俯下身子，凑到大悲奴的耳边小声说，“今天是萧莫娜生日，她想去草原打个滚，我得陪她去。”

“啊，原来是这样，”大悲奴转脸看着一直在旁边微笑着的萧莫娜，脸上露出慈祥的笑容，“贵妃，你今年多大了？”

“大悲奴伯伯，我三十二岁了。”

“一晃眼三十二了，岁月怎么这么快呀，”大悲奴摇摇头，又伤感起来，“记得你满月的时候，你父亲，我那好兄弟还请我去喝了满月酒呢。”

天祚帝害怕大悲奴又会唠叨下去，忙插话说：“大悲奴，你吩咐下去，做一顿大餐，今儿晚上，让大家聚一聚，喝顿大酒，为萧莫娜庆祝生日。”

说完，也不等大悲奴回应，天祚帝一提缰绳，早已不耐烦的坐骑立刻像一支箭射了出去，雪里妃也不甘落后，跟着天祚帝的坐骑驰出了马场总督府的辕门。

马场总督府坐落在柳树屯小镇的东头，出门向左即到小镇，向右是一道缓坡，上了缓坡后若向左，则是一道低缓的山坡，坡上长满了耐寒的各种树木，向右便是一望无际的草原。

上了缓坡之后，天祚帝便与萧莫娜并辔而行，萧莫娜今天的心情特别好。当然，她也没有心情恶劣的任何理由，打从她来到柳树屯，天祚帝在两个时辰之内，就完全扭转了对她的看法，将她从最仇恨的敌人变成最可爱的情侣，而且从那之后，萧莫娜就成了天祚帝心中不可替代的女神。尽管自辽上京撤退以来，包括皇后、嫔妃之类的女人也有十来个跟着天祚帝来到柳树屯，但自萧莫娜出现，这些女人都黯然失色，这位流亡皇帝一辈子宠爱的女人不在少数，但真正让他心仪也让他陶醉的女人，应该就是萧莫娜一个人了。本来，作为一个失掉了江山也失掉了人民，甚至也可以说失掉了民心的末代皇帝，他应该心如死灰万念俱寂。事实上，一路逃亡来到柳树屯的天祚帝，开始时也是一筹莫展惶惶不可终日。但自萧莫娜来到柳树屯之后，天祚帝突然像变成了另外一个人，人们再也不能从他身上看到沮丧、懊恼，甚至是没来由地骂人、歇斯底里地摔盆子砸碗地发脾气。他一天到晚笑嘻嘻的，哪怕听到了不好的消息，他也不会吹胡子瞪眼睛，几乎所有人都明白，这一切变化都是因为萧莫娜到来的缘故。因此，随天祚帝来到柳树屯的人们，不管是王公大臣还是侍从庶卒，无不感激萧莫娜。

这会儿，两个人已经驰上了缓坡，在一个小小的山头上，两匹马并辔而立，马头向着东方，那里是略有起伏的一眼望不到边的草原。

“我们下马来走走吧。”萧莫娜说。

“好。”

天祚帝答应着，然后回过头，他是想把跟着他的卫队喊过来，让他们扶萧莫娜下马。萧莫娜知道他的意图，她制止了他，自己从马上跳了下来，她的动作很轻盈，像一只翩然飞舞的蝴蝶。天祚帝赞道：“宝贝儿，这匹雪里妃让你调教得很好。”

“我是草原的女儿，马背就是我的家乡。”

萧莫娜说着，忽然伸开了双臂，像是要把整个草原揽在怀里。这时候，一只燕鸥掠过她的头顶，它张开的翅膀一动不动，借着空中的气流浮漾着，盘旋着。

“这只鸟真幸福！”萧莫娜感叹。

“你比鸟更幸福。”天祚帝说着，搂了搂萧莫娜的腰肢。

萧莫娜推开天祚帝的手，眼睛里忽然噙满了泪水。

天祚帝盯着她，略略不安地问：“怎么啦？”

萧莫娜看着燕鸥渐飞渐远，她尽量克制自己的情绪，但语调中仍然可以让人听出忧伤：“我怎么会比鸟更幸福呢？鸟虽小，但它拥有整个天空，同时，它还拥有无边无际的草原。我现在拥有什么呢？草原与天空，还属于我们契丹人吗？”

“宝贝儿，不是说好了，今天不说这些不高兴的事吗？”

萧莫娜不想惹得天祚帝不开心，但她憋不住要把想说的话说出来：“难道从今以后，我们契丹人要成为无家可归的孩子吗？”

天祚帝两手一搓，勉强笑着：“萧莫娜，一见到草原，你就变成女王了，这可不是我的女人。”

“好吧，我现在就从女王变回女人，”萧莫娜嫣然一笑，走到雪里妃跟前，扶住马鞍纵身跃上马背，“皇上，我的阿适，咱们走吧。”

“你怎么上马了，你不是要走走吗？”

萧莫娜指着草原上一片一片的马群，说：“六万匹军马都在这里啃着青草，咱们穿过他们，走得远远的。”

“这样很好，宝贝儿，我可是为你准备了一个好地儿。”

“是吗？快带我去。”

天祚帝虽然五十多岁了，但身体仍矫健得像一个小伙子，只见他紧跑两步伸手抓住马鞍扶手纵身一跃（他弹跳的高度超过萧莫娜），然后重重地落在马鞍上，穿着牛皮靴的双脚熟练地钻进马镫。

看到天祚帝娴熟的马术，萧莫娜咯咯咯地笑起来。几乎同时，两人身子微微向后倾，双腿直直地蹬住马镫，两匹马像箭一样驰向辽阔的草原深处，萧莫娜银铃般的笑声洒了一路。

生活在蒙古高原上的人们，都知道“初夏看花，仲夏看草”这句谚语。眼下是一年中雨水最充沛的季节。用水肥草美来形容这个季节草原的形态，是再恰当不过的了。从大兴安岭到阴山，被数千座森林覆盖的峰头拥抱着蒙古大草原，分为东部、中部与西部三大片。东部草原在额尔古纳河两岸展开，大兴安岭上的巨大森林环列，恰似这片草原苍绿的屏风；中部草原不似东部那样辽阔，阴山山脉也常常伸延到草原深处，把草原围成一个又一个绿色的大盆地；西部草原自宁夏的黄河边穿过武威、张掖、酒泉、敦煌河西四郡，与祁连山遥遥相对，平行到玉门关外与塔什拉玛干大沙漠相接，这绵延数千里的联结东北与西北的大草原，同黄河长江一样，也是中华民族不可或缺的生命摇篮。无论是诞生于西北的匈奴、丁零、柔然、回鹘、党项……还是繁衍在东北的东胡、乌桓、鲜卑、契丹与女真，他们无一不是马背上的骄子，草原上的雄鹰。自古以来，泱泱华夏中，在黄河长江两岸以犁铧谱写史诗的农耕民族，和在蒙古高原上与风雪抗争逐水而居的游牧民族，乃是中华民族的两大源头。天下有永不相见的河流，但没有永不握手的兄弟。每一个草原家族的前世今生，无不充满了爱恨情仇，但若能深入研究他们的历史便会发现，蹂躏与厮杀、争斗与杀戮之后，民族之间往往出现了谅解与融合。长期的战争让各民族之间懂得了克制与沟通，中华民族的历史就是在这种杀伐与融合的过程中徐徐展开，以冷漠开始，以拥抱接续；以战争开始，以和平接续；以苦难开始，以祥和接续；以不同的利益开始，以共同的追求接续……

历史是曲折的。有的民族可能一时间消失了，但消失不等于消亡，他们拥有了一个更伟大的名字：中华。草原上的民族也常常更换自己的身份，比如契丹，他们的祖先可能就是留在草原上的鲜卑人的后裔。而鲜卑人，则认为自己是黄帝的子孙。不管哪一个民族的子孙，他们可能不知道也不关心自己的世系，但他们都会热爱自己的家乡，就像眼下这位骑着雪里妃忘情地向着草原深处飞奔的萧莫娜，以及在她身边非常满意自己这个骑士角色的天祚帝，在草原上，他们会忘掉苦难，而不顾一切地追求爱情。

天祚帝与萧莫娜已经飞奔得很远很远了，离柳树屯应该有二三十里地了，他们穿越了长满林木的缓坡、曲折蜿蜒的河流以及一马平川的草甸，上午的阳光，投射到河水中，所有的树叶都像敷上了一层金箔；投射到河水中，细碎的波纹中像是有千万条小金蛇在游弋；投射到草甸上，会让人们看到在密密簇簇的针叶间跳动的七彩的光晕——这些光晕来自草原上怒放的鲜花。

有好几次，萧莫娜跳下马来，欣赏草丛间美丽的花朵，天祚帝没有这份雅兴，他素来对花花朵朵的东西不感兴趣，但因为他太喜欢萧莫娜，故也只能耐着性子，陪着萧莫娜在花的海洋中徜徉。萧莫娜采了一朵非常好看的像猩红的绒球儿一样的花儿，问天祚帝："你认识它吗？"

"认识，"天祚帝认真地回答，"它是一朵红花。"

“还有呢？”

“还有……它像绒球儿。”

“我问它的名字。”

“它有名字吗？”天祚帝感到很奇怪，“谁给它取的名字？”

“你呀，白痴一个，”萧莫娜噘着嘴，生气地说，“每朵花都有名字，难道你母亲没有教给你吗？”

“我母亲……宝贝儿，你不知道我很小就成了孤儿吗？”

萧莫娜这才想起天祚帝的父母很早就因奸臣谗言而被老皇上赐死，她赶紧道歉：“皇上，对不起，我不是故意冒犯你，我告诉你吧，这朵花的名字叫柳叶旋复花。”

“这名字好听，但挺难记的。”

“你不用心，当然就记不住。”

萧莫娜的语气中让人听得出讥笑，但天祚帝并不觉得难堪，当然也不生气，他问：“这草原上的花，比天上的星星还要多，你都叫得出名字吗？”

“我可没这本事，但眼前你看到的花，它们的名字我都知道。”

“是吗？那我得考考你。”

“考吧。”

天祚帝俯身从草丛中连根拔起一棵草花，这棵草长着褐色的茎枝，对生着蝴蝶般的叶子，在茎枝的梢儿上摇曳着一朵浅黄色的花蕊。天祚帝把这朵花儿伸到萧莫娜眼前，问：“它叫什么？”

“短瓣儿金莲花。”

“啊！”天祚帝又从脚边扯起一棵长着红的叶子、开着白色的麦穗儿一样的花朵举起来，“这个呢？”

“马蒿子。”

天祚帝跑出几步，东寻西找，分别采了一棵茎叶细小、牙尖上开着朱红的长瓣花和一棵根茎短小的开着嫩黄色小花朵的青草，走回来双手晃动着问：“你说说看，它们叫什么？”

“你左手的那棵，叫鸢尾花，右手的那一棵，叫山丹。”

“嗬，你还真的都知道，我就不信难不住你。”

天祚帝说着就把手中的花撒了，又要跑出去寻找，萧莫娜喊住他。

“皇上，不要再瞎折腾了，看你这么糟蹋花朵，我可痛心哪，一朵花也是一条命啊。”

“你这一说，我还成了害命的阎罗了。”

两人这么取笑着又重新跨上了马背。萧莫娜看着蛰气浮动的草原，尽管仍然很兴奋，但还是感觉有些疲倦了，她问天祚帝：“你说的好地方在哪里啊？”

“很快就到了，那里有酒，有烤好的羊羔，很快就到了。”

“阿适……”萧莫娜经常忘情地喊天祚帝的乳名，“我有些乏了。”

“宝贝儿，真的很快就到，你再坚持一会儿，宝贝儿，怎么这些花儿的名字你都叫得出来呢？”

“阿适，你后宫中有那么多的女人，有谁的名字你叫不出来吗？”

“不瞒你说，有的我还真叫不出来。”

“可见，你不是一个好丈夫。”

“萧莫娜，你不能这样说我。后宫的女人，名义上都是我的老婆，但并不是我自己挑选的。”

“朝中的大臣应该都是你亲自挑选的吧？”

“名义上可以这样说。”

“你都认识吗？”

“朝臣都认识，但边臣、府臣不一定全认识。”

“可见，你也不是一个好皇帝。”

“宝贝儿，你怎么专挑我的刺？”

“阿适，不是我成心责备你，大辽国走到今天，你有推卸不了的责任。”

天祚帝不语，看得出来，他很不愿意听这样的话，他甚至有些恼火，却又不便发作。

萧莫娜继续说："你热爱草原，但是你叫不出花的名字，没有这些花，草原还叫草原吗？你热爱大辽国，却不能叫出所有大臣的名字；你喜欢女人，却不能一一叫出后宫那些女人的名字。因此，皇上，我要对你说，对于草原故乡，你不是一个好儿子；对于大辽国，你不是一个好皇上；对于契丹的女人们，你不是一个好男人。"

说这番话的时候，尽管萧莫娜语调平缓，但在天祚帝听来，却无异于阵阵炸雷，他从未受过这样严厉的批评，不仅仅是批评，简直是当面羞辱，他的脸上挂不住了，他的手自然地摸到了腰间的刀柄，但是，当他侧过脸去看萧莫娜的时候，却发现她毫无恶意，她的脸上始终挂着微笑，她的一双黑葡萄一样的大眼睛中，闪动着澄澈而又性感的光芒。他心中的怒火顿时冰消瓦解，按住刀柄的手也羞愧地拿开，他自嘲地叹了一口气，道："萧……啊，宝贝儿，你的指责可真是让我难堪哪。"

"皇上，因为我真的是爱上了你，所以我才会指责你。"

"你刚才说什么？你……你说你爱上了我？"

"这有什么大惊小怪的。啊，皇上，你看前面，怎么会有一座毡房呢？"

"那是我为你置办的，宝贝儿，我们很快就能吃到美味的午餐了。"

第十三章　复国之梦

这座毡房是天祚帝派人来搭建的，它的右边大约一里多的地方，是夹山逶迤而来的缓坡，它的左边是一条自西向东蜿蜒流淌的河流。毡房不大，是用纯白的羊皮缝制，在蓝天碧水的映衬下，显得特别干净。

天祚帝与萧莫娜来到毡房前的时候，已接近正午。十几名军士在草地上架起了两堆篝火，正忙碌着烧烤食物。一堆篝火上烤了一只黄羊狍子和几只沙半鸡，这都是军士们今天早晨刚刚捕获的猎物，另一堆篝火上正烤着一只羊羔，大概已经烤了一些时候了，香味在毡房前弥漫。

萧莫娜的雪里妃好像是害怕潮湿的烟气，离军士们还有十几丈远的时候便停住了脚步，天祚帝也只好勒住了马头。

萧莫娜首先关注的不是篝火而是那座洁白的毡房，她问天祚帝："怎么这个没有人烟的地方，会有一座毡房呢？"

"这是专门为你搭建的。"

"为我？"

看着萧莫娜迷惑的眼神，天祚帝得意地笑起来，说：“你昨天说，要在草原上寂静无人的地方过一个生日，我就安排卫队的军士寻觅了这个地方，并从库房里找出一间最好的毡房材料，运到这儿来搭建。”

“多谢你这样用心待我。”萧莫娜说着跳下马来，走到篝火旁同军士们打招呼，“你们辛苦了，烤的都是一些什么呀？”

一名小校回答：“早晨，咱们逮住一头黄羊狍子，又抓了几只沙半鸡，都快烤熟了。萧娘娘，就等着你和皇上享用呢。”

萧莫娜点点头，径自向毡房走去。天祚帝走到小校跟前与他耳语了几句，小校便领着两三个士兵离开了。天祚帝追上萧莫娜，一起走进了毡房。

这座毡房真的很小，大约一丈五见方。毡房的一角堆着一个巨大的行李捆，地上空荡荡的，一片青青的草地上，被人踩上了很多的脚印，细心的萧莫娜发现毡房的右下角上有一行小字，她走过去辨认，然后问天祚帝：“皇上，你从金上京撤退时，为什么要带上这座毡房呢？”

“当时没想那么多，”天祚帝漫不经心地回答，“大概是卫队的军士们想着行军路上用得着。”

“你知道这毡房有谁用过吗？”

天祚帝茫然地摇摇头。

萧莫娜又加重语气问了一句：“这毡房被什么人用过吗？”

天祚帝仍然摇着头。

萧莫娜的眼睛里忽然噙满了泪水，天祚帝发现这个突然的变化，顿时忐忑不安，悄声问道：“宝贝儿，你怎么啦？”

萧莫娜指了指毡房右下角那一行字，痛苦地说：“你自己去看吧。”

天祚帝连忙躬下身子去看，只见上面是四个纤细的小字：

萧莫谛用

天祚帝立刻想到萧莫谛是萧莫娜的亲妹妹，也是他的妃子，但他从未喜欢过萧莫谛。为此，在他与萧莫娜同床共枕的第一个晚上，萧莫娜还重重地扇了他一个耳光。天祚帝心中一直对此留有阴影，没想到这会儿在毡房中又见到萧莫谛三个字，天祚帝不免有些诧异，也有些难堪，他觑着萧莫娜，干笑着说："真没想到，这毡房是萧莫谛用过的，其实，萧莫谛……"

"你对萧莫谛很绝情，这一点你不用辩解，"萧莫娜忽然怨恨地说，"阿适，当你发昏的时候，简直就像一个畜生。"

"萧莫娜，你竟敢这样骂我？"

天祚帝一向桀骜不驯，但这时伤感起来，萧莫娜并没有因为他的示弱而原谅他，仍然非常严厉地指责说："对萧莫谛，你就像一个畜生。她是大辽国最美丽也最高贵的女人，可是，你却那么无情地冷落她、伤害她。"

天祚帝嗫嚅着："那是因为你。"

"你不喜欢她，为什么还要娶她呢？"

"也是因为你，谁叫她是你妹妹呢？我暗恋着你，得不到你，我就娶她。但是，在她进宫的第一个晚上，我就彻底地不喜欢她了。"

"为什么？"

"我一见她，就告诉她，我喜欢她的姐姐，她立刻顶撞我，她说：'我不是萧莫娜，你不喜欢我，就让我离开皇宫。'"

"你为什么不让她离开皇宫呢？"

"皇帝的女人活着就不能离开宫门一步，除非她死去。"

"皇上，你爱女人，但你不懂女人。"

"我为什么一定要懂女人？"天祚帝再也忍受不了萧莫娜的冷冰冰的质问，这会儿提高了嗓门吼道，"我是皇帝，天下的女人必需懂我。"

"阿适，你是皇帝，你拥有至高无上的权力。但是，我要提醒你，以你这样的心态，这样的念头，你可以得到女人的肉体，但你永远也得不到女人的芳心。"

萧莫娜属于那种高傲而又优雅的女人，当天祚帝表现出哪怕是一点点忏悔时，她就会宽慰他。但是，看到眼前这个男人刚愎自用，百般为自己的错误辩解时，她便毫不留情地对他的言论予以驳斥。

她的话很戗人，天祚帝想反驳却找不到词儿。他气歪了脸，本想咆哮，却没想到出口的话很软弱："萧莫娜，你的话不对，不是所有的女人都不爱我，我的母亲是全心全意爱着我的。"

"皇上，母亲不是爱人……"

"你说的是女人。"

"对，女人。那些陪你上床的女人真心爱你吗？"

"不……不知道。"

天祚帝双手抱着脑袋，神情显得非常沮丧。

萧莫娜看着他伤心的样子，又动了恻隐之心，她伸手抚摸着天祚帝铁青的脸颊，柔声说："亲爱的阿适，这世间除了你母亲 ，至少还有一个女人爱你。"

"谁呢？"

天祚帝昂起了头，萧莫娜望着他回答："我！"

"你，你说你爱我？"

"是的，我爱你。"

萧莫娜说得很淡然，但听得出来很真挚。

天祚帝忽然把头低了下去，眼圈儿也发红了。

这时，毡房外有人问："皇上，肉都烤好了，现在能吃吗？"

萧莫娜听出是那位小校的声音，便回他："稍等一会儿，皇上有些乏了。"

小校在门外说："那，小的能进来吗？"

"进来干什么？"

"皇上让我采来好多鲜花，小的要送进来。"

天祚帝好不容易控制住自己的情绪，站了起来，用萧莫娜递过来的手巾擦干了眼泪，对门外的小校说："你们进来吧。"

小校与两位军士怀中都抱满了各种各样的鲜花，掀开门帘儿走了进来，他们遵天祚帝的命令在草甸上采集了大量的草花。

“你们这是干什么？”

萧莫娜有些惊讶，天祚帝得意地说：“是我让他们采的。”

“采这么多？”

“这毡房中间会铺上驯鹿皮，它的四周，要让鲜花堆满。”

“为什么呢，为什么呢？”

“为了让你在鲜花中间舒舒坦坦地睡一个好觉。”

天祚帝说着，让军士们打开行李卷，把两张精心挑选的驯鹿皮铺在草地上，然后，他亲自把那些刚采回来的露水盈盈的草花撒到驯鹿皮的周围，这些草花各种各样，有野苜蓿、狗古草、山野豌豆、野火球、柳穿鱼、山泡泡、大针茅、画眉草、黄莲花、狼尾巴花等等，毡房里顿时香气弥漫。

在天祚帝亲自撒放这些草花的时候，小校带着军士们退出了毡房。萧莫娜一旁看到天祚帝不惜以帝王之身殷勤地做这些琐事，不免大受感动。当天祚帝把最后一捧花搁到毡房的右下角挡住那一排萧莫谛留下的小字时，萧莫娜走上前牵住他的双手开口说话，声音充满了磁性：“皇上，难为你了。”

“这没什么，”天祚帝舔了舔嘴唇，用近似讨好的口气说，“你不是说，你爱我吗？”

萧莫娜点点头。

天祚帝有些不自信地问：“你爱我什么呢？我可是一个逃亡的皇帝。”

萧莫娜浅浅一笑说：“你若不逃亡，我还不会爱上你呢。”

说这句话的时候，萧莫娜甚至抛了一个媚眼。她不是那种搔首弄姿卖弄风骚的女人，始终等待着有人来闯入她的感情世界，或者她进入别人的感情世界。尽管她天生丽质，风姿绰约，但她不会迎合任何人，尽管不少公卿贵戚及望族子弟对她神魂颠倒，但她总是拒人于千里之外，不给任何人以献媚的机会。她知道天祚帝迷恋她，但她却一直不喜欢天祚帝耽于享乐懈怠朝政的做派。当她嫁给秦晋王耶律淳之后，按辈分，她成了天祚帝的婶婶，当耶律淳废黜逃亡中的天祚帝自立为帝时，萧莫娜更成了天祚帝不共戴天的敌人。但自从耶律大石将萧莫娜带到夹山，谁也不会想到，他们两人会发生这一段缠绵而又炽烈的爱情……

这一刻，面对萧莫娜长长的睫毛下那一双含情脉脉的大眼睛，天祚帝热血偾张，他伸手去解萧莫娜镶嵌着红蓝宝石的锦袍的纽绊，萧莫娜推开他的手，轻声说："黄羊狍子肉已烤好了。"

"不急，不急。"

天祚帝说着又去解纽绊，萧莫娜嫌他笨手笨脚，自己脱下了锦袍，两人搂着，重重地倒在驯鹿皮上。

当两人重新走出毡房的时候，正午的太阳稍稍有些偏西了。因为蛰气的消逝而使草原变得更加澄净。炽烈的篝火只剩下余烬了。但它的烈焰将周围的草地烤焦了一片。天祚帝选了一块离篝火较远的草地与萧莫娜席地而坐，享受着烤得香喷喷的各类兽肉。天祚帝特意命人带来一坛好酒，但萧莫娜此时对饮酒毫无兴趣，她想骑马兜风，或者到附近的岗坡树林里踏青采蘑菇。天祚帝只得依她，只喝了半碗酒。草草用过餐后，两人正说上马去树林那边，却见远处一队骑兵疾驰过来。天祚帝知道这里是马场的后院，应该绝对安全，因此并不担心。他只是好奇，是什么人会来这里。不一会儿，马队驰近，天祚帝看清楚走在马队前头的是北院宰相大悲奴。

看到天祚帝，大悲奴连忙拉住马头，在卫兵的帮助下从马背上跳了下来，以他八十多岁的高龄，这个动作称得上矫健，天祚帝便称赞他："大悲奴宰相，瞧你这劲头儿，还可以冲锋陷阵呢！"

大悲奴紧走几步上前来说："皇上，我的曾孙都十五岁了，他都能够上马杀敌了，我老喽，不敢逞能了。"

天祚帝问："你怎么突然跑来了？"

大悲奴抑制不住兴奋，他将跟在身后的一位中年汉子推到天祚帝跟前，笑着问：“皇上，你还记得他吗？”

天祚帝瞅了一眼，立刻惊讶地嚷了起来：“这不是张宝成吗？朕的熬鹰师，哪有不认识的？”

张宝成趋前单跪行了觐见之礼，激动地喊了一声：“皇上。”

“宝成，你不是随着左企弓去了燕京吗？怎么找到了这里？”

“皇上，一言难尽啊。”

张宝成便将去燕京后的遭遇，特别是张觉斩杀左企弓叛金一事的前因后果，以及此事之后波谲云诡的演变尽可能全面地复述了一遍。

天祚帝听完，愣了半晌没作声，善于察言观色的大悲奴试探着说：“皇上，没想到，平、营、滦三州还在咱大辽的手中。”

天祚帝没有接这个话茬，而是换了话题问：“大悲奴宰相，你当北院宰相时，左企弓就是宰相，你觉得左企弓这个人怎么样？”

大悲奴对左企弓一向存有好感，但他认为眼下不是替左企弓抱冤叫屈的时候，于是委婉地说道：“左企弓英明一世，糊涂一时啊。”

天祚帝又问萧莫娜：“你呢？你对左企弓是欣赏还是仇恨？”

“欣赏。”萧莫娜斩钉截铁地回答。

“为什么？”

“完颜阿骨打率强兵压境，燕京城中的守军无力抵抗，左企弓为保全一城百姓及官员的性命，开城投降是明智之举。”

“啊，你是这样看的。”天祚帝似乎有些失望，他深思了一会儿又问，“对张觉这个人，你怎么看？”

萧莫娜仍然不假思索地回答：“张觉是个坏人。”

“啊？他不是你手下的四大金刚吗？”

“那是人家乱嚼舌头。张觉这个人，同郭药师一样，都是靠不住的人。”

天祚帝转而问张宝成：“宝成，你认为张觉究竟是叛金归宋还是叛金复辽？”

张宝成回答：“虽然他委派我前来寻找皇上，但他却撤掉南边的军力而加固榆关一线，很明显，他不认为南朝是敌人。”

“张觉让你来寻找朕，可有什么交代？”

“他说，要迎您去坐镇平州。”

“那是陷阱，”萧莫娜插话说，“张宝成刚才不是已经禀报，当他带着韩八斤从夹山回到平州时，张觉却安排手下要毒死他们。”

天祚帝说：“那是因为韩八斤冒充使者。”

“可是张觉并不知道韩八斤是冒充的，张觉这个人蛇蝎心肠……”

“别说了，”天祚帝粗暴地打断了萧莫娜的话头，又恢复到他那种君临天下的气势，“关于左企弓，如果让朕看到他，我一冲动，气头上也会像宰一只狐狸一样对待他，但那时要是有人把我拦住了，朕仍会让他当南院宰相。这个人勤勉本分，熟悉政事，人才难得啊。至于张觉，他既不是狡兔，也不是走狗，说到底，他是一只凶狠的狼。萧莫娜你说，我啥时候会怕一只狼呢？”

萧莫娜虽然不喜欢天祚帝的刚愎自用，但却欣赏他那种剽悍劲儿，于是故意顶撞他：“我的皇上，你能不能把话说明白点？咱们没听懂你要说什么，是不是呀大悲奴宰相？”

大悲奴佯笑着，说也不是不说也不是。

放在别人，天祚帝早就狗脸上摘毛立马发作了，但对萧莫娜他却是一味地宽容，他朝萧莫娜挤挤眼笑了起来，而后伸了个懒腰，说道：“萧莫娜，咱们在草地上打个滚吧。”

“为什么？”萧莫娜不解地问。

“今天不是你的生日吗？”

“难道生日就一定要打滚吗？”

“你不是草原的女儿吗？我现在也不是皇帝了，我天天陪你在草原上玩耍，想怎么玩就怎么玩。”

听到这里，萧莫娜与大悲奴才明白，天祚帝这是在说气话。大悲奴顿时紧张起来，不知道说什么好，萧莫娜忽然扑哧一笑，揶揄道：“皇上你这是变相挖苦自己呢，要打滚你自个儿打去，我这金枝玉叶的身子，可不敢让草芒子扎坏了。”

“不打滚，那我能干什么呢？”

天祚帝说着伤感起来，萧莫娜对这位逃亡皇帝尚未消失的血性产生了同情，甚至还有赞许，她问：“你想要干什么？”

“复国！”天祚帝嘴里迸出这两个字，他的眼睛中闪出了泪花，“尽管复国的道路还很长很长，甚至只能是一个伟大的梦想，但我只要活着还有一口气，我就不会舍弃。”

他的真情的表露让萧莫娜大受感动，她深情地注视着天祚帝，问他：“你是不是想离开夹山？”

天祚帝点点头。

“去哪儿呢？”

“去平州。”

“去平州？”萧莫娜惊叫一声，头摇得像拨浪鼓似的，“这个万万不可。”

“你怕我被张觉卖给南朝了？”

“我说过，张觉这个人是蛇蝎心肠，什么事都干得出来。”

“萧莫娜你别忘了，平、营、滦三州百姓，心还都向着大辽。不然，张觉也不敢叛金，我若是真的到了平州，谅他张觉也不敢把我怎么样。”

萧莫娜对天祚帝这种无端的自信又好气又好笑，她不解地问：“三月份，耶律大石将军率领他的三万人马离开夹山去了漠北，苦苦劝你同行，你却执意不肯，这回听了张觉叛金的消息，却坚决要去平州，这是为何呢？”

“这个道理你不懂吗？”

“不懂。”

见萧莫娜一副使性子的样子，天祚帝苦笑了下，解释道：“漠北是不毛之地，再往前走，就是六月飞雪的地方，去那儿纵然保住了皇位，面对人烟稀少的不毛之地，又有什么意思呢？平、营、滦三州却不一样，那里在榆关之内，靠近燕京，也靠近中原，占据那样一块地盘，大辽国复国的梦想才有可能实现。”

萧莫娜听了这一番话，才算真正摸清了天祚帝的意思，不免叹道："好你一个天祚帝，你口口声声恢复辽国，实际上还是想靠近那个一片锦绣的南朝。"

"大辽国本来就是靠着南朝，这是祖宗留给我们的福报。"

"南朝虽为文明礼仪之邦，但更是卖友求荣的敌人。"

"南朝卖了我，这个不假，等我缓过气来，一定还会灭了它。"

"天祚帝，你别做梦了！"

"萧莫娜，你怎敢这样对皇上说话，你太放肆了！"

大悲奴跺着脚连声申斥，没想到萧莫娜根本不听他的，她抓住马鞍纵身跃上了坐骑。望着她的背影，天祚帝也赶紧翻身上马追了过去，草原上飘荡着他的喊声："萧莫娜，你等一等。"

第十四章　天之骄子

在阿骨打昏迷的第二天，三千御林军护卫着八匹骏马拉着的御辇踏上了北返金上京会宁府的归途。沿途官军人等奉敕迎送，但他们只能对着御辇跪拜，无缘得见皇帝天颜。他们也不知道阿骨打一直酣睡不醒命若游丝。

做出北归这一重大决定的，是宗望与陈尔栻。因为栋摩违反了军规不再参与机务，他们两人便成了皇帝行营的核心。经过了一天一夜的观察，虽然阿骨打咽下了大萨满穆克石的救命金丹，但病情却没有好转，陈尔栻担心阿骨打皇帝挨不到他的大弟吴乞买的到来就会咽气儿，所以建议宗望赶快让阿骨打皇帝乘辇北归。宗望接受了这个建议，下令留下自己的三万部队原地驻扎，由完颜娄石暂时代理军事，自己则带领父皇的三千御林军沿途护驾。为了封锁消息，他们趁着夜深将阿骨打抬上御辇即刻上路，一路上经过府县不停，官员只是迎候拜辇而不觐见。就这样紧行慢赶两天走了三百余里，在一处名叫凤林镇的地方，与日夜兼程从金上京会宁府赶来的摄政王吴乞买相遇。比吴乞买晚大半个时辰赶到的是驻守大同云中府的西路军主帅完颜宗翰。他们一到，立刻就登上御辇探视阿骨打皇帝。按照乌古乃的吩咐，阿骨打自从抬上御辇后就再也没有下来过，这是避免折腾让病人难受，但是日夜都有人值守。

这天夜里，一次神圣而又秘密的会议在凤林镇上的一座破旧的关帝庙里举行。参加会议的一共有七个人，他们是：摄政王吴乞买（他与阿骨打乃一母所生，排行老二）、伐辽东路军主帅完颜宗望（阿骨打的大儿子）、伐辽西路军主帅完颜宗翰（阿骨打的侄儿）、伐辽总帅栋摩（阿骨打的三弟，尽管他犯下军规等待严厉的惩罚，吴乞买出于亲情，还是让他参加这次会议），还有阿骨打的二位夫人乌古乃与迪雅，最后一位是深受阿骨打信任的为其襄理军政要务的陈尔栻。从这份名单可以看出，除了陈尔栻，余下六位全是阿骨打家族中的精英，他们既是大金国的核心人物，也是阿骨打的至亲。这次会议是吴乞买应乌古乃的要求主持召开的，议题只有一个：议决如何处置阿骨打的病情。

节令过了芒种，早晚的温差日渐缩小，这几日有了燥热的感觉，年轻人都穿起了单衣，即便到了晚上，风也是温暖的。坐在关帝庙并不宽敞的殿堂里，七个人的神情有些悲戚，也有些峻肃。吴乞买为了赶路已经三天三夜没有合眼，此刻他坐在残破的泥塑关帝像前，那样子的确显得疲惫不堪。他与阿骨打虽是一母所生，但长相完全不一样，阿骨打五短身材，像车轴一样健壮；吴乞买高挑个儿，虽然生得也算结实，却更像一位书生，这皆因阿骨打长得像母亲，而吴乞买像父亲。

吴乞买一坐下来，便使劲揉着布满血丝的眼睛，其他的人都沉默着，仿佛在等待着一个噩耗。也许是连日的煎熬，加之殿堂内的气氛太压抑，迪雅突然捂着脸啜泣起来，屋子里顿时爆发出一阵小小的慌张，还是乌古乃冷静，她咳了一声说：“迪雅，忍一忍，别哭了。”

迪雅强忍着擦干了眼泪。

众人忽然都挺直了脊背正襟危坐。

乌古乃由于疲劳，声音也有些沙哑了，她对吴乞买说：“摄政王，你得说话了。”

吴乞买习惯性地欠了欠身子，然后两手扶在膝盖上，字斟句酌地说：“咱嫂子，啊，还是叫乌古乃皇后吧，她让我找你们来，一起商量一下阿骨打皇帝的病情。”

屋子里一片沉默，在场的人都清楚，阿骨打的病已经很难好转了。

“你们怎么都不说话呀？”乌古乃问。

还是没有人接腔，乌古乃只好自己说下去：“刚才进这关帝庙前，阿骨打皇帝已吞下穆克石备下的最后一粒救命金丹。五天了，皇上闭着的眼睛就没睁开过，怎么喊他，怎么和他说体己话儿，他都不回应，不是他不肯吱声儿，而是他压根儿就没听见。喂金丹的时候，我问穆克石，皇上还有救吗？穆克石不答话，却在皇帝的身边跪了下来，拉着皇帝的手嘤嘤哭泣起来……”

乌古乃话还没说完，迪雅又放了悲声，其余的人有的抽泣，有的背过身去抹起了眼泪。吴乞买木讷地问了一句：“咱哥哥还有救吗？”

大滴大滴的眼泪溢出了乌古乃的眼眶，她的嘴唇哆嗦着：“到现在我终于明白了，什么叫灯干油尽。”

“不，父皇不能死！”

宗望突然歇斯底里咆哮了一句，接着捶胸顿足痛哭起来。

屋子里的场面顿时有些失控了。

完颜宗翰走过去，紧紧地将宗望抱在怀中，他脸上的肌肉抽搐着，但却强忍着眼泪。

乌古乃再次克制自己的情绪，她磕了磕手中的茶碗，喊了一声：“望儿！”

声音不大，却很有穿透力，宗翰松开手，宗望坐到椅子上，宗翰也在他旁边坐了下来。

乌古乃继续说：“摄政王，阿骨打皇上该怎么办？你该给大家拿一个主意了。”

“嫂子，我……”吴乞买欲言又止。

“二弟呀二弟，我知道你不敢担这个责任，”乌古乃说着提高了语调，“如果是丁门小户人家，当家的出了事儿，自然是婆娘来处置。但咱当家的是大金国的皇帝，你是大金国的摄政王，该怎么办？是救还是放弃，得你说了算。”

吴乞买素来就知道乌古乃是一个既不惹事也不怕事的女人，他对这位嫂子一向敬重，但毕竟是人命关天的事，他不敢有任何造次，他双手敲打着膝盖，深思了一会儿，首先问陈尔栻：“老先生，你见多识广，你说，皇上还有救吗？”

陈尔栻摇摇头。

吴乞买又问栋摩：“你说呢？”

栋摩拼命撕扯着自己的头发，痛苦地说：“咱弄不清，咱弄不清。”

吴乞买的眼光审视了在场的每一个人，然后轻声问乌古乃：“嫂子，今晚上一定要做决定吗？”

乌古乃坚定地点点头：“摄政王，再拖下去，阿骨打皇帝只会更痛苦，人到了这地步，多活一天少活一天已经没有意义了。况且，阿骨打已经五天没吃一点东西，开头两天还能喂水，现在连水也喂不进了，刚才喂药，是我撬开他的嘴灌进去的。过了明天，保不准他就饿死了。”

“那，让他今晚上就回到太阳神的身边？”

吴乞买仍然是商量的口气，乌古乃体谅他的苦衷，便对儿子说：“宗望，我是你的母亲，阿骨打皇上是你的父亲，咱娘儿两个先表个态，今夜里，就让你爹上路吧。”

宗望点点头，再次痛哭起来。

吴乞买既为阿骨打即将殒命而心如刀绞，又为乌古乃的通情达理而大受感动，于是他不再犹豫，他让人找来在门外待命的穆克石，问他怎样让阿骨打皇帝毫无痛苦地飞升天国。

穆克石其实早就有了主意，但这会儿他仍装出一副冥思苦想的样子，琢磨了半天才说：“摄政王，我的药葫芦里还有一种金丹，名叫安魂丹。”

“啊，如何安魂？”

“让阿骨打皇帝吞下这颗安魂丹后，不消片刻，这药性就会发作，阿骨打皇帝就会突然睁开眼睛，面带微笑看着大家，然后就像仙人一样睡过去，不再醒来。”

“真的没有痛苦？”

“真的没有。”

“好，你去准备金丹。”

穆克石答应着，躬身倒退着出了殿门。

吴乞买走到门前，看到庙外广场上停着御辇，回头问乌古乃：“嫂子，咱们去把阿骨打皇帝抬到这里来，咱哥哥最喜欢关帝，让他在关帝的陪伴下去追随太阳神，也是一种难得的福气。”

“好，你们等等，”乌古乃说着便拉起迪雅的手，“妹妹，走，咱们先去给当家的擦擦身子，咱们可不敢让他埋埋汰汰地离开。”

按陈尔栻的安排，与阿骨打的告别仪式放在子时开始，丑时结束。按中国天干地支的说法，地支为子、丑、寅、卯、辰、巳、午、未、申、酉、戌、亥；天干为甲、乙、丙、丁、戊、己、庚、辛、壬、癸。天地相匹两首相加为甲子。地支十二数分别配十二生肖，即子鼠、丑牛、寅虎、卯兔、辰龙、巳蛇、午马、未羊、申猴、酉鸡、戌狗、亥猪。用现在的时间换算，子时是一时至三时，陈尔栻选择这样两个时辰，乃是因为子时属阴阳未判之时，犹如婴儿处在母腹之中混沌未开，这时候让阿骨打告别亲人，实乃是重回混沌进入众妙之门的最佳时刻。接着是丑时，按《易经》解释，十二时辰中有四库，丑为土库对应黄色，辰为水库对应黑色，未为木库对应青色，酉为金库对应白色。子丑相继，取的是复归混沌入土为安的吉祥兆应。

在穆克石的指挥下，告别阿骨打的一应礼仪在子时前就已准备就绪。乌古乃与迪雅在柳芽儿等的协助下也把阿骨打的身子擦得干干净净。乌古乃还将平时积攒的舍不得用的龙涎香粉在阿骨打的周身涂抹了一遍，然后替他穿戴起大金国皇帝的冠冕礼服。她们做着这一切的时候，阿骨打仍像在熟睡之中，但比起五天前，他变成了另外一个人，他身上健壮的肌肉消失了，丰满的脸颊也凹陷下去，看到他这副样子，几个女人都默默地流泪，她们怕惊扰了阿骨打，所以都不敢哭出声来。

当她们替阿骨打收拾完毕，杰布与水老哇早弄来了一块门板在御辇外候着，门板上铺着阿骨打常用的那块驯鹿皮。乌古乃一挑门帘儿，他们两人就赶紧登上御辇，他们抬着阿骨打的身子，乌古乃扶着阿骨打的头，迪雅抬着他的脚，四个人小心翼翼地把阿骨打抬到门板上。吴乞买、栋摩、宗望、宗翰四人分别站在门板两边，乌古乃最后一次打理阿骨打的穿戴，帮他抻抻龙袍，整理脖子上的用祖母绿以及鹌鹑蛋大小的北珠缀成的朝珠。最后，她在阿骨打的脸颊上亲了亲，这才朝吴乞买做了一个手势，四个人一起躬身发力抬起了门板，此时月光暗淡，阿骨打的脸色显得苍白，但也很慈祥，刚刚修剪过的坚硬的短髭依旧显示着他的王者风范。

从御辇到关帝庙不过十来丈远，但吴乞买却感到像是走过了千山万水。他们一寸一寸地朝前挪动,吴乞买个头儿偏高,为了让木板平整，他不惜屈着膝盖。走进庙门时，杰布与水老哇早就支好了长凳，木板稳稳地搁在上面，阿骨打的脑袋面对着关帝神像，这神像虽然残破，但依旧目光如炬，他似乎在盯着阿骨打的脸庞，思索并欣赏着。

沙漏计指向了子时，身穿大萨满服装的穆克石领着同样穿着教服的四位小萨满从庙门外走了进来。这殿堂里，除了先前的七个人，又增加了杰布、水老哇、朵颜等人，因此显得拥挤了。

若是在平时，穆克石见了皇帝和摄政王就必须下跪，但只要他穿起了神服，他就可以不向任何人下跪了，因为他代表神灵，在女真人看来，天底下只能是人敬神而不会神敬人的。

此时，穆克石领着四位小萨满围着阿骨打绕了三圈，一边走，一边嘴里念着含糊不清的咒语。屋子里所有的人都屏声静气地看着穆克石的一举一动。当咒语念完，穆克石恰好停在阿骨打的脑袋跟前，两个小萨满十分小心地抬起阿骨打戴着铁盔的大脑袋，穆克石从腰间取下一个镂金的小宝瓶，倒出一粒绿豆大小琥珀色的金丹，见阿骨打双唇紧闭，他示意乌古乃前来帮忙。乌古乃上前，用双手挤了挤阿骨打的双颊，这次很奇怪，乌古乃没有费多大力气，阿骨打的嘴唇就张开了。穆克石迅速将那颗“安魂丹”放到阿骨打的嘴里。两个小萨满撤开了手，阿骨打的脑袋又搁在锦缎棉枕上。穆克石再次念起了咒语，四个小萨满站在他的身后跟着念。

屋子里的人都屏声静气，听着蚊子一样嗡嗡嗡的咒语，目光都落在阿骨打的脸上。

突然，阿骨打的身上散发出一股奇异的让人飘飘欲仙的香味，这不是乌古乃涂抹的龙涎香（那香味一开始就让人沉静），而是一种从未闻到过的似乎是檀香、沉香、茉莉花香、兰草花香等各种草木混合的香味。

“这是什么香？”迪雅禁不住问。

“这是太阳的香味，”穆克石的脸上充满了神秘，“伟大的太阳神来接阿骨打皇帝了。”

穆克石话音刚落，奇迹出现了。

只见阿骨打突然睁开了眼睛，眼珠子缓慢地转动，他似乎看到了环绕着他的亲人们，脸上露出了难得的笑容。

“皇上！”

陈尔栻一声惊呼，屋子里的人这才从愣怔中回过神来，一齐涌到阿骨打周围，忙不迭地喊：

“皇上！”

“当家的！”

“哥哥！”

“父皇！”

听到这些不同的喊声，阿骨打并没有扭头，他的眼珠停止了转动，直直地盯着前方。忽然，他的身子像是被人拽了一把，竟然伸出双手坐了起来，喉咙里发出几声带着痰响的叫声，然后又重重地倒了下去。

“皇上飞升了！”

穆克石尖叫了一声，不知他什么时候抓了一柄羊皮鼓在手中，这时候他用五根指头叩响羊皮鼓，领着小萨满们开始了歌唱：

唱啊，跳啊，
咿呀，咿呀，
在启明星来到之前，
我们的英雄出发了。

吴乞买、栋摩、乌古乃等等所有站在屋子里的人，忽然间所有的悲痛都从他们的脸上消失了，他们像是在欢送一位出征的英雄，骄傲地跟着穆克石一起引吭高歌：

英雄胯下的骏马，
将越过九十九座高峰，
英雄乘过的木船，
将涉过九十九条河流，
嗬哟咿，嗬哟咿，
沿着太阳神飞升的方向，
我们的英雄踏上了美丽的征程……

这时，关帝庙前的广场上数十堆篝火点燃了，凤林镇中仅有的一条穿过房屋的道路，以及镇子四周的原野上，到处都点燃了篝火，御林军的三千将士们挥舞着长枪戈矛，他们都加入了歌唱的行列：

英雄留下的刀剑，
传给了每一位优秀的子孙，
英雄住过的房子，

成了人们敬仰的宫殿，
他是天之骄子，太阳神的骄傲，
他从神话中来，
又回到神话中去。
所有的道路都在他的面前展开。
嗬哟咿，嗬哟咿，
所有的道路都在他的面前展开。

深沉而又激越的歌声像是一股汹涌澎湃的洪流，它不但冲毁了黑暗，也荡涤了人们心中的悲痛。女真人用这种载歌载舞的方式来与死去的亲人告别，不但慰藉了死者，对于每一个活着的人来说，也是一次新生，一次灵魂的升华。

歌声还在继续，穆克石领着大家，又从头唱了起来：

唱啊，跳啊，
咿呀，咿呀，
在启明星来到之前，
我们的英雄出发了……

这一次，乌古乃没有跟着唱，她走到门板的左侧跪了下来，将自己淌满泪水的脸颊与阿骨打的脸颊紧紧地贴在了一起，她什么也没有说，只这样依偎着，抚摸着她最爱的人渐渐僵硬的身体。迪雅见状也跑过去，在阿骨打的另一侧跪下了。两个女人的鼻息中，依然有着从阿骨打身体中散发出的能够激起她们爱欲的芳香。

第十五章　新皇登基

未时一过，龙驭上宾的阿骨打并未停灵，而是依旧回到御辇上，这是因为老皇帝必须回到金上京举行隆重的国葬。眼下这天气一天热过一天，炽热的天气下尸体很快就会腐烂，所以要尽量节省路上的时间。阿骨打的遗体抬上御辇后，为了防腐，临时用了两担盐将其掩埋起来，而后在杰布的率领下，三千御林军护送御辇即刻上路。乌古乃与迪雅也坚决要求陪护老皇帝北返，吴乞买也就依了她们。

御辇上路之后，月亮偏西了，广场上的篝火还未熄灭，吴乞买、栋摩、宗望、宗翰、陈尔栻、朵颜等人都回到了关帝庙中。在为老皇帝送行的仪式上，虽然大家的情绪亢奋，但现在又变得低落了。失去大金王朝开创者与亲人的双重悲痛又攫住了众人的心。但是，女真人生性豁达，善于从悲痛中汲取力量。这会儿，在告别了阿骨打之后，他们有更重要的事情要做，这一行人走进殿堂的时候，并没有各自寻找原先的座位落座，而是散漫地站着。只见宗望与宗翰一左一右把吴乞买按到正中的椅子上坐下，吴乞买一愣，问：“两位侄儿，你们要干啥？”

宗望与宗翰双双在他面前跪了下去，异口同声地说：“咱们恭拜大金国的第二位皇帝。”

“你们说什么？”

吴乞买一激灵站了起来，眼明手快的宗翰立刻从地上跳起来，再次把吴乞买按回到椅子上坐下。

屋子里所有人都跪了下来，一起喊道：“新皇在上，请受臣等一拜。”

吴乞买还想站起来，但是，他发现跪在前头的陈尔栻抬起头来看着他，便打消了念头，而是改口问道：“老先生，让我接替阿骨打大哥登上皇帝位，这是谁的主意？”

“不是谁的主意，是规矩。”

陈尔栻言语轻微，却毫不迟疑，吴乞买转问宗望：“宗望，你父亲临终前可有交代？”

宗望回答：“父皇的病来得突然，没有任何遗言，但我母亲随御辇北归动身前却有交代。”

“乌古乃嫂子，她说了什么？”

“她说，兄终弟及，无论是宋还是辽，传位都是这规矩。母亲要我与老先生商量，今夜就让你登基。”

“这……”

陈尔栻知道吴乞买的性格与阿骨打素来不同，阿骨打快人快语，吴乞买却胸有城府，眼下他的表现不是逊让和犹豫，而是在这种场合下必需要做出的姿态，于是带头劝进说：“国不可一日无主，阿骨打皇帝既然龙驭上宾，摄政王，你就应按兄终弟及的规矩，立刻登皇帝位。”

吴乞买微微颔首，又望宗望：“宗望，你母亲的确是这样说的吗？”

“的确是这样说的。”

“乌古乃嫂子与阿骨打哥哥一生心心相印，她的话我想能代表阿骨打哥哥的心思。可是，我的才能与威望，比起阿骨打哥哥，真是差得太远。”

栋摩忽然插话说："二哥，比起大哥来，你的才能肯定是要差点，但比起我等，又不知高了多少，至于威望嘛，也不是难事，你坐上皇帝位一年半载，那威望自然就出来了。"

栋摩话说得实在，但此时说出来，倒真的不是时候。好在众人知道他实心眼，没有一丝半点揶揄的意思，就是吴乞买本人虽然听了不受用，也没有认真，只是苦笑着引开了话头："你们再详议一下，有没有比我更合适的人选。"

"吴乞买叔叔，除了你，没有任何一个人合适。"

宗望作为阿骨打的长子，是最有可能竞争皇位的，但他抢先这样表态，众人全都附和，吴乞买也就不再推辞。就在这样一个乡村小镇的残破的关帝庙中，大金国的第二位皇帝仓促登基了。参加这样一项神圣决策的五个人此时一字摆开跪下来，朝坐在椅子上的吴乞买行了觐见大礼。

礼毕，吴乞买让众人各自坐回到原来的椅子上，他首先问陈尔栻："老先生，你说说，咱这个新皇帝，首先应该做什么？"

陈尔栻略略深思，恭谨回答："老皇帝的葬礼与陛下的登基大典，近期恐怕都得举行。"

吴乞买摇摇头，说道："依我看，这两件事都可以缓办。"

"啊？"

不单是陈尔栻，众人都吃了一惊。因为陈尔栻的建议中规中矩，没有可挑剔之处，吴乞买知道众人误解了他的意思，便解释说："阿骨打皇帝安葬，应该是大金国最重要的大事，岂可草草行事。为保全他的龙体，可先入敛存放于梓宫，安放在去年刚刚建好的海会大寺中，让寺中的僧人日夜为其诵经，大小佛事最少也得做九九八十一场。在这期间，再征集高人为其寻找吉壤营造皇陵，没有三两年的时间，这皇陵怎建得起来？所以这事不能急。再就是我的登基大典，更不应该急着操办。老皇帝刚刚宾天，我岂能披红挂彩热热闹闹地往那丹墀上坐？"

说到这里，吴乞买因为口干咳了一下，陈尔栻趁机喊道："皇上！"

“你别说了，老先生！”吴乞买制止了他，“我知道你要说什么，国不可一日无君，是吧？但是，我只是不肯马上举行那个登基大典。那个形式真的很重要吗？无论是大辽还是大宋，每一位新皇帝登基，都要铺排，花掉国库里大把大把的银子，那银子哪里来的？不都是民脂民膏吗？我宣布，这登基大典就不要搞了，但这个皇帝，既然你们按规矩推举我，那我就当。现在我就上任了。老先生，你辅佐阿骨打皇帝，这么多年如影随形，多少好主意、多少大谋略都出自你的锦囊，你是大金国的第一功臣，但你不肯出任国相，只以布衣相从。今天，我仍想请你穿上大金国的一品官服。”

陈尔栻连忙起身答谢：“皇上，这个万万使不得。老朽以布衣身份备顾问之职，这是老皇帝恩准的。”

吴乞买站起来，上前扶陈尔栻坐下，叹道：“老先生真奇人哪，干着萧和的事业，却不要萧和的名分。老皇帝既然准了你，那就一切如常吧。现在，我要请教你，除了你刚才说的那两件事，我还应该做什么？”

吴乞买刚才的一席话，陈尔栻听了大受感动。过去，他与吴乞买相处也很融洽，但他也看得出来，因为他是阿骨打的密友，故吴乞买有意与他保持一定的距离。每逢论事，他总是说“按皇上旨意办”。自已绝不发表不同意见。陈尔栻便知道吴乞买是一个对皇上绝对忠诚，同时也是非常谨慎的人。但是今天，陈尔栻看到了吴乞买另外的一面，那就是质朴与果断，他庆幸阿骨打有了合格的继位者，大金国有了英明的皇帝。

就在陈尔栻走神的时候，性急的栋摩一旁催促道：“老先生，你咋成了闷嘴葫芦，皇上向你讨教呢？”

“啊，我是在想呢，”陈尔栻掩饰地擦了擦眼角，“吴乞买皇上英明，国葬缓办，是要把阿骨打皇帝的陵寝建好，登基大典不办，是彰显清明，去掉浮夸，都极好，极好。皇上眼下必办的事，依老朽之见，有三件。第一件事，迅速发布国书，这国书须得两份，第一份告知南朝、西夏、回纥部、吐蕃部，阿骨打皇帝已龙驭上宾，第二份国书同样是照会以上邦国诸部，吴乞买皇帝已登基御极。第二件事，阿骨打皇帝须设灵堂，供各邦国使者及女真各部酋长前来吊唁。届时，各部朝贺吴乞买皇上登基的使者亦会前来，同文馆要分别接待，不得失礼。第三件，张觉背叛我大金，变数尚多，他迎天祚帝是假，想投靠南朝是实，因此关于平、营、滦三州的争夺战，要早做准备。”

陈尔栻说话时，吴乞买一直用眼睛注视着他，听得非常认真，待陈尔栻话头一落，他就应道：“老先生所言三事，我会下旨认真办理，你们在座的诸位，还有什么要补充的？”

“没有。”宗望带头回答。

“都没有吗？”吴乞买叮问。

“都没有。”

宗翰、博勒等回答。

吴乞买说：“你们没有，我还要说两条。”

陈尔栻欠欠身子：“请皇上示下。”

吴乞买走到栋摩跟前，拍了拍栋摩的肩膀，喊了一声三弟，栋摩连忙站起来，有些紧张地回答：“二哥，啊不，皇上有何吩咐？”

吴乞买说：“你我虽是手足之情，但我这个新皇帝，登基之后做的第一件事情，就是免去你的大元帅职务。”

此语一出，在座的人都感到吃惊，宗望站出来求情：“皇上，栋摩兵败榆关，他知道错了，也已认真反省，是不是……”

看到吴乞买严厉的眼神，宗望把下半截话咽了回去，吴乞买问：“你是不是想说，不要免去栋摩的元帅职务？”

“是的。”

“依据何在？”

“皇帝登基，照例都会大赦天下，何况三叔克辽战功卓著，怎么着也该赦免他一次。”

“大赦天下不是袒护家人，执行大金国的军法，应不论亲疏一视同仁。如果对自家兄弟网开一面，这军法还有作用吗？”

栋摩本来已做好了接受严惩的心理准备，只是因阿骨打突然发病而暂时搁置了这件事，吴乞买登基第一件事就是拿他开刀，这是他没有想到的，但他毕竟有错在先，所以也就没有多少怨言，于是主动表态：“二哥，我在榆关犯下大错，本就做好了被大哥阿骨打砍头的打算，没想到二哥你仁慈，仅仅免去我的职务，感谢二哥不杀之恩。我这就向二哥，向在座的老先生、子侄们告辞，乘一匹快马去追赶大哥的御辇。今后三年，我替大哥守灵去。”

栋摩说罢，朝吴乞买拱拱手抬脚就要离开，吴乞买喊住他，口气稍有严厉。

“你是赌气吗？”

“不是。”

栋摩头摇得货郎鼓似的，他跨出门槛的一只脚收了回来。

“撤你的职，不是让你回家种田，也不是要你去给大哥守灵。”吴乞买的话中有点训斥的意味，“你不是元帅了，但你还是大金军中的一名战士，你仍要回到前线。”

“前线？”栋摩一愣。

“刚才老先生说，平、营、滦三州，是我急需处置的第三件事，张觉叛变，我们岂能任其嚣张，这一仗迟早要打的。”

“那，我现在可以走了吗？”

“为什么要走？”

“我已不是元帅了。”

“你仍可以戴罪之身参与机务。”

吴乞买如此一说，栋摩只得抽回脚步，有些感动地说：“谢皇上。”

“现在，我再说说我的第二个想法。”

吴乞买刚说到这里，门外有人喊：“摄政王大人。”

喊话的是吴乞买的掌簿书记刘不射，他因未在殿堂里参与机务，故不知道吴乞买已当了皇帝。

“进来。”吴乞买答应。

刘不射进来禀报，南朝龙图阁大学士特命全权大使赵良嗣已赶到凤林镇，请求觐见。

“深更半夜的，他怎么求见？”

“他知道大人尚未休息，他到了有两三个时辰了，御林军将他挡在镇子外头，不让他进来。”

“这么说，他已知道阿骨打皇帝宾天的消息了。”

“应该是知道了。”

吴乞买吩咐刘不射先把赵良嗣安顿下来，听候会见。

刘不射遵命退出，吴乞买接着说出他的第二个想法，即在七月之前归还山后的武、朔两州给南朝。他话音刚落，一直很少说话的完颜宗翰立即表示不同意见，他说：“皇上，此时归还武、朔两州，似有不妥。”

“有何不妥？”吴乞买问。

宗翰答道：“燕云十六州，河北路共有十州，因平、营、滦州是当年大辽开国皇帝耶律阿保机率兵攻克，不在石敬瑭割让之内，除了这三州外，余下七州全部归还。六州隶属山西路，咱率西路军入大同云中府，兼管六州，如今全部都未归还，不还的原因皇上你也知道，就是因为辽天祚帝尚未缉拿。这山后六州皆与蒙古高原以及西夏交界，而天祚帝及其残存军力皆在蒙古高原夹山一带，他们若伺机进入西夏，大同是其咽喉要津。所以山后六州现在不能归还南朝。”

吴乞买知道宗翰是阿骨打生前最为倚重的大将，他自己也很欣赏宗翰的才干，他趁势问道：“你不是密报过，天祚帝就在夹山吗？”

“是的。”

“既知道他藏身的地点，为什么不派兵前往抓获？”

“冬天坚冰铺地，军队无法展布，开春之后，由于张觉叛金，末将决定暂不出兵擒捉天祚帝，看一看再说。”

“看什么？”

“看南朝君臣的动向。”

“啊？”

“张觉叛金，暗中推动者，应是南朝君臣，南朝既与我大金盟誓，暗中又使绊子损我大金的利益，这等背信弃义的做法，不得不防。”

“你这样说可有证据？”

“有。”宗翰说着便喊过朵颜，“你把截获的南朝皇帝赵佶的金花笺，拿出来给皇上看看。”

朵颜拿出随身带着的那只镶金樟木匣，从中拿出三张金花笺，小心翼翼呈给吴乞买。

吴乞买认真读了两遍，将金花笺还给朵颜放进樟木匣中收好，然后问道：“朵颜，这三张金花笺，你是如何得到的？”

朵颜便将那日驾着摇命鬼儿在平州界的海面上截取甄五臣的事情讲了一遍。

吴乞买点点头，赞道：“这个证据拿到手，至少，我们就能理直气壮地指责南朝的不仁不义了。但是，咱们还得弄清楚，是张觉主动献三州以换名利，还是南朝策反，这二者谁在前，谁在后，也得掌握才好。”

“皇上，咱们通过燕京府细作抄出一份驻守燕京的大元帅府总管詹度给徽宗皇帝赵佶的密信，也请你过目。”

宗翰说罢，仍让朵颜从匣子中拿了另一份抄件呈上，吴乞买接过读了下来：

度呈御前密札云：

营平纳款，虽在女真入关之前，然其后朝廷累次与之计议，女真终不归还。张觉固降服金国，用其年号，又尝改为南京。本朝初与金国通好，皆立誓书，岂能首违？况金国昨在燕京，所以我大宋朝廷不能即讨平州，皆因女真陈兵关中，而张觉外据榆关，金酋亲镇其中，是以我朝须得审时度势，彼姑涵容。今女真既已出关，金酋北返，我朝趁势重兵压境，正是逞志之时。闻张觉叛金，欲迎天祚，则我朝不得不虑，为今之计，可慎选才智忠信之人二三辈，秘谕张觉归顺我朝，许之世袭。

看过这份密札抄件，吴乞买非常生气，他问陈尔栻："老先生，这密札你看过吗？"

"看过，"陈尔栻说，"詹度狂悖之徒，竟敢称皇帝为金酋。"

"所以说，南朝君臣口蜜腹剑，一概不可信。"

宗翰又陈述自己的观点。吴乞买知道宗翰对南朝一向持强硬态度，但看了这两份密件，他也觉得南朝如同草原上的狼，贪婪与凶险，深不可测，于是问道："宗翰，你说说，眼下应该怎样与南朝打交道？"

"武、朔两州暂不归还。"

"还有呢？"

"赵良嗣不是来了吗？让他带信给南朝皇帝，若敢收留张觉，大金军的铁骑，一定会再次踏破燕京。"

吴乞买指着在座的诸位问："宗翰将军的话，你们同意吗？"

宗望、朵颜齐声回答："同意！"

"栋摩，你呢？"

"我还能表达意见吗？"

"可以。"

"我认为宗翰说得好，攻打平州，我这把老骨头，一定还要冲在前头。"

吴乞买笑了笑，最后问陈尔栻："老先生，你说说。"

陈尔栻一直在琢磨吴乞买要交割武、朔两州的动机。还在燕京时，阿骨打就交割山后六州开过一次御前会议。在会上听了宗翰的陈述后，同意暂缓交割，因为大同云中府是中原通往漠北的军事咽喉之地，它连接西夏、吐蕃、回纥诸部，往昔在辽国控制之下，就等于在汉番之间插了一根楔子，西城诸部均无法与中原的南朝通商，更无法建立战略联系。如果现在交还给南朝，大金便失去了西北锁钥。阿骨打听进了宗翰的话，决定将山后六州的交割一事拖一拖再说。如果一定要交割，则先交割武、朔两州。因为这两州的战略地位相比之下要弱一些。这些密议，也都写成条札送呈摄政王阅览。所以，争夺燕云十六州的所有文件，吴乞买无不知晓。他提出七月前交割武、朔两州，本也是先皇旨意，但因平州之变，这两州也可以以此为理由不交。吴乞买却仍提出按期交割，在陈尔栻看来，唯有一条理由可以解释，即吴乞买作为第二任大金国皇帝登基，既要立威，更要施恩。及时交割武、朔二州，即是向南朝示好的态度。但陈尔栻知道，吴乞买的这层心思是不能向臣僚说破的。他之所以点名要陈尔栻说说，绝不是要他说出此举的真正目的，而是找一条让人信服的理由。陈尔栻心下何等透彻，替吴乞买解绦儿的话也就随口说出：

"皇上不违先皇旨意，适时交割武、朔二州，原是深思熟虑。《书》曰：'天命有德，五服五章哉！天讨有贼，五刑五用哉！'先皇知道张觉暗蓄二志，归后必叛，故先在平州设立南京。此一决定，不是为张觉，而是做给南朝看的。张觉鼠狗之辈，设南京亦叛，不设南京亦叛，栋摩元帅、宗望、宗翰将军应该都记得，那一日晚上先皇在榆关城楼上与我们讲的一席话，他说：'我们无觊觎中原之心，但得留一条抵达中原的通道，这通道便是榆关。'老朽理解先帝的话意，我大金国不觊觎中原，但若中原不义，我还得前往讨伐，因此要留通道。榆关是咽喉，平州才是通道。在这里建立南京，是告诉南朝，平州绝不会归还给南朝。但南朝君臣不死心，却鼓动张觉叛金。这样一来，我们讨伐南朝的理由就有了。我猜想，皇上在这非常时期，仍执行先皇旨意如期交割武、朔二州，乃是向南朝表明，我大金国换了皇帝不换国策。信义乃国家治理之柄，恶者操之，仁体尽失；善者操之，天下归心。阿骨打与吴乞买两位大金国皇帝，可谓善善相济。今日归还武、朔二州，是让南朝君臣知道，我大金国行事绝不诞妄苟且，遵两国盟誓，真诚贯彻始终。交割二州前，还得照会南朝，申明我大金讨伐叛贼收复南京的决心。我们虽然拿到了南朝君臣与张觉勾结的证据，但眼下可以秘而不宣。古人言：'善不以伐为大，但桀纣无道，则必伐无疑。'皇上，这是老朽揣度你交割武、朔二州的心思。若是曲解了，祈求原谅。”

陈尔栻洋洋洒洒的一篇讲话，在座的人听了，无不觉得豁然开朗，吴乞买内心佩服陈尔栻的智慧，由衷赞道：“老先生讲得真好，咱就只想到你们汉人那句话‘将欲擒之，必先与之’，没想到你顺藤摸瓜，讲出了一大通理由。老皇上离不得你，我也离不得你啊！”

陈尔栻仍一副毕恭毕敬的样子，坐在椅子上朝吴乞买拱了拱手，说道：“皇上过奖了。”

“宗翰，你还有什么要说的？”

“老先生的话打消了我的顾虑，我回去就着手办理武、朔二州的移交。”

“好，”吴乞买想了想，又对宗翰说，“赵良嗣求见，我穿着这身摄政王的衣袍见他，显然不合适，因此我就不见了。明天天一亮，你出面见见他。”

“遵命！”

宗翰点点头，此时已近五更，众人散去。

第十六章　徽宗调情

公元1123年的夏秋之际，即六月至九月间，宋、辽、金三国各自发生了一些大事，首先是六月间大金国派遣大使富谟、副使李简前来汴京递交国书，告知大金武元皇帝阿骨打驾崩及同父同母的大弟吴乞买继位登基的消息。同时通报改阿骨打天辅六年的年号为吴乞买天会元年，对应宋国的徽宗年号宣和五年。徽宗皇帝在禁城东门内崇政殿接见了金国副使并宣布缀朝五日以示哀悼之情，而后又委派集贤阁学士兼使金全权副使马扩携其副手张珑前往金上京临潢府吊祭阿骨打皇帝。吴乞买登基，一旦定下吉日，朝廷再派遣贺使专程前往。

第二件事是八月间萧莫娜的哥哥同时也是燕京政权的四大金刚之首的萧幹出犯景、蓟之地，被王安中、郭药师率领王师大败于峰山。却说燕京城陷之后，萧莫娜被耶律大石挟持到了夹山，萧幹便率本部两万人马及各路不肯归附的杂军一万余人窜伏广阳之北太行山中自立为神圣皇帝，改年号为天嗣。经过大半年的调适与窥探，他终于在八月间露脸，想占领景州与蓟州，殊不知大宋军队一直对他围而不攻，此回出征，王安中与郭药师各率辖下人马近六万人在峰山将其合围，一场恶战，萧幹军队大败，被斩首三千级，俘数千人。官军乘胜追击，十七日追至卢龙岭，陷于四面楚歌的萧幹被部将白得哥所杀，割下首级献给官军，其麾下二万余兵马也尽数投降，同时缴获伪帝的泥金印玺数十枚，轻重器甲牛马牲口不可胜数。九月六日，当这些战利品及萧幹函封首级传到汴京，徽宗皇帝御紫宸殿受贺，并亲撰册文祷告宗庙社稷，徽宗的喜悦与自信，于此篇册文中可见：

> 朕诞膺帝命，克绍先猷，取难侮亡，恢复疆土。施大泽于燕云之人，旧俗来归，如水就下，沛然莫之能御。独伪四军大王萧幹，悖众逆命，前年首犯王师于白沟，继复旅拒燕城，窜伏广阳之北，犯天之纪，擅即伪位。号神圣皇帝，改年天嗣，袭虏正统。月前出寇景蓟，毒痛丑类，矫诬神人，罪不容诛。爰饬六师，大败于峰山，双轮不返，甲辰传首京师。惟予克相上帝，以遏乱略。皇天助顺，宗祐垂休，有此骏功，朕敢专享？择日奏告宗庙社稷，御紫宸殿受贺。萧幹首级，依典礼送大社库。故兹昭示，想宜知悉？

几天后，这篇御制册文便被刻成大碑，立于太庙之前神道之侧。

第三件事情是徽宗降旨将河间府同知蔡靖与燕山府同知詹度对调。这次调动的背后实有故事可言：燕京收复改为燕山府后，徽宗皇帝任命王安中为燕山府知府，詹度、郭药师二人均为燕山府同知。三人的分工是王安中总揽行政兼领人事，詹度分管财政及内务，郭药师则掌节军事。按徽宗皇帝任命的排序，詹度在郭药师之前，应是二把手的位子，但郭药师不服气，自恃有三万常胜军在手，一定要把自己的位子摆在詹度的前面，詹度偏不依，理由是皇上的任命诏书上他的名字就摆在前头，两人的纷争无法调解，以致燕山府的一些重大决策无法形成一致。王安中无奈，只得单独具札密报中书省，柄权中书省的王黼趁机奏明皇上，将河间府同知蔡靖与詹度对调。这蔡靖与王安中一样，都是王黼的亲信，而詹度与郭药师虽然内讧，但他们都是童贯的派系。这项任命一公布，熟悉官场的人都知道，童贯的权力被削弱。果然，在徽宗撰文祷告宗庙的前二天，童贯敕命致仕，理由是他年届七秩，岁数已高。此前在六月，蔡京也以年满八十为由致仕。蔡京、童贯与王黼是徽宗最为信任的三位大臣，但在不到三个月的时间内蔡京与童贯先后致仕，剩下王黼一人独大，真正地权倾朝野了。

第四件事即山后武、朔二州的交割。此事虽然吴乞买在凤林镇已交代宗翰办理，但在宗翰奔丧期间，山后六州的郡守将佐风闻阿骨打驾崩之后，立刻人心动摇，如应州节度使苏京、蔚州土豪陈翊、朔州节度使韩正等先后叛乱，杀了宗翰派驻的辖制官吏而归附大宋。宗翰闻讯后，立即赶回大同，分遣军马前往三州戡乱，杀了叛官恢复统御。在清查以上三州文书时，发现南朝命官授旨策反的信札，于是以此为由，立即中止武、朔二州的移交事务并发牒文切责大宋招纳叛人。

第五件事情是平州张觉在八月底前真正降服了大宋。却说大金伐辽西路军主帅宗翰密令手下大将朵颜扮作商人于海阳境内截获徽宗皇帝亲笔写给张觉的金花笺后，送信密使甄五臣逃回平州城告知消息。张觉感到事情泄露，再拖延下去就会自坠险地，于是迅速派出李石、张劲前往燕京详议归附事宜。几轮磋商，大宋乃下敕书改平州为泰宁府，封张觉为节度使，仍管领平、营、滦三州，并减免三州百姓三年赋税，一应府县官吏皆有奖赏。

这五件大事对于大宋来说，可谓有喜有忧。古人言：观微察变慎审处事是为明，声正辞显心智不昧是为白。能做到这十六字方为明白之人。此时的大宋君臣们，恐都不能用明白二字誉之。

在祷告祖宗过后没几天，徽宗上朝，太傅王黼出班呈上贺表，唱本仪官当场诵读：

仰望吾皇陛下：

耶律氏自阿保机盗据北土，因五季之微，以强闻天下，艺祖志在恢复，而日不暇给。累圣绍修，专以柔驭。至庆历中，遂敢忤天之命，妄以关南县邑为请，至有轻视中原之心。仁宗皇帝为之特添岁币，以息觊覦之心。然军书傍午，屡易誓文，至词尽理穷，方少听命。誓书所著，必欲胁迫本朝具言别纳金缯之仪，用代增赋之数。是时中国威灵，可谓屈矣！

仰惟陛下天赐智勇，师不踰时，兵不血刃，尽复燕云境土，如指诸掌。萧幹传首之后，既俘石晋所上玉检，又获其伪宝，今者疆圉之臣，复以庆历誓书来上。垂宗庙之宏修，快祖宗之积愤。本朝开国之盛世，莫过于当下。皇祚鼎盛若兹，社稷幸何如之。

有鉴于此，臣太傅王黼率文武百僚奉表，恭请吾皇上尊号，曰：继天兴道敷文成武睿明皇帝。

自秦汉以来，给皇帝上尊号一直是国之大事，皇帝登基便有尊号。最初的尊号一般只有四个字。理政之后，若碰上抚定四海翦灭奸雄等前朝皇帝所不能做且又开本朝基业的特等功勋，大臣方可倡上尊号之议，此次给徽宗上尊号，一下子增加了“敷文成武睿明”六个字。虽然此前王黼有此动议时曾单独求见并慎重计议，徽宗也是同意的，但具体选择什么尊号，增加几个字，却没有事先告知。所以，当仪官念出这六个字时，徽宗皇帝还是有些惊讶。很显然，敷文成武是说他诗词书画均有建树，此乃文也，至于武，则是指收回燕云十六州，这可是万世功勋，所以，才能加上睿明这两个字。从内心感受，徽宗是乐意接受这六个字的。但他注意到，当仪官念诵这奏表时，殿上的百官臣僚，并不都是欢欣鼓舞，他们大都低眉垂眼表情淡然，徽宗心下清楚，王黼此举并未得到朝廷股肱大臣的衷心赞同。当他听完奏表兀自愣怔时，大殿里鸦雀无声，数百名上早朝的官员都瞪大了眼睛盯着他，想从他脸上的表情中读出消息来。

这会儿，大殿里的空气仿佛凝固了，王黼怕冷了场，趋前一步跪奏道：“皇上圣明，恳望接受文武百官臣僚的劝进，恳允这十字尊号。”

徽宗并不回答，而是朝仪官做了个手势，示意他呈上奏表。当接过这份王黼一笔不苟书写的奏表后，他突然微微笑了一下，善于察言观色的王黼，立刻锐声奏道："恳望皇上接受尊号。"

众官员一齐跪了下去，齐声高奏："恳望皇上接受尊号。"

徽宗觑了一眼丹墀之下黑压压跪了一大片的官员，缓缓地站了起来，嘴里吐出一句话来："朕不允此奏，退朝！"

天色完全黑了下来，禁中的各个门楼及甬道上，依次点燃了气死风的宫灯，一乘二人抬的蓝呢小轿从禁城的后院抬了出来。从高祖时传下来的规矩，禁中任何人均不能骑马，年迈体弱的大臣或太监允以乘轿，但除了皇帝以及太后、皇后、皇太子等，任何人均不得乘坐四人抬以上的彩轿。大臣入禁，只能换乘这种两人抬的蓝呢小轿。因这轿式很像是太师椅，故禁中的人称它太师轿。眼下，坐在这太师轿中的不是别人，正是卸下蟒袍玉带换上青衣小帽的徽宗。循例，皇帝出行，在禁中乘坐八人大轿，出禁则乘八匹骏马拉着的轿车。徽宗有一个秘而不宣，大家却都知晓的嗜好，即常常出宫去寻找青楼女子寻欢作乐，为了掩人耳目，他总是乔装打扮成书生模样，乘一台太师轿溜出大内。为此，在童贯任大内总管时，专门成立了一个巡倖局，安排徽宗嫖娼的一应事宜。今天日间在端明殿缀朝之后，王黼倡议上尊号的事，搅得他一天心神不宁，尽管下午去了丹青馆，与几位宫廷画师探讨了青绿山水的技法以及试用了一下西北黑汗部从八剌沙衮贡来的矿彩，但仍提不起精神，故草草用了晚膳，就让梁师成安排了太师轿，要到李师师的天香楼去叙话。

出了后院，按徽宗的吩咐，轿役没从后院大门里出来，而是拣了东角门，走东皇城根的甬道出禁，这里僻静，夜里除了禁兵巡逻，很少会有人从这里路过。

东皇城墙高约丈二，虽有照明的宫灯，仍显得昏暗。徽宗每次路过这里，都会想起十多年前的一段往事。那一天晚上，徽宗想出去偷情，他走到东皇城根儿时忽发奇想，要弃轿不坐，从这堵城墙上翻过去。当时陪着他的正是时任集贤殿大学士的王黼，听了徽宗的主意，王黼不但不反对，反而怂恿徽宗立即施行。于是，君臣二人在几位小内侍的照应下开始翻墙头。因城墙太高，王黼自告奋勇蹲下身来，让徽宗踩着自己的肩膀慢慢升起来时，但徽宗两只手仍够不着墙头。徽宗于是用脚蹬了蹬王黼的肩头说："你再站高点。"王黼肩上踩着这么大一个活人，已是气喘吁吁了，他一边喘着气一边答道："皇上，我两个脚尖都踮起来了。"徽宗说："你怎么不长高一点？"王黼答："皇上，你怎么不长高一点？"徽宗说："早知如此，今晚上就不叫你来了，你不长个儿，光有心眼有什么用？"王黼答："咱先前只知道服侍皇上有心眼就够了，谁知道皇上要当嫖客呢？"君臣就这么嬉笑着又重新落地。最终还是王黼命内侍找了一架梯子来，才算让徽宗过了一把翻墙头的瘾。

每每想到这段往事，徽宗心中就会漾起一股子"良辰不再"的感觉。他是一个喜欢玩耍的人，架鹰逐狗、水墨丹青、寻花问柳、马球戏艺等等，无一不喜欢，无一不精通。朝中大臣也因此分成了三类：一类是只料理国事，绝不陪他戏耍的；一类是只陪他戏耍，料理国事的能力极差；还有一类是既陪他戏耍又善于料理国事的，这种人徽宗特别欣赏，如蔡京、童贯与王黼三人都属于这种人，都长期受宠。但若要说陪玩本事最高的，还要数王黼，故徽宗对他的倚赖也最重。

就在徽宗这么颠来倒去想着国事艺事情事官事的时候，太师轿已在天香楼的小院里落下了。梁师成早就在此迎候，站在梁师成旁边的是一位长着好看的瓜子脸的少女，这是李师师的贴身丫鬟樱儿。看得出来，徽宗对樱儿已是非常熟络，这会儿一下轿，也不搭理梁师成，而是朝着樱儿笑道："樱儿，今天你这件藕色的褙子，穿着煞是好看，是师师给你挑的？"

樱儿双手敛衽，朝徽宗道了个万福，回答说："谢皇上夸赞，这褙子不是主母挑的，是她老人家亲自替奴家裁缝的。"

樱儿的声音柔柔的，充满了磁性，徽宗忍不住多看了她一眼，说道：

“樱儿有福，竟然穿着师师缝制的衣服，师师呢？”

“俺主母这会儿不方便见皇上，特让奴家代她来迎候皇上。”

说话间,徽宗已走进了门厅,知趣的梁师成送到这里便打住了脚步，没有皇上的旨意，他只能回到院子里的另一排小平房里候着。徽宗穿过门厅进了一楼厅堂，停下来问：“樱儿，师师在哪里？”

“在浴室。”

“浴室？浴室在哪里呀？”

樱儿指了指连着堂右侧的一道珠帘，徽宗走过去挑开帘子，发现是一条大约两三丈的甬道，尽头是一道掩着的门。

“皇上，主母有吩咐，请你先上楼品茶，今天新到了六安州龙芽茶丸……”

徽宗摆摆手制止樱儿说下去，耸了耸鼻子问：“这是什么香？”

“主母沐浴时的燃香。”

“这香幽幽的，沁人心脾，师师从哪儿得来的香料？”

“奴家不知。”

“我去问问她。”

徽宗说着抬脚进了珠帘，朝甬道尽头的那道门走过去。

樱儿不敢阻拦，但因李师师从不让人进她浴室，她又不得不制止，情急之中，便说道：“皇上，浴室里气闷，怕怠慢了您的龙体，主母怪罪下来，奴家可吃不消。”

“就你话多，师师能洗浴，我就不能站站？”

徽宗说话间已推开了浴室门，里面果然雾气腾腾。徽宗站定后眯眼儿瞧了瞧，这浴室同京师大户人家的浴室倒没有什么两样，都是一进两重，每重三间，所不同的是室中的陈设，无处不雅，哪怕是旮旯角儿里，也绝见不着俗品。进门便是一个照壁，用三楹采自安南的豆瓣楠制作而成。绕过照壁，中间是一口大锅，锅下是通往右侧室的火道，那右侧室是生火的灶间，门密闭，不会有一丝烟气渗漏，与右侧室相对的左侧室，中间凿了一口井，此时有一个四十来岁的女佣正在用辘轳提水，她负责往大铁锅中续水，当水热了，又用葫芦瓢从锅中舀到一个通到内室的竹笕中。竹笕嵌在乌木雕花板上，板上搁了几尊山石，其间又点缀了几盆时令花卉。徽宗细看，认得一盆蜀产山茶的极品，名醉杨妃，一枝上同时开了红白两色花朵，还有一盆瑞香，相传庐山五老峰下有一女尼梦中闻得异香，醒后于山谷中求得，故又名睡香，这花开时紫瓣金边，遇到温热蒸汽，便愈发鲜艳并散发出奇异香味。其他还有棣棠、王簪等，不一而足。这竹笕连着内室的浴盆，外室与内室隔着一道木格琉璃门，这木格上也镶满了螺钿倭画，门旁边颀长小巧的紫檀木几上，搁了一只海碗大小的高足宣铜彝炉，里面正熏着香。徽宗闻到的异香，一半来自瑞香花，一半来自这彝炉，因屋角的禅灯过于朦胧，徽宗看不清炉中的香料。

站在彝炉边，看到穿墙而入的竹笕中汩汩流着的温水，徽宗试着推了推门扇，竟不能推动。

“谁呀？”

徽宗一听是李师师的声音，便答应：“是我。”

“你？”

“是，我。”

“官家！”

“师师，是你的官家来了。”徽宗的语气中充满了挑逗。

“啊，官家。”里屋的李师师有些嗔怪地问，“你怎么来了这里？”

“是为了这香薰。师师，你这香料是哪里来的？”

“都是官家送的。”

“我送的？怎么我那儿就闻不到这种香味呢？”

“香料一是要养，二是要和。”

“养香我懂，你这瑞香花，就能养料香，还有醉杨妃，一股子淡雅之香，也没有被夺走。”

“瑞香被人称作花贼，倒是有道理的，它一开花，十之八九花香都会被它夺摄。”

“你炉中熏的什么香？”

“十之一龙涎香，十之二伽蓝香，十之三安息香，啊，还要加十之二的唵叭香，五香掺和，香气就醇厚。”

“师师，你只说了四种香，还有十分之二的香料，应该是什么？”

李师师在里屋笑了起来：“官家，还有十分之二，不是香料，是香引。”

“香引，我没听说过，什么叫香引？”

“心香两瓣。”

“心香？”

“官家，人之初，性本善。只要修养得好，人心是最香的。”

“师师说得好！”

徽宗情不自禁感叹起来。

“官家，浴室埋汰，你先上去吧。”

“师师，你把门打开，我要进来。”

“女人家净净身子，你进来干什么？妾身一丝不挂，有碍观瞻。”

“色即是空，空即是色。有碍观瞻之说，何来之有？”

屋子里传来水被搅动的声音，很显然，有人帮助李师师沐浴。

“师师，你把门打开。”

“不！”

“朕要下旨了。”

“这里不是朝廷，你下旨没用，樱儿，你在吗？”

“在。”

“领皇上去茶室，我一会儿就上来。”

“奴家知道，皇上，请。”

徽宗摇摇头，苦笑了下，随着樱儿上楼去了。

第十七章　龙芽兰雪

徽宗是李师师家的常客，他在天香楼里待得最多的地方，应该就是眼下这间随樱儿过来的茶室了。徽宗每次来，都必定坐在正壁之下的那只半高曲背靠椅上，他的面前是一只镶了白玉铺了湘帘的乌木茶几。此时，乌木茶几上摆了几只建安出品的绀黑色的兔毫盏，几本刻工精美的茶书，如陆羽的《茶经》、陶谷的《茗荈录》、叶清臣的《述煮茶泉品》、蔡襄的《茶录》、宋子安的《东溪试茶录》、黄儒的《品茶要录》、熊蕃的《宣和北苑贡茶录》，这些书整整齐齐地叠成一摞，置于乌木茶几之右侧，其左侧单放了一本，是一函三册的《大观茶论》。刚刚坐定的徽宗，因没有看到浴中美人，心下不免惆怅，但看到这函茶著，不免又生了些欢喜。

中国饮茶的记载，可溯至上古，但唐玄宗是第一个嗜茶的皇帝，由于他的提倡，至少到了晚唐，饮茶已成为国人的习惯。所以，到晚唐肃宗时代，长期在江浙一带充当门客的天门人陆羽，写出了第一部名为《茶经》的著作。宋开国之后，无论是朝廷还是民间，饮茶已成了风气。太平兴国二年（977 年），太宗诏令建州北苑专造龙团贡茶，从此上至帝王下至黎庶无不饮茶。神宗时期的宰相王安石，在其《议茶法》的奏章中曾言“夫茶之为民用，等于米盐，不可一日以无”。王安石之所以这么说，乃是此前的市井语言中已先有了“开门七件事，柴米油盐酱醋茶”这句话。也就是在那前后，坊间开始刻印专门的茶著。徽宗登基之前，在少年时就养成了饮茶的习惯，民间甚至称他为“茶皇帝”，龙袍加身之后，他根据自己的经验及探究，写出了《大观茶论》这部著作，分为地产、天时、采摘、蒸压、制造、鉴辨、白茶、罗碾、盏、筅、瓶、杓、水、点、味、香、色、藏焙、品名、外焙二十篇，从茶叶的生产、制作到特供的茶具、水色、技艺等方面对当时颇为流行的饮茶方式点茶法做了详尽的论述。

这本书问世已十三年了，坊间的刻本多达数百种，而文渊阁也以御制的方式每年刻一千套分送诸位大臣及蕃王使节。李师师的这函《大观茶论》，便是今年的文渊阁刊本，其选纸、用料、装帧以及二十幅青绿设色的院画插图，都精美非常，更难能可贵的是，这函书是徽宗亲自签名并盖了皇帝之宝。摆放在这里，凡来拜望天香楼主人的访客，看了这函书，莫不肃然起敬。

徽宗打开函套，随手翻看，问一旁侍候的樱儿：“你家主子，怎么忽然摆出这么多茶书？”

樱儿正在用无烟的白炭生起茶炉煮水，她小心翼翼地拨弄了一下炭火，笑着答道：“咱家主母知道皇上要光临寒舍了，昨日就让奴家从书房里觅出这些书来。”

“为了讨好我？”

“不是，是为了更好地服侍皇上。”

“哦，这倒新鲜。”

“咱家主母说……”

樱儿话未说完，却见李师师薄施脂粉穿了一套黑缎面料却绲了翠绿宽边的晚装笑盈盈地走了进来，她见樱儿料理茶炉，却又陪着徽宗聊话儿，便脸色略沉了沉，斥责道：“樱儿，与皇上说话，要恭恭敬敬站着。”

“不，要笔挺笔挺跪着。”

徽宗本想说一句玩笑话，却没想到樱儿当了真，她连忙丢了手中的小火钳，扑通在徽宗面前跪下了，口中连连说道：“奴婢不知礼节，冒犯了皇上，望皇上恕罪。”

徽宗忙说：“你为朕煮水，何罪之有？快起来，快起来，看看看，铫子里的水煮沸了。”

樱儿道一声“谢皇上”，又爬起来侍候火炉去了。

李师师在徽宗对面的半高曲背椅子上坐下了，徽宗盯着她，见她头发蓬松明眸皓齿的样子，又不免心旌摇荡，低声叹道：“师师，你这素面朝天的样子，更让人怜爱。”

“徐娘半老了，除了官家念及旧情，谁还会眷顾妾身哪。”

李师师满脸笑意地说着，她丝毫没有那种阿谀奉承的媚态，这样反倒更让徽宗喜欢，他说：“听樱儿说，今日，你要给我点茶？”

“岂敢，岂敢，皇……啊，官家，你是天下第一点茶高手，妾身那点技艺，还是你手把手教会的，哪敢班门弄斧，只不过是想让你尝一道新茶。”

“什么新茶？”

“龙芽团雪。”

“龙芽团雪？这是哪儿的茶，贡茶里面好像没有这个。”

“官家钦定的北苑贡茶、细色五纲、粗色七纲，共四十一品，今年的贡茶额定为四万九千余斤，想必现在都已运抵京师了。”

“师师说的是。前日，朕还去御茶库看了一回，各贡茶产地州县，都很尽力，那些用银或铜制作的棬模，都很有品味。”

“官家钦定的贡品，哪个敢马虎？能当上皇差，也是光宗耀祖的事。”

“师师会说话，”徽宗又指了指乌木茶几上的茶书，谑道，“你搬出这么多书，是不是想当茶博士了？”

“妾身哪里敢有这等妄想，我只不过想查找这些书里头，是否有龙芽团雪的记载。”

“有吗？”

李师师摇摇头。

徽宗又问：“北苑四十一品贡茶，你品过多少种？”

“官家送了多少种，我就品了多少种。”

“我好像都送过了。”

“那我也就都品过了。”

“四十一种，你可还记得？”

李师师略想了想说：“大致都还记得，什么龙团胜雪、御苑玉芽、万寿龙芽、上林第一、乙夜清供、龙凤英华、雪英、云叶、无量寿芽、龙苑报春、新国园小龙、万春银叶、香口焙……焙……”

见李师师打顿，徽宗替她说了：“香口焙銙。”

李师师歉意地笑了：“我老记不住这道茶，名不好，但茶不错。”

“你知道的，近几年，朕最喜欢品尝的是白茶。”

“妾身知道，你著的《大观茶论》书中，专有一篇是写白茶的。就因官家您嗜好，满京师的官员，几乎都众口一词地说白茶好。”

“那，师师今晚请我品尝的，也是白茶吗？”

“不，是黄茶。”

“黄茶，那不是产自六安吗？”

“是呀，我这里的龙芽团雪，便是产自六安州的英太寨。”

“什么样的茶？你拿来让朕见识见识。”

李师师于是让樱儿从靠着左侧墙的立柜中取出一只竹皮翠绿的篾笼，搬到乌木茶几上请徽宗过目。李师师亲自解开系住篾笼封口皮纸的小麻绳，褪下三层油皮纸，只见笼子里敷着一层黄褐色的松毛，李师师小心翼翼地捡起松毛盛放在樱儿呈上的蔑箩上。这时，徽宗看到茶笼里像叠罗汉似的放着小胡饼大小的黄绿色的茶团，徽宗拿起一饼，问：“这茶笼是几斤装的？”

“一斤，它底下依然垫着厚厚的松毛。”

“一斤多少饼？”

“十二饼。”

“啊，这是仿小龙团的制法。”

“是的。”

徽宗将茶饼放在鼻子下嗅了嗅，又将它放到灯下仔细察看形制与成色，再闭起眼睛用手摩拭，感受它的温润与光洁。徽宗这副全神贯注的神态，看上去不像个皇帝，倒像个茶行掌柜的，以至李师师朝樱儿扮了个鬼脸，抿嘴儿笑了。

徽宗将茶饼放到茶盏上，对李师师说：“这茶是上品。”

“啊，”李师师有些失望，“官家，这茶还是不入你的法眼。”

樱儿一旁察看两人的脸色，困惑地问：“皇上夸这茶是上品，怎么娘娘说不入他的法眼呢？”

李师师回答：“北苑的四十一品贡茶，都是极品，上品离极品，还差了一个级别呢。”

徽宗也不再说什么，只是问道：“师师，你说你来为我点茶。”

“官家要是觉得不好，就不必费事了。”

“这是什么话？师师品茶也极有见地，现在碾茶吧。”

李师师便将一方干净的白绫裹着茶饼，用木槌捣碎，然后将敲碎的茶块放入碾槽中，樱儿拿着碾子将其迅速碾碎后倒入团扇大小的箩筛中细筛，这是点茶的第二道工序了。接着是煮水，唐人煮水讲三沸，认为水花泛起呈现鱼目蟹眼者最佳。煮水的过程叫候汤。徽宗认为候汤最难，未熟则末浮，过熟则茶沉。今夜里是用暖瓶煮水，这叫闷煮。不启盖子，你根本看不到什么鱼目蟹眼般的水花，只看蒸汽及暖瓶盖子的颤动情况，就能知道水是否煮得恰到好处。本来，樱儿已用铜铫煮了水，徽宗嫌铜铫是点茶入门级的器物，执意要换上考验点茶人技艺的暖瓶。候汤这一技艺，李师师自叹弗如，故还是徽宗亲自侍弄。

第四道工序是熁盏，即先洗后烫。最后一道工序即是点茶。点茶又分调膏、注汤与击拂三序。

徽宗登基之前，朝野饮茶的习惯主要是煎煮法，更杂以葱、姜、枣、橘皮、茱萸、薄荷之类同煎。陆羽在《茶经》中对这种吃茶的方法大加贬斥，认为过分强求调味反而失了吃茶的韵味，他提倡单煮茶叶品其香味才是饮茶之正道。宋立国初年，煎煮法依然很流行，仁宗之后，首先是在吴越地区开始兴起点茶法，后来渐渐在京师缙绅大夫之间流行。徽宗理政后，大力推行点茶法。如今的北苑贡茶，几乎全是按点茶的要求而选择的茶中妙品。这点茶法风行朝野，最简单的茶艺也须得置办二十余种茶具。官宦之家点一次茶，各色茶具得用上一百余种。徽宗常常在宫中点茶斗茶，使用的茶具都超过了三百余种。今晚上，李师师为了让徽宗品饮龙芽团雪，也备了一百余种茶具。等到徽宗将黑色兔毫盏送到嘴边，差不多已过去一个多时辰了。

品过三盏之后，徽宗尝了一小块桂花糕，问道："师师，这茶是谁送给你的？"

"老八春茶行的掌柜。"

"啊，不是产地的府州县官。"

"不是。"

"这样，咱就可以放心地说话了。"

"官家为何这样说？"

"师师有所不知，每年为争贡茶的份额，产茶地的州县，莫不各显神通，跑到京师来打通关节，都想列入贡单呢。"

李师师有些吃惊，问道："这是为何？"

"为何？为了州县的利益呗。"徽宗瞧了樱儿一眼，樱儿知趣地退了出去，待樱儿把门掩上，徽宗继续说，"一个地方若出了贡品，这地方的老百姓都觉得脸上有光彩。"

李师师摇摇头，笑道："官家如此说，妾身可不敢苟同。"

"啊？你说。"

“你说州县官员来京师找路子托人情来定贡品，是为了百姓，这话鬼都不信。”

“那你说他们为什么？”

“为了自己升官发财。”

“师师，这可不能瞎说。”

“官家，妾身绝不是瞎说，一个地方产了贡茶，当官的就有面子送贡茶给上峰，升官就有希望了。茶户若要挤进贡茶的生产，也要给当官的送礼。所以贡茶一定，升官发财的路都打开了。”

“唉，孔圣人都说‘人不为己，天诛地灭’，此论不虚啊！”

徽宗显得有些尴尬，忙转了话题，他双手摩挲着兔毫盏，又说：“师师，说说你请我品饮的这个龙芽团雪吧。”

“妾身等着皇上金口玉言呢。”

“这茶，香气和口感均不错。”徽宗抿了抿嘴唇，仿佛在回味那茶的香气，“比起白茶，香淡一些，但有一股幽幽的兰草香味。兰花喜阴、厌秽，这龙芽团雪有种香味，说明其生长之地山水纯然，是适合高人韵士隐居的地方。”

“官家有如此评价，妾身替龙芽团雪高兴。”

“明年，可让内府进一些。你说，这茶产自哪里？”

“六安州的英太寨。”

“好，明年就进。”

徽宗如此爽快地答应，倒让李师师犯了踌躇。盖因这茶是老八春茶行的掌柜孙启煙送给她的。孙启煙经常给李师师送各地的好茶来。这一回，他不单给李师师送上十笼龙芽团雪，更是奉上五千两银子，声言不为别的，只求李师师让徽宗品尝一次并给赞誉。眼下，徽宗真的点评称赞了，她又心下犯嘀咕，这样做是不是诳了徽宗，于是忐忑不安地问：“官家是真的喜欢这茶吗？”

“师师，你若不喜欢，会把这茶推荐给我品鉴吗？”

“我……”李师师语塞。

徽宗没有注意到李师师神情的变化，继续说了下去："朕觉得，龙芽团雪这名儿虽好，但仍没有彰显自家特点，不如改一个字。"

"改哪个字？"

"不叫龙芽团雪，叫龙芽兰雪。"

"龙芽兰雪，"李师师抿着嘴儿一笑，"这名儿改得真好，兰字添进去，这茶的身价就大大增加了。古人讲一字千金，官家九五之尊，一字万金都不止。"

"杜甫说'家书抵万金'，这说的是骨肉深情，只要师师心中时时念到我，就比万金更重要。"

"官家，妾身诳了你了。"

"你诳了我？"徽宗吃了一惊，两眼瞪着李师师，"此话怎讲？"

李师师鼓起勇气，把老八春茶行掌柜孙启煙托她的事说了一遍，徽宗听罢，沉吟不语。

李师师嗫嚅着："官家，要不，我把那五千两银子交给梁公公，让他给你带回去。"

"这是为何？"徽宗问。

"不义之财，拿了心下不安。"

"这不叫不义之财，这叫面子钱，师师你可以拿的。"

"面子钱？"李师师眨巴着长睫毛下的大眼睛，有些不解。

徽宗回道："做人做事，都要讲个面子。人家求你师师办个事，哪能空着手来，何况，这事儿你也给他办了。师师，那个孙掌柜人品如何？"

"还好。"

"什么叫还好？"

"就是说他生意还算公道。他的主顾多半是京师缙绅人家，大伙儿都说他茶品丰富，价格适宜，是个本分的生意人。"

"我看他比兔子还精，可不本分。"

"啊，官家这样看。"

"求你帮这么大的忙，一万两银子都不给，太小气了吧。"

李师师忽然感到徽宗今夜的心情大好，说什么都慷慨高兴，这让她想起应该问问徽宗此番前来的目的，于是她终止了现在的话题，改口问：“官家，能告诉妾身吗？今晚你为何这般高兴？”

“你知道今日上朝，王黼领衔上了一道什么样的奏章？”

“妾身又不是朝官，哪里知道？”

徽宗于是把上尊号的事述说了一遍，然后问：“师师，你说这尊号好吗？”

李师师自言自语念了一遍：“继天兴道敷文成武睿明皇帝，官家，你喜欢这尊号吗？”

“我问你呐。”

“我嘛，一个妇道人家，只管陪着官家耍乐子，让官家高兴，朝廷上的事儿，可不敢掺乎。”

“你这么说，朕就知道了。”

“官家知道什么？”

“你不喜欢王黼。”

“没有呀，没有。”

徽宗看出李师师在掩饰，追着问：“你给我说一说，为何不喜欢王黼？他哪里得罪了你。”

见皇上较真儿，李师师也不敢搪塞，答道：“王大人不但没得罪我，相反，他对我很好，逢年过节，他都会派人专程给我送礼。”

“这不很好吗？”

“但王大人太精明了。”

“治国理政，不精明怎么行？”

“治国理政当然要精明。但妾身总觉得他脸上的笑容太假了。我认识他十五年，这笑容没变过。”

“啊，这个朕倒没有注意到。”

“官家，你不是没注意到，而是见怪不怪。”

徽宗听了这话，感叹道：“师师虽是女流，倒也洞察幽微，你要是个男的，我肯定会让你当个宰相。”

李师师忙摆了摆手：“官家，妾身不听这样的话。”

李师师说着就伸手捂住两只耳朵，那娇嗔的样子，逗得徽宗开怀大笑，刚敛了笑声，他又挑逗她说：“师师，我想要你了。”

李师师抛了个媚眼，说：“官家传话儿要来，妾身才焚香沐浴的。”

两人起身正说要去闺房，樱儿却挪步过来禀报说梁公公有急事要说。徽宗于是站在茶室外的过道上，唤梁师成上来。

梁师成一进来就忙不迭地报告：“皇上，太原府八百里驰传密报。”

“什么事？”

“武、朔两州大金国拒不交割。”

“这不是已报过了吗？”

“还有，大金西路军元帅完颜宗翰前日又率兵攻占了飞狐、灵邱两县，并宣布在那里建造敌台。”

“啊，”徽宗的心猛地一抽，“这个完颜宗翰，简直无法无天了。谭稹干什么去了？他在哪里？”

见徽宗震怒，梁师成顿时塌了腰，耷拉着脑袋回道：“谭稹现在太原府。”

“传我的旨意，让他滚回京师！”

第十八章　一夕数惊

虽然过了子时，下榻在太原馆府驿的谭稹还没有入睡。六月份，当童贯与蔡攸班师回朝后，谭稹立即被任命为河北河东两路宣抚使。明眼人一看，就知道童贯失势，而王黼的权势骤然上升。直到五月份，童贯的地位仍如日中天不可挑战，为何一月之间就突然失宠呢？这里头有外人所不知的缘由。

却说六月初二，童贯、蔡攸两人率王师十万凯旋归朝。当天徽宗在文德殿升座，接受二人的贺表及会见北伐将帅，并定于次日举行大典嘉赏有功之臣。当日退朝之后，徽宗留下王黼商议次日封赏事宜。这位自以为建立了不世功勋的皇帝，决定对蔡京、童贯、蔡攸等升官赏爵。王黼并未立即附和，而是从怀中掏出两张笺纸递给徽宗。

上面是一首律诗，徽宗读了下来 :

老惯人间不解愁，
封书寄与泪横流。

百年信誓当深念，
三伏修途好少休。
目送旌旗如昨梦，
身非帷幄若为筹。
缁衣堂下清风满，
早早归来醉一瓯。

读罢，徽宗问："这首诗是谁写的？"

王黼答："老太师蔡京。"

徽宗"啊"了一声，把那笺诗又读了一遍，沉吟不语。

王黼继续说道："记得去年王师北伐，皇上您亲自酹酒誓师，并让在场大臣都写诗以纪其盛，蔡太师当场作了一首，也极好，还得皇上褒誉。谁知他回到家后，又写了这样一首。"

"这是写给谁的？"徽宗问。

"写给北伐副帅，他的儿子蔡攸。"

徽宗点点头，吩咐身边小珰去文渊阁找来蔡京的奉制北伐诗。王黼说："不劳烦了，蔡太师的那首诗臣还记得。"

"你念念。"

王黼清了清嗓子，念诵起来：

此处宸风释万愁，
片鞭指处断江流。
甲衣未解妖氛散，
铁拆敲时战事休。
百尺楼头安社稷，
五千里外是边筹。
王师浩荡归来日，
欣看幽燕固玉瓯。

听罢，徽宗情不自禁重复念了两句“王师浩荡归来日，欣看幽燕固玉瓯”，然后说道：“这诗多好呀，谁知他用一样的韵，给儿子又来这样一首。”

王黼察言观色，谨慎地说道：“蔡太师在誓师大典上奉旨承制，是写给皇上看的，晚上回到家中再写，却是对儿子说的私房话。两般情景决然不同，所以才一个雄壮，一个凄凉，一个豪气入云，一个心下恻然。”

“左元仙伯的为人，谅不至两面三刀，只是他已是八十岁的老翁了，一生五次拜相，也算风光了，但毕竟年纪不饶人啊，他诗中说‘缁衣堂下清风满’，是有悠游林下之意了。”

听徽宗这样一说，王黼知道他对蔡京的眷顾甚深，也就不再多说，而是把话点到为止：“今年春上，皇上安排蔡太师致仕，正好满足了他含饴弄孙悠游林下的愿望，他上表对皇上表示谢忱，可是一旦离开朝堂，难免还是有落寞之情。”

徽宗点点头，忽然想起蔡攸出师前当着众臣的面说过：“若班师凯旋，不求别的赏赐，只求皇上把平日喜欢的两位宫女赏给臣下，则足矣。”不免心下怏怏。想到这里，他又问王黼：“朕记起来了，王师进入燕京时，詹度曾写了一首诗送给童贯。”

“是的，这首诗还抄录在邸报上，一时间朝野都在传诵，说童大人是收复燕云十六州的第一功臣。”

“那首诗朕也读过了，只是现在不记得了。”

“回皇上，这首诗臣也大致记得。”

“啊，你念念。”

王黼略一思忖，又念了起来：

长亭春色送英雄，
满目江山映日红。

剑戟夜摇杨柳月，
旌旗晓拂杏花风。
行前已决平戎策，
到后终成济世功。
为告燕山诸将吏，
太平只在笑谈中。

王黼刚念完，徽宗就好奇地问："你怎么什么诗都记得？"

王黼回答："凑巧儿这两首诗臣记得，乃是因为都跟平燕有关。皇上，这首诗的最后一句饶有深意。"

"你说说，什么深意？"

"太平只在笑谈中，好像是说收复燕云十六州并不是难事，王师旌旗所指，寇氛荡净，敌贼敉平，做此理解，詹度此诗倒也得体。"

"难道还有别样理解？"

"皇上，天下人都称赞你是太平皇帝。"

"是呀，朕登基十九年，物阜人丰，天下太平，所以，黎庶百姓才称朕为太平皇帝。"

"那，太平只在笑谈中，这是什么意思呢？"

"唔？"

"收复燕云十六州，太平皇帝并没有做多少事啊，每日仍在诗酒流连，谈笑风生。"

"爱卿，别说了。"

徽宗脸拉得老长。

王黼也就不再说什么了。但他却装出诚惶诚恐的样子，小心提醒徽宗："皇上，臣只是就诗论诗，童、蔡二人的平燕之功犹如汉将破胡，功在社稷。切望明日的进秩勋封不受影响。"

徽宗克制住自己的情绪，复又笑容可掬地与王黼商量明日的大典事宜。

第二天辰时，勋封大典仍在文德殿隆重举行，仪官字正腔圆诵唱皇帝的敕旨：

> 虏政不纲，邻国侵扰。不图人心之慕义，率皆面南以响风。朔蓟云燕，悉归舆地；劳来还定，已奏肤功。安华夏之生灵，绍祖考之先志；所赖庙堂之策，集此不世之功。当有畴庸，以昭异数，可依下项：少师、大宰兼门下侍郎庆国公王黼授太傅、进封楚国公、威武军节度使领枢密院事；郑居中授太保；太保蔡攸授少师；童贯落节钺，仍以太师领枢密院事。白时中、张邦昌、李邦彦、赵野等，各进官二等以上，并依例加勋封。

从这份敕旨中可以看出，平燕之功列在首位的不是领军北伐的童贯，而是居于枢机之地未出京师一步的王黼，这多少有些让群臣诧异。更让群臣不解的是，数月前蔡京致仕，童贯代替他领枢密院事；现在，王黼与童贯一起领枢密院事，这等于是一院两宰相，这可是同朝未曾有过的异典，一凤两头谁做主呢?

君臣的担心大可不必，第二天徽宗又下了一道敕旨：

> 太师、剑南东川节度使童贯，依前太师进封豫国公，除河东、河北路安抚使致仕，仍充上清保宝录宫使；少傅、镇海军节度使兼侍应蔡攸领枢密，值保和殿，免河东、河北路招讨副使；王黼已拜太傅，其治事恩数合依太师体例，可即速照会，遵守施行。

至此，朝廷大小臣工才看清徽宗的安排，童贯不但失去兵权，而且致仕赋闲。蔡攸虽也进封三孤之列，却也只能领枢密衔供职保和殿，王黼掌握枢密院，真正成了毫无掣肘的大宋第一权臣。

王黼出任宰臣的第一个人事安排，就是让谭稹接替童贯担任河东、河北两路的安抚使。却说大宋政治体制，朝臣与内侍是互相制约的两大行政系统，朝臣称官，内侍称宦。所谓官宦生涯、官宦勾结等词盖出于此。朝臣若想施政不受制约，须得与内侍深相结纳，而内侍若想以权谋私，没有朝臣的奥援也很难做到。蔡京柄政二十余年，就是与大内总管童贯沆瀣一气。几年前，王黼就看出在大内地位仅次于童贯的梁师成也受到徽宗信赖，于是倾心交往。梁师成也看出王黼虽然对蔡京毕恭毕敬，但决不肯久居人下，两人地位相当，处境相同，心境相通，因此很快成为知己。而谭稹正是梁师成的夹袋人物。他被任命，可视为王梁结党的第一笔交易。

七月份谭稹出使燕山，在那里秘密会见了张觉的特使李石与张劲，谈妥了归顺的一应细节。而后妥善安排了对常胜军的挟制。

郭药师叛辽归宋之后，圣眷甚浓。往日不说，就说这次童贯、蔡攸带他来汴京奏凯，徽宗单独在禁城后苑延春小殿见他。当时正值盛夏，徽宗命内侍用两个大金盘盛满冰块搁在殿中解暑。荷月贮冰，郭药师自从出了娘肚四十余年哪曾见过？这一日徽宗穿了一领大珠络销金青纱战袍，看上去风雅威仪如同天神，郭药师在殿下磕头，股栗不已。这种殊胜令郭药师激动，他伏地流涕说道："臣在夷虏，闻赵皇帝如在天上，没想到今日得睹天颜，为了这一天，臣死上一千次也值。"

这席话让徽宗高兴，便温言说道："药师将军，朕不要你死一千次，如今燕山收回，你替朕守护燕地就好。"

药师答："臣万死不辞，臣宁可血卧沙场，也决不会让燕地有一丝一忽儿的闪失。"

赐座之后，徽宗又说："药师将军，朕托你一件事可以吗？"

药师又屁股离了凳儿跪下磕头，言道："臣本是夷虏地头儿上的一只蚂蚱，蒙赵皇帝大恩，已发誓效死，陛下即便让我赴汤蹈火、粉身碎骨，臣也不会问陛下为何让我去做这件事，请陛下赐旨。"

徽宗说："天祚帝一直在逃亡，其下落不明，卿能否寻其踪迹，为朕一举擒获，以绝辽人复国之望？"

药师听到这句话，脸色突变，低眉垂眼不吱声儿。

“卿有难处？”徽宗叮问。

药师回答：“天祚帝是臣的故主，就因为故主亡走，臣找不到他了，才降归宋国。今陛下让臣效命于其他任何事体，臣不敢辞拒。臣今日效忠陛下，如同往昔效忠故主。臣若去擒捕故主，则千秋之后，仍是一个不仁不义之人，这事万万做不得。陛下，这件事儿，你换个人委派，臣不接这活儿。”

药师说罢，又双泪横流匍匐在地，徽宗对药师的表白既失望又高兴。失望的是他不忘故主，高兴的是他忠心不二。为了笼络人心，徽宗亲自下了御座上前扶起郭药师，并解下身上穿的那件珠络战袍，连同那两只盛冰的大金盆一并赐给了这位降将。

这次会见，王黼一直陪侍在侧。一来因为郭药师是童贯一手培植的“奇货”，他天生就没有亲切感；二来郭药师专横跋扈，连童贯的文胆詹度都不放在眼里，最终导致詹度离开了燕山府。王黼后来还听说，郭药师离开延春小殿的当天晚上，就把徽宗赠给他的那两只金盆剪碎，给他的随行官兵一人分了一块，并说：“没有你们，哪有我郭药师的今天。所以，赵皇帝的赐予共享之。”王黼听了这故事，没有以“疏财仗义”誉之，而是以“散金揽贼”四字贬之，并认定此人将来必坏大事，即便效忠皇上，也不可驾驭。因此，当谭稹走马上任时，他密示一定要对郭药师的常胜军施以钳制。

谭稹来燕京后，实地察看了郭药师的军营，认为常胜军兵力虽只有三万，但全是马兵，锋镝甚锐。归来与燕山府知府王安中密议，拟调陕右、河北、河东三路营兵，选取精锐马步兵十万人分为三营，一驻中山府，一驻广信军，一驻燕山与常胜军为邻，三营成犄角之势包围常胜军，又选了能制御郭药师的良将统领三营。这份密报八百里加急送到王黼手上，王黼立即从徽宗那里请得圣旨，只花了一个半月时间，这支新军就组建完毕并驻防入营。

主导张觉归顺谈判、组建新军两件事，是谭稹甫一上任就在河北路做的两件事。徽宗满意，于是他又奉旨转到太原，就近与大金国西路军元帅完颜宗翰谈判武、朔二州交割事宜。因为张觉的叛变，以及在此影响下武、朔、蔚三州的反水，完颜宗翰不但不肯交还武、朔二州，反而趁机夺取了蔚州，最近更是以防范张觉西侵为借口，又抢夺了灵邱、飞狐两县，并拨兵驻守，形势急转直下。在蔚州失守之后，谭稹还刻意隐瞒真相，他试图通过贿赂及美色各种手段去收买完颜宗翰，使其改变主意，但均不奏效，谭稹不免暗暗着急，想着怎么把真相禀报皇上又不至让他震怒。谁知这招儿还没想出，灵邱、飞狐又丢了。谭稹断不敢再糊弄下去，只得让随行主簿写了密札盖了关防八百里加急传往汴京。

过了中秋节，太原府地面上一日凉似一日，特别到了晚上，身体稍弱的人都要穿上夹衣，谭稹更是披了一件薄袄儿。他十六岁净身入宫当了内侍，先是在文具库里当差。在家里读过几年私塾，也算是粗通文墨，入宫后他勤问好学，几年后，不单诗词歌赋琴棋书画样样来得，还学会了点茶斗鸡蹴鞠投壶等技艺，虽都不甚精，但陪着玩玩凑个角儿绝无问题。加之天生长得喜兴，见人一脸笑，因此很有人缘，二十五岁便在内书房供职。二十多年下来，服侍了神宗、哲宗、徽宗三位皇帝，最后当上了值殿太监，成了可以在禁中乘坐肩舆的显赫人物。无论是童贯还是梁师成，他都处得很好，只不过梁师成更看重他的才能。自梁师成当了大内主管后，谭稹便时来运转，成为出抚地方的大员，连他自己也没想到会取代童贯，成为处置燕云十六州事务的主角。尽管知情人明白，他只不过是一只木偶，背后的牵线人是王黼与梁师成，举手投足都由不得自己，但表面上的那份风光，依旧让人羡慕不已。

今夜里，他辗转反侧不能入睡乃是为了灵邱、飞狐二县遭完颜宗翰突袭占领之事。昨日下午，他签发了密札送往汴京。这密札一式两份，一送枢密院王黼，一送徽宗。为了稳妥起见，王黼的那份先送出两个时辰。他明知无论是皇上还是宰相的回复都不会那么快，最早也得等到明天午时之后，但他心里头仍如十五只吊桶打水七上八下。他本是个插科打诨陪耍帮闲的人，哪里遇到过这等关乎社稷安危疆土存亡的大事？昨夜里，用一夕数惊来形容谭稹是一点也不为过。今儿整整一天，他召聚太原府军政要员及随行心腹僚属于驿馆会揖，商量对应之策。与会者七嘴八舌，虽然热烈，但终究也没议出个可行的办法来。晚饭时他毫无胃口，只喝了半碗小米粥便因脑壳昏沉回房间歇息了，谁知心里头有事越躺越烦躁，临近亥时，他又靸着鞋下床，到院子里散步来了。

这位一向鲜衣怒马边幅修整的老公公，此时虽心情沮丧，但一身薄薄的丝绵袄裤仍十分得体。两名小厮提着灯笼跟着他，刚出了馆舍后门来到院子，便见一位个头儿偏高的人站在门外台阶下等候，见了谭稹，那人双拳一揖，喊道："谭大人夜安。"

"夜安。"谭稹听出是太原府知府褚良丞的声音，便问道，"褚大人，这么晚了，你怎么还在这里？"

"下官在此专候谭大人。"

"哦。"

两人不再说什么，而是在院子里开始遛弯儿，此时夜凉如水，秋虫唧唧。谭稹走到一棵枝叶虬劲的老榆树下停了脚步，仰头看了看说："这老榆树岁数不小了。"

"是的，这院子里有三棵老树，除了这棵老榆树，还有一棵枣树，一棵槐树。"

"当年栽这三棵树的人，都不是凡人。"

"这驿馆建于唐中宗年代，那时，唐是盛世，圣人、神人、高人都很多。"

"咱猜想，栽这树的人是动了脑筋的。"

褚良丞猜不透谭稹话中的意思，只得随话搭话："是动了脑筋的。"

"这三棵树都能吃。"

"能吃？"

"榆钱儿、槐叶儿、枣儿，哪一样不能吃？我十岁时，家乡出了一次蝗虫，把庄稼吃光了，来年春上，就是这榆钱儿、槐叶儿救咱一条命。从此，见了榆树、槐树，咱娘就恨不得磕头。”

“啊，高堂可还健在？”

“早走了。”

谭稹说着伤感起来，又走到老槐树下，从小厮手中接过灯笼，举起来看着枝叶，叹道：“叶子黄了，快要掉了。”

“明天就是白露了。”

“叶落归根啊。”

褚良丞知道谭稹仍为灵邱、飞狐的事情焦灼，便道：“谭大人，太原城中的晋风楼，有几位会唱曲儿的优伶，下官已将她们带来，如今在厅里候着，恳请谭大人赏脸，让她们唱几曲。”

谭稹一向喜欢听曲，眼下虽然心情郁闷，但也不好驳褚良丞的面子，便点头同意了。

于是，两人又进了驿馆，走进专为承办堂会的厅事。

第十九章　权臣褫职

在褚良丞陪着谭稹在院子里遛弯儿的时候，厅事里就已张灯结彩布置停当，几位穿着对襟窄袖红罗纱衣梳了缠头髻贴着花黄簪了金步摇的妙龄女子一排儿坐定。褚良丞领着谭稹坐到女子对面的罗汉榻上，茶几上摆好了几碟核桃、柿子、大枣等时令果品。

刚坐定，一名显然是班头的女子就袅袅婷婷走上前来，将一把折扇双手递给谭稹，屈身道了万福，说道："请谭老大人点曲儿。"

谭稹打开折扇，只见上面用蝇头小楷写了几十种曲名，他也懒得细看，收了折扇还给女子说："你们选唱得好的唱吧。"

女子笑答："谭老大人如此开恩，咱们几个小姐妹就放肆了。"

女子又扭着屁股回到起首的座位，操起琵琶一拨，五位女子就依着丝竹之音唱了起来：

青天上月儿
恰似将奴笑。
高不高，低不低，
正挂在柳树梢。
明不明，暗不暗，
故把奴来照。

清月儿你休笑我，
且把自己瞧，
你缺的日子多来，
团圆的日子少。

女子们一启朱唇，谭稹就知晓她们唱的这曲子名叫《月》。在汴京各种堂会上，这曲子他听过不同的女子唱过多遍，有的中听有的不中听，但合唱却还是第一次听到，也许是心情使然，谭稹觉得这几位山西女子把这首名曲演唱得有些凄凉。听到“团圆的日子少”一句，他脑海中浮现去世多年的母亲，干涩的眼眶湿润起来。

他的这一细微的变化被褚良丞发现，便担心地问：“谭大人，是不是受凉了，要不要加一件披肩？”

谭稹掩饰地说：“不用了，女子们，你们继续唱。”

褚良丞补一句：“你们唱点乐和乐和的，让谭大人高兴高兴。”

班首答道：“好嘞。”

弦音再起，这一回，坐在正中的一位女子单独唱了一首《镜》：

结私情，
好似青铜镜。
待把你磨得好，
又恐你去照别人。
你团圆不管人孤零，
知人只知面，
知面不知心。
当面你分明，
背后你错得紧。
（白）
当面分明

也算是好镜了。

那女子刚刚念完这句道白，一直用手指轻叩几案打节奏的谭稹，禁不住拖腔拖调重复了一句：

当面分明，
也算是好镜了。

还别说，谭稹这两句道白还念得字正腔圆韵味十足，在场的人一齐叫好，褚良丞趁机说："谭大人，下官早就听说，你是大内唱曲高手，连徽宗皇帝也喜欢听你唱曲。"

"唉，都是雕虫小技，不足挂齿，不足挂齿。"

见谭稹心情好转，褚良丞便怂恿他："大人，下官斗胆请求你也讴歌一曲，让我等聆听。"

"这个……"

"大人不必推辞。"

"好吧，那老夫就献丑了。"谭稹起身离席走到前厢，与众女子站在了一起，又道，"这《镜》是个套曲，方才这位女娃儿只唱了个头儿，下面还有好几段哩，老夫且凑个兴，唱第三段。"

说毕，女子们抚琴弄笛，谭稹手托腮帮跷个兰花指装作个妇人扭捏作态唱了起来：

镜子儿自梳笼，
与你时常相见。
想当初同欢面也共愁颜
到如今埋灭我又不明不暗。
热气啊来呵你，
缘何问你却不回言？

想必又有个人啊，
你因此变了脸。

谭稹唱毕，大家无不拍掌称赞，厅事里的气氛活跃起来，几位女子嘴上像涂了蜜，把个谭稹夸得骨头都散了架，他吩咐从汴京跟着他一起出来的管家给每位优伶封了二两银子。她们闹着还要谭稹再唱上一曲，谭稹笑道："这回该轮到褚大人了。"

"轮到我唱曲吗？"褚良臣问。

"是呀。"

褚良丞自嘲道："我来山西学了一句骂人的话，叫山西的骡子做马叫。我唱曲，不要说你们，只怕是连狗也会吓跑了。"

"你这么说，老夫更是想听了。女子们，把褚大人请上去。"

众女子这时受了谭稹的撩拨，也就放肆起来，上前拖的拖，拽的拽，把褚良丞拉到了前厢。

褚良丞素性诙谐，只是堂官当久了不得不装腔作势。这会儿气氛缓和了，他生硬的表情又开始生动起来，他朝优伶们做了一个搞怪的表情，说："刚才你们伴奏，谭大人的《镜》唱得真个是好。只是你们阅历浅体会不到，当不了谭大人的红颜知己。你们得了谭大人的令箭，把本官绑架到这里，不牛吼几句，你们不会放过我。我小时候学过一首曲，专写鼓的，就是那个敲锣打鼓的鼓，现在把它唱出来，不许你们嘲笑我。"

褚良丞说罢，就清唱起来：

花花鼓儿谁不好，
翻转来，复转去擂上千遭。
两片皮弄出多般腔调，
一会儿是紧板，
一会儿慢慢敲。

弄出忒大的声音来，
吓得老猫夹尾巴逃，
老鼠一旁看热闹。

褚良丞语调滑稽，女子们听了一个个忍俊不禁笑得前仰后合。谭稹开始也咧着嘴跟着傻笑，听着听着脸色就变了。待褚良丞歇了腔，他立刻就问："你末后两句唱的啥？"

褚良丞念了一遍："吓得老猫夹尾巴逃，老鼠一旁看热闹。"

"唔，这老猫是谁？老鼠又是谁？"

褚良丞解释："谭大人，这只是老辈儿人留下的唱词儿。"

"咱不管谁留下来的，咱只管问你，这老猫老鼠，你指的是谁？"

见谭稹拉着脸较起真儿来，褚良丞心中暗笑。他正想趁势逗一逗谭稹，却见厅事的大门被推开，一个人朝里探了探脑袋。褚良丞见是府中主薄冯自远，便走了过去。只见两人在门口嘀咕了几句，褚良丞就走回来对谭稹小声说："谭大人，能否挪个地方说话？"

"都过子时了，还有事？"

褚良丞点点头。

谭稹极不情愿地随着褚良丞出了厅事。来到花厅坐下，冯自远也跟着走了进来，褚良丞对他说："你将情况向谭大人禀报。"

冯自远神秘兮兮的样子，凑到谭稹跟前低声言道："谭大人，完颜宗翰亲自率了一万兵马，今天下午到了雁门关下。"

谭稹如闻霹雳，刚坐下去的身子又弹了起来："你说什么？"

冯自远把刚才说的话又重复了一遍，并加重语气说："这消息绝对可靠，前方的探马刚刚来报信。"

"雁门关离太原还有多远？"

褚良丞答："百十里地吧。"

"关寨有多少守军？"

"前后二十里关寨，驻扎有二万部队。"

“完颜宗翰拿了灵邱、飞狐，难道还要攻打太原？”

“是呀，这完颜宗翰真是吃了豹子胆，敢捋谭大人的虎须？”

谭稹脚一顿，老羞成怒地申斥道：“褚良丞，现在不是开玩笑的时候，你刚才借着唱曲儿指桑骂槐，说咱是被鼓声吓坏的老猫，你以为咱听不懂，小心我在皇上那里奏你一本。”

谭稹发怒本在褚良丞意料中，他要的就是这个。此时他不愠不火，依旧挂着笑容言道：“谭大人，下官怎么敢讪谤你呢？你代表圣上巡抚河北河东两路，下官讪谤你就犯了欺君之罪，那首以鼓为题的曲词，又不是我编的，别的我又不会唱。没想到因此得罪大人你了。不过，老猫老鼠的说法，虽然寒碜人，倒也给咱们提了个醒儿。”

“如何提醒？”

“大敌当前，谭大人你不肯当夹尾巴的老猫，我褚良丞打死也不会当一只看热闹的老鼠。”

“有志气。”谭稹心不在焉地表扬了一句，接着自言自语，“完颜宗翰会不会攻关呢？”

褚良丞收了孟浪的神态，正色问道：“谭大人，你打算怎么办？”

“明天一早，咱启程回汴京，要去面圣，禀告这十万火急的军情。”

褚良丞知道谭稹是想临阵脱逃，心里头对他已是十二分看轻，这时已顾不得绕弯子，直通通言道：“谭大人，你此时回京，是下策中的下策，万万不可。”

“啊？”

“皇上让你巡边，是要你在燕云十六州的交割上便宜任事，制定制虏良策。河北一路屡建奇功,河东一路却处处受掣。局势如今急转直下，你不坐镇处治，却说要登车回京，这无异于临阵脱逃。谭大人你若是真的这么做了，天下人怎么看你，皇上又怎么看你？”

褚良丞这席话掷地有声，谭稹一句也不想听却又不得不听，他愣怔了一会儿，问道：“那我该怎么办？”

“下官有个主意。”

“讲。”

“现在，下官陪着你立即登程，前往雁门关。”

“前往雁门关？”谭稹倒吸一口凉气。

“对，前往雁门关劳军。”褚良丞的口气不容置疑，“谭大人，雁门关虽只有两万守军，但主帅一到，胜过十万甲兵。”

谭稹坐回到椅子上，搔着脑袋说：“容我想想，容我想想。”

临近正午，一支马队在雁门关的西陉关的关楼前停了下来。守关的镇武将军姜怀山率大小僚佐百余人在楼下迎接。疲惫不堪的谭稹两腿酸软，几乎是被人搀下马来。

却说昨日深夜谭稹让褚良丞连哄带吓骑马前来雁门关，一路颠簸四个多时辰才到达这里。

雁门关在代州境内，是北岳恒山的主峰，由东陉、西陉二关组成，在秦始皇时期的《舆图志》中称“天下九塞，雁门为首”。汉代的匈奴、唐代的突厥都是从这里进击中原。所以，“得雁门而得中原，失雁门而失天下”这句话历代一直流传。史书记载发生在雁门关及其周围的争夺战不下三百余次，仅西汉、东汉两朝四百余年，中原王朝戍边于此血战而死的将帅就有二百八十余人。特别是大宋开国之后，澶渊之盟之前，雁门关更是成为辽国进攻宋国的主要战场。著名的杨家将的故事就发生在这里。如今，杨家将祠堂、杨七郎墓、杨六郎城等诸多表彰忠烈的建筑以及抗击异族入侵的堡塞，都散布在雁门关的十八隘三十九堡十二联城中。一个月前，谭稹从燕山府取道河间府、真定府前来太原府时，曾路过雁门关的所在地代州，并在此盘桓三日。他也曾登上了州城的边靖楼。在这座比榆关哨楼还高出五丈的箭楼上，他听取了守关将帅以及知州等地方长官的辑报。那时他心情畅快，认为战事已经平息，一切都趋于正常。当听到“代州的鼓楼应州的塔，真定府的大菩萨”这句话时，他还说他已看过真定府的大菩萨，待应州从大金国手上交割之后，一定也要前往登临那座辽国建造的大木塔。

却不曾想到仅仅一个多月时间就风云突变，大金国的悍将完颜宗翰竟突然陈兵雁门关外。所以，当褚良丞建议谭稹前往雁门关名为视察实为督战时，他犹豫再三。他脑海里挥之不去的是历代那些死在雁门关的将帅墓，他害怕自己也成为其中的一员，所以想找借口搪塞不来，但怎奈褚良丞生拉硬拽将他拖上了道。巳时他们一行就到了代州，褚良丞以军情紧急为由，谢绝了州官留下的请求，建议谭稹只是下马喝杯茶然后继续赶路。自代州到雁门关西北端的西陉关，一行官员无不人困马乏饥肠辘辘。上了关楼，谭稹一行草草用了早已备好的午膳，然后登上顶层的箭楼俯瞰关外的形势。

却说自西向东绵延千里的恒山山脉，隔开了晋中与晋北两块平原，晋西北的重镇大同，仍是辽国的西京，它与南京燕山府成犄角之势，形成对赵宋王朝的强大钳制。燕京向南以白沟为界分隔辽宋两国，几乎无险可守；大同向南以雁门关为界。尽管雁门关巍峨雄峙，却也常常被辽军攻占。澶渊之盟后八十余年，两国休兵，雁门关才减却了杀伐，敛去了虏尘。但当地的士庶对战争的恐惧不可能全然消失，一有风吹草动便扶老携幼走上逃难的旅程。

从箭楼看下去，是渐次低缓下去的峰峦，之后便是一马平川的庄稼地了。此时，黍豆高粱等都已收割，原野一片空荡。而关下的峰峦中林木尚青翠，远远近近皆有轻烟浮动。若在往昔，逢到这般景致，谭稹必定技痒，要分韵填词，但今日他全然失了这份优雅，盖因眼前峰峦的林子里，到处都插满了黑底黄边绣有红日的大金国军旗，也看得见奔驰的马队。顺着风，偶尔还能听到嘚嘚的马蹄声。

谭稹一宿未睡，登楼时眼皮子打架，都快撑不住了，但看到眼前的景象，他的睡意暂时受到了遏制，他问站在旁边的姜怀山："金军在这些林子里穿来穿去，究竟要干什么？"

"暂时还不清楚，但我们密切监控。"

"他们来了一万兵马？"

"是的。"

“完颜宗翰亲自来了？”

“是的。探马的消息可靠。”

谭稹白了姜怀山一眼：“既然可靠，怎么不知道他们来干什么？”

“这是第一路探马报告的，第二路探马的消息尚未报来。”

谭稹扭头喊了一声：“褚大人！”

“下官在。”褚良丞朝前凑了凑。

“你说说看，这些金军在林子里穿进穿出，像躲迷藏似的，他们究竟要干什么？”

褚良丞回答：“弄清楚金军意图之前，首先要弄明白完颜宗翰为何会突然抢占灵邱、飞狐。”

“不就是他提了非分之求，咱们没答应吗？”

谭稹这么说也是事出有因。一个月前，完颜宗翰应约前来代州与谭稹见了一面，商谈武、朔二州的交割问题。宗翰以天祚帝尚未擒获为由表示二州暂不能交付，接着又提出张觉叛金，大军前往征剿缺乏粮草，要南朝十日内输送二十万石粮食。谭稹觉得宗翰有些讹人，但当他委婉辞拒时，宗翰以武、朔二州永不交割为威胁。谭稹害怕宗翰真的会那样做而砸了自己的差事，只得硬着头皮应承了下来。但他又不敢将此事上报朝廷，便硬压着褚良丞在太原府内筹措这二十万石军粮。褚良丞觉得谭稹不但懦弱，更是瞒旰，于是硬抗不办。过了一个月，宗翰看到过了交粮的最后期限，便施以报复，攻占了灵邱、飞狐。

谭稹戗了一句，褚良丞没有应声，便又盯着问：“褚大人，你咋哑巴了？”

从深思中回过神来的褚良丞，觍着脸回道：“谭大人，完颜宗翰强要二十万石军粮，的确是非分之求。但你谭大人却是答应了的，你说一个月内交付。”

“我是答应了，但你不办啊！”

“我一个小小的太原知府，一个月内上哪儿去筹措这二十万石粮食呢？谭大人，府库存粮不过五万石，是用来赈济灾民，平崇转输以备来年春荒的。这是老百姓的救命粮，一斤一两也不能动。”

“我不是给你支了着儿吗？你先去找那些乡绅粮行筹措，先把大金国的这些豺狼虎豹给对付了，回头咱们再慢慢料理自家的事儿。”

“谭大人，大金国的兵马是豺狼虎豹，咱中原的老百姓也不全是绵羊啊。”

“你这话是什么意思？”谭稹敏感地问。

“没有什么，下官是想说明，让太原府偷偷摸摸置办二十万石粮食，杀了我也办不到。”

褚良丞当着十几位将士官吏的面，说出这样决绝的话，让谭稹的脸面挂不住，他想大发雷霆，谁知出口的话却软绵绵的：“你有理，你有理……”

就在这时，忽然听得咚咚咚的脚步声跑上楼来，人还未进门，先已锐喊了一声：“姜帅。”

一位小校气喘吁吁跑了进来，姜怀山问：“有何消息？”

“第二路探马刚刚回来，雁门关外的金军，不是来打仗的。”

“啊？”

“他们是来狩猎的。这会儿，正在驱赶山上的野兽。”

听到这个消息，别人还没有反应，谭稹倒是第一个长出了一口气，瘫倒在椅子上，把双脚朝椅子上一跷，埋怨道：“他们打猎就打猎，何必弄这么大动静，害得我一天一夜没合眼。”

褚良丞使了个眼色，示意大家离开箭楼中厅，到外面廊道上察看关外的动静，只见金兵仍然军旗摇晃，山梁与沟壑里到处都是奔跑的士兵。

“看样子，他们真的是在狩猎。”姜怀山说。

褚良丞一声冷笑，说道：“狩猎是真，但在下还想问姜帅一句，他们为何要选在雁门关外狩猎呢？”

姜怀山点点头：“这倒值得警惕。”

两人说话时，听得箭楼里鼾声如雷，谭稹已是美滋滋地睡熟了。

主簿冯自远这时蹑手蹑脚走了过来，低声对褚良丞说："大人，京城钦差八百里加急，送皇上的圣旨来了。"

"圣旨？"

"是的，本是送到太原府，听说谭大人到了这里，钦差又赶到这里来了。"

"啊，圣旨是给谭大人的？"

"正是。"

"钦差现在在哪里？"

冯自远朝箭楼里努了努嘴，两人隔着窗格看了进去，只见那位三十来岁的缁衣钦差走上前摇了摇谭积。

谭积挥了挥手："别捣蛋，咱再睡会儿。"

钦差便凑近他的耳朵，大声说道："请谭大人接听圣旨。"

"圣旨？"

谭积一骨碌挺起身子，揉着眼睛看清了钦差的打扮，慌忙离开椅子跪到了地上。

钦差抖开手中的黄绫卷轴，念道：

圣旨：

免去谭积河北、河东两路安抚使之职。旨到之日即刻回京，听候调遣。

顷刻间，谭积脸色煞白，他颤抖着接过卷轴，梦呓般地说了三个字："谢皇上！"

第二十章　奇兵偷袭

一俟刻漏牌报了卯时，平州府的钟楼立刻九通鼓响。接着衙门大开，身穿大宋二品官服的张觉走出门来，他的身后跟着张劲、李石二人，也都穿了大宋的三品官服。斯时衙门外广场上，伞盖仪仗金甲车架都已准备就绪。张觉跨上那匹全身披彩的白色牝马，在一应仪驾以及三百亲兵的拱卫下，朝东门迤逦而去。

张觉这次威风八面的出行，却也事出有因。经过与大宋方面的多次密议，徽宗最终同意将平州军改为泰宁军，张觉以河北招讨副使的职衔领泰宁军节度使并准予世袭，其二品衙门设在平州，仍兼领营、滦二州。其子张劲擢升为徽猷阁待制，兼领泰宁军节度副使，李石升任徽猷阁学士，兼领泰宁军节度使书记，均三品衔，三人以下各军将及州县官员，都依例行赏。三州百姓免税三年，泰宁军所需军费薪俸，由朝廷核定足额拨付。

应该说，大宋朝廷的慷慨超过了张觉的预期，所以他格外满意。早在半个月前，他就收到燕山府知府王安中的札子，告知日内会有朝廷特使李安弼专程前往平州宣读诏书，并交付徽宗皇帝写给他的御笺，同时还带有大批的物资犒赏将士官员。前日又得到消息，从汴京启程前来平州的李安弼及其属下已过了野狐岭，明日即可入城。张觉一算，入城日竟是八月十三，离中秋节还有两天。笃信兆头的张觉连忙请来谙熟阴阳的算命先生推演，给出的答案是八月十三是孤日，是喜事办成丧事的日子，这一天诸事不宜。八月十四日是吉日，是“利见大人”的日子。张觉便立刻派出李石前去告知李安弼，让他十三日不要进城，暂时在城郊的龙马寨歇息一晚。李安弼身为钦差大臣，竟要听任地方官员摆布，心里已是十二分的不高兴，怎奈张觉同当年的郭药师一样，是徽宗皇帝的新宠，所以也就只能依他。那头安置了李安弼，张觉自己的行程安排也莫不将算命先生的话奉为圭臬。他生于甲寅日，属木命，所以须得卯时开街，辰时迎宾。盖因卯为木，辰为水，水生木即无反克。而且，他听信算命先生的指导，特意觅了一匹大白马作为迎宾的坐骑，皆因金木水火土五行对应白青黑红黄五色，白为金之色，金生水，水养木，化序顺畅生养不误。张觉亲自把关迎宾的每一个细节，不许有任何的差错。

大宋朝廷特使要来平州的消息，两天前就已传遍了大街小巷。此时张觉率队出城，所经的街道挤满了看热闹的人。市民们向灯的向灯，向火的向火，说什么的都有。眼看张觉一行快要走进东门城楼了，站在一爿冥器店门口的几个人叉着嘴巴说开了：

“咦，怎么大帅骑了一匹白马？”

“这大白马两只耳朵竖得高高的，屁股翘翘的，看样子要发情了。”

“咱不是说大白马好坏，咱是说为何张大帅骑着大白马。”

“骑大白马不对吗？”

“当然不对，今儿个大帅要去迎大宋皇帝的诏封，应该骑大红马。”

“啊？”

“红白喜事，今天是红事，怎能骑白马？”

张觉正好经过这里，听到了几个人的议论，禁不住朝这边看了儿眼，这一看倒把一颗心看得扑突突一阵乱跳。因为首先映入他眼帘的是那块白布黑字的“老大冥器店”的招牌，再联想到方才听到的那几个人的议论，他忽然觉得一股子黑气罩了眼珠儿，脸顿时就拉下了，双脚不由自主地踩了踩马镫，那大白马受了惊，竟扬着脖子咴咴儿叫了一声。慌乱之中，张觉又提了缰绳，大白马立刻撒开四蹄奔跑了起来。本是旗仗分明车驾整齐的队伍顷刻间凌乱起来。亏得张劲赶来救驾，帮父亲勒住了马头，队伍才能在东门城楼前停下重新整顿。

张觉在马背上喘息着，他想回头看一看那家冥器店，却又没有勇气，便忐忑不安地问儿子：“小劲子，这是个什么兆头啊？”

“父帅，咱这就布置下去，把那家冥器店封了，那几个乌鸦嘴，也都下牢去。”

李石赶紧插话：“少帅，这可使不得。”

“为何？”张劲问。

李石没有回答他，而是一脸喜气地朝张觉抱拳一揖，笑道：“大帅，李某恭喜你了。”

“恭喜我？”张觉一脸茫然。

“是呀，恭喜大帅，”李石巧舌如簧，言道：“方才发生的事情，却是含了三层玄机：第一，老大冥器店，这五个字好。谁是老大，宋国老大是徽宗皇帝，辽国老大是天祚帝，金国老大是阿骨打皇帝。大帅在平州举旗反金，阿骨打就在鸳鸯泡翘脚了，他用上冥器了。还有天祚皇帝生死未卜，说不定已用上冥器了。三国的老大唯有徽宗皇帝如日中天，他派钦差来见大帅，正是在金国阿骨打报丧之后，这岂不是先白后红、白中见红吗？第二，方才在冥器店门口议论的是三个人，这个三字来得巧，常言道，一生二，二生三，三生万物，在冥器店门口三个人谈红白喜事，虽言语有谬，但却是谈人间烟火事儿，这多好呀！眼下还在卯时，卯为木，木逢三春必生长，木逢三秋必结果，三春时大帅叛金，三秋时大帅归宋，都是大帅你正命所在。第三，大白马见了冥器店咴咴儿一叫，是深深契合主人之命运。如果大白马在冥器店门口停下了，这老大可能指的是大帅，但大白马跑开了，就说明老大不是你，而是宋、辽、金三国之主。所以在下看来，冥器店门口发生的事儿，乃是天大的吉兆。”

李石这一席话，张觉听得心花怒放，心中积蓄的晦气也就一扫而空。尽管张劲心下认为李石这是为了讨好父帅而临时瞎编的鬼话，但既然能解危局也就不必较真儿，于是也跟着父亲一起咧着嘴笑。张觉对他说：“小劲子，吩咐手下封几两银子，送给那几个乱嚼舌头的人。”

“那几个家伙，虎屄烂架儿，赏什么银子呀。”

看到张劲瘪起了嘴，张觉哈哈一笑，言道：“没别的，就是花钱买欢喜。”

这时，东门城楼跟前聚集的人越来越多。虽有军士维持，但供仪仗车驾行走的道儿还是逼仄了许多。因为冥器店前突发的事儿耽误了一些时间，早有府吏自龙马寨过来向张觉禀报，说李安弼大人等待不住，已下令跟随的队伍向平州开拔，张觉生怕延误惹李安弼不高兴，便下令迎宾仪仗立刻出城。就在他驰马走入城楼的那一刹那，忽然发现看热闹的人群中，一位年届半百的车轴汉子以及他身边的一位年轻后生的长相特别眼熟。但不容他多看一眼，大白马已驮着他出了东门踏上了前往燕京的驿道。他总觉得那车轴汉子的眼神有些异样，而且他对这眼神还不陌生，一时又想不起来在哪儿见过。于是他心里又犯嘀咕，回头问李石：“前天说，给榆关增添一千名守军，这事儿办了吗？”

“办了。”

“今天，城里头看热闹的人，怎么这么多？”

“都跟着大帅沾喜气呗。”

“如果真是这样，那就好了。”

“大帅，你担心什么？”

“明天就是中秋节，南朝钦差大臣来，可不要有什么闪失。”

“这怎么会呢？”

“李石，小心不亏人。”

“大帅你放心，只要榆关把守严密，大金国的那些狼兵，根本就进不了平州。”

他们两人这么对话的时候，马队前行得极顺。但李石最后这句话却让张觉想起了什么，他一勒马头，嘴里吐出三个字：“不好了。”

李石、张劲齐声问道：“什么不好了。”

张觉说：“方才出城前，我在人堆儿里看到一个人，只觉得面熟，但想不起来是谁，现在我突然想起来了。”

“是谁呢？”李石问。

“大金国兵马大元帅栋摩。”

“栋摩？”

“对，栋摩！”张觉肯定地回答。

李石与张劲瞅着张觉那副既惊恐又滑稽的神情，不免都失声大笑。张劲说：“父帅，人家栋摩好歹是个元帅，怎么可能跑到平州城中看热闹呢？再说，他又不是海东青，没有翅膀，怎么就飞过榆关了呢？”

张觉一听觉得有理，自嘲道：“咱看那家伙，长得就像栋摩，他旁边还有位青皮后生，也挺面熟的。”

也不等他们再议论下去，却见前边的官道上，南朝的钦差队伍旗鼓鲜明地走近了。张觉只得敛了心思满脸堆笑地迎了上去。

眼看张觉的马队出了东门城楼，看热闹的街伴儿麻雀儿一般奓翅儿散了。守城的军士——无论是城门洞里站成两列看守厚重大门的枪兵还是通往城楼砖道上的刀客，顿时都稀松了下来。他们都知道今天是张大帅的喜庆日子，听说南朝的钦差大臣不但给张大帅带了封官的诏书来，也给他们带了簇新的大宋军服和赏银，因此莫不欢欣鼓舞。但喜悦往往让人头脑发昏，就像眼前这些士兵，一大清早就拿着架势值岗，这会儿大帅出城了，他们估摸着再快也得有大半个时辰才能回返，因此紧张的情绪一下子放松，队形立马也就乱了，蹭痒说笑话儿，扭捏身子消乏，离队觅净房撒尿的人都各随其便。

这时候，两辆遮得严严实实的马拉篷车忽然从一条巷子口蹿了出来，朝着东门城楼疾驰而去，而方才张觉感到眼熟的那个车轴汉子和年轻后生也从人堆里挤了出来，朝着站在城门洞口的一名小校奔去。

眼看只剩下两三丈远，小校才觉得来者不善，便习惯性地左手按住腰间的刀鞘，右手握住刀柄，厉声喝道：“你们给我站住！”

车轴汉子并没有停住脚步，年轻后生更是三步并作两步跑到车轴汉子前面。

小校本能地抽出腰刀，再次大声喝问：“你们是谁？”

话音未落，车轴汉子抢步上前，小校举起腰刀来不及砍下，车轴汉子已麻利地抓住他的手腕一个反折，小校惨叫一声，手中的弯刀跌落在地，这一幕来得太突然，在场的人都惊呆了。

其实，刚刚出城的张觉没有看错，东门城楼前挤在人堆中看热闹的那个车轴汉子，的确是栋摩。

因为榆关前的惨败导致一千多名战士牺牲而被新皇帝——他的二哥吴乞买免去元帅职务之后，栋摩并没有怨恨，而是一心一意想着如何复仇。对张觉的叛变，阿骨打生前有过“不伤农时”的旨意，阿骨打驾崩之后，为了纪念他，吴乞买又有“三月内不举兵事”的训令。所以，讨伐张觉的日子便拖延了下来。但拖延不等于取消，从六月份开始，大金国方面为讨伐张觉或明或暗做了种种准备，如：通过探马、眼线获取南朝与张觉的来往信件；为转移视线牵制南朝兵力，完颜宗翰抢占飞狐、灵邱两县，并以狩猎为名兵逼雁门关；三番五次以国书形式告谕南朝，凡从燕京等处造册迁徙民众，被张觉拦截释放者，南朝州府不得收留，要依册递解出关等等。凡此种种，目的是给南朝与张觉两方造成压力。这些做法果然奏效，但其结果却是南朝方面与张觉加快了结合的速度。这一点，倒也在大金国君臣的意料之中。东路军主帅完颜宗望与西路军主帅完颜宗翰多次密议商讨平州攻取对策。

此时大金国的兵马已扩充到三十万。一方面，宗望的东路军在榆关外陈兵十万做进击之势；另一方面，为打通山前山后的交通，宗翰率兵攻占飞狐、灵邱，并通过山中秘道，将部队化整为零，在差不多一个多月的时间内让八千兵士化装成各类众庶前往平州境内潜伏。这些兵士分为三股，其中两千人进了榆关，三千人进了平州，另外三千人进了营、滦二州。几天前，宗望得到准确情报，南朝钦差大臣将在八月十四日到达平州，遂决定在此日发动偷袭。

栋摩虽贵为元帅，但褫职之后，这次只能作为普通兵士潜来平州。本来，宗望不肯让他参与此次军事行动，生怕出了闪失难以交代。怎奈栋摩复仇心切，一再请缨，宗望只得允他，但特别交代了带队前往平州的博勒将军，让他派几个得力勇士与栋摩日夜相随加以保护。却说栋摩一行五天前就到了平州地头儿，但怕早早进城生出事端，便在城郊觅了一处村庄住下，直到昨儿晚上才进城觅了客栈歇息。

大清早的时候，栋摩在东门城楼前出现，并不是为了看热闹，而是在执行博勒将军的命令，与三百名勇士一起伺机夺取平州东门城楼。站在栋摩身边的那位同样被张觉感到面熟的年轻后生，不是别人，正是左企弓的随从二柱子。这位被左企弓舍命保护下来的孤儿，那一日逃出平州府衙后，并没有离开平州城，而是昼伏夜出一心要寻找机会刺杀张觉，一晃过去了两个多月。一日在城中一家小客栈里偶然碰到了一位相识的博勒手下的探马，便被他带出平州，在博勒的辕门里供差，由于他人机灵又熟悉平州城中情况，博勒便将他安排在栋摩身边。

栋摩与二柱子两人对张觉的仇恨，用不共戴天四个字来形容犹觉肤浅。所以，当张觉从大街上趾高气扬经过时，两人眼眶中不约而同地射出怒火，正是这眼神引起了张觉的特别注意。二柱子毕竟年轻，他不单愤怒，竟两手捏成拳头抬腿就要冲过去，亏得栋摩沉得住气，他伸手拽住二柱子，立刻就有两名跟随左右的勇士横在他们前面挡住马队的视线。

按先前的行动计划，只待张觉的马队出城，事先化装成百姓已在东城门附近集结的三百勇士便会立马行动，夺取城门控制权。这支敢死队的指挥官是二牛。也不等他下令，栋摩就抢先撞开人群直奔十丈开外的那名小校。

小校负痛跪地的那一刹那，突然伸嘴来咬栋摩铁钳一样的右手，栋摩本想捡起地上的腰刀结果小校的性命，也不等他动手，二牛已飞身而至，两手拿住小校的脑袋猛地一拧，小校脖子立断，嘴一松，倒在地上痉挛起来。

这时，两辆篷车已经到达东门口，几名勇士掀开篷盖，只见里面长枪短刀狼牙棒等等尽是武器，勇士们各自拿了杀人的家伙，像饿狼一般追杀守城的张觉部队。

二牛虽是敢死队长，但在栋摩面前仍不敢发号施令，他看到栋摩的右手背正在流血，关切地问：“大元帅，你的手不要紧吧？”

“死不了。”栋摩从地上捡起小校的腰刀，挥舞了几下，说道，“宰他十个八个的，手也不会软。”

“大元帅虎势！”

“二牛，你别在这儿唠闲嗑儿，快领着你的勇士们去攻占城门楼子，这里，你就交给我吧。”

说话间，二牛已从篷车上扯了两支长枪过来，他本说给栋摩一支，栋摩接过还给了二牛，说：“我习惯使刀。二牛，你快登楼去呀！”

二牛吩咐留下五十人跟着栋摩，自己提着长枪带领一百多名战士呼嘶呼啦地跑上了登楼的砖道。

此时，留在城门及瓮城里的守城兵士大约有七八十人。当骚乱刚刚发生时，他们猝不及防，等到他们回过神来，却已被大金敢死队尽数赶进了瓮城，短兵相接，一场惨烈的搏杀顷刻间展开。

虽然此处守城兵士比大金敢死队的人多，但战场上的控制权却被大金敢死队牢牢掌握。一来是因为博勒的队伍是有备而来；二是在居庸关一战中双方交过手，张觉手下对大金敢死队的凶悍早有领教，因此还没交锋先已心虚。敢死队一入瓮城，迅速占领了两道城门，那意图很明显，就是要将这股子守军全歼。不到半个时辰，瓮城里已倒了二三十具尸首，大金敢死队除两人受了轻伤外无一死亡，因此越战越勇。东门守军的另一哨长知道这样下去，兵士们迟早都得成为大金卫队的刀下之鬼，于是下令兵士随着他攻抢瓮城的城门，目的是夺下这条出城的路逃走。栋摩看出守军的意图，本想冲过去加强城门防御，怎奈两名兵士缠住他拼斗，他只得一边应对一边锐声喊道："兄弟们，赶快守住城门，兔崽子们想逃呢！"说话间，一名守军的彪形大汉挺着枪朝他刺来，他一偏身子就地一滚到了彪形大汉胯下，抬起右脚狠命一蹬，许是蹬破了那家伙的卵蛋儿，只见他丢了长枪，双手抱住胯裆蹲了下去，栋摩也不给他求饶的机会，一个鲤鱼打挺站了起来，顺手一刀抹了那人的脖子。

此时，欲夺门逃命的守军将七八个护门的大金敢死队队员团团围住，眼看着他们陷入劣势，就在这节骨眼上，分别杀死了对手的栋摩与二牛带着两股子勇士饿虎扑羊般冲过来，守军小头目眼看自己的兵士受到内外夹击，慌忙锐声喊道："咱们投降！"听了这句话，余下的二十来位守城兵士便一起丢了刀枪，齐刷刷跪到地上。此时，已杀红了眼的栋摩哪肯歇手，他手起刀落又砍了一颗脑袋。

守城兵士个个都抱着头哭喊："帅爷饶命！"

栋摩挥舞着刀还没有停下来的意思，二牛赶到他身边，提醒道："大帅，他们投降了！"

栋摩仿佛从梦中惊醒，他看了看刀上的血迹，又看了看跪了一片的守城兵士，便狠命地朝跪在他身边的守军小头目踢了一脚，恨恨地骂道："孬种，你为什么要投降？有种的拿起刀来，看爷怎么宰了你！"

第二十一章　兵锋斗智

与南朝钦差大臣的队伍相差只有大半里地的时候，张觉突然勒住了马头，喊了一声："停下！"

马队停了下来，张劲朝前瞅了瞅，对面的队伍还在挪动，于是疑惑地问："为啥要停下？"

张觉拔出腰刀，紧紧地握在手中，低声问张劲："你没看出蹊跷吗？"

"什么蹊跷？"

"那支队伍里没有马车。"

张劲伸直脖子看了看，果然几百号人全都骑着马。李石脑瓜子转得快，回应张觉的话："一辆马车也没有，这是有些不对头。"

张劲仍纳闷，咕哝着问："没马车难道就有问题？"

"肯定有，"张觉眯着眼睛死死盯住前方，"不是说钦差大臣是来劳军的吗？还说贺仪物资什么的装了一百多辆大车。大车呢？这些大车在哪里？"

“啊？这倒是真的。”张劲如梦初醒，“马车呢？马车去了哪里？”

“大帅这……”李石让坐骑朝张觉靠了靠。

“你和小劲子去过汴京，可见过这位钦差大臣李安弼？”

“见过。”

“这就好办了。”张觉说，“你现在策马过去，就说要见李安弼。”

“哦，”李石明白张觉的意思，回道，“小心不亏人，咱这就去，看看李大人在不在。”

李石一夹马肚子出了队列，张觉看他奔对面队伍去了。又扭头对张劲说：“传我的令，准备战斗。”

再说李石骑马走出百十丈远，却见对方既不派出一个人出队相迎，也不停止行进脚步，不免心下生疑，也就勒马问道：“李安弼大人在否？”

没人回答他，队伍仍在前进，李石心中生了不祥之兆，再次高喊：“李安弼大人！”

仍无人应声儿，却见走在队伍前头的一名武士突然张弓搭箭，李石见状赶紧伏下身子，只听得嗖的一声，一支响箭擦着他的背脊飞过，李石拨转马头没命地飞奔，一边跑一边嚷道：“大帅，前面不是南朝的队伍。”

其实，不等李石喊叫，张觉已确信前方队伍有诈，他的三百亲兵已重新列队做好了战斗准备。

却说对面的队伍的确不是大宋劳军的队伍，而是由杰布领导的另一支大金军敢死队。昨天夜里，他们根据情报在龙马寨偷袭了大宋钦差李安弼的队伍，将二百多人全部活捉并封锁消息。一大清早，他们全都换上宋军服装走上通往平州城的官道。作为阿骨打皇帝的卫队长，杰布将老皇帝的灵柩送回金上京并守灵六十天后，吴乞买皇帝敕旨让他担任正三品的金吾卫上将军，并到完颜宗望麾下听差。完颜宗望委他以左路先锋之职，领八千将士。杰布到任不到七天，便率所属三千将士绕道燕山的后山到达平州参与偷袭。这条道路今年三月他陪阿骨打老皇帝亲自走过，所以并不陌生。他虽然也是阿骨打起事时的第一批追随者，大小战阵经历不少，但都是在阿骨打身边任警卫，真正排兵布阵独当一面指挥作战，这还是第一次。所以，当张觉看出破绽派李石前来询问时，他本可立即发起攻击，但他却还想等对方更加靠近时再动手。因为临行前宗望曾交代，对张觉这个叛贼是“生要见人，死要见尸”。当张觉的队伍出现在他的视线中时，他就在心中不止一次地咒骂：“你这个王八羔子，看我怎么卸下你的脑袋，为阿骨打皇帝报仇。”在他看来，如果没有张觉的叛变，栋摩大元帅就不会在榆关吃那么大的败仗；如果不是栋摩负荆请罪，阿骨打皇帝就不会怒气攻心丢了性命。一切祸害的根源都是这个张觉。因此，杰布太想要张觉的项上人头了。不只是杰布，整个大金国的将士没有谁不想将张觉碎尸万段。

当李石转身狂奔并喊叫时，杰布便当机立断让他的勇士们驱马掩杀过去，一场激烈的遭遇战就此打响。

两军相遇的地方，离平州城大约四里多地，官道的两旁是开阔的庄稼地，如今高粱和黍子都已收割，田野也因此萧瑟了，偶尔也会有几片蓊郁的森林和在村落间流过的小河，因为秋燥少有雨天，河里的流水减少了许多，马蹄踏过时，溅起一两尺高的水花。

杰布此次带来参与军事行动的军士总共有一千人，但因不能让那么多人都扮成大宋官兵，故大部分战士都躲藏在附近几个村子里。这会儿战斗打响，号兵迅速吹响了海螺，兵士们纷纷冲出村庄投入围剿。

战斗刚刚开始的时候，张觉虽然有些诧异，但也没有料到会遇到多么严重的局面，他甚至还鼓舞他的卫队迅速歼灭眼前这些装扮大宋军的毛贼，割一个脑袋赏一两白银。但是，当他看到从附近的几处村子里冒出这么多的舞枪弄棒的兵士，这才意识到这是一场蓄谋已久的突袭，他便迅速调整策略，让卫队收缩队形，掩护他往平州撤退。

应该说，张觉卫队的三百名亲兵，都是百里挑一的勇士，无论是单打独斗还是配合作战，都轻易不会输人。杰布的兵士虽然人多，但进攻时却也占不了上风，就这么僵持着，张觉回撤了二里多地。忽然，张觉发现从城池方向有二位兵士凭着双脚狂奔而来，他心中又是一惊，那两位兵士看到他停住脚步，周身大汗湿透了军装。

“你们怎么了？”张觉问。

一位年纪稍长的兵士好不容易止住了喘息，结结巴巴地说：“大帅，城里出大事了。”

“什么事？”

“不知从哪儿冒出那么多的强盗，见人就杀，守城的兄弟们，被他们杀完了。”

“你们没认出是哪儿的人？”

“认出来了，有一个人，比疯牛还凶，小的认得他就是三月间在平州城阅兵的大金军元帅栋摩。”

“栋摩？”

张觉立刻想起东门城楼前看到的那个车轴汉子，不禁倒抽一口冷气。紧随左右的李石与张劲面面相觑，张劲小声对李石说：“看来，父帅的眼神儿没错，那个人就是栋摩。”

“他怎么钻进平州城的呢？这么多人马，怎么着也得有个动静儿呀？”

两人议论着，张觉听了越发焦灼，他问李石：“榆关增兵一事，是否落实？”

“两天前，新增一千兵士自马城调防到位，守关中郎将龚连锁昨日已派送咨文到衙。”

“榆关未破，这些大金的兵马从哪儿进来的？”

“会不会是从海上？”张劲插话。

李石摇摇头作答：“不可能，海上只有海阳的码头可以靠岸。那儿，有我们三千精兵把守。”

“不走水路便走山路，可是，这山路连猴子都走不通，人又怎么走呢？”

“那个死了的阿骨打，不就是从燕京出发，在山里头走了一个多月，然后下到了卢龙寨吗？”

李石与张劲你一句我一句争执起来，张觉恶狠狠地训斥他们："都死到临头了，还有闲心打嘴巴仗。小劲子，看到那处村庄了吗？"

张觉说着将手中马鞭指向路左大约一里多地的一座小村庄，张劲伸脖儿朝那里看了看，回道："那村庄叫赵家屯子。"

"对，赵家屯子！"张觉加重语气道，"徽宗皇帝也姓赵，咱们撤到那里去。"

"听父帅的。"

张劲说着就去安排回撤事宜。张觉腾地从马上跳下来，对身边的一个卫士说："憨狗子，咱俩换一匹马。"

"大帅，这怎么行，小的不敢。"

"少啰唆，你下马来。"

憨狗子迟疑着，一边下马一边咕哝着："大帅，你的大白马是龙种，咱这匹马贱，还认生耍性子，可不敢让你骑。"

憨狗子这么絮聒的时候，张觉已经脱下了身上的大宋二品官服，他将官服朝憨狗子身上一披，附在他耳边叮嘱道："穿上这衣服，往平州城里跑，躲过了这场灾，我给你官升三级，大白马也是你的了。"

"大帅，这是真的？"

"本帅一言九鼎。"

张觉说着已跳上了憨狗子的那匹栗色战马。站在一旁的李石也脱下了身上的大宋三品官服，然后指着刚刚退下准备向赵家屯子集结的十几名亲兵说："你们随着大白马，撤回平州城。"

此时，憨狗子已骑上大白马驰向了平州城。刚刚还在与大金兵厮杀的亲兵们还以为大白马上骑着的是张觉，立即纵辔追赶。于是张觉卫队的人分成了两股，一股子奔回平州城，一股子撤向赵家屯子。杰布的部队也兵分两路，杰布本是领着主力杀向赵家屯子，但是，当他得知张觉骑着大白马回撤平州城时，便立即率领主力追赶张觉。

张觉既没有回撤平州城也没有跑向赵家屯子，而是与张劲、李石等二十多人躲进了一片树林。看着周围安静了下来，他们立即策马朝燕京方向逃逸。

大约当天晚上的薄暮时分，完颜宗望与完颜宗翰两人先后来到了平州城。所不同的是，完颜宗望来自榆关，完颜宗翰来自卢龙寨。

作为大金远征军东西两路的主帅，宗望与宗翰这一对堂兄弟一起策划并指挥了夺取平州城的战役。今天早上卯辰之间，先期潜伏入境的八千名将士分别在平州、营州、榆关、卢龙、海阳等地同时实施攻击，几乎全部得手。这次战役最为重要的地点是平州与榆关，分别由博勒与完颜娄石亲临指挥。除榆关外，所有战场都没有遇到像样的抵抗，榆关守军三千人是张觉麾下的精兵，素以凶悍著称。但完颜娄石是大金国的名将之花，他的名字足以让对手闻风丧胆。再加上事先已潜入榆关城内的五百勇士，不但对各处要塞了如指掌，更是从内攻击，让守军无险可守。早前半个月，宗望已在榆关外陈兵十万，常派骠骑来关前搦战，已让守军疲于应对。所以说，榆关虽然难打，但内应外合倒也在一个时辰内解决了战斗。不到午时，宗望就率领大军取道榆关向平州进发。

宗翰作为西路军主帅，一方面在武、朔二州交割的问题上与大宋讨价还价，一方面为转移大宋的视线、掩护部队化整为零从后山前往平州，便闪电般攻占了飞狐、灵邱两县，并“狩猎”于雁门关前，这一招果然奏效，河北驻军紧急分兵驰援山西道，提防大金向南采取军事行动，数千名将士就这样神不知鬼不觉地从崇山峻岭中来到平州境内。

再说宗望与宗翰来到平州城后，选择了卢龙驿作为行辕，斯时大规模的战斗已经停止，但零星的抵抗还时有发生。为了控制局势，宗望下令八万大军在城外择地驻扎，而让二万将士进城维持秩序。本来是一个绚丽而灿烂的秋日，但因骤然爆发的战争使平州城陷入到凄惶与恐怖之中。宗望从东门一进城就感受到了这种气氛，街上到处都是无人清理的尸首，家家关门闭户，街面上看不到一个行人，偌大一个平州城一片死寂。宗望命令手下调集几十辆马车，收拾街上的尸首运到城外挖坑掩埋。大军进城之前，博勒的两千名先遣兵士除了攻克城中的军事据点外，还分别占据了府衙、县衙、甲仗库及粮草库等重要军政设施。在府衙内，他们发现了大量的南朝与张觉政权来往的信函密札。当宗望住进卢龙驿后，博勒就让人将这批文件及时送了过去。稍后来到的宗翰以及晚到了一个多时辰的陈尔栻都分别看了这些文件，加上先前缴获的南朝皇帝写给张觉的御笔金花笺，半年多来，大宋与张觉的秘密接触以及张觉叛变大金的来龙去脉已非常清楚。宗望、宗翰与陈尔栻于是连夜商量对策。

讨论问题之前，陈尔栻首先问："你们确信，张觉往燕山府方向逃窜了吗？"

杰布说："张觉很狡猾，让他的卫兵换上他的官服，骑上他的大白马逃往平州，让追赶他的勇士们上当，他在混乱中逃向了燕山。"

接着宗望介绍了战况，宗翰瞅着屋子里少了一个人，便问："三皇叔呢？"

宗望答："他现在在营州。"

"他不是随二牛夺取南门吗？怎么会去了营州呢？"

"三皇叔听说前天张觉把父母和老婆等一应家眷送回营州老家了，当下就觅了一匹马驰往营州，二牛怕有闪失，便带着二百余人跟着前往。"

"栋摩元帅报仇心切。"陈尔栻仍用他惯常的不紧不慢的语气问道，"前往营州的部队是多少？"

"两千人。率队的是三皇叔最喜欢的骠骑将军呼巴斯，"宗望答道，"老先生，你来之前，呼巴斯已派人送来信，他们已夺取了营州，并擒杀了张觉父母妻儿十几号人。现在，他们的人头都挂在城楼上示众。"

"啊？"陈尔栻有些吃惊，"这一定是栋摩元帅的主意。"

"是的，"宗望回答，"三皇叔一心要为死在榆关前的将士们报仇。"

"宗望将军，栋摩也是五十开外的人了。老夫建议，你派人去把他请回平州。他杀了张觉一家，营州又是张觉的老巢，张觉在那里党羽众多，大元帅在营州万一有个闪失，这责任谁也承担不起。"

宗望知道陈尔栻是怕栋摩为复仇大开杀戒激起事变，其实他自己也有这种担心，便立即传令下去务必明日将栋摩接回平州。

这段插曲之后，三人的谈话又回到正题上。宗望接着说："当下首要的急务，是赶紧找到张觉的下落。"

一向沉默寡言的宗翰这时候接过话头说："张觉的下落根本不用寻找，他必在燕京无疑。"

"宗翰你这么肯定？"

"不去燕京，张觉还能去哪儿？"

"稳定平州，首先得把张觉捉拿归案，不将他枭首正法，平州仍不得安宁。"

"这个我同意，"宗翰看了看宗望，却转脸问陈尔栻，"老先生，咱有一个主意，不知妥当否？"

陈尔栻欠欠身子："将军你且讲。"

宗翰说："明日，直接以宗望的名义给南朝燕山府知府王安中修书一封，索要张觉。"

陈尔栻颔首笑道："好主意！"

宗望想了想说："主意是好，只是我方尚未有确凿证据证明张觉在燕山府，如何就去要人呢？"

宗翰："宗望，这个不需要证据。"

"为何不要？"

"就因为张觉现在的身份。"

"身份？"

宗望一时解不透其中奥妙，兀自沉思起来。陈尔栻一旁看了，捋了捋下巴上稀疏的山羊胡子，笑道："宗望将军，张觉眼下是南朝的二品官员，是徽宗皇帝敕封的泰宁军节度使。宗翰将军的意思是，张觉既是南朝的大臣，咱们不找南朝要人，还找谁要去？"

宗翰朝陈尔栻抱拳一笑，以示礼敬。宗望此时也明白了宗翰的话意，于是笑道："我这脑袋是榆木疙瘩，宗翰拐个弯儿说话，我就解不透了，多亏老先生指点。”

宗翰怕产生误会，连忙解释道：“张觉是一顶黑锅，咱们别扣在自己头上，要扣，也得往南朝头上扣。”

“这是一着妙棋。”

宗望说着，当即就吩咐帐下书办火速起草文书，明天一早加急送往燕山府。

大事商定，散会之前，陈尔栻又问：“二位将军，明天是什么日子？”

宗望一拍脑袋：“老先生这么一问，我倒想起来了，明天是八月十五中秋节。我这就吩咐下去，明日要杀猪宰羊，犒劳三军。”

“还有呢？”陈尔栻问。

“还有？”宗望看了看宗翰，“我们还该做点什么呢？”

宗翰补充说：“中秋是家人团圆的佳节，我们的将士长年在外征战，不能与家人团聚，犒劳要丰盛。”

“两位将军说得不错，”陈尔栻斟酌着说出自己的观点，“我们的将士过节要犒劳，我们的仇敌呢？”

“仇敌？”宗望一愣，“老先生，你把话都讲出来。”

“如今，张觉家眷的人头都挂在营州的城墙上，还有今天这场战争中死去的那些叛军的将士，明天的中秋节，对于他们的家人来说，可是成了鬼节喽。”

陈尔栻的这番话让两位将军无语，屋子里静默了一会儿，陈尔栻接着说：“战争嘛，素来以暴制暴。但我大金讨伐叛贼，是仁者之师。未取胜利之前，须得摧枯拉朽施以霹雳手段，夺取胜利之后，更须得心藏仁术大化天下。小民如草芥，遇雨露则活，遇烈火则成灰烬。民成灰烬，我们拿天下又如何呢？”

一席话让两位将军肃容，宗望在军中本有“菩萨太子”的称誉，一向心怀慈善，这会儿看着陈尔栻，眼神里充满感激，他问：“老先生，你说，我们该做什么？”

“派人前往营州，吩咐骠骑将军呼巴斯，迅速将张觉家人的人头从城墙上取下来，觅好一点的棺木全部入殓安葬。”

“好，我立即交办。”

“平州城这边，明日征集城中所有的佛道两众，在城隍庙前起一个大法场，超度那些死去的叛军的将士。”

“这个，也一定办。”

陈尔栻点点头，午夜微弱的灯光下，可以看到他眼中的泪花。

第二十二章　惊弓之鸟

张觉带着二十余骑亲兵来到居庸关下时，已是子夜时分。李石与张劲跟随左右，他们在平州南门外成功逃脱后，便马不停蹄朝燕京奔来。在路上，张劲曾建议父亲前往营州，但听到逃出的兵士禀报，大金国的兵马已攻占了那座石城，张觉便意识到大金国此次的军事行动不只是偷袭，而是全面攻占。他虽然不明白这股子兵马是怎样绕过榆关突然冒出来的，但八个月前完颜阿骨打仅凭八千铁骑就突破由他率领的五万兵马扼守的居庸关，他不得不承认大金国采取的军事行动几乎都能出奇不意。于是不再打什么主意，而是一门心思奔向燕京城寻求南朝的庇护。

子夜的月亮又大又圆，月光下的居庸关城楼显得雄峻高耸。自从大宋接收燕京之后，这居庸关便改由郭药师的常胜军值守。一个月前部队换防，如今守关的是甄五臣的甲字营。张觉来到关楼前，费了不少口舌说明情况，守关的小校禀报在关楼上睡觉的甄五臣，这才得到通融，打开城门放他们进来。

遭遇战后，张觉一行人不卸甲马不解鞍，除了中途在一处小村庄里歇息了一会儿，胡乱弄了一点食物填了填肚子，八九个时辰几乎都是在马背上度过的。进了居庸关后，一个个又饥又困。闻讯披衣起床的甄五臣下到紧邻瓮城的兵备驿站与张觉见面，这才知道平州城出了大事。他立马派出邮兵前往燕京城中给郭药师送信，然后弄了几样酒菜给张觉压惊。席间，他问张觉："大帅，你不是还有五万兵马吗？怎么一下子就瘪茄子了？"

张觉没搭理他，他喝着闷酒，不停地揉眼睛，他不说话，同在席面上坐着的张劲和李石也不敢吭声。

"你眼睛怎么啦？"甄五臣又问。

张觉回答："马背上颠了一天，眼睛涩不搭的，挺难受。"

甄五臣点点头，意识到自己说话走嘴，又改口说："大帅，咱并不是成心损你，咱只是怕窝儿里反，你手下有人给大金国的狼兵当了路条子。"

"这不是没可能，但本帅还没听说麾下有谁反水。"张觉说着，又问甄五臣，"甄将军，你是郭大帅麾下第一勇将，你承认自己是窝囊废吗？"

"咱甄五臣是不是窝囊废，你张大帅难道不清楚？那一回我随咱家郭大帅抢攻燕京城，萧太后与耶律大石想关门打狗，咱护着郭大帅缒一根绳子从城墙上下来逃出生天。咱们虽然吃了败仗，但谁也不是孬种，那时候，你正在这居庸关里坐着抗击完颜阿骨打呢。"

甄五臣说着说着情绪都有些失控了，张觉并不想刺激他，但又想对他敲打敲打，免得他缺心眼儿说出些不中听的话，便言道："咱们与大金国的狼兵交手，都吃过败仗，这个谁也不能隐瞒。就像你上了完颜娄石手下那个什么朵颜将军的当，不单丢了南朝皇帝给咱的御笔金花笺，连你自己都被狼兵丢到海里差一点喂了鲨鱼。你不是也领着八千精兵吗？你被扔到大海里那一刻，他们咋不来救你呢？"

甄五臣干笑着："大帅，你这是故意戗我。"

"五臣，我与你主子郭药师情同手足，哪会戗你呢？咱说这席话是让你明白，本帅今日在平州遇到的事，同你那一日在船上遇到的危险是一样的，都是遭了大金国的暗算。这大金国的人，不管是狼主还是狼兵狼将，个个都是缠磨人的贼狗子，稍不留神，他就会冷不丁地冒出来揪你的魂儿，要你的命。"

张觉这番话，甄五臣点头称是，因为他也吃足了大金兵的苦头，但是他脑海里这时却冒出一个古怪的念头，他敬了张觉一杯酒，问道："张大帅，咱想问你一个问题，又怕你怪罪下来，所以又不敢问。"

"你要问什么？"

"你要答应不怪罪我。"

"不怪罪，你说吧。"

"大帅你对叛金归宋的举措后悔不后悔？"

张觉一愣，把拿起的酒杯又放下了，脸略略一沉："五臣，你怎么问这个？"

甄五臣连忙申明："大帅，说好了的，你不责怪我。"

张觉摇摇头，脸上浮出一丝苦笑，言道："我不是责怪你，我是奇怪你怎么会问这种问题。"

"只当没问，大帅你别生气。"

两人这么叙着话，一顿闷酒也就喝完了。三人各自回客房安歇。睡觉时丑时已过半，张觉心中有事，只睡了不到两个时辰便又醒了。他走出关楼，看了看冷清的关沟以及晨雾缭绕的鹰嘴峰，心里头很不是滋味。他心里始终认为八个月前在这居庸关里大金国神兵天降破了他的铁蒺藜阵，是他一生中最大的耻辱。正因为这一次惨败，他为了保存自己才向完颜阿骨打投降。谁知大金国君臣对他不冷不热，或者说表面热情暗中对他并不放心，他为自身的前途计，又对大金国降而复叛，却不曾想到这一回输得更惨。他至今不知道八个月前在那种呵气成冰的恶劣天气中，完颜娄石的敢死队是如何越过层层断崖攀上鹰嘴峰的；现在他也不明白，大金军是如何绕过榆关突然出现在平州城里的。当昨晚甄五臣问他是不是后悔叛金归宋，他着实有点恼火，因为这句话戳到了他的痛处。他不想为此事与甄五臣磨牙，但心里头却开始掂量此事的对错。昨晚上因为疲累，头一挨枕头就呼噜呼噜睡了过去，但不一会儿又被噩梦惊醒。他梦见自己骑在马上，在一片完全陌生的荒野上被一个人追赶，那人三番五次追上他，挺着枪扎他的心窝。那人一会儿像披着铁甲的栋摩，一会儿又像城隍庙阎王殿那尊黑脸阎王。一俟惊醒，他再也无法入睡。脑海里一直闪现昨日在南门城楼前看到的栋摩那一双瞪得比铜铃还大的眼睛……

一边胡思乱想，一边在关楼上闲逛。张觉不觉又走到广场南头的关帝庙里，八个月前居庸关破关的前夜，他曾与儿子张劲在这关帝庙里抽了一支签，凭记忆，他还记得那四句签文：

敲山震虎虎伤人，
出门偏遇丧门星。
平常大道成绝路，
回头是岸过阳春。

重临旧地，再回忆这八个多月以来的波谲云诡的变化，当时自以为参透这签中玄机的张觉，这才感到那时候连皮毛都没有参到。他对大金国降而复叛，这不是敲山震虎吗？震虎反被虎所伤，这不是咎由自取又是什么？出门偏遇丧门星，这一句也验证了，昨日出平州南门突遇栋摩，可以说是与丧门星不期而遇。由于自己的失策，一条平常的大道如今成了绝路。第四句“回头是岸过阳春”，这回头是岸指的是什么？是到夹山去寻找天祚帝还是再向大金国请罪？依眼下情势，这两样都无法做到：一是因为天祚帝如今蜷缩夹山，是泥菩萨过河自身难保，去追随他是死路一条；二是叛金以后，所有证据都已落入大金国君臣手中，况且榆关伏击战，让栋摩的部队留下了一千多具尸首，这是大金国伐辽以来遭受的最大一次惨败。大金国东路军主帅完颜宗望早已放出话来要血洗平州，报此血海深仇。一念及此，张觉感到背心发凉，心里头反复嘀咕：回头是岸，这岸在哪里呢？他抬头看了看被郭药师重新漆过的彩塑关公，一个长揖下去，默祷着祈望关公显灵给他指条道儿。

正没个排遣处，眯着眼祷告的张觉忽见关公像的青砖座上有个小东西在蠕动，他趋前几步蹲下身子细看，原来是一只蜗牛沿着砖缝儿爬行。八月里天燥，砖缝儿里有些潮气，这是蜗牛在此爬行的原因。但张觉不这么看，他认为这蜗牛此时此地出现，是关公带给他的一个兆应。他仔细观察这只蜗牛，只见它将半粒蚕豆大的脑袋从灰褐色的壳子里探出来，一对比蛛丝还要纤细的触角在脑袋上晃动着。它在砖缝里移动得极慢，张觉凑近它时，可能是呼吸太重，蜗牛突然把脑袋缩回到壳子里，一动不动贴在砖缝里，如果不细看，还以为是泥瓦匠勾缝时不经意撇下的一小坨泥巴。张觉看着蜗牛，并由蜗牛想到了乌龟，又由乌龟想到了民间的一句谚语："伸头王八遭横祸，缩头乌龟是神仙。"难道关公老爷要我当缩头乌龟？可如今一败涂地有家不能归，这缩头乌龟又怎么当呀？张觉又联想到儿子张劲从医巫闾山善果长老处请回的灵签中有一句"智照灵于大宝龟"，顿时心里一咯噔，感觉悟到了什么，但还来不及仔细琢磨，却见一个人影悄没声儿从门外闪了进来。他一回头，见是甄五臣。

"大帅，一大清早就跑来这里求签呀，求到什么签了？"甄五臣问。

张觉心里头埋怨甄五臣来得不是时候，但人家现在是居庸关镇守大将，也不好给他撂脸色，只得敷衍道："起来没啥事，随便逛到这里。"

甄五臣看看供桌上的签筒没动过的痕迹，又问："大帅真的没抽签？"

"来了就得抽签吗？"

"大帅不是喜欢抽签吗？"

"今日本帅没心情。"

"咱知道。"

“你知道什么？”

“知道大帅没心情。”

“哦。”

张觉不再言语，也不搭理甄五臣，兀自又俯下身去看砖缝儿里的蜗牛。

甄五臣又喊他：“大帅。”

张觉头也不回：“五臣你出去，咱想一个人在这里待一会儿。”

“大帅，我来这里，是有重要的事情通报。”

“什么事情？”

“昨儿夜里，准确地说，是今儿一大清早，天还没亮呢，前去平州与你相见的钦差李安弼，也来到了居庸关。”

“他也回来了？”

“他不单回来，还带来一个惨痛的消息……唉，极其惨痛。”

“什么消息？”

“大帅，你要节哀。”

“节哀？”张觉立刻站了起来，盯着甄五臣，“李安弼大人说了什么？”

“他说，栋摩攻克了营州，将你留在营州的家人连同仆隶，一共二十三口，一个不剩地全都杀了。”

听到这个消息，张觉像个木头人，直直地站在那里一声不吭，但他的脸上五官挪位，脸色铁青，极其难看。

“大帅！”甄五臣担心地喊了一声。

张觉生生地瞅着甄五臣，忽然转过身，扑通跪倒在关公塑像前，伏着头梦呓般说道：“关帝爷，我张觉造了什么孽，把一家老小的性命都搭了进去，关帝爷，你得替我做主啊！”

甄五臣担心发生意外，又小声劝道：“大帅，你要节哀！”

“节哀？五臣，这事儿发生在你身上，你能节哀吗？”

“咱也不能。”

甄五臣说着，也陪着张觉抹起了眼泪。

入夜，燕京城中张灯结彩一片锦绣。盖因今日是燕山府回归中原纳土封疆于赵宋王朝的第一个中秋节。为了呈现升平气象，燕山府提前一个月就知会城中各军政衙门及临街商户，自八月十五至八月十八四天，家家都要搭建彩楼悬挂花灯，效京师上元日灯节，竞演伎艺杂耍、丝篁鼎沸；贵家结饰台榭，民间酒楼玩月。此前，大辽国虽然也过中秋，但不似汉人热闹，如今赵宋王朝的命官过来，要借中秋佳节来恢复失传已久的盛唐气象，市民们无不感到新鲜，也乐得参与凑趣。所以，一俟日落西山，城中各处街巷无不点燃花灯。

燕山府衙设在大辽时期的秦晋王府，大门即南门的城楼上也点亮了九十九盏大宫灯。门前校场上人头攒动，皂隶仆役男女童叟大约有数千人来这里赏灯玩月。而燕山府知府王安中以及郭药师、蔡靖两位同知并主簿记室等一应僚佐功曹也都来到南门城楼上，这本是事先都已安排妥帖，不得变更。却未曾料到平州事件突然发生，弄得一应官员情绪紧张，失了赏月的乐趣。

大约中午时分，郭药师就向王安中禀报了甄五臣送来的情报，王安中顿时大惊失色，立刻召来蔡靖，三人讨论这一突发事件应当如何处置。如果仅论私谊，三人对张觉的感情都很微妙。蔡靖与詹度对调，新从河间府来此任职，对张觉的谈判未曾参与，因此谈不出什么道道来。尽管如此，但毕竟也身处其中，想置之不顾全无可能；郭药师则是策划张觉叛金的主谋,因此他不想把张觉的事情弄糟,一旦张觉玩完，他不但捞不到什么好处，而且更严重的是在徽宗皇帝与中书令王黼面前他立马就会失宠；而王安中本是通过王黼上位，策划张觉反水的所有信札，都是通过他的密押关防送达朝廷，如今张觉突遭变故，他无论如何也脱不了干系。三人虽然各怀小九九，但商议此事倒都表现出十二分的认真。详议平州事件的各种关节之前，他们先议决两项：一是八百里加急，迅速将此事呈报汴京中书省；二是派出六百人的马队前往居庸关将张觉一行护送到燕城。两事办妥之后，三人在王安中的朝房里继续讨论，王安中问郭药师："药帅，依你之见，这次偷袭平州，大金军究竟来了多少人马？"

郭药师回答："都是完颜宗望的部队，谅不会太多。"

"他们是怎么来的？"

"肯定不是从榆关进来的。"

"这个我知道，但总不会从天上掉下来吧。张觉贼精，难道不会提防？"

"自从那榆关一战，张觉将栋摩带来的人马杀伤过半后，这位觉帅从此就嘚瑟起来，以为天下无敌了。"

"药帅，你既已看出问题来，就该提醒他啊！"

"那时候，张大帅的一双眼睛都长到头顶上去了，哪肯理会别人。其实，完颜宗望也好，栋摩也好，他们此次出兵，还是有蛛丝马迹可寻。"

"啊？你说说。"

"记得今年三月，完颜阿骨打从燕京撤离，不走官道，而是跑到燕山里转悠了一个多月。当时咱们都纳闷，这老家伙跑到鬼不下蛋的深山里转悠个啥？现在才明白，人家是在寻找日后运兵攻打平州的道路呢。"

"郭大帅言之有理，"一直枯坐的蔡靖插话说，"上个月，大金国西路军主帅完颜宗翰突然出兵攻占灵邱、飞狐两县，也是为了扰乱官军的视线。"

"这一点，难道张觉看不出来？"

"他认为守住榆关，大金国的兵马就进不了平州，却没想到完颜宗望暗度……暗度……王大人，你们汉人怎么说这句话？"

"暗度陈仓。"

蔡靖掩着嘴一笑，不想被郭药师看到，他立马脸一沉，讥道："蔡大人，咱不是读书人，弄不了那些陈芝麻烂谷子的文言。但咱可以与你比刀比枪，一上沙场，你就知道之乎者也狗屁都不值。"

平白挨这一戗，蔡靖脸上红一阵白一阵，但他强忍着不与郭药师计较，只是自嘲："郭大帅言之有理，古人早就讲过，秀才造反三年不成。"

看到蔡靖这个态度，郭药师心里头占了上风，口气也就缓和了："蔡大人，莫怪我郭药师尽说出格儿的话，我就是这么个火刺棱，并不是故意辣蒿你。"

"知道知道，"蔡靖心里头骂娘，嘴上却说奉承话，"郭大帅你重情重义，比起那些满肚子男盗女娼的酸秀才，不知强了多少倍。"

王安中对郭药师的骄横看不惯，却也始终隐忍，这时插话说："郭大帅，平、营、滦三州，如今重新落入大金国手中，你说说，张觉还有没有本事，把它抢回来？"

"抢，他怎么抢？"郭药师伸出右手划拉了一下，"他的五万兵马，像撂荒地上的蝗虫，一阵风来，全都奓翅儿飞了，如今的张大帅，除了自己的卵蛋儿，他可是什么都没有了。"

"是啊，当初策划张觉反水，应该虑到这一层。"

蔡靖这么一说，郭药师立刻敏感起来，他瞪大了眼睛质问："蔡大人，你说这话是啥意思？"

"没啥意思，"蔡靖生怕郭药师又来顶杠，忙解释道，"我是说，张觉大意失荆州，弄得咱们跟着一起担干系。"

王安中觉得蔡靖的话老说不到点子上，于是纠正说："咱们先不谈担干系的事，还是要仔细想想，完颜宗望他们抢占了平、营、滦三州之后，下一步还会采取什么行动。"

蔡靖担心地问："他们会不会趁势进攻燕京？"

王安中略略摇头："这个倒不会，宋金两国毕竟有了盟誓，若他们举兵南下就是叛盟。"

"他真的叛盟咱也不怕。河北山前山后两地，驻军达到了三十万，这一点，大金军不会不掂量。"郭药师一副踌躇满志的样子，"何况咱闻听此事之后，也立即做了布置，将驻扎在霸州的三万兵马，迅速调往野狐岭一带驻防，以防金兵南下。这样，咱就有野狐岭、居庸关、亮马河三道防线拱卫燕城。”

“郭大帅用兵神速。”王安中赞道，“霸州的部队已开拔了吗？”

“早就启程了，这会儿恐怕都快到居庸关了，明天就可到达野狐岭布防。”

“好。”王安中兴奋起来，“平州的事，咱们慢慢和大金国谈判。首先保证燕城的安全，这才是重中之重。”

议事加扯淡不觉过去了半天，眼看暮霭浮起，衙门外的市声喧闹了起来，三人这才出了朝房上到南门城楼，等候张觉一行的到来。

第二十三章　午夜祭礼

过了酉时不久，校场上起了一阵骚动，只见一大队大宋的骑兵护送一乘四匹马拉着的轿车来到南门城楼前停下，两位马弁跳下马来拉开轿车的雕花木门，从车上下来三人，皆身着白麻孝服。王安中、郭药师、蔡靖一行皆在此等候。

头戴孝巾，身着孝服，腰扎草绳的是张觉、张劲父子以及李石。他们在居庸关听到噩耗后便立即换上了这身衣服。当王安中派来迎接他们一行的马车抵达居庸关时，他的二十余位随从也都披麻戴孝，前来迎接的官员觉得不妥，却也无法制止，只得将威风八面的仪仗收了起来，待入城后快到王城前才重新擎起来。

待一身孝子打扮的张觉从马车上下来时，王安中迎了上去，一个长揖说道："觉帅，人死不可复生，万望你节哀顺变。"

张觉还了一礼，但没有回话。仅一天时间，他人瘦了一大圈，眼睛肿得像红桃子似的，可见他不知哭了多少回。

王安中一边引导张觉上南门城楼，一边继续开导："觉帅，留得青山在，不怕没柴烧。这血海深仇，总有一天要报的。”

蔡靖附和：“是呀，君子报仇，十年不晚。”

“十年，蔡大人亏你说得出口，十年早他娘的黄花菜都凉了。”郭药师嘴一瘪，抢前一步拍了拍张觉的肩膀，言道，“觉帅，你眼下的凄惨，搁谁身上都受不了，现在对你说任何话都会闪舌头。你自己说说，咱们该为你做点什么？”

此时张觉已走完台阶上到南门城楼外头，正准备迈腿儿跨过门槛，听了郭药师的话，他便收回了脚步，长叹一口气回道：“药师兄弟，这燕京城里头，还能找到萨满吗？”

“萨满咋找不到呢？觉帅你可别忘了，我是建州女真出身，咱常胜军里，就供养了不少萨满。”

“能帮忙请几个吗？”

“几个？”

“最低四个。”

“那就八个，啥时候要？”

“现在。”

“现在？”

“对，现在！”张觉眼角又泛起了泪花，“咱要请萨满做一场法事，为我突然蒙受血光之灾的父母妻儿祈祷。”

“既是为亲人祈祷，八个少了，咱让城中的萨满全部都来。”

郭药师说着就命令手下去请萨满，要他们半个时辰内赶到。

郭药师布置之后，张觉这才随着王安中进入城楼。这城楼张觉并不陌生，他作为萧莫娜的四大金刚之一，不止一次随着萧莫娜上到这城楼宴饮。今年元宵节，他作为平州知府，也接受了大金皇帝完颜阿骨打的邀请来这里餐叙，可谓备极殊荣。今年中秋节他再次登上这座城楼，却是在疆土尽失、家破人亡的祸事发生之后……城楼没变可是张觉的身份屡变，不是越变越好而是越变越糟。一念至此，张觉顿时心情沮丧。这时候王安中请他落座，问他：“觉帅，听说你是世代居住营州的汉人？”

“是的。”张觉点点头。

“咱们汉人为亲人超度，要么请水火道士，要么请沙门僧尼，你怎么会想到请萨满呢？”

王安中说着，指了指几案上摆满的瓜果肴点请张觉品尝，张觉拿了一块绿豆糕，看了看，又放下了。

王安中劝道：“觉帅，听说你一天水米没沾牙，多少吃点。”

张觉答道：“尊亲新丧，孝子孙三日不食，唯蔬果水饮而已。”

蔡靖说：“这却是汉人的规矩。”

张觉看了看蔡靖，对王安中说：“营州并入大辽国二百余年，虽是汉人，亦遵辽俗。如果是一般汉人，家中有红白喜事，都会请萨满，只有书香之家，才会先依契丹人的规矩做一场萨满，然后再依汉俗，请沙门僧尼来做一场超度的法事。”

“啊，原来是这样。”

郭药师趁机插话：“大辽国燕云十六州的汉人，同你们中原的汉人，已经不是一回事了。这里的汉人既信萨满教，也信佛教。”

“什么人种之分，说到底就是风俗之分，饮食之分。”王安中忽发感慨，“朝廷里的一些官员，以为遵守了汉唐制度的传习，就可以治理燕云十六州，此论大谬。二百多年的契丹风俗，已经把此处的汉人改造得不汉不番。依俗行政，是我来燕山开衙后的最大心得。”

“王大人高见，”郭药师赞赏了一句，接着说，“咱与张觉老哥子，都是大辽旧臣，我是女真人，他是汉人，同朝为官，都成为了萧莫娜的四大金刚之一。南朝收回燕云十六州虽是圆了你们老祖宗的梦，但得到了土地不一定管得住这土地上的百姓。”

蔡靖一惊，忙问：“此话怎讲？”

郭药师说：“老百姓都有人心，人心是肉长的。想要知道老百姓是怎么想的，必须通晓他们的风俗。这一点，我与觉帅肯定比你们强。”

“啊，这个倒是。”

王安中点点头，一方面他赞同郭药师的说法，另一方面他又觉得郭药师的话中含有某种威胁。

这时，一位官员朝里探探头，似乎有什么事情要禀报，蔡靖于是问他："有事吗？"

那名官员走进来朝在座诸位大官行了礼，然后说道："诸位大人，楼下校场上的人，越聚越多了。"

"为什么？"王安中问。

官员看了张觉一眼，小心翼翼地说："他们看到张大帅披麻戴孝来到这里，不知出了什么祸事，出于担心，都想知道个究竟。"

"啊，是这样。"

王安中起身走出城楼厅事，站到露台上朝下观看，只见校场上站满了黑压压的人群。看到王安中及一众官员探出了身子，本来就叽叽喳喳交头接耳的人们更是骚动起来。有人锐声喊叫起来："大官老爷们，发生了什么事？"

"怎么张大帅披麻戴孝了？"

"听说郭大帅在调兵，又要开仗了吗？"

校场上七嘴八舌，从这些话锋中，隐隐约约可以听出市民们已经知道平州方面发生了大事。但究竟是何等的事情，一是因为刚刚发生，二来居庸关阻隔，平州逃难的人进不来燕城，所以一时无从得知准确的消息。但两三天之内，他们肯定会得到准确的消息。但眼下如何回应市民的发问，是暂时隐瞒还是告知真相，倒让王安中颇费踌躇，看到他一副为难的样子，郭药师便问："王大人，楼下的老百姓都看着你呢，你得回答他们呀！"

"怎么回答呢？"

郭药师不作声，王安中眉心蹙了老大的疙瘩，又转向蔡靖："蔡大人，你去向市民解释解释。"

"解释什么呢？"蔡靖问。

"就说觉帅尊亲大人突遭变故。"

“啊，这样说行吗？”蔡靖显然不同意王安中这种敷衍的态度，但他也拿不定主意应该如何应对，于是耍滑头说，“要么，让南楼治事的牙官下去，将大人的话传给市民。”

“这样不妥吧。”王安中犯难了。

张觉也跟出了南楼，听到王安中与蔡靖的对话，他内心感到失望，同时也有那种虎落平阳的感觉，正在他想着如何自己出面解决这一突遇的困境时，郭药师开口说话了：“王大人，你为什么不肯把真相告诉市民呢？”

“怕他们恐慌，再说……”

“别再说了，看我来解释。”

郭药师打断王安中的话头，径自走到露台前沿，从垛口上探出身子，朝校场上的人群挥挥手。

校场上顿时安静下来。

郭药师亮着鸭公嗓子大声嚷道：“乡亲们，你们认识我吗？”

一个人抢着回答：“认识，你是郭药师，郭大帅！”

人群中整齐地呼喊着：“郭大帅，郭大帅！”

郭药师双手握拳在头顶上挥舞，示意大家安静。

校场上再次静了下来

郭药师咳了咳嗓子，啐了一口唾沫，尽可能提高嗓门说道：“你们问，怎么张大帅披麻戴孝来到了燕京，咱在这里告诉你们，平州那疙瘩出事了。”

人群中一阵骚动，有人高声问：“出啥事了？”

郭药师说：“今年春上，大辽宰相左企弓、曹义勇等五人遵金国皇帝的旨意前往金上京，路过平州时，被张大帅逮住杀了。同时，燕京城中被勒迫迁往金上京的乡亲，也让张大帅全部放还了，你们中有被张大帅放还的人吗？”

“有！”

人群中不少人举起了手臂。

“就为这件事，张大帅与大金国结下了冤仇。昨天，大金国派出几千名敢死队战士袭击平州，想把张大帅弄死。张大帅人厚道，有大神庇护，所以成功逃出魔掌。但大金国那帮孙子，个个蛇蝎心肠，他们逮不着张大帅，就跑去营州，将大帅一家男女老少外带家丁二十三口全部割了脑袋，并将人头挂在城门楼上示众……”

听到这里，校场上的人群再次骚动。一些女眷被这惨痛的消息吓得惊叫起来，恐惧不安的情绪开始在人群中蔓延。

“乡亲们，你们说句公道话，张大帅突遭灭门之祸，究竟是为了谁呀？”

校场上一片寂静。

郭药师自问自答：“不就是因为杀了叛国的左企弓，把你们放回了燕京吗？难道你们不同情张大帅？”

“同情！”

人群中不少人回应，也有人担心地问：“大金国的兵马会不会又来攻打燕京呢？”

“不会！”郭药师斩钉截铁地回答，“燕京是大金国还给大宋朝廷的，他们不会因为与张大帅的私仇而又与大宋结仇，即便结仇也不打紧，这幽燕地面儿上，有大宋朝廷的三十万大军。”

校场上的人们都仰着脖颈儿听郭药师讲了半天的话，这会儿他们的情绪都稍稍安定，有人回答：“听郭大帅这么一讲，咱们心里头都踏实了。”

看看人群开始散开，有些人挪步儿准备回家了，郭药师又嚷道：“乡亲们不慌走，待会儿，会来几十位萨满帮助张大帅做一个大道场，帮他死去的亲人们消除血光之灾，消消怨气儿。咱郭药师希望你们留下来，看热闹也可以，应景儿跟着大萨满唱几句词儿更好，你们肯留下来的就吼一声。”

“好！”

这一声喊倒也响亮整齐，校场上的气氛又活跃了起来。这一幕倒把王安中、蔡靖等一众官员看得目瞪口呆。看到郭药师觑着他们时那种既揶揄又傲慢的神情，他们既羞愧，又夹杂着恼怒。

这时候，只听得一阵清脆的羊皮鼓声传来，一大群身着七彩祭服的萨满走进了广场，同时进场的，还有三辆大马车。

对于萨满跳神的仪式，包括其服饰、音乐和舞蹈，燕京城的市民们并不陌生。大凡长久生活在城市里的人们，几乎都有着赶热闹凑趣儿的天性，不然，他们就辜负了市民这个称号了。刚才，郭药师向他们发表的极富煽动性的演讲，既清除了他们的疑惑，又消解了他们的恐慌，所以他们也乐得留下来，看一看大宋朝廷接管燕京后举办的第一场萨满祭礼。

萨满们一来，就占据了校场的中心，他们很快就用厚木板搭建出一个圆形的祭台，上面铺满黑色的熊皮，然后在祭台周围三丈远的地方用人群围成一个更大的圆圈。站在圆圈队伍中的人擎着绘有各种神秘图案的三角形旗帜，每六面旗帜中间，便会站着一位戴着牛、马、狮、虎等各种动物头饰的人，大圆圈外面，还燃起了几十堆篝火。

一应准备就绪，大萨满就来请张觉，一行人都要跟着下去，张觉不允，他说向亲人致祭是私情，除了他和张劲父子俩，余下官员都应留在楼上赏月或者干脆回家。王安中与蔡靖等本来就排斥萨满教，于是就以“恭敬不如从命”为理由留在城楼上。随张觉前来的李石也选择了留下来，只有郭药师骂骂咧咧说张觉太见外了，他说他若不一起陪祭，就枉为兄弟一场，说得张觉大为感动，也就依了他。

当大萨满领着张觉、张劲父子以及郭药师三人下了城楼走进校场的时候，人群不再骚动而是一片寂静。只见大萨满摇了摇手中的羊皮鼓，几十位萨满便一起应和着唢呐和锣鼓声歌唱了起来：

走过了金山，
走过了银山，

走过了人间。
走过了烈马的故乡，
走过了狗鱼的河湾。
我的亲人哪我的爷娘，
你们在哪一朵云彩上，
你们在哪一个梦里边？

远行的路风雪迷漫，
回家的路插满巾幡，
所有的路曲曲弯弯。
天神为你们报仇雪恨，
也庇护你们的子孙世代平安。
我的亲人啊我的爷娘，
你们歇在哪一座山上，
你们上了哪一条小船？

这首祭悼亡灵的歌曲由大萨满领唱，所有熟悉这首歌曲的人都跟着歌唱。歌声有些忧郁，那悠扬的旋律让所有的人都会想起已经远走的亲人。在歌声中，张觉父子以及郭药师跟着大萨满走到圆形的祭台上。祭台中间插立着三面巨大的招魂幡，上面已写好了张觉父子逝去的亲人的名字。大萨满示意三人在招魂幡前跪下，他拿起一柄桃木剑，口中含糊不清地念起了一长串咒语。

有人说，大萨满的咒语含糊不清是故意的，因为此时的大萨满已经不是人，在歌唱中天神已经附体了。他眼下说的已不是人话而是神语——这神语的特点就是所有人都不知道它的意义，简单地说，就是听不懂。

不过，尽管大萨满的口语含糊不清，但却充满了一种神秘的力量，在场的人听了无不肃然起敬。张觉伏在地上仿佛睡了过去，他儿子张劲的身体一直在不停地颤抖。就连一向天不怕地不怕的郭药师也肃身长跪，眼珠子一动不动地盯着大萨满手中的那柄举过头顶的长剑。

大萨满的声音虽然洪亮，但在空阔的校场上依然显得微弱，越是这样，人们越是侧耳倾听。渐渐凉下来的西南风吹着，所有的旗幡都在微微抖动，那些戴着动物头饰的人此刻也都屏声静气一动不动，再加上篝火燃烧时散发出的烟气在校场的上空缭绕弥漫，现在所有人都感受到了萨满教仪式的神秘。

大萨满念咒的时间大约十分钟，这是祭悼仪式中最最重要的一节。大萨满会将亡者的生平及冤屈都化成咒语向天神诉说，诉说完后，大萨满也跪了下去——他跪在一字排开的张觉父子及郭药师的前面，朝着三面招魂幡磕了三个头，然后又念了一个短促的咒语，当他最后高声念出一个“嘎”字时，奇迹出现了——刚才还很微弱的西南风突然猛烈起来，三面耷拉着不能舒展的招魂幡一起迎风招展起来，顿时，数百面灵幡都飘动了，戴着动物头饰的人开始舞蹈，人们嘴中发出了“啊，啊！”的叫声，校场上活跃起来。这时，随着萨满们一起进场，停放在城墙根的那三辆马车，突然被车夫拉开了车门，只见大约有二十多头羊从三辆马车上跳了下来。但是，这些羊并没有跑出多远，就全部被预先守候在这里的人逮获。只有张觉知道，这些守候的人全部都是随他来到燕京城中的亲兵。

大萨满带着张觉父子及郭药师来到羊跟前。大萨满问在这里管事的一名小萨满：“一共多少只羊？”

小萨满回答：“二十三只。”

小萨满问郭药师：“大帅，二十三只，这个数字对吗？”

郭药师点点头：“对的，张大帅惨遭不幸的亲人，正好二十三个。”

“谁行牵羊礼？”

大萨满话音未落，那些逮着羊的勇士们一起回答：“我们！”

眼看这些亲兵一个个拔出刀来，郭药师大喊一声：“且慢！”

大萨满问：“大帅，你还有什么布置？”

郭药师也不搭话，快步走到一个亲兵跟前说：“咱看你逮的羊，个头儿大一些。”

亲兵回答：“是的，大帅。”

“这羊给我了。”

郭药师说罢，便从亲兵手上牵过羊，走到张觉跟前，拔出腰刀，极其熟练地将刀尖刺进了羊的喉管。

羊倒地后四蹄儿乱弹了几下就毙命了，他拔出刀来，在羊身上揩了揩血迹，问那些逮羊的士兵：“你们会宰羊吗？”

“会。”

“那就快动手！”

郭药师转头对张觉父子说：“你们爷儿两个，得自己挑羊。”

大萨满这时已安排人专门来这里剥羊皮了。却说祭悼横死的人，有一道仪式叫牵羊礼，即将一只活羊宰杀并剥下整张的羊皮，披在孝子的身上，围绕亡者的灵柩一步一磕，拜祭三圈。不知从什么年代起，契丹与女真人中就流传着这样的说法：横死的人见不着天神，故只能坠入地狱，要想让死者得以超脱进到天堂，须得宰一只羊，将羊皮披在孝子身上向天神祈祷。

张觉要为父母亲人做一次萨满，最最要紧的就是这场牵羊礼，因为要凑足二十三个孝子，他才命令跟随的亲兵如数前来。但他万万没有想到郭药师会屈尊来当一回孝子，当郭药师脱光了上身将血淋淋的羊皮披在身上时，张觉感动地说：“药师兄弟，危难见真情，今生今世，你是我张觉的大恩人，真朋友。”

郭药师让羊皮上的血腥味呛得咳了几声，然后揉着酒糟鼻子答道：“觉帅，人生谁没个三长两短的，我这个人每每吃的亏，都是因为仗义；能在江湖上蹚出道儿来，也是因为仗义。”

说话间，郭药师与张觉父子以及二十位亲人都光着膀子披上了羊皮，他们在大萨满的带领下进入到祭台下的大圆圈内。

大萨满站上祭台摇响了羊皮鼓，所有的乐器锣鼓又都奏响了。在大萨满的引导下，张觉、郭药师、张劲等二十三位披着羊皮的孝子，围着祭台五体投地一步一磕地拜伏。

在这血腥味十足又十分庄严的牵羊礼中，萨满的歌声又起了：

我们可怜羊，
我们更可怜死去的亲人。
让亲人升上天堂，
让魔鬼下到地狱，
我们得到天神的庇护，
从此不会有噩梦缠身……

第二十四章　权臣面圣

八月十六日中午，王安中签发的八百里加急邸报送到了汴京中书省，中书令王黼拿到这份塘报的时候，正在膳房里用餐。他素来衣食讲究，中书省的膳食房里有专为他做菜的私厨。今儿中午，私厨应王黼的要求，烹制了燏冻鱼头、腰肾杂碎、旋煎羊白肠三样荤菜及广芥瓜儿、梅子姜两样冷碟，还有一份点心是昨日中秋节徽宗皇帝差人送来的皇城乳饹院特制的桂花莲蓉月饼。王黼刚喝了一小盅开胃的五苓散，邸报就送到他的手中。朝廷行文的规矩，凡各府州军衙八百里加急传来的文书，一律送达中书省，中书令不管身在何处，都须收到即读。王黼当即唤来在膳房外候差的书办开了密匣，取过两张盖了王安中印信及燕山府关防的信札。王黼读完，得知前日平州已被大金国攻陷，张觉父子逃入居庸关，而他一家二十三口被栋摩枭首于营州。这消息无异于晴天霹雳。按规矩王黼应该立刻撂下碗筷，起轿进宫面见圣上，但他没有那样做，而是吩咐书办将邸报放回密匣收好，继续享受精致的午餐。

王黼将桌上的菜肴审视了一遍，首先夹了一小块熘冻鱼头送到嘴里，抿了抿又吐了出来，让侍者喊来私厨，问道：“这冻鱼头你用的什么料汤？”

“同往常一样，是用羊筋熬制的。”

私厨紧张地搓着手，他为王黼做饭十多年了，知道主子口味刁，好挑毛病，故一上厨房就格外小心，不敢有任何差错。但今儿个主子脸色实在难看，看来是存心找碴儿了，私厨因此紧张得额头上渗出了汗珠子。

王黼仍不紧不慢地问：“你用的什么羊？”

“黑山羊。”

“几岁口的？”

“八个月大。”

“哪儿产的？”

“灵宝。”

“公的母的？”

“母的。”

“唔，这都没错。”王黼想了想又问，“熬汤用了多少时辰？”

“三个时辰，寅时下灶，瓦罐猛火炖一个时辰，卯时改用中火煨一个时辰，辰时用文火熬了一个时辰。”

“这也没错，鱼呢？”

“用的黄河大鲤鱼。”

“大鲤鱼，多大？”

“五斤重。”

“症结就在这里，鱼太大就老。土腥味重，没法儿吃。”

“主子，小的知晓。”

“羊筋第二次用火时，就该切碎的。”

“小的正是这样做的。”

“三道火后，再放的鱼吗？”

“鱼先用料姜、八角放在清水里煮了半个时辰，然后再下罐与羊筋烩在一起炖烂。”

“接下来就送进冰房了吗？”

“是的。”

“冰了多长时间？”

“大约一个时辰。”

“这就长了嘛！”

“啊？”

“三伏天，冰一个时辰。如今过了中秋了，天凉下来不少，冰大半个时辰就够了。冰的时间不宜长。你看看，这道菜之所以味道不活、不嫩、不爽口，就因为黄河鲤鱼太大，又在冰房里多待了一炷香的工夫。”

“主子，小的手艺不精，败了你的胃口了。”

私厨抹了抹额头上的汗，恨不得找个地缝儿钻进去，王黼偏不依不饶地继续训斥：“这道熠冻鱼头，既是时令菜，又是养生菜。人老从脚老起，常吃这道菜，就长腿劲儿。你记住，仓颉造字，一条鱼加一头羊，就是鲜字。别的吃食儿也鲜，只能鲜一时一地，唯有鱼羊四季都鲜。再过几天就是白露，这熠冻鱼头就不能吃了，得换别的鱼羊菜品了。”

“主子教训，小的记住了。”

“记住了就好，退下。”

私厨唯唯诺诺哈着腰退了出去，王黼嚼了半天舌头已是胃口全无，他吃了一点广芥瓜儿和一块桂花莲蓉月饼，就心事重重地踱回到值房，吩咐人去喊蔡攸。

中书令宽大的值房后头，是一间翠竹与虬松掩映的卧室。趁蔡攸还没来，王黼想躺下来打个盹，他倒卧在窗前的罗汉榻上，刚一闭眼，眼前就闪现出营州城门楼上挂着的一排人头。他从未去过营州，但邸报里述说的惨象像梦魇一样缠绕着他，让他不寒而栗。虽然他对张觉的灭门之祸抱有同情，但此刻让他心绪不宁的倒不是张觉的悲剧，而是思虑着如何向徽宗皇帝据实禀报。

众所周知，联金灭辽的始作俑者虽然是童贯，但蔡京、蔡攸父子，还有他王黼都是积极参与者。他们之所以同意联金灭辽并借此机会收回燕云十六州，并不是他们有着恢复汉唐帝国版图的雄心壮志，而是因为徽宗一心想完成太祖遗愿，收回秦汉长城内外的大片土地。徽宗皇帝把联金灭辽视为收复汉唐的绝好机会，因此听不进任何反对的意见。王黼看准了这一点，便与蔡京父子、童贯等人结成主战联盟，凡事都顺着徽宗皇帝的心思，极尽揣摩讨好之能事。其实，当最初童贯带来赵良嗣提出联金灭辽这件事时，曾遭到朝中不少大臣的反对。如郑允中、仲师道等三朝老臣反对尤烈，他们认为澶渊之盟后宋辽两国休兵和好长达百年，国事敉宁，百姓安居乐业，现在圣上垂裳而治、市井欣欣向荣的局面来之不易，若轻启兵衅，轻者有江山治理艰难之忧，重者有前门驱狼后门入虎之祸。但徽宗听不进，而童贯、蔡京、王黼之辈投其所好，一时都成为徽宗皇帝身边最受信任的“主战派”。往常，朝中大事须得廷议，在他们的建议下，对金联盟、对辽作战事宜，一律不再廷议，改由他们几人与徽宗皇帝密议，而后由皇上颁旨施行。

宋金盟誓五年后，大金国完成了灭辽的壮举，其速度之快、声势之大、用兵之猛远远超出大宋君臣的想象，特别是年初完颜阿骨打决定交还燕京等山前七州后，“主战派”无不欣喜若狂，他们俨然成了显赫的社稷功臣，愈加趾高气扬。当初反对这件事的那些大臣在此情之下，只能三缄其口。“主战派”们凭借徽宗皇帝的信任，乘机剪除异己，一些正直的大臣或贬或黜，大都离开京城。

战争虽已接近尾声，但辽天祚帝尚在逃亡，燕云十六州也有一半尚在金人手中没有交割，此时理应君臣合力上下同心争取完胜。偏偏在这个节骨眼上，“主战派’内部产生了巨大裂痕。大宋官场谁不知晓，蔡京、童贯与王黼三人最得徽宗皇帝信赖，军、政、财三大权力尽在三人掌握之中，童贯最先得到徽宗信任，正是由于他的举荐，被贬杭州的蔡京才得以回到汴京担任中书令的要职，从此童、蔡两人结下深厚友谊，一应大事内外勾结把持朝政，王黼比起他们两人资历要晚一些，但因他素有美男子之称，又深谙朝廷制度，故亦得到徽宗赏识。王黼迎合献媚的本事，甚至在童、蔡之上。徽宗好江湖各种秘术把戏，王黼便多方搜求，引入宫中为徽宗表演，如小猢狲粉墨演戏、蚂蚁列队厮杀、癞蛤蟆跳高跷、小花狗拈香拜佛、鹩哥唱诵佛号等等，徽宗看了无不开心；徽宗成立巡幸局专事嫖娼，王黼始终跟着他，为其猎艳并妥当安排，让徽宗每次都能得到刺激。所以说，无论是处理朝政还是打理私事，徽宗哪方面都离不开王黼。

因为童贯、蔡京联手，王黼就落单了，他忍气吞声屈居两人之下，深感到凭一己之力想与这两个人抗衡，弄不好就会鸡飞蛋打，把自己白白地贴进去。他知道必须找一个位高权重的人联手，经过几年的观察，他看中了梁师成。这位老太监，在内廷的权力以及受宠的程度，仅仅次于童贯，但他的缜密和低调却是远在童贯之上，有人背地里喊梁师成为“笑面虎”，可见他城府极深。王黼仔细观察梁师成的行迹，断定总有一天童贯会被他取而代之，因此刻意对他奉承示好。梁师成在城中汴河边上有一处大宅子，宫中的事忙完，他就会来到私宅中休息宴客。王黼于是花大价钱买下与他一墙之隔的另一座大宅子，两人结为邻居后过从甚密。梁师成比王黼只大了七八岁，王黼私下却对他以“义父”相称。梁师成对久居童贯之下也心有不甘，因此也乐得与王黼结盟。功夫不负有心人，趁童贯与蔡攸领军前往河北而蔡京又在家养病的这段时间，只要逮着机会，梁师成在宫中，王黼在朝中，内外联手在徽宗面前讲一些蔡京、童贯的坏话。常言道“假话说了三遍就变成真的”，徽宗虽然信任蔡京与童贯，但架不住梁师成、王黼二人进谗说童、蔡二人“功高盖主”。在那段时间里，徽宗皇帝最不能容忍的事情，是有人来抢他的“收复燕云十六州”的功劳。于是，在童贯、蔡攸从燕京班师回朝的时候，童贯被宣布致仕。此前一月，蔡京也已卸职赋闲在家。至此，王黼终于实现了他十几年来一直苦心追求的愿望，成为大宋朝廷的第一权臣。

王黼柄政之后，听信梁师成建议，启用大内值殿太监谭稹取代童贯出任河北河东两路招讨使。但他万万没有想到的是，在谭稹巡视太原府的时候，大金军西路元帅完颜宗翰突然攻占了刚交割给大宋不到半年的灵邱、飞狐两县。塘报抵京之日，正在李师师家中点茶的徽宗深为震怒，他下旨“让谭稹滚回京师”，谭稹一回到汴梁即被解职并收监天牢，至今还没有处分。

这件事情已经发生了半个多月，但徽宗始终不言此事，仿佛什么事儿都没有发生。他的这种态度着实让王黼与梁师成寝食难安。因为这不是徽宗的风格，往常无论朝中发生了什么大事，他都会让当事大臣拿出处置意见，他再酌情裁决。而这次却不一样，他直接下旨将谭稹收监，此后也不向大臣们谈论此事。徽宗登基当了十九年的皇帝，这还是头一次，因此王黼心惊胆颤。他多次与梁师成密议对策，但因探不到皇上的任何口风，对策想得再多也无济于事。恰在这时，平州事件又突然发生，王黼表面上镇定自若，内心里却是十五只吊桶打水——七上八下。

这便是他躺在罗汉榻上无法入睡的原因。

大约过了半个多时辰，书办轻轻敲门，王黼起身拉开房门出来，只见蔡攸已站在值房里了。

蔡攸是蔡京的大儿子，也五十多岁了，大腹便便，长得同蔡京一样。他现在是枢密院的堂官，论级别，枢密使与中书令一样，都是位极人臣的一品大员，但枢密院、门下省与中书省虽然都是一品衙门，中书省却是摆在第一，中书令也就是宰相，余下两个衙门的堂官，同时也都会兼任中书省的副职，这种安排也就是为了突显中书令的相位，枢密院与门下省的堂官只能担任副相。

大中午的被叫到中书省，蔡攸知道王黼一定是遇到了什么急事要磋商，这时见王黼从卧房踱了出来，便抱拳行了晋见之礼，问道：“揆宰大人，你找我？”

“是的，你现在同我进宫。”

“进宫？”

“对，咱们一起面见皇上，有重大事情禀报。”

王黼说罢，提了官袍的下摆，朝蔡攸做了一个请的动作。

大内崇政殿的后面有一座三楹小殿叫睿思殿，它还有一个名儿叫内书阁，是大宋皇帝日常处理公务的地方，省院大臣紧急求见一般也会来到这里。近几年来，凡涉及到辽金事务，徽宗皇帝几乎全是在这里召聚相关大臣密议。今天，徽宗皇帝仍然在这里接见王黼、蔡攸二人。

行过觐见大礼之后，王黼亲启密匣，拿出燕山府邸报呈给徽宗皇帝。然后退回到原地，却也不敢落座，兀自站在那里与蔡攸交换了一下眼色。在来睿思殿的路上，他已将王安中具名签发的邸报内容告诉了蔡攸。

徽宗皇帝看过邸报之后，将它搁到桌上，低头沉思，没有作声。

王黼与蔡攸两人，平日里常常与徽宗皇帝一起选色征歌，投壶呷酒，关系最为融洽，有时还越过君臣界限说些玩笑话，做些荒唐事，这时候见徽宗皇帝脸色阴沉，他们大气不敢出，二气不敢伸，表现出少有的局促。

冷了一会儿场，还是徽宗皇帝先开口问话：“这是三天前发生的事情吗？”

“是的，塘报上已经写明。”

徽宗又看了看邸报，接着问：“这件事情，你们两个还知道多少？”

“也就是邸报上说的这些，”王黼小心回答，“相信这几天，会有更多的消息传来。”

徽宗点点头，忽然转了话题问：“昨天，朕让乳饹院给你们每人送了一份桂花莲蓉月饼，你们吃了吗？”

蔡攸抢先回答：“谢皇上，臣当时就开盒，一口气吃了三个。”

王黼接着说：“臣今天午膳还吃了一个。”

“你们胃口很好嘛。”

徽宗冷不丁冒出这么一句，倒让二位大臣犯难了。啥意思呢？是褒还是损？是揶揄还是赞赏？吃不透话锋，两位大臣只好觍着脸笑。

徽宗呷了一口小内侍端上来的银耳莲子汤，又问：“王黼，你上次执意要给朕上尊号，那尊号是哪几个字？”

王黼答：“继天兴道敷文成武睿明皇帝，一共十二个字。”

徽宗耷拉着眼皮：“这十二个字是你琢磨出来的吧？”

“是……是的。”

“记得那天早朝，仪官当廷宣读了你王太师的贺表，一篇好文章啊，朕还记得几句呢，‘仰惟陛下天赐神勇，师不踰时，兵不血刃，尽复燕云境土，如指诸掌’，是这样说的吧？”

王黼不知皇上为何突然提起这件已经过去了两个多月的事情，谨慎答道：“这是臣的贺表中的一段。”

“朕拒绝了你上尊号的建议。”

“是的，皇上！”

“当时我在丹墀上，看到了你失望的脸色。”

“啊，”王黼有些尴尬，“给皇上上尊号，上符天心，下符民意。”

“唯一不符的，是事实。”

徽宗说话声调不高，但却斩钉截铁。他话音刚落，王黼骇得站了起来，蔡攸也坐不住，跟着屁股离了凳儿。

徽宗继续说：“你王黼要给朕上尊号，理由是兵不血刃收复了后唐石敬瑭割让给契丹人的燕云十六州，朕之所以不允，乃是因为山后云中六州及山前平、营、滦三州尚未收回。王黼啊王黼，不但两个月前，朕没有得到全燕，两个月后的今天，那平、营、滦三州却又重回到大金国手中，就连已并入我大宋疆域的灵邱、飞狐两县，也被大金的军队抢了回去。你说说，朕当时若是上了那个尊号，岂不是让天下人笑话吗？”

徽宗越说越气，竟走过来伸出手指差一点戳到王黼的鼻梁。王黼没想到徽宗会发这么大的脾气，一边后退一边嗫嚅着：“皇上，臣并非有意，臣实在没想到这一层。”

蔡攸虽然平常对王黼腹诽甚多，但这时候却帮着打圆场：“皇上，王太师提议给皇上上尊号时，这些事儿都还没有发生，王太师的确是一片忠心。”

“是啊，臣的忠心，唯苍天可鉴。”

王黼一面向蔡攸投去感激的眼光，一面趁势跪了，蔡攸也跟着跪在砖地上。

徽宗皇帝踱回自己惯常坐的那把金丝楠木靠椅上，眯着眼看着两位跪在地上的大臣。不知过了多久，只听他叹了一声，轻声言道：“两位爱卿，平身吧。”

“谢皇上。”

两位大臣从地上爬起来坐回到木凳上。睿思殿里除了徽宗皇帝专用的这把大靠椅，余下的坐具全是凳子，哪怕像蔡京那样年迈的宰相，也不能例外。方才跪的时间过长,年过六旬的王黼只觉得两只膝盖生痛，屁股一挨凳儿，便两手抱膝揉搓起来。徽宗皇帝看到这个细节，摇摇头笑了起来，讥讽说：“王黼，看来你的膝盖硬不过砖地啊。”

王黼从徽宗的口风中听出他气儿消了不少，心里头一松，连忙奉承说：“皇上，这多少年来你爱惜老臣，跪的机会少了，跪功也就退化了。”

“怎么，还想重新练习练习？”

“皇上，老臣今儿个练习够了。”

徽宗朝内侍们喊了一声：“赐茶汤。”

两名小内侍立刻应声给两位大臣各端上一壶沏好的小龙团的茶汤。

王黼与蔡攸早就口干舌燥了，重新落座后，各自从壶中倒出一盅发烫的翠绿的茶汤来，慢慢啜饮。

徽宗待他们饮了一盅茶汤后，又开始问话：“平、营、滦三州得而复失，事件尚未平息，二位爱卿有何高见？”

王黼面圣之前，先已就此事做了思考，但他仍做出谦让的姿态，对蔡攸说：“蔡大人，你先讲。”

蔡攸欠欠身子以示礼敬，回道:“王大人，咱是在来睿思殿的路上，才听到你说这件事，连想都还来不及就见到了皇上，咱哪会有什么高见呢。”

“王黼，自蔡攸六月随童贯班师回京后，燕云十六州的谈判事务都是由你主持，你也不必客气，先讲讲你的想法。”

听徽宗这么一说，王黼也就不再推辞，于是清咳一声，准备将自己思考的应对措施和盘托出，正要开讲时，他忽然发现值殿太监以及供差内侍一起有五六人尚留在睿思殿内，便提醒徽宗皇帝：“皇上，臣将要禀奏之言，事涉朝廷机密，在这殿里讲述，须防隔墙有耳。”

徽宗会意，下令让殿内所有内侍尽数退出，值殿太监退下后，王黼向徽宗皇帝奏道：“万岁爷，方才紫宸门传呼太监来报，龙图阁大学士赵良嗣说有急事要向皇上面呈。”

“赵良嗣？”

徽宗似乎感到惊讶。王黼插话说：“皇上，老臣建议现在这时候，赵良嗣还是不见为好。”

“他会不会有大金国方面的消息？”

“有消息，他也应该先写成奏本送到中书省，越过中书省直接求见皇上，这不合规矩。”

蔡攸也担心赵良嗣见到皇上会抖搂出一些对他们不利的事情来，也附和着说：“皇上，揆宰大人言之有理，现在若见赵良嗣，会让外间产生一些猜疑。”

“唔。”徽宗点点头，对值殿太监说，“传话下去，赵良嗣有什么事，先写奏本儿上来。”

第二十五章　夜访佳人

“师师女史，冒昧造访，实有唐突，敬祈原谅。”

赵良嗣说罢，脱下身上披着的内侍玄色袍子，露出一身右衽青布长衫。

刚刚坐下的李师师一惊，复又站了起来，问道：“你是谁？”

“在下赵良嗣。”

“你就是赵良嗣？”

“正是，想必女史听说过我的名字。”

“岂止听说，大名鼎鼎哪。”李师师再次请赵良嗣入座，问道，“赵大人贵为龙图阁大学士，怎么要装扮成内侍来见奴家呢？”

“恐暴露身份，对女史不利。”

李师师闻听此言，心中疑窦顿生。却说天刚黑下来的时候，管家来报，言半个小时后，皇上差一位内侍前来送一样宝物，她想都没想就答应了，因为宫中的内侍来天香楼送东西本是常事。待月上柳梢市尘已歇，用过晚膳的李师师正在书房里品玩书画时，樱儿告知大内使者已到，她便吩咐将客人领上楼来，却没想到这个内侍是假的。

看到李师师面有不悦，赵良嗣解释说："师师女史，赵某从未诳人，今日撒谎，实出于无奈。"

李师师问："你为什么要见我？"

赵良嗣想了想，回答说："为了大宋朝廷的江山社稷。"

"这么大的一个话题，我一个足不出户的女流，听着都害怕。"

"汴京城中虽然缙绅如云，高官多如过江之鲫，但眼下唯一能影响徽宗皇帝做出正确决策的，唯有你师师女史一人。"

"我？"李师师抿嘴儿一笑，接着脸一沉，嗔道，"赵学士，你这是恭维奴家呢，还是折损奴家？"

"都不是，"赵良嗣只觉得李师师香艳逼人，竟不敢抬眼看她，低着头说，"在下说的是实话。"

"我从来不与骗子交往。"

"女史，在下在南朝为官六年，最深的感受是，锦衣玉食的官员中骗子最多，但我不是骗子。"

这句话如此犀利，李师师心下一咯噔，感到眼前这个人看似文雅，却实有几分豪气，于是语气缓和了下来。

"你假扮内侍，还说皇上有宝物送我，这不是骗又是什么？"

"这的确是谎话，但绝没有恶意，何况，我真的有一件宝物送给你。"

"什么宝物？"

赵良嗣解开随身带来的褡裢，从中取出一只镶金木盒，双手呈上。

"请师师女史过目。"

李师师让侍立在侧的樱儿拿过木盒，启开金纽绊，翻开盖子，只见里面卧着一枚鸽蛋大小的吊坠，且已配好了用金线串起的七彩宝石项链。

"赵学士，看这款式，应该是大辽的极品首饰。"

"请师师女史取出来看。"

李师师便小心翼翼地取了出来，托在手上，凑到灯光底下看，只见那吊坠呈椭圆形，通体淡黄透明，无一丝杂质，更难得的是这宝石中竟竖立着一只完整的绀色的小蜜蜂。李师师问："这是什么玉？"

"它不是玉，是琥珀。"

"琥珀？"李师师又提起项链，将吊坠悬起来看，说，"小时候读唐诗'兰陵美酒郁金香，玉碗斟来琥珀光'，还以为琥珀是红色的，没想到这只琥珀是淡黄色的。"

"大多数琥珀都是红色，或者杂色，淡黄色是极品，极少。"

"这只蜜蜂是怎么进去的呢？"

"琥珀生成的时候，这只蜜蜂恰好飞过这里，便被埋了进去。"

"这真是世间难得的宝物，它从哪里生长的呢？"

"你知道苏武牧羊的地方吗？"

"不是在北海吗？"

"北海在哪里呢？"

"不知道。"

"北海在大辽国内，当地人称贝加尔湖，隶属于西北招讨司，那里居住着契丹的梅里急部。"

"那里离汴京多远？"

"恐怕有万里之遥，"赵良嗣说了觉得不妥，又补了一句，"我也没去过那里，所以说不出准确的里程，总而言之一个字：远。"

李师师把玩着琥珀吊坠，若有所思。赵良嗣一旁说道："师师女史，你戴上看看。"

"这吊坠以前的主人是谁？"

"天祚帝的母亲。"

"天祚帝的母亲？"李师师顿时瞪大了一双杏眼，吃惊的样子更显得妩媚，她问道，"她的宝物怎么到了你的手上？"

赵良嗣便讲了一个故事：因奸臣进谗，大辽国的道宗皇帝下令杀死太子及太子妃。那时候，太子的儿子也就是日后的天祚帝耶律延禧才两岁，太子妃临死前，将这吊坠挂在耶律延禧的脖子上留作信物。耶律延禧的奶妈认为这吊坠不吉利，会害死这可怜的孩子，于是从耶律延禧的脖子上取下来，贱价卖给了一个过路的商人，谁知道这商人得到吊坠不久，就暴病身亡。他家里人认为这吊坠上肯定有恶魔附体，于是再次将它贱卖，他的新主人是一位骑士，有一天他戴着吊坠去狩猎，万万没有想到的是，这位素以勇猛著称的骑士竟然被一只黑熊拍死……几经辗转，这只吊坠落到了赵良嗣的手上，尽管这吊坠已经让三个人送命，但它跟着赵良嗣十八年之久，赵良嗣却安然无事。

李师师听了这个故事甚觉惊奇，她问："为什么你平安呢？"

赵良嗣说："因为我得到吊坠之后，就许了一个愿，我对佛祖起誓，如果我有幸见到天祚帝，我就把这吊坠还给他，如果我见不着天祚帝，也一定会将这个吊坠送给一位同情他妈妈的高贵女人。"

"啊，原来是这样。"

李师师说着就把琥珀吊坠放回盒中，让樱儿送回到赵良嗣的手上。

赵良嗣并不伸手去接盒子，而是表白说："师师女史，这是我送给你的。"

李师师摇摇头："我不配。"

"你不同情天祚帝母亲的遭遇？"

"听说她是大辽国最美丽最高贵的女人，命运如此悲惨，我怎么能不同情她呢？"

"那你为什么不收下呢？"

"我不是高贵的女人。"

"你若不是高贵的女人，那人间所有的女人，还有谁敢说自己高贵呢？"

"赵学士，你别忘了，我李师师只是一个青楼女子。"

"但你是尤物！你的才艺美貌，应为南朝第一。徽宗贵为天子，身边的如花美眷成千上万，但他十数年如一日钟情于你，可见你的超凡魅力。"

"赵学士巧舌如簧，但我李师师决不能收你这份厚礼。"

"师师女史，你不要误会，我赵良嗣绝不是拿这宝物来贿赂你。我来求你帮忙，绝不是为一己之利。”

见赵良嗣说得恳切，李师师沉思起来。

“师师女史！”赵良嗣仍在恳求。

“说说你的事吧！”

“谢谢你。”

赵良嗣肃容正坐，道出了事情的原委：今年五月，赵良嗣奉刚接任中书令的王黼之命，再次到榆关外寻找大金国皇帝完颜阿骨打，就平、营、滦三州的交割之事进行谈判，寻求解决之道。斯时阿骨打刚离开平州，宣布将平州改为金南京。赵良嗣知道从大金国手上收回平、营、滦三州希望渺茫，好在王黼交给他一个谈判的底线：只要大金国肯割让这三州，大宋可在财物方面给予补偿，其钱帛贡物之多少，可参照燕山已交割州县的方法量化施行。赵良嗣领命到了燕京后，却意外得到一个消息，即王安中、詹度、郭药师等亦奉王黼之命，在紧锣密鼓地进行策反张觉的秘密行动。赵良嗣一方面感到自己被耍，另一方面也为这样佯为谈判实则策反篡夺的策略深深感到担忧。从七年前他被任命为对金谈判大使至今，他深感朝廷政策多变，处理两国事务重利轻义，原因是秉持朝政、占据要津的官员要么私欲太多，要么为争夺权力而倾轧对方，加之徽宗皇帝高高在上，很难顺时察变，常常听信宠信大臣貌似有理实则错谬的计策。相比之下，大金国君臣则要诚信得多，两国盟誓之后，一直按密议行事。特别是燕京一战，原本议定两国南北夹攻，结果大宋三十万北伐军被拒于白沟一线寸步不能前移，而大金国却以八千铁骑奇袭居庸关攻破燕京城，使得萧太后十万兵马顷刻溃败。通过这一战，大金国看出南朝军队是银样镴枪头，帅不擅兵，兵不能战。从此，大金国君臣开始对大宋朝廷滋生了轻侮之意。但因有盟誓在前，完颜阿骨打还是准时交割了除平、营、滦之外的山前诸州。赵良嗣参与了围绕燕云十六州交割回收的所有谈判，当王师进入燕京城时，举国为之沸腾，大宋君臣都在为这不世之功而欣喜若狂，唯有他赵良嗣最清楚个中的艰难酸楚。论功行赏，蔡京、童贯、王黼、蔡攸等都是一等，而献出宋金结盟大计，又一直承担两国密谈事务的赵良嗣，仅仅被列为三等功臣。也有不少人替赵良嗣鸣不平，认为对他赏赉太薄。赵良嗣虽然心中不爽，但还能隐忍，因为他觉察到后台童贯已有了失势的迹象。这次朝廷策反张觉，让赵良嗣感到了某种潜在的巨大危险。他在燕京启程前往辽东之前，又听说张觉大败栋摩于榆关，更感到通过谈判收回平、营、滦三州的希望已经为零了。但是，他还是硬着头皮出了榆关寻找完颜阿骨打。在离混同江只有一百余里的一处小村庄，他追上了北返的大金国君臣。那一夜，完颜阿骨打驾崩，他同父同母的弟弟吴乞买继位。黎明前，吴乞买短暂地见了他一面，向他表示待秋后收割了庄稼，大金军就会攻打平州，一定要用张觉的脑袋祭奠先皇。吴乞买还让赵良嗣带信给徽宗皇帝，重申七年前的两国盟誓，大金国不会改变，但南朝每每讨价还价朝令夕改，让大金国君臣感到南朝有背盟之虞……

赵良嗣只好别过吴乞买，第二天登程南返，到了汴京后，徽宗皇帝立即接见了他，并认真听他禀报了与吴乞买谈话的内容。在这次觐见中，赵良嗣大胆向徽宗皇帝建议，立即停止对张觉的策反。因为宋金两国存有盟誓，若将其叛臣收纳，势必给大金国留下口实，若因此启衅，后果不堪设想。徽宗皇帝听了这席话后没有吱声，但当时在场的王黼却斥责他为虎作伥，与金国君臣交往太久，被其威焰所慑。自从这次召见之后，他便闲居京师，每日去龙图阁点卯，竟没有任何差事给他，就连吴乞买登基之日，朝廷例行公事派往金上京的贺使也不让他担任。七年多来，对大金国的外交活动将他排斥在外，这还是第一次……

应该说，赵良嗣揭示的这一段秘史，大宋君臣中的知晓者，不会超过十人。李师师虽然是徽宗皇帝的红颜知己，但她也从未从徽宗皇帝的口中听到关于这件事的只言片语。赵良嗣讲出这件事的前因后果之后，李师师既觉得新奇，又觉得可怕，她不无感慨地说："赵学士，你不该把这么多的朝廷机密告诉奴家。"

“我告诉你，是为了请求你帮助。”

“我能帮助你什么呢？”

“让皇上见我一次。”

“你不是经常能见到皇上吗？”

“那是过去，自从这次出使大金国回来面圣之后，就再也见不着皇上了。”

“你说说原因。”

“关于策反张觉一事，我与中书令王黼大人意见相左。”

李师师微微颔首，又问：“你见皇上要说什么呢？”

赵良嗣的神色变得焦急，他回答说：“今儿中午，我得到消息，大金军已占领平、营、滦三州，张觉逃到燕京城。”

“啊，大金军说秋后进攻平州，果然如期而来。”

“我还听说，朝廷写给张觉的官方文书，其中包括皇上的御笔金花笺，全部落入大金军的手中。”

“这很严重吗？”

“非常严重，非常严重！”赵良嗣一连说了两次，看到李师师茫然不解，又加重语气说，“这些文书落在大金军手中，我大宋朝廷策划张觉叛变的证据，就尽数被他们掌握了。”

“啊？那如何是好？”

“师师女史，这就是叛盟，结盟而后叛盟，国之大忌啊！”

“你应该尽快觐见皇上，晓以利害。”

“皇上不见我。”

“你求见了吗？”

“求过了，今天下午我在紫宸门外等候了两个时辰，皇上拒见。”

“皇上这是怎么啦？”

“皇上与王黼、蔡攸两位大臣在睿思殿议事，在下猜想，他们密议的肯定就是平州事件。”

李师师想了想，便安慰赵良嗣：“赵学士，或许两位大臣会给皇上出一个好主意，让平州事件转危为安。”

赵良嗣的回答很干脆：“这绝无可能。”

“为什么？”

“王大人是策划张觉叛金归宋的主谋，燕山知府王安中是他的亲信。事已至此，他们再也无法隐瞒，但会推卸责任，或者继续迷惑皇上，出馊主意。”

李师师对王黼并无好感，虽然心中赞叹赵良嗣对皇上一片忠心，口中却说：“赵学士，你好大胆，竟敢这样妄议丞相。”

赵良嗣苦笑了下，叹道：“为了皇上不落下污名，为了大宋江山稳固，我赵良嗣已不计个人安危得失了。”

李师师被赵良嗣给打动了，她问道：“赵学士，你想给皇上提怎样的建议？”

“请皇上即刻下旨，将逃到燕京的张觉捆绑起来，送给大金军。”

“一定要这样做吗？”

“一定要，要借张觉的头颅，平息大金军的怒火。”

“你这主意，恐皇上不会接受。”

“在下人微言轻，但可以对皇上晓以利害。”

“晓以利害，唔，说得好。”李师师抿嘴儿一笑，不无讥讽地说，“赵学士，只怕你认为的利害，在皇上看来，并不是真的利害。”

“啊？”

赵良嗣盯着李师师，看得出来，他对她的话有些不解，李师师也不忙着解释，而是吩咐樱儿：“你去书房里，把昨日皇上让人送来的那幅画，拿来让赵学士瞧瞧。”

樱儿很快去书房取出了画，并在地上铺了织毯，把画平摊在上面。赵良嗣凑上来欣赏，只见这一幅立轴上，用淡墨画了一棵松，松荫下，一位身穿白绸内衫外套玄色丝袍的男子在弹奏一架古琴，弹奏者的左右分别端坐着一着红袍、一着青袍的两位听客，边上还站着一名童子。着红袍者手持芭蕉扇，脸略垂，眸微敛，屏声静气，似乎被琴声陶醉；

着青袍者下巴略抬,眼微睁,心无旁骛,似乎在心中按拍而歌。画幅左边,高于松枝处,题了“听琴图”三字,而松树上方,更有一首四行题画诗。赵良嗣蹲下身子,吟诵那首绝句:

吟征调商窗下桐,
松间疑有玉松风。
仰窥低审含情客,
似听无弦一弄中。

最后的落款是四个字:臣京谨题。

赵良嗣读罢惊呼道:“这是皇上画的《听琴图》,蔡京太师题的诗。”

“赵学士说的是,”李师师介绍说,“昨日中秋节,皇上差人送来,说是中秋节送给奴家的礼物。”

赵良嗣感叹道:“皇上对师师女史,真是有情有义。”

“赵学士,你看画中的琴师像谁?”

“像谁?我是看着有些面熟,难道是……哦,我可不敢乱说。”

“但说无妨。”

“这琴师很像皇上。”

“对呀,”李师师咯咯地笑起来,“这琴师就是皇上画的自己。”

“那这青袍红袍两个听客,又是谁呢?”

“你认一认。”

“难道是他们两个?”赵良嗣再次俯下身子仔细辨认,然后站起来问李师师,“是不是他们两个?”

“哪两个?”

“穿红袍的是蔡京蔡太师,穿青袍的是童贯太师。”

李师师点点头:“赵学士好眼力。”

“这是新画的吗?”

“就是前几日画的,蔡太师的题诗八月十四才完成呢。”

赵良嗣沉思了一会儿，兴奋地说："这幅画大有蹊跷。"

"蹊跷在哪里？"

"画面中没有王黼王大人，却有童贯、蔡京两位已经致仕的太师，皇上眼下在想什么呢？"

"蔡太师又在想什么呢？你看他的题画诗第三句'仰窥低审含情客'，仰窥圣意，低审时局，说是题画，却是在表明心迹呢。"

赵良嗣点点头，说道："难怪谭稹收监，皇上一直一声不吭，看来，朝中人事近期会有大变。"

"赵学士是聪明人。"

"谢师师女史指点，在下告辞。"

赵良嗣说罢抱拳一揖就要下楼，李师师喊住他，吩咐樱儿把那盛放着蜜蜂琥珀的吊坠送还给他。

赵良嗣不肯收回，说道："这只吊坠我是真心送你，我已说过，只有你配得上它。"

"我说过，我不高贵，我只是一青楼女子。赵学士，天祚帝还没有死，你仍有机会送给他本人。"

李师师说罢，再也不肯搭话，径自回书房去了，赵良嗣无奈，只好重新把镶金木盒装进褡裢，低头快步离开了天香楼。

第二十六章　高人解梦

李师师会见赵良嗣的第二天，便差人给徽宗皇帝送了一张藤花笺，那笺上只画了一个手托香腮临窗怅望的美人，窗下几案上的龙泉炉内插着一炷香，却是没有点燃。徽宗一看就会意，李师师想和他一起烧香了。因当天徽宗皇帝仍然为平州事件的处置召见大臣继续磋商，故约了第二天下午未时到大内延宁宫中敬香。

这延宁宫乃是徽宗皇帝听信道士林灵素的建议将大内尊佛阁改建而成，皇后与西宫娘娘各选了身边七个年满三十的宫女作为道姑于此当值。每逢皇上来这里敬香，她们便跟随服侍。徽宗皇帝每次来这里烧香，或带皇后，或带西宫，或带嫔妃，因是禁中，故从未让大臣来此。有时，徽宗皇帝也会安排李师师来这里一起敬香，并借此机会与她在宫中的茶室里品茶叙话。

李师师极少主动邀约徽宗皇帝，这次约见是因为赵良嗣前晚说的那番话，在李师师听来确有道理，她想尽快见到徽宗皇帝探探口风，如果有说话的机会也就趁便规劝几句。

在徽宗贴身内侍的安排下，一乘二人抬的小轿将李师师抬进大内，进了天宁宫的小院里落下，待内侍掀开轿帘儿，李师师便瞧见徽宗皇帝已站在宫前的台阶上候着，她连忙裣衽施礼，说道:“皇上万乘之尊，奴家怎敢让你早早儿候在这里。”

徽宗皇帝走下台阶，牵住李师师的手朝宫门走去，问道 :“朕看了你的藤花笺，猜想你是想烧香，没猜错吧。”

一进宫门，李师师突然想起徽宗自封为“道君皇帝”，天宁宫内不好称他官家，便改口道 :“道君，奴家的心事，只有你吃得透。”

“心事不相通，怎能叫两情相悦呢！”徽宗皇帝说着，便接过道姑呈上的三支檀香，对李师师说，“先把香敬了，然后再叙话。”

李师师从道姑手中接过三支已点燃的檀香，在玉磬笙箫奏起的悠扬道乐中，随着徽宗皇帝朝宫殿上彩塑的玉皇大帝、长生大帝、青华大帝敬香施礼。不同的是，徽宗皇帝只是鞠躬，李师师则是在织锦蒲团上跪叩。

行香既毕，十二位道姑开始唱诵《大元洞经》。徽宗与李师师，在一名道姑的引领下走进殿后小院的一间花木扶疏明窗净几的清雅茶室。

室内八仙桌上，十几样茶点已经备好，隔壁小间里，有道姑煮水分茶。

两人坐定，徽宗问 :“师师，怎么突然想到要烧香呢？”

“这几日心绪不宁，总觉得有什么事儿要发生。”

“是你还是我？”

“道君是长生大帝转世，你哪会有什么不顺心的事儿。”

“林灵素说我是长生大帝转世，他的话你信吗？”

“我信。”李师师拈了一个蜜枣塞进徽宗皇帝的嘴中，接着说，“因为道君信，奴家才信。”

徽宗一笑，嚼着蜜枣道:“师师真会说话，唔，这枣儿真甜，师师，你也吃一颗。”

李师师拈起一颗密枣放在手中，却不往嘴里送，继续说道 :“林灵素不是说，随同道君一起下凡来到人间的，有左元仙伯蔡京、国苑宝华吏童贯、文华吏王黼。还有你宠爱的刘贵妃，叫九华王真安妃，也是从天上下来的。”

徽宗笑道:“师师你都记得，这林灵素百密一疏，居然漏掉了师师，既然他们都是随朕一起来到人间的，你肯定也是。”

“道君不要抬举奴家，奴家就是一个凡胎俗子，哪有一个神仙会是青楼女子呢。”

“师师，朕不许你作践自己。”

“道君，有件事儿奴家一直想问你，却一直没机会。”

“你现在问嘛。”

“林灵素本事那么大，道行那么深，你怎么要他回老家呢？”

“啊，你要问这个，”徽宗皇帝做了一个鬼脸，又拈起一颗蜜枣强塞进李师师的嘴里，说，“师师，吃了这颗枣儿，朕告诉你。”

“好吧。”

李师师开始嚼起来，这时道姑端了两盏茶汤进来，介绍说:“道君，这是用龙芽兰雪煮的。”

“点了几次？”

“三次。”

“好，”徽宗皇帝端起白瓷盏闻了闻，又审了审茶汤，对李师师说，“这龙芽兰雪是你推荐给我的，果然是好茶。今天，我就吩咐道姑，用这道茶来款待你。”

“多谢道君。”

李师师捂着嘴把枣核儿吐出来，小心翼翼地搁在净盘里。

“师师，我现在告诉你，为什么要林灵素回他的老家。”

“奴家想知道。”

“有一天，太子去相国寺，林灵素也去相国寺，两人的仪仗在路上相遇。朝廷的规矩你知道，太子出行，即便是宰相相遇，也得主动避道。可是林灵素居然要太子给他让道，太子十分生气，就跑来找我告状。我一听就生了气，你林灵素本事再大，也只是听差的，怎么敢轻侮主子？加之此前，我还听说他在斋醮上胡言乱语，说汴梁城王气已尽，要想皇祚长久，必须及早迁都。这一说，弄得朝中大小臣工议论纷纷，我看这林灵素有些无法无天了，就下旨让他回温州老家安歇。”

“听说这林灵素年少时当过苏东坡的书童，可他的人品比起东坡先生，就差了很多。”

“恃才傲物，放荡不羁，这是文人的毛病，没想到神仙也会犯这种毛病。”

徽宗一连品了两盏碧绿的茶汤，又让道姑上了一壶。道姑续茶时，指着桌上的一碟绿衣莲子说：“道君，这是大内龙池里生长的莲蓬，道长特意让咱们采摘了几朵，给皇上供茶。”

“原来这是咱们自家龙池的产物，来，师师，吃几颗尝尝鲜。”

李师师一边剥莲衣，一边说：“道君，今年你身边的老人，走得差不多了，五月初林灵素走了，五月底蔡京也致仕了，六月中童贯也回老家养老了，就剩下一个王黼替你干活儿了。”

“还有梁师成、蔡攸，干活儿的人还不少哪。”

“他们办差，道君您满意吗？”

徽宗沉默不语，一个劲儿地剥着莲子，自己吃，也喂给李师师。

“道君！”

徽宗似乎没听见，他用右手中指蘸着白瓷盂内的茶汤，在桌上连写了两个王字。

李师师看得真切，为引起徽宗注意清咳了一声，然后才说：“道君，奴家还想请教你。”

“说吧。”

“大前天中秋节，你差人送给奴家一张《听琴图》，这是你新画的吗？”

“是呀！”

“上面还有左元仙伯蔡太师的题画诗，我看这听琴图三个字，也是出自他的手笔。”

“这也不错。”

“道君为何要画这样一幅画呢？”

“你看出了什么？”

“我看这画中的人物，那位琴师好像是道君，穿红袍的像是蔡太师，穿青袍的像是童太师。”

徽宗赞赏道：“师师好眼力。”

“道君，奴家纳闷，这时候，你为何要作这幅画呢？”

“这又是一个故事。”

“啊？”

“你又想听？”

“道君不便讲，奴家就不听了。”

“对别人的确不便讲，但对你师师，我也没什么好隐瞒的。”

徽宗于是道出作这幅画的原委。

却说上次在李师师的天香楼里，徽宗接到梁师成送来太原府的密报，言大金国西路军元帅以人丁户口赋税粮册尚未清点完结为由拒不交割武、朔二州，同时还突然出兵攻占了灵邱、飞狐两县。徽宗当即大发雷霆，下旨让谭稹“滚回京师”。谭稹不敢怠慢，日夜兼程，四天后回到汴梁。徽宗皇帝既不召见，也不与王黼、梁师成商议，就直接下旨将谭稹关进了大牢。这件事在京师官场中引起极大的震动，官员缙绅们都在猜测徽宗的心思，但是却没有任何一个人敢在他面前提这件事。

其实，徽宗的心里一直很矛盾，他一直认为王黼处理国事的能力在蔡京之上，至少不比蔡京差。王黼当初推荐谭稹出任河北河东两路招讨使时，徽宗虽然心下存疑，知道这项提名可能出自梁师成的授意，但他相信王黼看人不会走眼，因此就同意了。但没想到，在童贯主持下顺风顺水的谈判，一到谭稹手上却处处受阻。短短两个多月，不但原先说好的武、朔二州没有收回，还平白无故地丢了灵邱、飞狐两县。

谭稹第一次巡抚河北回京述职时，言及完颜宗望给燕山府来了国书，要在原先议定的岁额之外，再增加二十万石军粮，作为南朝怂恿张觉叛金的补偿。徽宗听到这个消息不高兴了，当即斥责谭稹，不该将此类臭事上报朝廷，而应会同王安中等据理谈判。谁知道一个多月后，军粮之事尚未谈妥，却又失了灵邱、飞狐两县，徽宗哪能不气？

徽宗把谭稹送进大牢之后，连日来郁郁不乐，因为他没想到解决这个问题的方法。那天晚上，他在失眠后懵懂睡去，竟做了一个梦。他梦见自己变成一个哑巴，衣衫褴褛，在大街上端着破碗要饭，一群市井孩子欺侮他，要他趴在地上做狗叫，他大声说："你们不能这样，我是皇帝。"但是他喊不出声来，正当他被这些无赖小儿摁在地上，要他学狗爬行的时候，一个老乞丐走过来替他解围，并给他一个啃了一半的烧饼。分手时，老乞丐偷偷往他手上塞了一张纸条，低声说："你要想从乞丐变回皇帝，得解透这纸条上的玄机。"徽宗啃一口烧饼后，忽然会说话了。他问老乞丐："这纸条上的玄机，谁解得透呢？"老乞丐说："去找一个叫杜十四的人。"言毕，老乞丐消失不见了。徽宗从梦中惊醒，抬起手来看，掌心上只有汗，却不见纸条了，但他却记得纸条上写的似诗非诗似咒非咒的六句话：

戴个小帽儿
小口吃菜羹
外面飘着榆钱儿
里头站着老仙人
买不成、卖不成
只因缺个铁将军

徽宗赶紧起床，将这六句话抄到笺纸上，他愣怔着看了半天，也不明白其中奥秘在哪里。于是，他吩咐身边的太监到汴京城中打听，有没有一个叫杜十四的人。

十几个内侍满城找了三天，也没找出杜十四，加之徽宗有令在先，找人的事不允许向任何人透露，因此他们既不敢惊动官府，也不敢向梁师成禀报以求增加人手。第三天煞黑时，一名叫作妙官，在内书阁值事的小珰路过大虹桥准备回宫，却见一群小孩儿围着一名老乞丐抢铜板。老乞丐怎么会有钱撒给小孩子呢？妙官出于好奇便上前打听。还真是踏破铁鞋无觅处，得来全不费工夫，那老乞丐名字就叫杜十四，在汴京城中已行乞多年。他会变戏法，譬如说抓一片树叶放到你的碗里，变成一只烧饼；吹一声口哨，躲在房梁上的老鼠就会飞快地溜下来钻进他的袖口……就凭这些杂耍，每天都会有人给他铜板。但不管得了多少，天一黑他就会来到这座大虹桥，将赚来的铜板尽数散在路上，从不会留一枚铜板在身上过夜。

听说了杜十四的故事后，妙官很失望，他认为皇上寻找的人一定是鲜衣怒马的高士或者是鹤发童颜的圣贤，怎么会是一个疯疯癫癫的乞丐呢。但眼前这个人就叫杜十四，妙官也不敢怠慢，只得上前搭讪，问杜十四是否愿意进宫表演戏法，杜十四一口回绝，说他当了一辈子乞丐，见了官人就哆嗦。妙官无奈，只得问清了杜十四的住处，回到宫中向徽宗复命。

听了妙官讲述的故事，徽宗立刻想到了梦中的那个老乞丐，当即就化装成一名私塾先生乘了小轿离开大内。

距大虹桥不远的渡河南岸的长街上，瓦肆勾栏、绣楼绮户自不在少数。但杜十四却住在一处窄巷的简陋客栈里，小巷里住着的全都是贱民苦役，妙官怕那客栈里的腌臜让徽宗恶心，于是在巷口临街的店铺林中找了一处茶楼，并多给了老板银两，声明今夜不让闲杂人进来。几位贴身保镖扮了茶客在楼下喝茶，妙官则前去客栈中以帮茶楼老板捉老鼠为由，把杜十四诳来这里。

却说杜十四上得楼来，只见一袭青衫的徽宗坐在茶桌后头，便说：“这位客官，你不是茶楼老板。”

“我当然不是，”徽宗示意杜十四坐下，问，“你就是杜十四？”

杜十四坐下了，点点头。

“听说你会抓老鼠。”

“小杂耍，不足为奇。”杜十四瞅着徽宗，“这茶楼已经没有老鼠了，为了过中秋节，这里的老板已让我抓过一次了。”

“哦，是这样。杜十四，我俩这是第二次见面。”

“什么？第二次，我从未见过你呀！“杜十四故作夸张地嚷了起来。

徽宗示意妙官退下去并掩了房门，他为杜十四斟上茶，然后低声说：“上次，我与你梦中相见。”

“啊？有这回事？”

“你塞给我一张纸条，让我找一个叫杜十四的人解梦，我却不知道，这杜十四原来就是你自己。”

“客官，你不是发烧说胡话吧？”

“在梦中，我是个哑巴，你把一个咬残了的烧饼给我吃，我立刻就会说话了。”

“客官越说越悬。”

“你给我那张纸条儿，上面有六句话。”

“纸条儿呢？”

徽宗从袖子里摸出一张折叠的笺纸递给杜十四，老乞丐看了看，说：“这不是我的字。”

“这是我梦醒之后，凭记忆写下的。”

“你这字宝贵至极，大雅！”

“多谢夸奖，”徽宗越发认定这杜十四不是乞丐，便虔诚地说，“杜先生，这六句话还请你解一解。”

杜十四拿着笺纸眯着眼睛琢磨了一下，瞅着徽宗说：“这是两个人的名字。”

“哪两个人？”

“蔡京与童贯。”

“啊？”

“客官为何吃惊？”

“杜先生……”

杜十四伸手做了一个阻拦的姿势：“客官，别喊我杜先生，我不是先生，我是老乞丐杜十四。”

“喊你杜十四，委实不恭。”

“我习惯听这名字。”

“杜十四，我且问你，你从哪儿看出是蔡京和童贯的名字？”

“你看看京字怎么写？先是一点一横，这不是一顶小帽吗？下面是一个口字，一个小字，所以小口吃菜羹，菜与蔡同音，这头两句，说的是蔡京。”

“啊，果然是这样，杜十四，你接着说。”

“外面飘着榆钱儿，这个榆钱儿，不可当榆叶来解。它指的是榆关，这关保不保得住，关键在于钱。下一句里头立着老仙人，这是指童贯，话中的立字和里字，合起来就是一个童。贯是铜钱的别称，我们总是说家财万贯，就是这个意思，”

“听你这么一说，这头四句果然指的是蔡京、童贯，那后两句又是说什么呢？”

“无钱不成买卖，但如今是有钱也买不成、卖不成。为什么呢？就因为缺个把门的铁将军。”

“这个门在哪里？”

“榆关，居庸关，都是门。”

“谁是铁将军？”

“自古铜铁一家。客官，话只能说到这里了。”

徽宗微微点头，向杜十四投以感激的一瞥。经杜十四这么一解释，像梦魇一样困扰徽宗多日的朝政危局突然得到了解决。他再次观察眼前这位乞丐，虽然衣衫缀满补丁，但并不秽气；虽然身形消瘦，却并不憔悴。徽宗感激地说：“杜十四，你为什么要把自己装扮成一个乞丐呢？”

“客官，我本来就是乞丐。”

“你是世外高人。”

“我不是。”

“杜十四，你应该出山。”

“出山，出什么山？”

“供职朝廷，为社稷苍生的福祉效命。”

“客官，我不是林灵素。”杜十四说着就站了起来，朝徽宗抱拳一揖，“刚才的胡诌，客官不必介意，告辞了。”

“杜十四！”

徽宗想挽留他，可是老乞丐已拉开掩着的门，下楼走了。

第二十七章　封王挂冠

听徽宗讲完这个故事，李师师不免骇异，感叹道："看来这世间真的有高人，道君你每到危难处，总有仙人指路，合该你来当这个天子。"

"杜十四这个人真的高深莫测。"

"道君你该把他留住。"

"哪里留得住，第二天，我让妙官去找他，哪里还能见到他的人影儿。小客栈的老板说，当天夜里，杜十四根本没有回去。"

"他不是在京师待了几十年吗？"

"是呀，说走就走。无家无室，无老无小，一双芒鞋走天涯，毫无牵挂。"

"凡人都想过这种生活，可哪里能过上啊！"

"人人都羡慕仙人，可人人也都想着荣华富贵，包括你和我。"

徽宗皇帝说着笑起来。

李师师仍沉浸在杜十四的故事中，不住地发感慨："这偌大汴京，自称高人、仙人、山人、散人什么的，没有十万也有九万九，偏偏缙绅官宦人家都信这个，凡事都求他们卜卦测字，看相推命，问个吉凶休咎。这些大仙其实都是骗钱的，云里雾里乱嚼舌头，没有几个说得准。这个杜十四，却是一文钱不取。”

“杜十四杳如黄鹤，我想供养他都找不到机会。”

“仙人哪，只需云烟供养。”李师师说着，又忽有所悟地问，“道君，你画《听琴图》，是不是从杜十四那里得了什么启示？”

徽宗点点头。

李师师想到赵良嗣所托，故意漫不经心地问：“奴家知道，近几年听你弹琴最多的是王黼大人，其次是蔡攸，可是你的画儿里，却不见这两个人呢。”

“师师好心机，”徽宗瞅着李师师的一双杏眼以及描得非常好看的两道细眉，笑嘻嘻地说，“我知道师师你不喜欢王黼。”

李师师没想到徽宗猜中了自己的心思，脸一红，不好意思地回道：“道君，我啥时候说过不喜欢王大人呀。”

“你说过，那晚在你家品茶时，你说王黼这人太精明，你认识他十五年，他脸上的那副笑容从来没改变过。”

“啊，这话我说过。”

“你看我画儿上那两个听琴的人，哪一个不是肃容而听？”

“蔡太师不是在题画诗里表白了吗？‘仰窥低审含情客，似听无弦一弄中’，那两个听琴的人，一个仰窥，一个低审，都是有情之人哪。”

“无弦之音他们也听得出来。”

“是啊，仰窥圣意，低审时事，这哪是听琴，分明是在谈做官的道理。”

“师师生为女流，实在可惜。”

“有什么可惜的，当女人比当男人好，女人只爱有情有意的郎君，男人爱的东西太多了，什么功名利禄，锦衣玉食，宝马香车，声色犬马……”

“得得得，我说一句你说一箩筐，”徽宗佯作生气，补充道，“我是说你若是男子，必是朝廷股肱、社稷之良臣。”

“官家，啊，道君，你这是存心要折煞奴家了。”

“师师，唐朝白居易的《长恨歌》里面写到唐玄宗与杨贵妃两人夜半在长生殿里盟誓，说要‘在天愿作比翼鸟，在地愿为连理枝’，朕小时看了就很向往，后来一直在心里想，要是我碰上杨玉环这样的女子，也一定会这样盟誓的。后来遇见了你，我就想……”

“别说了，道君。”李师师感到徽宗要说什么，但打断他的话头，“人活得好好儿的，干吗要盟誓，就像道君与奴家真心相爱，不盟誓也爱着，能爱一天就快乐一天，不能爱了，就各自一方牵挂着，不要盟誓。凡世上盟过誓的，十之八九都是悲剧。”

“啊？”徽宗听了这句话忽地一惊，情不自禁站起来拉住李师师的手，“师师，你把方才说的最后那句话再说一遍。”

“怎么啦？”李师师不明就里。

“你再说一遍嘛。”

李师师想了想，说道：“奴家说，凡世上盟过誓的，十之八九都是悲剧。”

“凡世上盟过誓的，十之八九都是悲剧。”

徽宗皇帝沉吟着重复了一遍，松开李师师的手，在茶室里踱起步来。

李师师惴惴不安，她知道这句话刺痛了皇上，但她也不想解释。

徽宗皇帝踱了一会儿，回到李师师对面的座位上坐下，李师师觑着他，歉意地说：“道君，奴家不是故意冒犯你。”

徽宗勉强笑了笑：“师师，你刚才的话倒是提醒了我，人也好，国也好，均不可轻易盟誓。你无意中道出了一个至理，但愿不要一语成谶。”

“一语成谶？”李师师一惊，“道君说的什么？”

“七年前，我与金国皇帝完颜阿骨打秘密盟誓，共同灭辽，事成之后，金国将后唐石敬瑭割让给辽国的燕云十六州归还给我们。”

“这盟誓不是实现了吗？”

“总是有反复。临阵换将，兵之大忌，古人所言，信不虚也。”

“这两天，奴家听说是那个平州王张觉，被大金军抄了老窝，只身逃到了燕京。”

“你听谁说的？”

“满京城都在传呢，奴家只是捡耳朵。”

徽宗沉默不语，他想起前日下午在睿思殿与王黼、蔡攸商量此事，王黼提了四条建议：第一，如果大金国执意要占领平、营、滦三州，并在那里建南京，朝廷可退一步答应，但前提条件是山后六州要尽快归还。第二，让完颜宗翰迅速从灵邱、飞狐两县撤兵。如果他们执意强占，则以减少议定输送给大金国的岁币相要挟。第三，金国以手上掌握的文书，断定朝廷怂恿张觉叛金，由此提出一系列条件，这件事须得按孙子兵法“兵不厌诈”这一条与之周旋，直接否定这些文书出自御笔及中书省、燕山府之衙门，声明系奸人伪造。如果大金国一定要查出元凶，可推出詹度、谭稹二人作为替罪羊，一口咬定是他们二人立功心切，伙同奸人干出这等有损两国盟誓的勾当。第四，对张觉本人，却须宽待。先让他来汴京，按朝廷承诺的官职给予厚养。

当时，王黼自以为所献四策是化解危机的锦囊妙计，徽宗却认为这并非是稳操胜券的万全之策，但他没有立即否定，而是同意王黼将这些策略以中书省密报的方式驰传给王安中。

在徽宗沉默的时候，李师师闷坐一旁。她感到徽宗皇帝一会儿神采飞扬，一会儿又心事重重，情绪很不稳定，所以，干脆不吱声为好。

徽宗回过神来，觉得冷落了李师师，他吩咐道姑重新沏茶，问道：“师师，你方才问我什么？”

“没问你什么呀，我是说，听说大金军又重新占领了平州，那个平州王张觉逃到了燕京。”

“京师的人怎么议论这件事？”

“奴家不关心这些事。但是，道君，对这件事，你可不能省心。”

“多谢师师，”徽宗忽然又恢复了信心，“师师你尽可放心，平州事件，朕自有对策。”

“道君如此说，奴家就开心了。”

徽宗想了想，换了个话题，问道：“师师，你会制作鹿皮冠吗？”

李师师想了想，回答说：“鹿皮冠，那得用鹿皮做呀。”

“宫中皮草库里，有现成的鹿皮，鹿皮冠我倒见过一些，却不好看，你教我做一顶好看的。”

“你把鹿皮交给我就成，道君您自己戴吗？奴家替你做好。”

“不是我戴，你得教我做。”

李师师觉得徽宗皇帝似乎又在玩什么花招，也不打破砂锅问到底，点头应了。

几天后，崇政殿，一场盛大的朝会在这里举行，徽宗皇帝决定加封王黼为楚国公。此前，蔡京于五年前加封鲁国公，童贯于三个月前加封随国公。这一次，再加封王黼为楚国公。这一推恩之举，使徽宗一朝最为受宠的三个人全都达到人臣之极，都是先封太师后晋国公。

提前三天，王黼就已得知消息，而且是徽宗让梁师成前往王府当面告知。王黼觉得很突然，因为此前徽宗皇帝曾对他说过再过两年，待燕云十六州交割之事全部了结就可考虑给他晋封国公。如今燕云十六州交割之事枝节横生，遭遇到极难克服的障碍，徽宗为此心情恶劣，却为何在此时突然晋封他为国公呢?

看到他愣怔时，梁师成趁机问道：“宰执大人，你喜从天降，却为何眉心里反倒结起疙瘩来了？”

王黼反过来问梁师成：“梁公公，皇上究竟是怎么对你说的？”

“皇上让咱告诉你，三天后在崇政殿举行朝会，晋封你为楚国公。”

“武、朔二州没有如期交割，接着又失了灵邱、飞狐两县，然后是平州陷落，一连串的事儿都让皇上败兴，谭稹还关在牢里，皇上怎么会突然封我为楚国公呢？”

“这事儿是有些蹊跷，但毕竟是好事儿呀。三天后，官府里的人都得改口称你为楚国公了。今儿个，我得讨杯喜酒喝。”

梁师成与王黼虽不是八拜之交，但早已结为盟友，加之又是邻居。王黼只得依他，吩咐家厨炒了几个菜，烫了窖藏多年的一壶老酒，两人推杯换盏喝上了。其实，喝酒只是应个景儿，主要还是叙话。

看到王黼心里头总是搁着事儿不踏实，梁师成劝他："你呀，不要总是疑神疑鬼，皇上还会害你？若害你，还用得着加封你为国公吗？"

"可皇上说过，等燕云十六州交割完成，诸事妥帖了，才会给我加封啊。"

"皇上九五之尊，改个主意是寻常之事。"

"这主意改得没道理呀。"

"什么道理？皇上高兴就是道理。"

王黼心里头清楚，梁师成并不是没脑子的人，他可能是出于服侍皇上的天性而不肯让别人揣摩圣意。但王黼总想从梁师成口中掏出有用的话来，他又转弯抹角表示怀疑："蔡京晋封国公六个年头了，那是因为南方的方腊闹事给平定了，当时蔡京是中书令，皇上认为他平叛有功，就封了国公。三个月前，童贯封国公，是因为他主持灭辽战事收回了燕京，这也算是大功。我现在何功之有呀？"

"有。"梁师成肯定地说。

"功在哪里？"

"平州事件后，你不是在睿思殿给皇上献了四策吗？"

"啊，你知道？"

"怎么不知道？"梁师成狡黠地眨眨眼，"那一天，你和蔡攸一离开睿思殿，皇上就把我喊过去，说了这件事。"

"皇上怎么说的？"

"皇上说难为你这个中书令，想出了个金蝉脱壳之计。"

"啊，这是皇上的话？"

"你让詹度、谭稹两人当替罪羊，给皇上解绦儿。又让皇上当好人，把张觉当菩萨供起来。"

王黼听出梁师成的话中有不满的情绪，心里虑着谭稹是梁师成的心腹，便解释说：“梁公公，咱知道谭稹是你一手栽培出来的。但是，皇上为灵邱、飞狐的事震怒，下旨把谭稹关进大牢，咱们只能顺着皇上的意思丢卒保车。”

“我没说你错，当宰相的，一要维护皇上，二要保护自己，两样都要做好。再好的朋友，该卖还得卖。”

“梁公公，看你说到哪里去了？”

“我说过，在重大事情上决不会骗你，你今天既然一定要打破砂锅问到底，那我就索性告诉你了。”

“好，咱洗耳恭听。”

“皇上只让我告诉你，要封你为楚国公，别的什么都没讲。”

王黼满以为梁师成会抖搂出一点儿“消息”来，没想到他仍口风严实，王黼不免失望，于是讥讽：“梁公公，咱俩相交多年，你可别把我当猴耍。”

梁师成不气不恼，说道：“王大人你别急，咱话还没说完呢。”

“那你接着说。”

“你方才说，蔡京、童贯晋封国公，皆是朝廷有了重大危机而顺利度过，当事人运筹帷幄建立不世之功，这话不假。但你别忘了还有另一层被人忽略的兆头。”

“什么兆头？”

“逢晋必退。”

“逢晋必退？”

王黼重复问了一句，瞪大眼睛盯着梁师成。梁师成知道王黼的心思是探个究竟，也就不再卖关子，直接说了自己的判断：“六年前蔡京封公不到三个月，即遭罢相，过了一年半才重新起复。三个月前童贯封公，三天后即遭解职，回家闲居。两人都是封公后落职，都是在皇上手上发生。宰执大人，你如今也在中书令任上，皇上晋封你为楚国公，这固然是好事，但封公之后呢？”

梁师成终于道出了这件事的关键，王黼要的就是这句话。此时听了梁师成的分析，他的心情一下子沉重起来，他勾头想了一会儿，问道：“梁公公，皇上如果让我致仕，谁会接我呢？”

梁师成摇摇头，反问道：“你认为谁接合适呢？”

“没有最合适的，如果在部院大臣中挑一个，蔡攸最恰当。”

“恰当，什么叫恰当？”

“就是说他不是最合适的，但没有谁比他更合适。”

“蔡攸，他不是蔡京的大儿子吗？你怎么会信任他？”

“蔡攸在皇上面前，可是说了他老爹的不少坏话。”

“你信他吗？”

“儿子说父亲的坏话，那得要多大的勇气。”

“这倒也是，”梁师成忽然伤感起来，叹道，“王大人，希望我的猜想是一个错误，但愿皇上封你为公，是真的欣赏你的才干。”

“梁公公，你我跟着皇上都快二十年了，还不了解皇上？我一旁观察，皇上对你始终看高一眼，如果我被罢相，你要推荐蔡攸接任。”

“我会尽力。”梁师成答应后，又苦笑道，“只怕我也是秋后的蚂蚱，蹦跶不了几下哟。”

应该说这一次谈话，两人的心情一起变坏了。直到朝会在崇政殿举行之前，两人再也没有见面，也就是说，梁师成那边，再没有什么好消息（当然也没有坏消息）向王黼通报，王黼只得强扮笑脸接受闻讯前来的亲朋好友、下属僚佐的恭贺。

眼下在崇政殿举行的朝会，一切如仪进行，当典礼官读完晋封王黼为楚国公的御旨，殿内的文武百官跟着身穿大红袍服的王黼一起跪下向须弥座上的徽宗皇帝谢恩。

徽宗皇帝看起来心情很好，他抬抬手示意众卿平身，待官员重新序班站好，徽宗皇帝吩咐王黼走到须弥座前，在左侧的丹墀下给他赐座，然后当着众位官员的面对这位才当了半年多的中书令大加褒奖。最后，他让内侍抬了一个礼盒上来，对王黼说：“爱卿，今天，朕不但封你为楚国公，还要送你一件礼物。”

“谢皇上。”王黼显得诚惶诚恐。

徽宗皇帝站起身来，亲自打开那个礼盒，从中拿出一顶绣着精致花边的褐色无梁礼帽，托在手上向众官展示了一下，然后走下丹墀来到王黼跟前。王黼早已站起来恭候。徽宗皇帝瞧着王黼头上戴着的两翅颤动的黑纱为面、红纱绲边的一品朝臣官帽，开玩笑说：“爱卿，你头上的这顶乌纱帽，戴起来庄重，一看就知道是权臣。但朕今天送你的这顶帽子，戴起来就会像个神仙。”

“谢皇上。”

看到王黼额上渗出细微的汗珠，徽宗晃了晃手中的帽子，问道：“爱卿，认得这顶帽子吗？”

王黼只觉得这顶帽子很好看，但一时想不起来该怎么称呼它，急忙答道：“皇上，这是皮质的。”

官员中一阵窃笑。徽宗皇帝却没有笑，而是一本正经地回答：“爱卿，这帽子叫鹿皮冠，是朕从宫库中挑选出最好的鹿皮，然后亲自取样、亲自剪裁、亲自缝制的，不瞒你说，朕花了三天工夫呢。”

王黼闻听此言，心中既有感激又有凄楚，他毕竟饱读诗书谙熟掌故，知道鹿皮冠为隐士所戴，皇上如此认真地给他缝制一顶鹿皮冠，个中深意不言自明。

说话间，徽宗皇帝竟伸手去把王黼头上的乌纱帽摘了下来，再将鹿皮冠戴在他头上，而后退了几步仔细端详，问众官员：“你们看看，楚国公戴上这顶鹿皮冠，一下子变成另外一个人，那么超凡脱俗。”

官员们七嘴八舌一阵絮聒。

“好看！”

“皇上手艺真好！”

“楚国公戴这顶鹿皮冠，比戴乌纱帽更好看。”

王黼听到这些议论，立刻朝徽宗皇帝跪了下去，伏地奏道：“感谢皇上，给老臣晋封楚国公，让臣光宗耀祖，更感谢皇上，赐给臣这顶鹿皮冠。请皇上恩准老臣辞去中书令一职，不再戴乌纱帽了。”

“爱卿，你再说一次。”

王黼放缓语调，提高嗓门说：“伏望皇上恩准臣辞去中书令官职，不戴那顶乌纱帽了。”

“爱卿，乌纱帽你戴多少年了？”

“从九品戴到一品，差不多三十八个年头了。”

“人生有几个三十八年，爱卿把一生大好光阴都奉献给朝廷，功不可没！你岁数不小了，既然想戴上这顶鹿皮冠当一个仙人，朕准了你。”

徽宗话说完，崇政殿内一片寂静，所有官员都没想到今天的朝会竟会有这样一个结局。

第二十八章　药师献计

一临九月，燕京地区的天气日见灿烂，也日见肃杀。霜降之后，若遇一场秋雨、半宿北风，香山上的枫楸栗槲等各类林木，就像一夜间被人涂了胭脂。其叶子不管干湿厚薄，无一不唰唰地红了，远远望去，只觉冶红烘日，炊霞如黍。城中红男绿女，无不往观。但是，若逢天公戏弄，把好好儿的阳光撤了，换了浇灭虫声的冻雨，且掺着摇撼树篱的寒风，山壑间的丹秋，也会在一夜间摇落净尽。所以说，九月的燕地，既会让人兴奋，也会让人忧伤。但奇怪的是，每年的九月初九重阳节，却极少有坏天气。因此燕京城中的人，都极看重重阳节，北地称重阳为重九，燕京城中的人干脆称它为燕九节。到了这一天，各个衙门都会放假，当轴公卿、缙绅贵胄、纨绔膏粱、命妇斋娘等等，莫不冶游侍宴、冠盖盈衢；即便是苍头医士、蚕母庄奴、工师匠伯、牙郎驵侩等百业佣役，也无不歇业，尽各人的兴趣，去山间水畔、佛寺道场、箭厂鹰园、勾栏曲院等处痛痛快快地消磨一天。可以说，燕九节这一天，燕京城内外各处胜景之地，大都人满为患。但在燕京城东南角的聚燕台，却显得少有的清净。

聚燕台是出东南角挹泰门半里路的一处土丘，这土丘四周是平展的庄稼地，土丘大约二十余丈见方，生长着上百棵古柏。树丛中有一座六角石亭，正面横梁上悬挂了写有“聚燕台”三个字的一块木匾，蔓草间立了十几块碑，刻的都是一些文人骚客来此游览留下的诗词。在燕京，这聚燕台不是一等一的优游之处，但对于去国怀乡、感物伤时的人，却又不得不在燕九节前后来此徘徊一次，皆因这一座小小的土丘有着不可思议之处，即每年燕九节，少则二三日，多则五六日，会有成千上万只燕子来此翔集。

却说张觉逃来燕京之后，这二十多天时间里，一直神情怏怏，提心吊胆。一来是因为留在营州的亲人都被栋摩杀害，二来是他进入燕京的第五天，金军东路军主帅完颜宗望就派使者前来送信给燕山知府王安中，索要张觉首级，并威胁说若敢袒护拒不交出这位大金叛臣，他将亲提十万劲旅前来讨伐。届时，燕京重陷锋镝，殃及百姓，其罪不在大金而在南朝……

虽然大金军索要张觉，也在王安中预料之中，但收到这封措辞强硬的信后，王安中仍然感到了巨大的压力。因为他一时找不到既保全张觉性命又让完颜宗望熄灭怒火的万全之策。此前，张觉一行被安排在府邸驿舍中居住，虑着大金军方面可能会侦伺到张觉的下落，王安中便与郭药师商量，安排张觉住到他的兵营中暂避风头。郭药师与张觉当年同在萧莫娜手下为将时，就交情不薄，加之策反张觉叛金归宋，郭药师也是主谋之一。基于这两点，郭药师便同意了王安中的主意，把张觉父子及李石等一行秘密转移到他的兵营中。

在兵营中待了十几天，虽然每天好吃好喝，行动却不自由。这一日，也就是燕九节的前两天，郭药师来到兵营中招待张觉喝酒，张觉提出想去聚燕台看看，郭药师也没多问就爽快答应了。到了燕九节这一天，郭药师事先派了不少兵士封锁了聚燕台，然后陪张觉来到了这里，同来的有郭药师的心腹大将甄五臣以及张觉的儿子张劲等。

日上三竿，一行人来到聚燕台下。因为军士警戒，闲杂人等全都清场，这里反倒显得冷清了。郭药师与张觉等翻身下马，走上了通往山丘的石板路。

打从来到燕京，张觉几乎就没有笑脸，住在军营里，日日都穿着粗麻孝服，今日出发前，在郭药师的劝说下，张觉才脱了孝服，但仍不肯穿大宋朝廷赐给他的一品帅袍，而是换上了一袭青衫。

郭药师几乎不通文墨，也从来没有游山玩水的雅趣，这会儿走在石板路上，问并肩登山的张觉："觉帅，你为何要来这里？"

张觉看了郭药师一眼，又指了指路边一棵盘龙虬枝的老柏树。

"这是老柏树，哪儿都有。"郭药师说。

张觉说："你看树上的燕子。"

"啊，燕子，"郭药师瞅了瞅老柏树的枝枝丫丫上蹲满的燕子，朝张觉做了个鬼脸，"真他娘的邪门儿，燕子居然通人性，也知道扎堆儿赶集。"

"所以，这里叫聚燕台。"

说话间，两人已走上了山丘，在那座年久失修的亭子前停了下来，抬眼望去，只见所有的柏树上，都落满了大大小小各种各样的燕子，它们吱喳着、呢喃着，有的敛翅，有的跳跃，有的飞翔着。似乎在向同伴、也向这开始萧瑟的秋天传递它们的亢奋、欢乐和忧伤，当然，还有它们迁徙前的惆怅和依依惜别的情绪。

"药帅，你听懂它们说什么了吗？"张觉问着，眼睛却没有离开树梢。

郭药师吐了一口痰，提高嗓门儿调侃道："觉帅，咱不是燕子，咱是人。"

"是啊，人怎么能懂燕语呢？"甄五臣跟着附和。

张觉倒也不计较，顾自感叹："树犹如此，人何以堪。"

张劲帮父亲解释："药帅，这是古人的话。"

郭药师吃不了酸秀才这一套，他白了张觉一眼，说："觉帅，咱知道你心里头熬拉巴糟的不好受。想出来散散心解解闷儿，但这些鬼燕子又能帮你个什么？”

张觉反过来问郭药师：“你还记得去年燕九节吗？”

“去年燕九节怎么啦？”郭药师问。

“萧太后领咱们来了这里。”

“嗨，看你，”郭药师揶揄道，“去年这个时候，咱已是南朝赵皇帝赐封的节度使了。”

“啊，咱记谬了。”张觉自失地一笑。

“你说说，萧德妃那娘们儿，领你们来这里干什么？”

“看燕子。”

“她也看燕子？”

“天下之大，无奇不有。每年九月秋凉，也就是燕九节前后，满燕京的燕子都会飞到这儿来候群，然后成群结队往南飞，来年春天再飞回来。”

郭药师说：“候鸟都这样，有啥好奇的？”

张觉回答说：“全燕京那么多地方，燕子们哪儿都不去，单单选中来这座山丘，这是第一奇；回来的时候，燕子们各自回家去找老巢，却不来这儿集中，这是第二奇；据燕京城中老人讲，每逢大饥荒、大瘟疫或者大战事，这些燕子早就大难来时各自飞了，不是等灾害来了，它们才仓皇逃避，它们都是精灵哪。往往明年有灾，头年它们就未卜先知，也不来这里聚会了，因此这第三奇是奇中之奇。”

“哦，原来这些小燕子，还有如此的神通。”郭药师似信非信，又问道，“那，去年萧莫娜领你们来，这里的燕子是多是少呢？”

“少。”

“啊，腊月里完颜阿骨打就进了居庸关，燕京换了主人。”

“所以说，燕子虽小，兆应却非常灵验。”

“那，觉帅，今年的燕子比起去年的今日，是多还是少呢？”

张觉此时站在一棵长了瘤子的老柏树的阴影下，他没有立刻回答郭药师的问话，而是说了一段伤感的话："去年来这里的，萧幹前不久被传首汴京，左企弓在咱平州的府衙咬毒自尽了，萧莫娜被耶律大石胁迫着去了塞外，如今下落不明。这些人去年的今日站在这里，没有一个人心情是爽快的。"

郭药师咂摸着张觉话中的意思，但他从来都不会多愁善感，他回道："天下没有不散的筵席，大辽的气数尽了，觉帅，南朝皇帝待咱们不薄。"

"一码事是一码事，咱现在不说赵皇帝，而是说咱为啥要来聚燕台。"

"那你说说，为何要来？"

"来看燕子。"

"刚才咱问你，你扯开话题儿不回答。咱再问你，今年的燕子，比去年是多还是少呢？"

"少。"

张觉说罢长叹了一声，郭药师眨巴着三角眼，狐疑地问："燕子比去年少？"

"少。"

"这是啥兆头？"

"燕京虽归了南朝，但……"

张觉欲言又止。但不用他往下说，郭药师已明白了他的意思，赶紧言道："觉帅，开弓没有回头箭，咱俩现在只能紧紧抱住赵皇帝的大腿，否则就找不到活路了。"

"药师兄弟所言极是，有句话不知当讲不当讲。"

"咱俩这份情，是用血供养出来的，有什么话你还不能对咱讲。"

"走，咱俩借一步说话。"

张觉说着，便拽了郭药师的胳膊，要往柏树林深处散步，几位随从知道两位帅爷有要紧话说，就都留在原地。但两人没走出几步，却见一位穿着皂服的胥吏从石板路上急匆匆跑来，看到林中郭药师的背影，便高声叫道："药帅！"

郭药师回转身来，认得是燕山府衙中听遣的差人，便问道："你有何事？"

胥吏气喘吁吁跑到近前，一边施礼一边禀道："药帅，台帅王大人要见你。"

宋明故事：仁宗理政时有一项改革，即各地知府兼任本府驻军总帅，而专主军事的武官则为副帅。这一改革已成朝廷代代相继的人事方略。故燕山府知府便成了燕山驻军的统帅，亦称台帅。而实际统兵的郭药师只能是副帅，只不过在称呼上人们通常会把副字去掉，而在帅前加姓或名，故称郭药师为药帅。

郭药师看到胥吏一副紧张兮兮的样子，情不自禁摆起架子，问道："台帅现在哪里？"

"在府衙。"

"有何紧急事？"

胥吏觑了张觉一眼，回道："这个，小的不知。"

郭药师一是怕冷落了张觉，二是想摆摆谱，便对胥吏说："你回去告诉台帅，就说本帅陪着觉帅散散心，迟一会儿再去府衙。"

胥吏一听急了，连忙提高了嗓门儿说："药帅大人，你千万不要为难咱这个办差的。"

"啊，你有啥为难的？"

"台帅有十万火急的事，等着你前往磋商。"

"既是这样，本帅也不敢耽搁了。"

郭药师说罢，吩咐甄五臣陪好张觉一行，自家随了胥吏，朝燕山府衙打马而去。

王安中是第一次在燕京城中过燕九节，提前几天他就做了布置，让随军的乐伎在府衙内安排一场堂戏，请府中僚佐椽吏连同家属一起观看，中午请大家吃一顿全羊宴。但是，昨天他收到汴京中书省加急函报，内中抄录有徽宗皇帝圣旨，言明王黼中书令的职务被免除，致仕闲居。接任者却是半年前被免去这一职务的蔡京。而此前从童贯手上接任河北河东招讨使的谭稹，被勒令回籍半俸养老，他留下的职务，仍由童贯出任。函报中还有一封专递王安中的短札，告之童贯近期会来燕京视察防务。乍一看到函报，王安中不觉背心像被人铺了一层冰。整整一个晚上，脑瓜子昏沉沉的如同盛了一盆浆糊。他是王黼多年的心腹，这一点官场上的人无不知晓，童贯落势之后，王黼将他安插在燕山府同知位子上，为的是不让童贯在燕山事务上有任何插手的机会。自詹度走后，王安中这才少受掣肘，无论是策划张觉叛金还是主持对大金国的一应谈判，王安中只认王黼这一个主子。谁知不到半年时间，朝廷机枢之地波谲云诡风云突变，柄政大臣争宠斗法，无论是登场还是谢幕都太过匆忙，让那些选边站找靠山的官员们，一会儿在火焰山上，一会儿又在冰窟窿里……

整整一个晚上，王安中躺在床上像翻烧饼，他不得不思考朝廷这一重大的人事变化对燕京的政局会产生什么样的影响，同时他更担心自己在政坛变革中的安危。客观地讲，他是一个谙熟朝廷掌故的文臣，但作为封疆大吏，他缺乏应有的魄力和勇于任事的勇气。正因为如此，一遇风吹草动，他比一般人更容易患得患失……他在燕京任职并没有带家眷，就一个小妾与苍头作陪，所以也没有另觅宅邸，只住在府衙后院的客舍中。这一夜，他连小妾都不让侍寝，独自在床上胡思乱想，临到天快亮时，才迷迷糊糊地睡了过去，也不知睡了多久，又被一阵说话声吵醒，夹生瞌睡最容易让人生恼，只见他靸了鞋，穿着睡衣坐在床沿上问："是谁在吵呀？"

"老爷，是书办吴先生。"

答话的是苍头孙老倌，王安中没好气地拉开房门，朝站在客厅中的书办吼道："大清早的，你跑来干什么？"

吴先生是五十多岁的老书办，办事一向谨慎，见主子凶巴巴地质问，一时慌了神，答道："大人，小的不该来，刚进这道门槛，我的眼皮子还跳呢。"

“眼皮子跳，自己掌几下。”

吴先生尴尬地笑着，随话搭话说：“好的，掌几下，掌几下。”

这么一闹，王安中的瞌睡没有了，看到书办与苍头都手足无措，他又有些过意不去，便压住火气问：“老吴你有何事？”

“送一封信给大人。”

“信？”

“是的，十万火急。”

“谁的信？”

“大金军东路军主帅完颜宗望。”

“他的？快呈上。”

王安中也顾不得换衣服，穿着睡袍就坐到客厅的楠木椅上。书办打开随身带来的木匣，从中取出完颜宗望的信，双手递给王安中。

信件就一张笺纸，寥寥数语：

大宋朝燕山府知府王安中台鉴：

我大金国叛臣张觉八月出逃燕京，本帅三次派人致函贵府，务必将此贼枭首送来，但至今贵府拒不交纳。更有可气之处，本国之叛贼，竟被贵朝视为功臣，封官晋爵，百般恩恤。今再致信于贵府，限十日之内，缴送张觉首级予本帅查验。若到期不见，本帅必率十万大军，亲来燕京讨贼。军中无戏言，说与贵府知道。

大金国东路军元帅

完颜宗望（矜印）

看了这封信，再联想到昨天晚间看到的枢密院的函报，王安中顿时有了腹背受敌的感觉。他当即决定召集蔡靖、郭药师二人前来，商量对策，并让书办通知一应僚吏，取消上午的堂戏和午宴。

午时过半，郭药师才匆匆赶到府衙，进了王安中廨房，见蔡靖已就座，他便大大咧咧在蔡靖上首坐了。蔡靖一向对郭药师没有好感，但碍于他得到皇上的恩宠，凡事只得忍让，这会儿郭药师坐在上首，穿堂风过来，身上的狐臭薰得蔡靖反胃作呕，他只得挪挪身子，尽量把脑袋前倾。

坐在对面的王安中同蔡靖的心态一样，既讨厌郭药师，又不敢得罪。郭药师屁股刚落座，他就说道："药帅，燕九节本是例假，却因事情紧急，才找你和蔡大人一起磋商。"

本来想发几句牢骚的郭药师见王安中满脸沉重，便压下火气问："是什么要紧事？"

"今儿一早，本衙收到完颜宗望的一封信。"

王安中说罢，从几上木匣中取出那张信笺，让书办递给郭药师。

郭药师接过信笺瞅了一眼便还给书办，仍问王安中："王大人，这信笺说了些啥？"

"你看看嘛。"

"我看？"郭药师有些发毛了，他悻悻地吼了起来，"你王大人早就知晓咱不识字，为何还来讥笑咱？"

王安中情急中忘了这回事，见郭药师急了，他拍了拍脑袋，解释说："哎呀，本台急糊涂了，忘了这回事，老吴，你给药师念一遍。"

书办于是念了一遍。

郭药师听罢，瞅了瞅王安中，又侧过脑袋瞅了瞅蔡靖，问："你们两位大人，准备如何回复完颜宗望？"

王安中说："请你来，是想听听你的高见。"

郭药师扑哧一笑："高见都存在你们读书人的脑瓜子里，咱一个高粱花子，哪里有什么高见？"

蔡靖替王安中说了一句："药帅，完颜宗望提出的要求，咱们深感棘手，王大人是真心向你讨教。"

蔡靖话音一落，郭药师侧过身子凑近他讥道："你们棘手，难道咱就顺手？"

一股强烈的狐臭扑过来，蔡靖赶紧用手捂住鼻子，忍不住干呕起来。

“你怎么啦？”郭药师问。

蔡靖起身离席，掩饰道：“昨儿夜里酒喝多了，这会儿发作了。”

郭药师将手伸进嘴里晃了一下，对蔡靖说：“你去净房里，把酒抠出来。”

王安中知道蔡靖是忍受不了郭药师的狐臭，便打圆场说：“蔡大人谅不至吐酒，你也别熏了药师，坐我这边来。”

蔡靖赶紧遵命，坐到王安中的下首了，郭药师并不知晓个中原因，仍然揪住话题说：“蔡大人，咱看你不像个醉酒的，八成儿是被完颜宗望的信吓尿了。”

王安中想笑笑不起来，又担心扯淡误了正事儿，便扯回了话题：“药师，完颜宗望的信，限三日答复。咱请你们二位来商量，一是如何回复，二是如何向朝廷禀报。”

“咱来的途中听说，王黼大人、谭稹大人都致仕了，蔡京大人、童贯大人又被皇上请回来主政了。”

“这是真的。”

“蔡京大人去年宴请大金国特使耶律娄石，请我去作陪，就在那次筵席上，他偷偷交给咱一个差事，咱从来没有对你们说过。”

“什么差事？”王安中问。

郭药师一字一顿：“策反张觉。”

“啊，这主意原来是蔡太师出的，我还一直以为是王黼大人。”

“咱知道，王大人是你的靠山，他后来也成了策反张觉的第一功臣，但这第一功臣，的确是蔡太师，第二功臣也轮不到王黼大人，而应该是童贯大人。”

郭药师的话夹枪带棒，戗得王安中脸上红一阵白一阵，但他毕竟见过风雨，沉得住气，此时言道：“听你这么一说，原来你是最知道隐情的人，那你更应该出个主意，眼下这难关，如何才能渡过？”

郭药师暗自在心里头掂量了一番，也就不再开玩笑了，他把三角眼一吊，正色说道："二位大人既然这么抬举我郭药师，咱就问你们几样事体。"

"药帅且讲。"

"如果把张觉的脑袋割了，十天之内送到完颜宗望手上，后果是什么？"

蔡靖回答："完颜宗望就会退兵，不再攻打燕京。"

"还有呢？"

"还有……那就是天下人都会责备咱们言而无信，策反人家又把人家的命给弄丢了。"

"还有呢？"

"还有，还有什么？"

"咱们怎么向蔡太师、童太师两位大人交代？"

郭药师这么一问，王安中立即插话："这才是问题的关键，药帅，你有没有解救之法？"

"解救之法，不能说有，也不能说没有。"

"药帅，你不要卖关子。"

"咱不是卖关子，"郭药师突然一拍巴掌，奸笑着说，"大金国方面，是必须要张觉死，咱南朝方面，是必须要张觉活。弄死他，大金国高兴，南朝恼火；让他活，咱南朝高兴，大金国必然攻打燕京。你们说，这种不共戴天的事儿，我郭药师能有招儿化开？"

郭药师这一番话，倒把王安中、蔡靖两人的心揪紧了。廨房里沉默了一会儿，王安中叹了一口气，言道："看来只有一条路，八百里驰传把完颜宗望的信送到朝廷，等皇上的旨意，咱们再遵旨行事。"

蔡靖点头附和。

郭药师鄙夷地一笑，说："二位大人，这种小事就去烦皇上，太没出息吧？咱们得自己解绦儿。"

"怎么解？"王安中颈子伸得老长。

"你们都出去。"

郭药师伸手点了点屋子里的闲杂人等，待他们都退出了，郭药师才凑近王安中，在他耳边絮聒起来，声音虽小，蔡靖却还听得见。

王安中忍住狐臭的侵扰，听完郭药师的主意，顿时眉开眼笑，问一旁的蔡靖："你看，药师的主意如何？"

"这是个好主意。"

蔡靖赞叹着，然后使劲揉了揉鼻子，打了一个大大的喷嚏。

第二十九章　查验首级

九月十六日，也就是王安中接到完颜宗望的手札的第七天，大约三十名南朝骑兵在两名大金军骠骑的引领下，进了平州城，来到完颜宗望的行辕前，这行辕本是卢龙驿，大金军进驻平州后，完颜宗望就把帅府设在了这里。这三十名南朝骑兵，是奉王安中之命，专程押送张觉的首级而来。

这些骑兵在辕门下马的时候，完颜宗望正坐在厅事里，向陈尔栻请教平州是否适合设立为金南京的问题。完颜宗望一直认为平州格局太小，不足以与燕京抗衡。但父皇提出这个设想时，他虽觉得不妥却也不敢表述意见。如今父皇驾崩，完颜宗望这才觉得有必要重新思考这一国策。

当陈尔栻听完完颜宗望的忧虑，不免心下一惊，问道:“宗望将军，你是何时觉得平州设立为南京不妥的？”

“今年春上，父皇在榆关城楼上提出这一主张，我就觉着还可再斟酌斟酌，但当时，我哪敢提出来。”

“其实，宗翰同我的想法是一致的。辽南京设在燕京，南朝与之毗邻的霸州、雄州，都局促小气，与燕京相比，就好比一只大狮子伸出前爪摁住了两只绵羊。如今，燕京在南朝手上，从它来看待平州，也有着饿虎扑羊的架势。老先生，这是我的想法，你看有没有一点道理？”

“有，宗望将军，你说的是大道理。过去，阿骨打皇帝坐帐议事时，你坐在一边像个闷嘴葫芦，老夫还以为你不想动脑子呢，却没想到你思虑得这么深。”

“老先生你过奖了，”完颜宗望自谦地一笑，“你还没回答我的问题呢！”

陈尔栻想了想，答道：“大辽国设立五京，都很有讲究。南朝设府郡，更有讲究。华夏的地名，可都不是乱取的。《谷梁传》里说过‘山南为阳，水北为阳’。反之，山之北、水之南则为阴。秦一统天下之后，便依这山水阴阳的规律取郡县之名。据《汉书·地理志》记载，山之南者，如嵩阳、华阳、恒阳、衡阳、岳阳、夏阳、首阳、咸阳、鲁阳、枞阳、东阳、云阳、弋阳、曲阳、原阳等等；水之北者，有池阳、郃阳、河阳、洛阳、荥阳、襄阳、渔阳、辽阳、潮阳、洮阳、昆阳、安阳、南阳、浔阳、射阳、溧阳、鄱阳、沔阳、汉阳。说到幽燕之地，有上郡之定阳，雁门关之沃阳、剧阳，上谷之沮阳，渔阳之要阳，辽西之海阳。合山水之阳而得郡县之名，却是占了多半。当然，也有少数郡县列名为阴。华夏地理中，山之北者，有华阴、山阴、龟阴、蒙阴、鹑阴、雕阴、襄阴等等；水之南者，有汾阴、荡阴、颖阴、舞阴、济阴、汉阴、湘阴、蒲阴、淮阴、江阴等等。凡称阴者，偌大中国，不会超过三十个郡县。”

“称阴有何不好？”完颜宗望插问。

陈尔栻断续地说：“山之北为阴，阳气不聚，难生大木；水之南为阴，湿气太重，蚊蝇涸集。大凡此种地形，稼穑艰难，难立国邑。”

完颜宗望追问道：“平州之地势，是属阳还是属阴呢？”

陈尔栻想了想，说道：“小民居此，衣食不愁；宰君居此，难以展布。汉人居此，据榆关而控塞外戎狄；异族居此，虽百万貔貅，难越居庸。”

完颜宗望咂摸着陈尔栻的话，他本来双手交叉抱在胸前，也许是陈尔栻的话让他兴奋起来，他放下双手，惬意地搁在椅翅上，他再次询问陈尔栻：“老先生，如此说来，你也不同意在平州设立南京？”

“从地望上说，平州是不太合适。”

“父皇要在这里设立南京，事前应该征询过你。”

“是的。”

“父皇那么信任你，你为何不把刚才这番话讲给他听？”

“讲了以后又如何呢？”

“至少可以让父皇改变主意。”

“怎么改变？”

“不在平州设立南京。”

陈尔栻听后笑了起来，他看着完颜宗望较真儿的样子，心里头充满了欢喜，他解释道：“宗望将军，依你看，在当时的情势下，金南京应该设在哪里呢？燕京给了南朝，离燕京最近的州府就是平州了。咱们总不能再往后撤六百里，到辽阳府，也就是辽中京那里去设金南京吧。何况那时候，阿骨打皇帝已看出张觉有反骨。把南京设在这里，至少有三重意义：第一，平、营、滦三州南朝一直想索要，咱们不能给，在这里设南京，是表示咱们不失疆土的决心；第二，张觉一直脚踩两条船，设南京也是为了牵制他；第三，保留榆关，用阿骨打皇帝的话说，咱们不会觊觎中原，但要保留一条进出中原的道路。宗望将军，为制定这一条策略，你的父皇可是在燕山里头实地踏勘了一个多月呢。”

“听老先生这一说，原来父皇的南京之设，也并不是草率之举。”

“岂止不是草率，而是相当慎重。”陈尔栻说着话锋一转，又道，“不过，国策的制定，也是因时因地。有的国策管百年、千年，有的国策却只能管一年两年，甚至只管几个月。”

“那，南京之设，是临时国策还是长久国策呢？”

“你说呢？”

完颜宗望又情不自禁地抬起双手，十指交叉抱着后脑勺，这是他深思时的习惯，他想了好一会儿，然后说："当初在平州设立南京的三个考虑，至少可以去掉一个了，张觉已经叛金归宋，而且是大宋的君臣们怂恿张觉哗变。这样一来，咱们就有了向南朝兴师问罪的理由。还有一点，即第三点，父皇说留住榆关，保存进出中原的通道，在我看来，仅有榆关是不够的，还必须控制居庸关，这条通道才是完整的。"

"宗望将军，依你之见，大金国的南京应该设在哪里合适呢？"

"最合适的不一定能实现。"

"你先说说看。"

完颜宗望嘴里迸出两个字："燕京。"

陈尔栻点点头回答："燕京当然最好。只是当初金宋两国秘密盟誓，灭辽之后，燕云十六州归还大宋，不但辽南京燕城，就是辽西京大同，都在归还之列。"

"当初两国盟誓，言明西京与南京都由二国夹攻，但南朝的军队都是些泥菩萨，一捣就碎，两京都是我大金军拿下。不种树还偏要吃好枣儿，想到这一层，我心里头就憋气。"

陈尔栻知道完颜宗望这股子情绪一直在大金军的各级首领中蔓延，若不是阿骨打与吴乞买前后两位皇帝顾全大局以信义为重，燕云十六州很难交割给宋朝。何况大宋订立密盟之后，常常做一些"当面笑呵呵，背后摸家伙"的背信弃义的行为，的确让大金国的君臣们抓住了把柄。今日完颜宗望谈话中透露的心思，倒引起了陈尔栻格外的重视，他心中忖道：话既说到这个地步，索性说透为好，他于是问道："宗望，你这些话，与宗翰说过吗？"

"不止一次说过，宗翰的情绪比我更激烈。"

"你们两个人，都是阿骨打皇帝生前最为倚重的爱将，大金军的将士们，也都唯你们马首是瞻。吴乞买皇帝甫一登基，就私下同我商议，要给你们两人封王……"

"老先生，这个万万使不得。我与宗翰二人也商议过，父皇驾崩后，吴乞买叔叔继承皇位。为大金国江山永固，皇祚长久，我们哥儿俩愿意在沙场上度过此生，今生今世决不称王。”

“宗望，封不封王不是你说了算。泱泱华夏历朝开国功臣，有几个不封王的？当然，这不是现在讨论的事儿。我且问你，你与宗翰两人，是不是有重伐燕京的打算？”

完颜宗望不吭声，既不承认也不否认，但沉默就是态度，陈尔栻叹道：“燕京交割给南朝，才半年时间，而且是阿骨打皇帝生前亲自定夺的，你们如何能够背盟呢？”

“背盟的不是我们，是南朝的君臣。”

“就张觉这件事？”

“这件事还小吗？赵皇帝写给张觉的金花笺，早已落入我们手上，如今张觉逃进燕京，又被他们收留，这都是我们讨伐的理由。”

陈尔栻揉了揉眼睛，自言自语道：“燕京千古形胜之地，他日必定是帝王之家，只是归了南朝，如何要得回来？”

“不是要，是夺回来。”

“宗望，这话万万不可吐露出去。说到这里了，老夫告诉你一句话，大金国若得了燕京，便是如鱼得水，如龙得天。”

“这不就得了？咱们也不用找理由，南朝事实上已经背盟了，咱们现在就有讨伐的理由。”

陈尔栻没有接话茬，而是问：“宗望，你给王安中写信要张觉首级，已经几天了？”

“十天了，王安中七日前收到。”

“你说，他们会送来张觉首级吗？”

完颜宗望摇摇头。

陈尔栻问：“不送来怎么办？”

完颜宗望咬了咬牙帮骨，回道：“我已传令部队，三日内在居庸关外集结。”

正说着，一名小校进来禀报，说是王安中派人将张觉首级送到。

卢龙驿的花厅里，也就是四个月前李石鸠杀韩八斤的地方，现坐了完颜宗望、栋摩、博勒、朵颜、二柱子等六个人。听说王安中派人送来张觉的首级，宗望便通知这些人前来一同验看。陈尔栻并不在座，他虽然运筹帷幄胸藏甲兵百万，平常却连杀鸡都不敢看，听说要看张觉的人头，他顿时就想作呕，所以就撤了。按级别，二柱子也不该在邀请之列。但是因为他是左企弓的书童，对张觉可谓恨之入骨；同时宗望经过挑选将他安排给陈尔栻听差，参加验证，回去也好向陈尔栻禀报，基于这两点，宗望才破格通知他前来。

刚过申时，值日官领着三名宋人进来，走在前头的是王安中的书办吴先生，他后面跟着两位穿着戎服的小校，其中一个彪形大汉手上托着一个两尺见方的粗重黑木匣。花厅里的人一看都知道，张觉的首级盛放在这只黑木匣里。按完颜宗望的吩咐，彪形大汉将黑木匣放在他面前的老榆木茶几上。

从春秋战国时期开始，中国的北方就有取人首级的风俗。大凡结下冤仇者或者敌国的长官，遭人诛杀后一定要割下首级验证。因此，生产盛放首级的木匣和保存首级不腐也成为一种必不可少的技艺。眼前这只黑木匣是用山梨木制成，身首异处是为离，梨与离同音，取其音也。被割的脑袋迅速放进这个梨木匣中，然后灌满可以防止腐烂的生漆，再用白蜡密封。制作木匣的工艺非常考究。首先是选料，四块整板都二尺见方，能锯成这样的板料，其大树得两人合抱。山梨树生长极慢，所以，生产木匣的山梨树龄都在二百年之上。按行内的规矩，这样的树也被称为“寿木”。中国称棺材为寿木，将首级放在这样的木匣内，也是表示对死者的一种尊重。木匣的制作不用一颗铁钉，其四角连接的榫卯严丝合缝，再辅以樟脑汁与松香调制的黏合剂，任何液体放进去都不会有丝毫渗透。木匣被漆成黑色，但是用红白两线描画出西方极乐世界的种种景象——这样灿烂的画面可以视作对死者的一种安慰。这黑木匣唯一给人以恐怖提示的是匣盖与匣身联结处的锁——这锁被铸成狴犴形象，比大牢门上的狴犴显得更为狰狞。锁用纯铜制成，金黄的锁与漆黑的匣对比强烈，给人以震撼或者被死神攫住的惊悸。

当黑木匣在老榆木茶几上放好，屋子里的气氛一下子紧张起来，虽然已经知道了结果，完颜宗望仍得按程序再问一次：“匣子里是谁的首级？”

“前大金平州府知府、泰宁军节度使张觉。”

“确认是他？”

“确认是他。”

“你是谁？”

“大宋燕山府知府王安中大人特命使者，燕山府衙门八品书办吴云昌。”

“张觉如何被取的首级？”

“王大人得到你的手札之后，立刻会同两位燕山府同知郭药师、蔡靖商议，当天夜里，就将张觉诛杀。”

“哪天夜里？”

“燕九节夜里。”

“你们的知府大人一向办事拖沓，畏首畏尾，这次为何就敢当机立断呢？”

“宋金两国有密盟在先，故咱家主人敢于决断，为的是不伤两国和气。”

完颜宗望也不再询问了，指了指黑木匣，下令道：“开匣！”

吴云昌朝小校做了个手势，小校掏出钥匙上前小心翼翼捅开铜锁，掀开匣盖，一股刺鼻的生漆味熏得人们呛咳起来。栋摩由于心急想看到首级，率先把身子凑到黑木匣跟前，因此他不但呛咳得最厉害，而且眼泪也被熏了出来，他一边揉眼睛，一边骂道：“张觉这王八羔子，死了都不消停。”

完颜宗望吩咐值役取来一只木盆，也放在茶几上搁好，然后从生漆的浆液中捞出泡着的人头。

由于生漆的防腐作用，这人头还没有变形，值役也许是害怕，也许是粗鲁，他把人头捞起往木盆里搁的时候手一滑，人头重重地跌进盆子，本来闭着的双眼忽然睁开了，那一双灰白无光的眼珠子仿佛要从湿漉漉的眼睛中迸射出来。这种改变使人头一下子变得狰狞了，本来已经围观上来的人，又本能地后退了几步。但是，对张觉仇恨最深的栋摩却毫无顾忌，他不但没有后退，反而走上前在茶几前蹲了下来，他这样做是为了能够面对面把人头看得更真切。这颗人头丰颐阔面，前额很宽大，眉毛压得较低，眼袋也不小，嘴巴两边的法令纹绕过嘴角，一边深一边浅，关公式的长髯从耳根垂下盖住了下巴。因为泡在生漆中，有些花白的胡须胡乱地粘在脸上。为了看清面容，栋摩用手将脸上的胡须理清，这样，一个完整的面容展现在他的眼前。

“三叔，是他吗？”完颜宗望问。

“是他，”栋摩咬牙切齿地说，“这畜生，烧成灰我也认得。”

完颜宗望又把木盆里的脑袋多瞅了几眼，然后又问身边的几位将军：“博勒，还有朵颜，你们都见过张觉，这颗脑袋是他的吗？”

“是他的。”博勒回答。

朵颜想了想说：“瞧这样儿，倒是与张觉长得八九不离十，但我只见过他两面，也认不真切。”

众人这么说着，却见栋摩用手戳了戳人头的鼻梁，恨恨地说：“张觉，你没有想到也有今天吧，真可恨，我没有亲手宰了你。”

“三叔，明天在城隍庙设下祭坛，用这颗人头，祭奠在榆关前死去的那些将士。”

“谢谢大元帅。”

栋摩向宗望投去感激的一瞥。

这时，押送黑木匣的吴云昌朝完颜宗望拱手言道：“大元帅，这首级既已验明了身份，王大人交给咱办的这趟差事也就完成了，咱向大元帅讨个回执，赶回燕山府向王大人复命。”

完颜宗望让人去取纸笔，趁空儿又问：“吴书办，将张觉斩首，你在现场吗？”

吴云昌摇摇头。

栋摩忽然叹了一口气，把木盆子朝前一推，人头在木盆里晃动起来。

“三叔，你怎么了？”完颜宗望问。

“可惜张觉不能说话了，这会儿我真想问问他，在阴曹地府里，他是否快活？”

这话突兀，屋子里的人都不知道该如何回答，冷了一会儿场，吴云昌忽然答道：“禀告老大帅，依在下猜测，张觉在阴曹地府一定是快乐的。”

“你怎么知道？”

“如果那儿不快活，他张觉早他娘的回人间来了，可是到现在，也不见他回来呀。”

吴云昌一本正经地回答，却把满屋子的人都逗笑了。吴云昌这时拿到回执提出告辞，一直蹲在一旁一声不吭的二柱子突然开口说话了：“大帅，我能看看这颗人头吗？”

“怎么不能看？你前来看吧。”

二柱子趋身向前，把木盆里的人头仔细端详了一遍，然后又把人头翻转过来，从割断的颈部朝上看，他把耷拉在下巴上湿漉漉的胡须拨开，对着露出的下巴审视了好大一会儿。

完颜宗望注视着二柱子，急切地问：“你看出了什么？”

二柱子将人头的下巴底部看了好几遍，这才扭过头来回答完颜宗望：“大帅，这个人头不是张觉的。”

这句话一出口，屋子里头的人全都惊诧了。

完颜宗望问：“二柱子，你从哪儿看出来的？”

“从这里。”二柱子指了指人头下巴的底部。

“那里怎么啦？”这回是栋摩发问。

二柱子说：“三个月前，张觉在平州府衙杀害左大人的时候，我也在场。我看到左大人被摁着跪在地上，就扑过去，却被他们逮住，强迫我与左大人跪在一起，张觉站在左大人面前，我抬起头来，看见张觉下巴靠近颈脖儿有两道肉缝，其中一道肉缝里长了一颗黄豆大小的红痣。这红痣藏在肉缝缝里，加上又被胡须盖着，平常根本看不见。我那天跪在地上，张觉昂着头和人说话，我抬起头才凑巧儿看到了。”

“你没有看错？”

“大帅，左大人被张觉处死后，我做梦都想为左大人报仇，张觉常常在我的噩梦中出现，每次梦到他，都会出现那颗红痣。这绝错不了。”

听到这里，栋摩霍地站起来，从身边卫兵的腰中拔出弯刀，往吴云昌的脖子上一架，咬牙骂道：“信不信，咱现在就把你劈了。”

吴云昌吓得脸色煞白，那张回执掉在地上，身子筛糠一样发抖，求饶道：“老大帅饶命，老大帅饶命。”

完颜宗望走上前将栋摩架在吴云昌脖子上的弯刀推开，问：“你知道这人头是假的吗？”

“不知道，卑职真的不知道。”

“王安中敢于弄一颗假人头来诳骗我们，就凭这一点，本帅就可以发兵踏平燕京。”

“是，是……”吴云昌点头如捣蒜。

“你现在给我滚回燕京，告诉你的主子，我再宽限十天，到时必须见到张觉的人头。”

“是，是……”

吴云昌一行正欲退出花厅，朵颜喊了一声“慢”。吴云昌骇得如陀螺一般原地打了两个旋儿，他刚站定，听得朵颜对完颜宗望说：“大帅，小将有一个建议。”

“说。”

“燕山府的那帮人，咱再不敢轻易相信。请大帅允许，我带二百骑兵，随这姓吴的一起去一趟燕京。”

“你去一趟？”完颜宗望不解地问一句。

“是的。咱要亲自押运张觉的人头回来，装匣之前，咱先验明正身。”

“好，本帅依了你。”

“吴云昌，快领咱的军士们上路。”

朵颜说罢，像拎小鸡一样拎着吴云昌，虎气生生地离开了花厅。

第三十章　绝命替身

燕九节过去这十来天，本来就心事重重的张觉更加沉默寡言了。多半时间，他不允许任何人进入他的帐篷。他的这一变化，源于燕九节那天晚上郭药师与他的一次谈话。

却说那天郭药师从王安中的廨房里出来，没有回到他城中的官邸，而是直接进了军营。他提前安排人置办了酒菜，送到张觉暂居的帐篷里，他宴请张觉父子。席间，说了两三句闲话后，他问张觉："觉帅，上午在聚燕台上，你要借一步和我说话，你要说什么？"

张觉看了看儿子张劲以及李石，没有回答，而是夹了一块羊肉放进嘴中大嚼。

张劲知趣，拉着李石要出去遛弯儿，张觉示意他们不要走，说道："这羊肉炖得烂，趁热吃。"

郭药师吞了一杯酒，耐不住性子又问："觉帅，你究竟要说什么呀？"

张觉便将搁在心中多时的话题问了出来："药帅，你是见过三个皇帝的人，大辽的天祚帝、大金的阿骨打、大宋的徽宗皇帝你都见过，这三个皇帝都见过的人，除了你药师，还有谁？”

这一问，郭药师仿佛突然发现了一个大秘密，立刻兴奋起来，嚷道：“可不是，宋、辽、金三个皇帝都见过的人，除了我郭药师，这世间再没有第二个人了。”

李石一旁奉承：“药师福大，咱们觉帅也是洪福齐天的人，若是过几天汴京的圣旨来，让咱觉帅进京面圣，咱觉帅就成了见过三个皇帝的第二人。”

张觉对李石的话不置可否，而是盯着郭药师继续问道：“药帅，你说，这三个皇帝有啥不同？”

“啥不同？”郭药师想了想，回答说，“过去，咱还真没想过这个问题，三个皇帝嘛，让咱来看，阿骨打让人怕，天祚帝让人爱，赵皇帝让人亲切。”

“阿骨打让人怕，这个我能体会，别看他只是混同江北的一个野蛮部落的酋长，他倒真有大威风，我第一次在燕京见到他，就觉得他两只眼睛哪怕眯着，也都在往外吐火。在他面前，任何人都不敢随意。药帅你说天祚帝让人爱，这倒让我惊讶，我知道，天祚帝并没有善待你。”

听张觉这么说，郭药师解释说：“天祚帝是没有善待咱，他把咱招募的部队取名怨军，也明显是侮辱。他多少有点缺心眼。你知道，咱就喜欢缺心眼的人。再说，他毕竟是大辽国的皇帝呀，大辽即便亡国了，咱们这辈子也掰不开这个辽字儿。”

“药帅是有情人。”张觉感叹，接着问，“那你再说说，赵皇帝为何让人感到亲切？”

郭药师脸上漾起狡黠的笑容，他凑近张觉，不无炫耀地说：“老辈儿传下一句话，有奶便是娘。赵皇帝重情重义，你缺什么他给什么，你要官，他给官；你要钱，他给钱；你要女人，他挑最好的美女送你。”

“听说赵皇帝送了你一领青纱战袍，还有两只大金盆。”

“何止这些，南朝富贵哪，要啥有啥。”

“你还陪赵皇帝打了一场马球。”

“是他请我去打的。王黼、蔡京、蔡攸等都是一等的大玩家，都参加了。”

“赵皇帝球技如何？”

“那马球棒箍着金，镶着玉，马球靴还描龙画凤，球帽上缀着祖母绿，马脖子上挂着的铃铛是金子做的，连马尾巴上都扎着红绒花儿，真他娘的奢华……”

郭药师说着摇头感叹，张觉仍不停地追问：“我是问赵皇帝的球技。”

“这个嘛，”郭药师干笑着，“赵皇帝在马背上颠了小半个时辰，就上气不接下气了，他挥杆击球，恕咱直言，一看就是花架子。论击球，不要说不如天祚帝，连我这半瓢水，都要比他强。”

“南朝人都弱。”

“天祚帝玩武，赵皇帝玩文，阿骨打只干事，充其量打个猎，这仨皇帝就这区别。”

“这么说，你还是喜欢阿骨打。”

“不全是这样，”郭药师摇摇头，自失地一笑，“赵皇帝待咱可不薄啊。”

“可是药师，我得提醒你，你对赵皇帝还不算是忠心耿耿啊。”

郭药师听了这话，立刻敏感起来，问道：“觉帅，你这话是啥意思？”

张觉说：“你的军团，至今还穿着大辽军服，还有，你这军营里，好像没有一个汉人。”

张觉说着，狡黠地指了指帐篷里的陈设，多半是大辽的日常用物。

郭药师冲他做了一个鬼脸，卷起羊皮帘子从气窗朝外看了看，军营里有嘈杂的声音传过来，巡逻的军士手中的风灯摇摇晃晃。郭药师呛了一口寒风，忍不住打起酒嗝来，他嘟哝道：“觉帅，你的确是个人精。”

却说郭药师投宋之后，他的怨军被更名为常胜军。后来，由他辖制的部队有十五万之众，但其核心还是他从辽东带出来的八千子弟兵。随着战争的进行，不少前辽各部溃散而前来投奔他的一些将士，也被安排在八千子弟兵所在的怨军里头。如今，这支部队有了三万余人。在这支队伍里，绝大部分是契丹人，也有像他这样的熟女真。即便有一点汉人，也已全都契丹化了。这支队伍一个显著的特点，就是直到现在也不穿大宋军服，将士们一直穿着契丹的军衣。大宋与契丹服装最大的不同之处是:大宋为右衽,契丹为左衽。当初大宋军服发下来后，怨军将士拒绝换装，他们说穿右衽的衣服不方便、不习惯。他们这么说固然有心理上的排斥，然而也的确有无法调适的习惯。譬如说，他们尿急了，打小儿养成的习惯是伸出右手到左边胯骨之下撩开袍子前摆，右手顺势褪下裤裆掏出家伙来。如果换成大宋军服，这动作就得反着做。血气方刚的男人们几十年养成的尿尿的习惯，如果穿左衽的衣服就能一气呵成，换成右衽衣服后立刻就手忙脚乱。再聪明的人也会依赖传统。契丹人、女真人等等塞外的民族如果换穿大宋军服，立刻在撒尿问题上遇到巨大的麻烦，这便是怨军不肯穿右衽服装的理由。正是出于这样一个简单的原因，郭药师便理直气壮地把他管理的军队分为汉人和非汉人两部分。他现在管理五支部队,每支部队三万人左右,分驻在燕京的周围，即涞水、易州两支，顺州、蓟州两支，这四支部队都是汉人，剩下的三万人即是契丹与女真为主的常胜军了。这是郭药师五大军团的王牌，也是他最为倚重的嫡系。他将这支部队安置在拱辰门外驻扎，担负拱卫燕京的责任。

如果站在拱辰门或通天门城楼上遥望常胜军的军营，市民们肯定会被这一大片参差起伏的帐篷所震慑。帐篷中间以及铁蒺藜栅栏边上都插满了常胜军团的旗帜。这旗帜既不是大宋的龙旗，也不是大辽的虎旗，而是郭药师自己设计的，他对狼牙棒这种兵器情有独钟，故命人将狼牙棒图案绣在军旗上，他的军旗是白底黄边，中间绣着猩红的狼牙棒图案。远远看去，那些飞舞着的狼牙棒仿佛沾满了鲜血，看到它的人都不寒而栗。所以，北城墙根护城河外的这座军营，既让人感到阴森，也让人感到神秘。除了极少数搬运给养的杂役进过军营外，一般闲杂人等都不能走进军营一步。

张觉在这座军营里住了差不多一个多月。郭药师为他安排了一顶最大的帐篷，卧具用品都是最好的，一日三餐鱼肉款待，还专门安排了两名乐伎前来陪他。尽管这样，张觉仍觉得许多的不适应。这帐篷虽然陈设华丽，但一出帐篷，军营里到处弥漫着人畜粪便的恶臭味、牛羊肉的腥膻味、满地乱扔的食品垃圾味。张觉只好尽量闭门不出。

人一闲下来就好胡思乱想，每日在军营里见到的都是契丹人的装扮和生活方式，他心里就犯嘀咕：赵皇帝如此器重郭药师，他为何还要让赵皇帝不放心呢？他的部队不升大宋军旗，不穿大宋军衣，长此下去，南朝会不猜疑吗？

张觉说出自己的疑问后，郭药师回答他说："觉帅，你是汉人，咱是女真人，咱俩有区别。"

"药师……"

"汉人哪，凡事好动脑子，越是弯弯绕，越是受人尊重。咱们契丹人、女真人都是直肠子，说事一是一，二是二，不会拐弯。咱穿不惯汉人的衣服，就说穿不惯，咱也不憋屈自己。"

"赵皇帝难道不起疑心？"

"起不起疑心是他的事，咱只要真心当他的臣子就行。"

"好一个郭药师，我以为与你交往这么多年，早就吃透了你，谁知我并不真的了解你。"

郭药师舔了舔被肥腻的羊肉弄得油光水滑的嘴唇。问吃了两三块羊肉便不再动筷子的张觉："你吃饱了吗？"

"吃饱了。"

"你们呢？"郭药师又问张劲和李石，"你们也吃饱了吗？"

"吃饱了。"两人一起回答。

郭药师用手背揩了揩嘴唇，又把手背放在官袍上蹭了蹭，起身说："你们吃饱喝足了，随咱去看个热闹。"

“什么热闹？”

“到地头儿便知。”

张觉三人随了郭药师出了帐篷，朝前走了百十步远，走到另一座帐篷的门前。一路走来，张觉便觉得气氛不对，因为沿途站满了手执刀枪的兵士。这些兵士一个个神情严肃，表现出大战在即的神态。在帐篷门口，张觉问郭药师：“来这里干什么？”

“你进去看看便知。”

“究竟发生了什么？”

郭药师咧咧嘴诡谲地一笑，仍是那句话：“你进去看看便知。”

说话间，郭药师已撩开了帐篷门，率先走了进去，张觉神经质地提了提气，捏紧了拳头也跟着走了进来。当他们一行四人进来之后，帐篷的门帘又被掩上了。

这座圆形帐篷并不太大，大约可以容纳十几个人，郭药师他们进来之前，帐篷里已站了五个人：四名提着弯刀的战士，有两个手上还提着风灯，在靠右的角落里，还站着一名用黑布蒙得严严实实的高大粗壮的汉子。地上一个铺盖卷被麻绳捆了三道。在帐篷的另一个角落放着一张小桌子，桌面上搁着一个方方正正的物件儿，罩在一块黑布中。

郭药师一行四人靠着门帘儿站成一排。郭药师问离他最近的那名哨长：“准备就绪了？”

哨长挺了挺身子回答：“是的，大帅。”

郭药师又瞅了瞅那名蒙面人，问他：“你就是请来的判官？”

蒙面人并不回答，只是弯腰抱拳朝郭药师施了一礼。

郭药师又指了指地上的铺盖卷，问哨长：“在里面吗？”

“在！”

哨长刚答应，铺盖卷里忽然传出几声粗重的呼噜，吓得张觉本能地一缩身子后退几步，问郭药师：“药帅，你要干什么？”

“咱想了一个绝妙的办法，只为救你的命。”

“救我的命？”张觉大吃一惊。

“你看看便知。”

郭药师说罢，朝哨长一挑下巴，哨长立刻和另一名士兵弯腰蹲下身子，解开三道麻绳，然后把裹成圆筒形的铺盖卷展开，众人这才看清，铺盖卷里躺着一个人。

这个人年龄在四五十岁左右，典型的车轴汉子，下巴上蓄着三绺苍白胡须。此刻他侧卧着身子，头埋在胸前，双腿蜷曲，在熟睡中，鼾声忽高忽低，身上的外衣已被褪掉，只穿着一套贴身的白土布夹衣。

“这是谁呀？”张觉问。

郭药师吩咐哨长将酣睡的人放平，然后让士兵将马灯照在他的脸上，再问张觉：“还没认出是谁吗？”

张觉仔细辨认酣睡人的五官，觉得很面熟，但一时想不起是谁，便自言自语：“有些面熟，但想不起来了。”

郭药师对张劲说：“小劲子，告诉你老爷子，这人是谁？”

张劲于是说：“父亲，他是刘兴仁。”

“刘兴仁？”张觉这才记起来。这个刘兴仁是一年前张劲在燕京城中发展的眼线。去年燕京破城前一天，张觉还在居庸关城楼上会见过他，但他怎么会在这儿出现呢？张觉纳闷地问：“小劲子，这是怎么回事儿呢？”

张劲嗫嚅着，一副想说又不敢说的样子，郭药师见状，便把张觉拉出帐篷门，找了个僻静地儿，一五一十讲了这件事的原委：

收到完颜宗望的信后，王安中与郭药师、蔡靖三人商量对策，磋商了一两个时辰也找不出个万全之策。最后还是郭药师想了一个阴毒的主意，即私下找一个与张觉长得有几分相像的人，秘密将他杀了，取了他的首级送往平州。此事若是办得妥当，则可解宋金两国当下最大的危局。王安中本来束手无策，听到这主意，当即就表示同意，他唯一担心的是上哪儿去找一个与张觉长相相近的人。郭药师说他前几日去驿馆拜会张觉，发现张觉正在会见一个从年龄到长相都跟他很相仿的人，他当时还以为是张觉的弟弟。事后他问张劲这个人是谁，张劲并没有说刘兴仁是他发展的眼线，只说他是燕京城中一个小药材商人，与他家有一点远亲。正因为郭药师脑子里记得这档事儿，才会想到这种李代桃僵的主意。与王安中分手后，事不宜迟，郭药师在见张觉之前，先见了张劲，要他即刻带几名军士前往刘兴仁的住处，将这位小商人诳骗出来，张劲听说是为了解救父亲，也就毫不迟疑地带着几名乔装打扮成家丁的兵士前去刘兴仁的家中将他骗出来，并在一个小酒馆中将他灌醉……

听完郭药师的这番话，张觉百感交集：一是感激郭药师对他重情重义，危难之际真心相救；二是感到让一个清白无辜的人当他的替死鬼太过残酷。但思来想去，的确没有好办法可想，郭药师似乎看透了他的心思，对他说，那个姓刘的确实冤枉，但不冤枉他，你就不能活。人这一辈子有时候就是会被他娘的命运逼到绝境，不欠命债自己就得去阎王爷那里当差。说罢，也不等张觉开口，就又拽着他的胳膊回到了帐篷内。

刘兴仁还躺在地上酣睡，知道了事情的来龙去脉，张觉一方面心情沉重，一方面又如释重负，他问站在一旁瑟瑟发抖的儿子：“小劲子，这刘兴仁长得像我吗？”

“爹，我第一次见他，就觉得他像你。”

“李石，你说呢？”

“觉帅，这刘掌柜长得还真像你，比你亲兄弟还像。”

“药师，往下怎么办？”

“怎么办？”郭药师瘦削的刀条脸上露出凶狠，“送这姓刘的上西天。”

张觉蹲下身子，抚摸着刘兴仁的额头，低声说：“兄弟，是我害死了你。请你放心，我会请最好的高僧为你做水陆道场，超度你往生西天，你一家三代，我尽心赡养。”

郭药师一旁听了点头：“觉帅，你这句句说的都是人话。”

张觉刚站起来，忽见睡得一动不动的刘兴仁的头往上挺了挺，又打起了呼噜，他担心地问："他不会突然醒来吧？"

"怎么会呢？给他喝的酒中，掺了重重的蒙汗药。"

"唉！"

张觉叹了一口气。郭药师紧接着对蒙面人说："你，动手哇！"

蒙面人上前两步，在刘兴仁的身边跪了下来，他给这位醉得不省人事的无辜者磕了三个响头。然后，从身后的腰带上取下一柄明晃晃的砍刀。

"这位大哥……"

张觉呼叫蒙面人，郭药师赶紧阻止他说："你不能和他说话。"

"为什么？"

"干他这活儿，专取人首级，却从不露相，也不露声，这样才能防止冤家寻仇。"

"我让他手上利索点，不要让刘掌柜痛苦。"

"他听得见，他也做得到。"

郭药师安慰张觉，就在他说话的时候，只见蒙面人把小砍刀一横，倏然砍下，昏黄的灯光下，一道白色的闪电切中刘兴仁的颈部。

说时迟，那时快，只听得"咔嚓"一声，刘兴仁已经身首异处。蒙面人本能地将身子一侧，一股滚热的血液从他的肩膀外头迸射出去，灰白的帐篷顶上，被溅红了一大片。

蒙面人迅速起身，将小桌上的黑布掀开，原来那黑布盖着的是一只黑木匣。蒙面人极为熟练地打开匣盖，从地上捧起那颗还在滴血的头颅放进了黑木匣中，而地上那一具已经没有了头颅的身子，还在抽搐着、痉挛着，切得整整齐齐的脖子上，还汩汩地冒着鲜血。

这一切发生得如此之快，快得连帐篷里的人的反应都滞后了，当张劲率先撕心裂肺地呕吐时，蒙面人已闪身出门扬长而去了。

第三十一章　枭雄毙命

离开平州的第二天傍晚，朵颜就率领二百骑兵从拱辰门进了燕京，他让吴云昌带路，一刻不停地进入内城，要求王安中接见。当他把那只盛放刘兴仁人头的黑匣子提进王安中的廨房，王安中知道事已败露，顿时觉得自己脖子上飕飕地生起了那种被刀片逼近的凉气。

朵颜把黑匣子放在王安中面前的几案上，恨恨地说道："王大人，这颗脑袋还给你。"

"啊，啊，好，好……"

王安中语无伦次，那一刻，他感到异常沮丧。

朵颜伸手要打开黑匣子，王安中惊恐地问："你要干什么？"

"让你看看这颗脑袋。"

说话间，朵颜已打开了黑匣子，伸手要去提那个人头，王安中赶忙往后躲，摆着手说："别打开，别打开！"

朵颜一手扶着匣子，一手停在空中，但五指叉开保留了一个抓的姿势，他把身子朝前倾了倾，说："王大人，你不看看，怎么知道这个人头是假的？”

“假的吗？谁说是假的？”王安中外强中干。

“咱把人头提出来，当面指给你看看假在哪儿。”

看到朵颜又把手向黑匣子里伸去，王安中连忙又大声叫喊：“朵颜将军，千万别……别……”

“别怎么了？”

“别把人头提起来。”

朵颜像猫戏老鼠似的，故意伸手从黑匣子中抓起一绺头发，在王安中面前晃了晃，揶揄道：“你不敢看？”

王安中没有回答，用双手捂住了脸。朵颜鄙夷地盯着他，说：“王大人，从你的表情就可以看得出来，这人头是假的。”

“怎么会是假的呢？”

王安中本意是想辩解，但因心中有鬼，说话没有底气，像蚊子一样嗡嗡。

朵颜盛气凌人地说：“咱宗望大元帅说了，十天之内，必须交出张觉的人头。”

“啊？”

“咱奉大元帅之命前来督办，咱十天之内，必须带张觉的人头回去。”

“朵颜将军，这是宋金两国间的大事，本衙不得擅自做主。今儿个天黑了，你且先到驿馆下榻，明儿个，咱们再坐下来，冷静商议。”

“这事儿不用商量。宗望大元帅已是忍无可忍了，你们南朝首先破了规矩，还有什么可商议的？”

朵颜说罢，带领三名手下大步离开廨房扬长而去。

看着朵颜的背影，王安中心中暗暗叫苦。

作为主管五州二十一县的燕山府军政总管，从上任之日，王安中就一直麻烦不断。虽然这一区域仍属汉地，居民十之七八也都是汉人，但毕竟被大辽国统治了二百余年，其居民的文化归属及生活习惯都有极大的改变，教化他们认同中原是一个漫长的任务，却又是当务之急。王安中上书徽宗皇帝，从内地府县征集年轻士子前来燕山府各州县建立官学并充任教谕，还请旨敕建孔庙，这项工作刚刚开始，但限于财力及人力，进展并不顺利。王安中入仕后一直担任文职，在官场素有诗名，所以对办学建庙、引领士风格外在行，但作为燕山府交割入宋的首任知府，教育固然重要，但更重要的是军事与外交。因为眼下燕云十六州并未交割完毕，辽天祚帝尚在蒙古高原某个山洼里躲藏；大金国的开国皇帝突然死亡，但期望中的混乱并没有发生，吴乞买继位后，宋金两个盟国之间更是由外交摩擦发展到军事摩擦。眼下，两国的关系降至冰点，究其因，就是在大宋君臣的怂恿和诱惑下张觉叛金归宋。如果更准确地表述，张觉的叛金与大宋的关系不大，张觉叛金的最初动机是叛金复辽，后来才弃辽归宋，但大金国君臣坚持认为大宋君臣是张觉叛变的幕后推手。这也难怪，大宋君臣写给张觉的所有信函密札，全部都被完颜宗望缴获，白纸黑字无法抵赖。所以，当张觉逃往燕京后，他们才理直气壮地前来索要张觉的人头。

郭药师出的李代桃僵的主意，如果不是二柱子站出来指出这颗人头有诈，差一点就蒙混过关了。这一事件更让完颜宗望与栋摩等大金军将士认为南朝君臣言而无信。完颜宗望甚至产生了立刻攻打燕京的念头，但他最终还是克制了自己的冲动，同意朵颜随着吴云昌前来燕京索要张觉的人头。

方才朵颜咄咄逼人的架势，令王安中极度不快，但也无从发泄。他顾不得挪步到后院用膳安歇，而是回到书案前坐下，强打精神给皇上写奏本，请示如何处置张觉事件。他虽贵为燕山知府，但他知道自己只是一只木偶，没有人牵动机关线一下子也不能动弹。自从王黼致仕、蔡京接任之后，他就失去了依靠，凡事更不敢擅自做主。凡涉及到与大金国纠纷之事，他是一事一报绝不马虎。这会儿他费了一个多时辰，才字斟句酌写好奏本，刚刚盖好关防，准备八百里加急驰送汴京时，忽有值官来报，童贯大人的密札已到。王安中吩咐赶紧取来，当他展开密札一目十行地读完，第一个反应是将刚刚写好、准备签发的奏本取过来一把火烧了，然后让值官火速去请郭药师与蔡靖。

趁郭、蔡二位还没到来这点间隙，王安中踱到后院，草草喝了一小碗米粥，吃了七八只扁食，填饱了肚子回到廨房，他问一直候在门外不敢离去的吴云昌："这个朵颜，是不是扮成渔民驾船，从甄五臣手上劫走皇上金花笺的那个人？"

"回大人，正是。"

吴云昌点头哈腰，仍是惊悸未消的样子。王安中又问他："那颗首级，他们是怎么看出来是假的？"

"是下巴里头的一颗红痣。"

"红痣？"

"是的。"

吴云昌把二柱子辨认首级的经过从头到尾又复述了一遍。王安中听罢，便指示："待会儿郭大帅、蔡大人来了，你把方才讲的话再说一遍。"

大约又过了一个时辰，郭药师与蔡靖一前一后来到燕山府议事厅，府中的一些当事僚佐也接到通知参加。待大家坐定，王安中清咳一声开始说话："刚才更夫报了亥时，这么晚把诸位请来，是碰到了一件必须连夜议决的大事。吴云昌，你先把去平州交付首级的事给各位禀告。"

吴云昌仍心有余悸，加之怯场，结结巴巴半天才说清楚，他话音一落，郭药师就疑惑地问："张觉的下巴底下有一颗红痣，咱跟他认识这么多年，怎么就没看到？"

"是呀，我也没有注意到。"蔡靖附和。

"一颗红痣被疏忽，就将药师的锦囊妙计付诸东流，这一下，我们更被动了。"

王安中借机讥刺了郭药师几句，郭药师本想发作，但事情既然露馅了，他也就只好压下火气，咕哝道："待会儿咱回去，非得把张觉的下巴兜仔细瞧瞧。"

王安中回道："是得瞧瞧，下回给大金军交首级，一定得把这颗红痣带上。"

郭药师一听，愣住了，急忙问："王大人，你这话是什么意思？"

"怎么，还要我再说一遍吗？"王安中一反往常那种畏葸不前的窝囊样子，硬声硬气重复道，"下次交首级，一定得带上红痣。"

"这么说，你要杀张觉？"

"张觉的一条命，同大宋朝廷的安危相比，孰轻孰重？郭大帅你难道掂量不出来？"

"咱郭药师掂量有屁用，"郭药师一下子爆了，他霍地站起来，从腰间刀鞘里抽出弯刀，猛地朝桌上一砍，那锋利的刀刃深深地嵌进桌面，"谁敢动张觉，咱这把刀可不是吃素的！"

郭药师凶巴巴地吼叫着，一只脚踩在凳子上，盛气凌人地瞪着王安中。议事厅顿时气氛紧张，坐在郭药师旁边的官员，都骇得直挪身子，值岗的护卫不知发生了什么事，也都挥刀抡棒地冲了进来。

看到屋子里的人都噤若寒蝉，郭药师又把刀从桌面上拔出来，在空中挥舞了一下，再奋力砍下去，他一松手，吃进木头里的弯刀在桌面上颤动着，郭药师又示威似的喊了一句："看到了吗？这刀不是吃素的！"

蔡靖不满郭药师的霸蛮粗鲁，本想出面劝阻，又恐引火烧身，故呆坐着不置可否。王安中清楚郭药师这是撒野给他看，但这回他有底牌，虽然并不十分有底气，却竭力装出气定神闲的样子，他首先朝涌进议事厅的护卫们挥挥手，示意他们退下，然后对郭药师笑了笑，言道："把你那刀片收回到鞘子里去如何？老夫看到它颤颤悠悠的样子，心里头就发慌。"

郭药师从未见过王安中如此镇定从容，这吃软不吃硬的粗人，只得拔出刀来放进刀鞘，重坐回到椅子里。

屋子里的气氛顿时又缓和了，一些人开始交头接耳，王安中示意大家安静，又继续说："童贯大人后天就到燕京，在他来之前，张觉的事必须了断。”

郭药师不服气地问：“这是谁的主意？是童大人密令吗？”

王安中回答：“对大金国的任何一项举措，只有一个人能够做主。”

“谁？”

“当今圣上。”

“赵皇帝？是他下旨要杀张觉？”

“药师，完颜宗望已经调集十万大军进逼燕京，你难道不知道吗？”

“那，张觉就该死？”

“皇上也没有办法呀。”

“那，有朝一日，大金国要我郭药师的脑袋，你们也就割了送去？”

“药师，你要学会识大体……”

“呸！”郭药师狠狠啐了一口，悻悻地说道，“咱一辈子厌恶的就是张口闭口识大体，却不做人事的烂秀才，咱不与你们理论，咱去汴京，咱去找赵皇帝理论。”

郭药师说罢，一起身抬屁股顶翻了椅子，头也不回扬长而去了。

深夜的会议虽然不欢而散，但怒气冲冲的郭药师并没有做出什么越格的举动，而是按王安中的指示于第二天巳时之前将张觉送到了王城的甲仗库。其实，在离开府衙的时候，他曾经有一个想法，要连夜将张觉放走。他既不能保护他，放他一条活路总是可以的吧。但回到官邸与心腹甄五臣密议之后便改变了主意。这主要是得益于甄五臣的劝阻。甄五臣说，既然徽宗皇帝降旨要诛杀张觉，就是害怕大金国君臣重新收回已经交割的燕山府。这时候放走张觉就会得罪徽宗皇帝，失去了南朝的信任和保护，他郭药师就会成为第二个张觉。郭药师冷静一想，觉得甄五臣的话有道理，于是放弃了铤而走险的念头。第二天他去军营以王安中宴请并商量要事为由骗出张觉，却把张劲和李石留下，他不想让张觉的家族灭门。

郭药师亲自陪同张觉来到燕京内城正南的应天门下，但见甲兵列队旗仗森严。两人在门前下马，换乘了两乘早已备好的蓝呢官轿进去，绕了几重宫殿，官轿在王城西北角的一道院墙门前停了下来。张觉作为萧莫娜的四大金刚之一，对王城很熟悉，他下轿后，问郭药师："这里不是甲仗库吗？"

"是的。"郭药师点点头。

"王大人请我，要么在中殿议事厅，要么在后殿大膳房，怎么会在这里呢？"

"若在平常，的确该在那里，但今儿个却不能。"

"为何？"

"你不知道吧，大金军那位鬼精鬼精的小将朵颜，现在正在燕京城里头呢！"

"朵颜，是不是从甄五臣身上夺走南朝皇帝写给我的金花笺的那个家伙？"

"正是。"

"他怎么来了？"

"为你而来。"

"为我？"

"觉帅，实话告诉你吧，上次割下刘兴仁的人头送到平州，被他们看出了破绽。"

两人边说边走，不觉来到围墙里一座小殿门前，这是甲仗库的衙堂正门。张觉正欲抬脚进门，听了这句话，便把迈过门槛的右脚收了回来，敏感地问："看出什么破绽来了？"

"觉帅，你把下巴抬起来，让咱看看。"

"看什么？"

张觉下意识地摸了摸自己的下巴，接着又不停地捋着自己花白的长须。

"你下巴兜兜的肉缝缝里，是否长了一颗红痣？"

"噢，是有一颗。"

“你让咱看看。”

张觉扬起下巴，撩开胡须，在两道肉棱之间的缝缝里，果然有一颗红痣。

“他娘的，藏得这么深，居然被那臭小子发现了。”

“哪个臭小子？”

“左企弓的那个小书童，叫二柱子，你还记得吗？”

“记得，左企弓临死前，请求我把这小子放了，我就放了。”

“他呀，要当你的催命判官，唉，这叫一报还一报。”

“药师，此话怎讲？”

郭药师正欲和盘托出事情原委，早在里面厅事里等候的王安中听到谈话声，便绕过屏风踱到门口来迎接，他朝愣怔在台阶上的张觉抱拳一揖，佯笑道：“觉帅，本官已在这里候你多时了，请进。”

张觉迟疑着，郭药师心里头难过，怕张觉看出破绽，就别过脸去。

“觉帅，进来呀。”

王安中催促。郭药师回转身来，红着眼圈儿说：“觉帅，咱哥儿俩进去，好好吃顿酒。”说着就拉起张觉的手，一同跨进门槛。

绕过屏风是一间三楹的正堂。两厢坐了十几个人，都是乐户打扮，堂中布置了一桌酒席。乐户们都持着乐器，显然是为这一场官宴奏乐的。

看到这阵势，张觉反而冷静了，他双眉一挑，厉声问：“这是鸿门宴吗？”

王安中仍在遮掩，他指着上首的椅子说：“觉帅，坐下再说，坐下再说。”

“我不坐，你先说清楚。”

看到张觉发犟，王安中一时没了主意，还是郭药师站出来说话：“王大人，你也别遮掩了，今儿个这顿饭，就是鸿门宴。”

王安中一脸的不自在，也不敢看张觉一眼，咕哝道：“你说是鸿门宴，那就是鸿门宴了。”

张觉这时反而坦然地坐下了，他问郭药师：“药帅，我张觉一直把你当兄弟，没想到你也骗我。”

“我怎么会骗你呢？你看看我今儿个穿的是什么？”

郭药师说罢三下两下就脱下了左衽的大辽戎服，露出了一件灰白的麻衣。

张觉不解地问：“你这是？”

郭药师强忍了多时的眼泪这时流了出来，他哽咽着说：“觉帅，今儿个送你上路，咱兄弟给你披麻戴孝。”

张觉从没见过郭药师哭，更没有想到今日是他的大限，他的脸一下子青了，声音颤抖着问：

“杀我是谁的主意？”

郭药师指着王安中：“你问他。”

张觉的目光挪到王安中身上，四目相对，王安中脸上顿时有了烧灼之感，他垂下眼帘，辩白道：“童贯密札，传达了皇上的旨意。”

“皇上？你们的赵皇上。”张觉梦呓般地念叨了一句，紧接着他又歇斯底里咆哮起来，“赵佶呀赵佶，不是你亲自写信要我归顺吗？如今为何要我去死呢？荣华富贵没有了，父母妻儿没有了，田园家乡没有了，如今连命都没有了。赵皇帝啊赵皇帝，我张觉就是变成鬼，也要跑到汴京去找你复仇。”

王安中本来理不直气不壮一副赔小心的样子，这会儿见张觉口无遮拦辱骂皇上，顿时来了勇气，他一跺脚，手指差点戳到张觉鼻梁上，厉声喝道：“张觉，你给我闭嘴，你竟敢辱骂皇上，你真是胆大包天……”

话还没说完，只听得“啪”的一声，张觉重重地掴了他一个耳光。王安中捂着火辣辣的脸，一边后退，一边气急败坏地嚷道：“你敢打人，来人呀！”

这一喊，两边厢房里一下子拥出十几名刀斧手，拿着刀枪棍棒朝张觉扑来。

王安中躲在两个彪形大汉的后头，大声喊道：“快动手，宰了他！”

郭药师一下子跳到椅子上，瞪大了他那一双倒三角眼，断喝一声：

“奶奶的，你们谁敢上前一步，爷先宰了他。”

刀斧手畏惧郭药师，都收了脚步，郭药师跳下椅子对张觉说：“觉帅，你好歹吃点，吃饱了上路，见了阎王也不打哆嗦。”

张觉怔怔地望着郭药师，绝望的眼神中又充满了渴望。郭药师知道他的心思，凑在他耳边低声说：“觉帅你放心，咱不会让你绝后，有咱在小劲子就平安无事。”

“兄弟，我就把小劲子托付给你了。”

郭药师点点头，眼角又滚出了泪珠，他抓起桌上的一把小酒壶递给了张觉。

张觉接过了酒壶，也没说什么，拿牙齿咬住壶嘴，咕噜咕噜吞下了那壶浸着砒霜的毒酒。

第三十二章　神秘香客

老八辈儿传下来的话“夏至日长，冬至日短”，今日恰好是冬至。这是一年中白昼最短的一天，加之从上午就开始下的这一场大雪，纷纷扬扬飘飘洒洒不曾稍歇，所以到了下昼的未时，天色就开始发暗。野地里看不清十丈开外的东西，屋子里的物件儿就更是分辨不清了。坐在绣房里的萧莫谛，为了阻挡寒气的入侵，命丫鬟小六儿关了可以瞭望内庭的窗扇，点亮那一只凤鸟造型的金烛台。她坐在窗前的书桌上，看着桌上的一张笺纸出神，那笺纸上写了两句诗：

惆怅佛龛添雪意
妾心温暖却思君

这两句诗是她上午去云岗石窟华藏寺进香时，应寺僧的请求写下的。本来是想写下一首完整的七绝，怎奈写下两句后，忽然想到这么个暴风雪的天气，不知夫君完颜宗翰自金上京归来，路上是否安全，想着想着心绪就乱了。加之大雪像绒花似的越下越密，护送她的小校担心路上结冰辇车无法行走，也催她赶紧回程，于是她只好留下这首半拉子诗打道回府了。

一路上，萧莫谛牵挂着这首诗，更牵挂着完颜宗翰。九月末，完颜宗翰启程前往金上京参加大金国第二任皇帝吴乞买的登基大典。走时就说会在冬至之前回到西京。萧莫谛数着日子过，没想到捱到冬至日还不见夫君归来。所以一大早，她便跑到华藏寺烧香……

天色一点一点地暗淡下去，可是她却听不到任何有关完颜宗翰的消息，萧莫谛的心情变得越来越糟糕了，偏偏这个时候，像只乖巧的猫一样的丫鬟小六儿，不知从何处突然间冒了出来，她扬了扬手中的一张笺纸，对萧莫谛说："帅夫人，有人要见你。"

"什么人？"萧莫谛问。

"南朝的使者。"

"南朝的使者？咱一个妇道人家，何时见过公门中人，不见。"

"小八爷说，这个人你可以见一见。"

小八爷名叫安勃烈，是个契丹人，是几年前完颜宗翰大破黄龙府时的战俘，宗翰将他收在帐下听差。六七年间，安勃烈跟着宗翰南征北战，感情越来越深，宗翰就将他封为元帅府校尉，这是个六品的武官，专管宗翰元帅府中迎来送往置东办西的杂事。这些事务既有官场的往来酬酢，也有宗翰的诸多私事。当这份差的人肯定是得到主人信任的心腹。安勃烈在族中子弟中排行第八，故元帅府中的人都习惯叫他小八爷。

听说小八爷建议她出面接见，这倒引起了萧莫谛的重视，她问小六儿："南朝的使者叫什么？"

"赵良嗣。听说先前也是辽国的臣子，后来投奔到南朝。"

"啊，他为何要见我呢？"

"帅夫人，这是他的见面礼。"

小六儿说着，就把那张笺纸递到萧莫谛手上。萧莫谛将笺纸凑到金烛台跟前一看，上面是一首诗：

偏是红妆爱雪妆
菩提也懂爱娇娘
香车归去诗囊满
一树梅花十里香

诗之末，还有一行小字：冬至日，雪中游华藏寺所见。

看到这首诗，萧莫谛略略有些诧异，心想这赵良嗣怎么上午也去了华藏寺？于是换了礼装，移步到前堂与赵良嗣相见。

赵良嗣此回来西京大同，却也事出有因。九月下旬，当王安中执行童贯的命令将张觉枭首后，金宋两国的关系稍有缓和。完颜宗望下令进逼居庸关的十万铁骑后退了五十里地。但云中、武、朔等山后六州的交割仍遥遥无期。此前，曾任河北河东两路招讨使的谭稹约见了完颜宗翰一次，赴金谈判特命全权大使马扩赴西京大同两次，均为武、朔二州交割一事进行交涉，但都遭到完颜宗翰的拒绝。理由有三：第一，天祚帝尚未擒获，以西京为首的山后六州都有可能是他藏匿或进攻的地方；第二，阿骨打在世时确定的从燕京城及各州县迁往金上京的十万移民，由于张觉叛乱，导致大部分移民逃回原籍，大金国皇帝曾就此事致书宋国皇帝，务必要燕山府如额押赴移民至辽阳府交割，至今仍不见行动；第三，原拟定在岁输粮币数目之外，额外增加二十万石军粮，用作讨伐张觉与追捕天祚帝的费用，至今亦不见输送。谭稹与马扩将完颜宗翰的这三条理由带回汴京后，时任中书令的王黼认为除第一条理由还勉强说得过去之外，余下二条均站不住脚。因为最初两国密盟，交割燕云十六州的条件并不包括上述内容，大金国单方面提出额外索求，朝廷既不能答应，又要据理力争。由于他不妥协不让步，故与大金国的谈判陷入僵局。蔡京第五次拜相重掌枢密院后，童贯亦以中书令的身份出任河北河东两路招讨使，他们两人汲取王黼被免职的教训，私下多次密议，决定将如今在文渊阁供闲差的赵良嗣重新起用。他们认为在长达六年的交往中，赵良嗣已深得大金国君臣的信任，加之他对张觉事件的判断以及与王黼抗争的勇气也令蔡京、童贯二人激赏。在说服徽宗皇帝之后，赵良嗣再次以全权大使的身份来到大同。因为赵良嗣有一句话让徽宗皇帝听进去了：若想宋金两国谈判取得进展，大金国方面最关键的人物既不是皇帝吴乞买，也不是东路军主帅完颜宗望，而是西路军主帅完颜宗翰。

赵良嗣来到西京大同府已经三天了，因为宗翰尚未从金上京归来，留守大同的西路军监军完颜希尹与副都统耶律余睹接待了他。赵良嗣对这两个人并不陌生，完颜希尹也是阿骨打皇帝的族侄，与宗望、宗翰、娄石等一样，都是阿骨打誓师伐辽的第一批战士，但他为人精明鬼点子多，属于那种争强好胜朋友不多的人；耶律余睹本是天祚帝麾下的大将，其地位高过耶律大石，更高过张觉与郭药师，也是得到阿骨打器重的第一个降金的大将。这两个人都服膺于完颜宗翰，但他们两人之间却互不买账且常有龃龉。赵良嗣在大金国君臣间有广泛的人脉关系，也知道一些一般人无从知晓的隐秘，譬如说完颜希尹与耶律余睹的不和……正因为如此，在见到完颜宗翰之前，赵良嗣在与完颜希尹或者耶律余睹见面时，他只能说一些无关痛痒的客套话，而把此行的目的深深地隐藏。

今天上午，赵良嗣比萧莫谛先到华藏寺，这是一次巧合，赵良嗣事前并不知道萧莫谛要来。萧莫谛同她的姐姐萧莫娜一样笃信佛教，她在大同住了一年多，城中的各处寺庙是她经常光顾的地方，但是她最喜欢的还是这座华藏寺。她每次来，都有完颜宗翰的卫队护送，寺院也会清场。赵良嗣久慕云岗石窟的佛国气象，虽然来过几次大同，却每次因忙于政务来去匆匆未及游览。这次因为等待完颜宗翰，倒有了几天空闲，于是选在冬至日来到云岗石窟敬香礼佛，却没料到萧莫谛也同时来到这里。清场时，赵良嗣躲到华藏寺的僧寮里，待萧莫谛的辇车离开了，他才得以出来。当他从寺僧那里看到萧莫谛题写的两句诗后，一个大胆的想法在他脑海里浮现出来，即前往元帅府拜访这位令完颜宗翰十分怜爱的侧室。

关于完颜宗翰与萧莫谛的结合，赵良嗣早有耳闻。据说去年春上完颜阿骨打率军攻占辽上京时，天祚帝已经逃到了辽东京，他带走了十之八九的皇室成员，包括皇后和几位宠妃，还有十几位皇子。但是，已经册封五年的元妃萧莫谛却被天祚帝留了下来。大金军攻占辽皇宫，留在宫中的各类女眷尚有数百名。当天晚上，大金军在最为壮丽的辽上京皇城端明殿里举行盛大的庆功晚宴，将士们把所有的宫娥彩女从每一间房每一个角落里清查了出来，全部集中到端明殿里为将士们佐酒侍宴。在这些年轻的女人中，身份最高的当属元妃萧莫谛。粗粝毫无教养的大金军将士们以取笑调戏萧莫谛为乐事。萧莫谛没有任何能力保护自己，她想自杀都找不到机会，只能听凭这些肆无忌惮的将士侮辱。酒宴开始的时候，完颜宗翰因为要处理一件紧急的军务没有参加，当他走进端明殿时，宴会的粗野而又欢乐的气氛达到了高潮。这时候，已喝得醉醺醺的完颜希尹从一堆酒鬼的纠缠中拽出了萧莫谛，当着阿骨打皇帝的面，他将一把酒壶塞到萧莫谛手上，要她用嘴巴喂他酒，倔强的萧莫谛坚决不从，完颜希尹感到大失颜面，竟拔出弯刀要挑开萧莫谛的衣襟，将提梁壶里的酒淋向萧莫谛的胸脯。完颜宗翰走进端明殿，在阿骨打身边给他预留的座位上坐下，刚好看到了这一幕，他立刻起身去制止完颜希尹的无理行为。完颜希尹发酒疯，竟指责完颜宗翰是狗拿耗子多管闲事，并强词夺理说，天祚帝的女人就该作践……这时候，恰好两名士兵抬了一坛酒过来要给每桌续酒，完颜宗翰拦下士兵，拧开坛盖，举起那坛酒朝完颜希尹兜头兜脑淋下来。在将士们的哄笑声中，完颜希尹恼羞成怒，便放过萧莫谛，挺起弯刀要与完颜宗翰决斗。完颜希尹的个头儿只能勉强够着完颜宗翰的肩膀，打斗根本不是宗翰的对手。这时，宗望起身将希尹抱住，在宗弼、宗磐、娄石等几位兄弟的劝阻下，一场械斗才得以制止。这时，又有一个意外发生，因兄弟争执而一时无人纠缠的萧莫谛，从地上捡起一块摔碎的酒坛瓷片，狠命地扎向自己的颈子。一直站在她身边的宗翰眼疾手快，抓住她的手将瓷片夺下，然后牵着她的手走到阿骨打皇帝跟前，请求阿骨打皇帝同意他纳萧莫谛为妾。阿骨打对完颜宗翰有着慈父般的感情，答应了他最为倚重的既是侄儿又是心腹大将的请求。

这一段英雄救美的故事在大金军中传为美谈。完颜宗翰是一位纪律严明寸土必争的铁血将军，但唯独在萧莫谛面前展现了他人性的另一面——温柔、体贴，在百般的呵护中体会与享受男欢女爱的乐趣与真情，萧莫谛尝到了情窦初开的滋味。两人结缘之后，真可谓如胶似漆、相敬如宾，没有外人的时候，两人以“翰哥哥”“谛妹妹”相称。

在华藏寺的僧寮里，赵良嗣看到了萧莫谛在雪花飞舞中的背影，那一刹那间，他猛然意识到要想让完颜宗翰对大宋朝廷的立场有一点改变，萧莫谛可能会起到意想不到的作用。

元帅府即过去辽国的晋王府，一进五重：第一重是轿厅，两边厢是十二间值房；第二重是客厅，两边厢是卤簿书记掌印参事官房；第三重是廨房，东侧是膳厅，西侧是花厅；第四重是书房、经堂及书库；第五重是主人起居晏寝之地。四、五两重外人不得进入。萧莫谛从五重的绣房中出来，小八爷已在四重书房外的门厅里等候，而后领着她走进三重西侧的花厅。斯时赵良嗣已被领来这里候见。

雪还下着，天气大寒，但花厅里烧了地龙，温暖如春。萧莫谛走进来，先卸了貂皮衬里的大红丝绵斗篷，然后才坐到主人位上，小八爷上前将赵良嗣介绍给萧莫谛。

萧莫谛此前并未与赵良嗣见过面，但常常从完颜宗翰的闲谈中听到这个名字，知道他是金宋密盟联合灭辽的始作俑者。她并没有好奇心要见这位颇有几分传奇色彩的人物，但小六儿拿进来的那首七言绝句让她喜欢，她才应允来花厅见一面。小八爷将客人介绍完毕就要离开，萧莫谛喊住他，让他坐下相陪，这意思很明显，她作为宗翰元帅的如夫人，不可能单独与一个陌生的男子相见。

三人坐定之后，萧莫谛首先开口问话：“赵学士，你为何要来见我？”

“帅夫人，今日是冬至。”

“冬至怎么啦？”萧莫谛想起了那首诗，浅浅一笑，问，“赵大人，上午你也去华藏寺敬香了？”

“是的，在寺僧那里，在下看到了帅夫人留下的两句诗。”

“本来想写四句的，但写了两句后，再想不出好句子来了。”

“从这两句诗来看，帅夫人对宗翰元帅的思念与挂牵可谓情深意切，铭于肺腑；帅夫人虽然是契丹望族，却对汉人文化的学习用力尤深，且天资非凡。你作诗的功力，可与汴京城中的李师师媲美。”

“李师师，就是徽宗皇帝最喜欢的那个女子？”

“正是。”

“我没有看过她写的诗。”

“在下读过几首。有一次，徽宗皇帝将李师师写的一首小词给在下看，嘱在下和一首。”

“你和了吗？”

赵良嗣摇摇头。

萧莫谛惊讶地问：“你是徽宗皇帝钦封的学士，敢不奉旨？”

“李师师写给皇上的词，表露的是两人的私情。我一个当臣子的，哪敢从中掺和？皇上后来自己也想明白了，再没问这件事。”

“南朝皇帝风雅，他身边的女人一定很幸福。”

萧莫谛感叹着，也触动了自己的心思，脸上露出了惆怅。

赵良嗣察言观色，看了一眼小八爷，发现他心不在焉地咬着自己的右食指，便问他：“小八爷，听说帅夫人这个称呼，是你叫出来的。”

“是啊。”小八爷瞧了萧莫谛一眼，讨好地说，“咱主人是大金国西路军大元帅，他的夫人自然是帅夫人了。咱这么开口一叫，上上下下就都这么叫了。”

赵良嗣赞道：“帅夫人，这称呼真好。”

萧莫谛微翘的嘴角上挂着微笑，她显然对这个称呼也是满意的。

赵良嗣用心地琢磨着萧莫谛内心真实的感受，尽量找一些令她愉快的话：“帅夫人，南朝皇帝身边的女人太多了，尽管她们享尽了荣华富贵，但若是说到幸福，却没有一个女人比得上你。”

“是吗？”萧莫谛微微有些诧异。

“是的。”赵良嗣肯定地说，“幸福好像是一颗糖，放在一个人的嘴里，那肯定是很甜很甜，但如果放在一桶水里溶化，再分给很多人喝，恐怕大家都喝不出甜味来。”

萧莫谛想了想，笑道：“赵学士很会说话。”

赵良嗣继续说：“帅夫人，你是一个人吃一颗糖的。”

萧莫谛秀美的椭圆形的脸庞上泛起浅浅的红晕，她不是在回答赵良嗣，而是自言自语：“我很知足。”

“金、宋、辽三国，在下都很熟悉。论皇帝，最无趣却最能干成大事的是大金国的阿骨打皇帝；最有趣的是南朝徽宗皇帝，他既是九五之尊，又是风流才子；至于大辽国的天祚帝，不用在下饶舌，你更清楚。在下要说的是，三国中的元帅，会带兵打仗的不在少数，但像你的夫君完颜宗翰这样逢战必胜、逢敌必克让人一听名字就心里发怵的将军，却不多见。”

萧莫谛厌恶男人们的杀伐之事，她说：“宗翰说过，待战争结束，就解甲归田，带着我，到草原上去放牧。”

“啊，那才是神仙眷侣，”赵良嗣顺着萧莫谛的话头说，“只是这战争的结束还遥遥无期啊。”

“啊，是吗？”萧莫谛愣着问了一句，这才记起赵良嗣是南朝使者，立刻警惕地问，“赵学士，你来元帅府中，究竟有何事？”

“实不相瞒，有两件事。”

“政务事不要与我谈，待元帅回来，你与他谈去。”

“帅夫人，这两件事是要与你谈的。”

“什么事？”

“先说第一件事。”

赵良嗣说着打开随身带来的镶金木盒，从中拿出三个多月前曾想送给李师师却被她拒收的那条七彩宝石项链系着的虫珀吊坠，恭恭敬敬地递给萧莫谛。

萧莫谛并不伸手去接，而是问道：“一看就知道，这是大辽国的宫廷首饰，你拿来干什么？”

“帅夫人，这是一颗价值连城的虫珀吊坠，你知道它的来历吗？”

“不知道。”

赵良嗣于是又把虫珀吊坠的来历讲了一遍。出于好奇，萧莫谛接过虫珀吊坠仔细看了一遍，禁不住感叹：“天祚帝的母亲，命运太悲惨了。”

“是啊，这颗吊坠是天祚帝父亲送给他心爱的妻子的定情物。凡是不该得到它的人，拿到它就会死于非命。”

“那，什么人可以得到它呢？”

“天祚帝本人，或者他的亲人。”

听到这句话，萧莫谛像被大马蜂螫了一口，她立刻把吊坠还给赵良嗣，忙不迭地说：“天祚帝不是我的亲人，他是我的仇人，对，是我的仇人。”

“帅夫人，你别误会，在下拿这颗吊坠来，不是为了送给你。”

“那你拿出来干什么？”

“在下想通过你，把这颗吊坠交给宗翰大元帅。”

“他，他更不能要。”萧莫谛几乎嚷起来，“天祚帝是我的仇人，他更是宗翰的敌人。”

“正因为这样，在下才赶来送这颗吊坠。帅夫人，你一定要收下。”

赵良嗣说着，又把吊坠搁在萧莫谛面前的几案上。萧莫谛白了他一眼，对小八爷说：“小八爷，送客！这颗吊坠，也让他带走。”

小八爷起身就要逐客，赵良嗣朝他拱了拱手，又对萧莫谛说：“帅夫人，你听我把话说完，在下拿出这颗吊坠，绝没有讨好你们的意思，更不会加害你们。”

“那你……”

“物归原主，在下是想请完颜宗翰元帅，将这颗吊坠送还天祚帝。”

“他怎么还？”

“今天是什么日子？”

“冬至。”

“对，冬至。今天，天祚帝已离开了夹山。”

“是吗？你怎么知道？”

赵良嗣诡谲地一笑，对萧莫谛说：“帅夫人，这是我求你的第二件事，大元帅一回来，请你转告他，务必要单独见我，我有十万火急的情报告诉他。”

第三十三章　边城奇袭

天祚帝率一万二千骑兵，两天前离开夹山，于冬至日的傍晚攻陷了宁边州。这宁边州在蒙古高原的西南部，是西京大同府管辖的最为边远的一个州城。从这里再往西过天德、东胜，即进入西夏国境。完颜宗翰一直提防天祚帝率领残部逃往西夏，故将重兵布防在云内州与东胜一带。谁知天祚帝突然出兵奇袭渔阳岭之后，没有向西也没有向北，却径自向南进攻宁边州。如此用兵倒是打了大金军一个措手不及。稍作抵抗之后，他们便选择撤退，以躲避辽兵的锋锐。

天祚帝自逃入夹山之后，朝思暮想的都是他的复国计划。他离开辽上京，本意是想去燕京，怎奈秦晋王篡国在先，一部分大臣与军队在群龙无首的情况下拥戴了秦晋王后又宣誓效忠萧莫娜。此情之下，天祚帝又想去西京大同，没想到阿骨打神兵天降抢先攻占，天祚帝走投无路，这才退踞夹山。当耶律大石挟持萧莫娜来到夹山，双方冰释前嫌后，天祚帝又想出山攻占平州或者大同。没想到耶律大石在夹山待了不到四个月，就率领三万部众北入大漠，另建后辽政权，导致天祚帝的复国计划又一次受阻。一直挨过十月，草原进入冰天雪地的冬天，天祚帝知道再待在夹山必然粮草断尽死路一条，加之几路探马来报，西京方面与南朝为山后六州交割事宜产生了巨大分歧，双方秣马厉兵似有交战之势，他便断然决定向西京进发，初战告捷拿下了宁边州，这让他大喜过望。

入城之后，天祚帝直接住进了总兵府。这总兵府本是大辽国所建，大金军入住后，倒也没做什么改动，也没有任何破坏。所以，天祚帝一走进来就倍感亲切。随他入住总兵府的还有萧莫娜与澄宇老和尚。北院宰相大悲奴也随着军团一起行动，他带着一应臣僚差官住进了州衙。

蒙古高原的大雪比西京下得早，昨天，军队过渔阳岭时，雪就开始下了，等到天祚帝进了宁边州，这雪越下越大。总兵府中的砖炕烧得很旺——这是大金守军的功劳，他们撤退时来不及熄灭。

天祚帝在一间大廨房里坐下，脱下虎皮大氅以及铠甲之后，他就嚷着要侍卫去置办酒肉。在马背上奔驰了一天，他想饕餮一顿。这时候，已经换好了衣服的萧莫娜走进来，对天祚帝说："你总是想着吃肉喝酒，正事还没做呢！"

"什么正事儿？"天祚帝问。

萧莫娜反问他："今天是什么日子？"

"冬至。"

"冬至该做什么？"

"庆祝胜利。"天祚帝脱口而出，他一直在兴奋之中。他挥舞着双手继续说："自从进了夹山，差不多一年半时间，人都快憋死了。今天是我离开上京临潢府避难以来的第一个胜仗，怎么能不庆祝呢？我不但要吃肉喝酒，还要摆上全套的金餐具。"

萧莫娜笑着摇摇头，讥道："我看你真是一个昏君。"

"你怎么敢这样骂我？"

"一大早我们就骑马往宁边州赶，我对你说过，今日是冬至，应该念一回《观音普门品》，你忘记了？"

“哦，真的忘了，”天祚帝一拍脑袋，愧疚地说，“对，我得先念一回经，然后再喝酒。”

萧莫娜便领着天祚帝出了廨房，走到院子尽头的一间屋子，这里本是总兵府粮秣官的一间值房，临时改成了佛堂。天祚帝与萧莫娜进来时，澄宇老和尚已经布置停当。只见南墙正中设了佛龛，共分两层。上层供着鎏金铜佛如来宝像，下层供了净瓶观音，也是簇新的鎏金铜像。佛龛前边，摆了两只锦缎蒲团。在这两只蒲团右侧稍稍靠后处，另放了一只青布罩面的草芯麻编蒲团，那是澄宇老和尚的。

天祚帝与萧莫娜进来，澄宇老和尚也不搭话，只用手指了指蒲团，待两人男左女右跪了下去，澄宇也跪到自己的蒲团上，他摇响手上的檀板铃铛，低声唱了起来：

阿弥陀佛，
法雨施恩。
观音慈悲，
拔救众生。
大千世界，
七极微尘。
节临冬至，
开光明门
…………

澄宇老和尚似唱似念，音调低沉悠长，让人听了肃然起敬。放过焰口之后，天祚帝与萧莫娜便跟着他诵起了《观音普门品》。

到佛堂前，天祚帝肚子就已饿了，但跟澄宇唱了一会儿经文，他反倒神清气爽忘记了饥饿，趁三段经文诵完，澄宇起身走到佛龛前换香的时候，天祚帝憋不住问道：“老和尚，你平日里只是讲大千世界，今日里又加了一句‘七极微尘’，这是个啥意思？”

澄宇老和尚轻轻敲了一下檀板，像转山一样绕着两只蒲团慢慢走着，一边走一边说道：“佛经有载，七极微尘成一阿耨池上尘，七阿耨尘为铜上尘，七铜上尘为水上尘，七水上尘为兔毫上尘，七兔毫上尘为一羊毛上尘，七羊毛上尘为一牛毛上尘，七牛毛上尘成一向游尘，七向游尘成一虮，七虮成一虱，七虱成一穬麦，七穬麦成一指，二十四指为一肘，四肘为一弓。”

天祚帝听了似懂非懂，他偏过头来看着双手合十两眼微闭对着佛祖与观音等虔诚祈祷的萧莫娜，问道：“七极微尘，那是个什么东西呀？”

萧莫娜没有睁眼，回答说：“七极微尘就是七极微尘，不是别的东西。”

“你见过吗？”

“没见过。”

“澄宇老和尚，你见过吗？”

澄宇摇摇头：“老衲也没见过。”

天祚帝扮了个鬼脸，咕哝道：“没见过的东西你也信？”

澄宇耐心解释：“微尘是大千世界中最小最小的东西，把它放大到千万倍，才一只虱子那么大，我等凡胎肉眼，哪里看得到。”

“那谁看得到呢？”

“佛祖如来，观音菩萨，他们都看得见。”

“看得见又怎样，那么小的玩意儿，跟咱们有关系吗？”

“有。”

“有什么关系？”

“大千世界就是七极微尘，反过来说，七极微尘也是大千世界。”

“真玄哪，朕听不懂。”

“就因为你听不懂，你才落到今天这个样子。”

萧莫娜这时睁开了眼，并无恶意地戗了天祚帝一句。天祚帝佯笑着，他已习惯了萧莫娜的矫情与讥讽。

澄宇仍不急不躁地阐释：“你是大辽国的皇帝，你既是大千世界，也是一粒微尘。俗话说，从一滴水中看太阳，这一滴水比起太阳来，就是七极微尘。但是，一滴水又蕴藏了太阳的功德与威力，它可以让一棵干枯的禾苗免于死亡，又能淹死一只小小的蠓虫。所以说，这滴水又是大千世界。皇上你既是天上的那一颗太阳,又是大地上的一滴水。你可以让你的人民得到幸福，也可以给他们带来灭顶之灾。太阳可以烤干这滴水，这滴水也可以淹没太阳。”

澄宇自信在讲述一个对天祚帝非常有用的伟大的道理。为了避免因晦涩的说教而遭到天祚帝的排斥，老和尚尽量说得浅显易懂。天祚帝似乎理解了澄宇的良苦用心，但此时他感到跪久的膝盖有点生痛，便问老和尚：“我现在能起来站一会儿吗？”

“你起来吧。”

“多谢老和尚。”

天祚帝双手一撑站了起来，他没有忘记搀起萧莫娜，跺了跺腿脚之后,他又问澄宇:“老和尚,今天是冬至,为什么一定要做一场法事？”

“在中原，冬至是犯人起斩的日子。这一天，所有被关在牢狱里的死刑犯，都会被押赴刑场。”

“是的，”天祚帝点点头，“大辽借鉴中原的法令，也是这么做的。”

“为那些在今天死去的人，我们应该做一场法事超度。”

“可今天被斩决的人，都是坏人。”

“有没有被杀错的人呢？”

“这个……”

“还有，即便是十恶不赦的恶魔，他们也有被超度的权利，他们也需要离开地狱，重获新生。”

“这个……这个……”天祚帝瞅了瞅佛龛上的两尊铜像，挠了挠脖颈说，“实话说吧，我没听懂老和尚的话。”

澄宇又往香炉里续了一支香，说：“皇上，佛是要拯救众生的。”

“这我知道。”

“你知道什么？你说给老和尚听听。”

萧莫娜朝天祚帝嫣然一笑，她的眼神有嘲弄的意味，也含有柔情。天祚帝喜欢这种眼神，他回答说：“众生就是所有的人。”

“不对。”萧莫娜摇摇头。

“那你说说。”天祚帝抬扛。

“众生是所有的生命，一朵花，一棵草，一匹马，一只鸡，都同人一样，都属于众生。”

天祚帝把目光转向了澄宇：“老和尚，萧莫娜说得对吗？”

“她说得对。”澄宇的眼眶里溢出了慈祥，“不过，老衲还想补充，众生也包括坏人。”

“坏人？”天祚帝略略吃惊。

澄宇加重语气，进一步解释：“杀人的人，被杀的人，都是众生；无恶不作死不改悔的人，放下屠刀立地成佛的人，也都是众生，观音菩萨救苦救难，是救所有的人，所有的生命。”

听到这席话，天祚帝陷入了深思，他不自觉地靠在了佛龛上，两眼盯着房顶出神。

萧莫娜轻轻地搡了天祚帝一把，附在他耳边低声问道：“阿适，听明白了吗？”

天祚帝摇摇头：“越听越糊涂。”

萧莫娜看了澄宇一眼，老和尚也闭着眼捻起了佛珠，她只好把自己的理解讲给天祚帝听：“在众生里，大千世界与七极微尘没有分别，善与恶也没有分别。”

天祚帝说：“这句话我不同意。”

“为什么？”

“善与恶是最大的分别，怎么能没有分别呢？我现在最大的愿望，就是把我的敌人送进地狱。”

“阿适，这一点你没有错……”

萧莫娜还想说下去，却见如今担任天祚帝卫队长的张宝成一阵风似的跑进来，禀道：“皇上，撤走的大金军又来攻城了。”

天祚帝重新穿起铠甲戴好镶嵌了不少红蓝宝石的鎏金铜盔登上南门城楼时，只听得州城外的旷野上人声鼎沸，战马嘶鸣。又见雪地上远远近近燃起了不少篝火，一排又一排的骑兵冲过来朝城头上放箭。宁边州并不大，常住人口三五千人，这里的守军也从来没有超过两千。今儿傍晚大辽军攻占宁边州后，为了避寒，也为了将士们能喝上一口热汤，吃一顿饱饭，天祚帝便下令让一万二千名将士进城安歇。这会儿将士们刚吃完饭，都涌上城头，与大金军相互射箭，但人多城窄，多数人使不上劲儿。

今日从宁边州撤退的大金军隶属完颜希尹的军团。完颜宗翰的西路军攻克辽上京时，还只有两万人，随后一年多来迅速壮大到十万人，这十万人分成三个军团，完颜希尹与耶律余睹各领一支，每支三万人，完颜宗翰自率一支，四万人，这四万人是西路军的精华，其中有五千人是参加过黄龙府战役的子弟兵。完颜宗翰让完颜希尹的军团驻防在云内州、东胜州与金肃军一线，防止天祚帝向西逃窜进入西夏国；让耶律余睹驻防在武州、朔州与蔚州，切断天祚帝向南借道进入大宋的途径；他自己的军团则驻扎在大同，既可以左右驰援，又可以牵制河北的大宋官军。驻守宁边州的这一支，是完颜希尹第三团军的一个团。第三团军共有三个团，另外两个团分别驻守在柔服与宁人两座县城。从宁边州逃出的部队，半路上遇到了由第三团军的长官骨必朵参将率领的援军，骨必朵将军闻讯后，一方面派人驰回大同报信，另一方面迅速集合柔服、宁人两县的部队增援宁边州。于是，三股部队合在一起，火速赶到了宁边州连夜攻城。

天祚帝在城头仔细观察了大金军，判断出他们是远道奔袭，并没有备下云梯、橹车、弩机等攻城装备，加之人数并不多，于是决定打开城门，主动出城迎击。他刚要传达命令，却见萧莫娜也换了一身戎装急匆匆登上楼来，在忽明忽暗的火光中，她的一袭猩红的斗篷格外醒目。

“你怎么来了？”天祚帝问。

“参战！”萧莫娜嘴里迸出两个字。

天祚帝一笑：“哪有女人打仗的？”

萧莫娜瞋了天祚帝一眼，问：“郭药师偷袭燕京城的事，你听说过吧？”

“耶律大石对我讲过，你的确是个女王，但今天用不着你。”

“为什么？”

“有我在，你不必去冒这个风险。真刀真枪的，我怕你有闪失。”

“你既这么说，我偏要参战。”

“那，你说，这仗怎么打？”

萧莫娜还来不及回答，只听得“嗖”的一声，一支羽箭从她头顶飞过，射在一根横梁上，急得天祚帝拽着她的手，一边往下拖一边嚷道：“乱箭不长眼睛，你快走，快走！”

萧莫娜一把甩开天祚帝的手，又站到城楼前，指着一拨又一拨扑上来射箭的大金兵说：“他们进攻毫无章法。”

“但他们不怕死。”

“阿适，你怕死吗？”

“我不怕。”

“我也不怕。”萧莫娜一脸傲气地接着问，“你方才问，这仗怎么打，是不是？”

“是的。”

“咱俩各带一支骑兵，出城迎击他们。”

“噢，你也这样想！”

天祚帝咧嘴一笑，萧莫娜黑葡萄一样的大眼睛射出火一样的光芒，催促道：“皇上，你快下令，打开城门。”

“我这就下令，但你得听我的。”

“你说。”

“你不准出城。”

“不！”

“宝贝儿，你别倔强好不好，”天祚帝几乎是哀求，“你若有个三长两短，我的复国梦就破灭了。”

“阿适……”

“宝贝儿，你忘了澄宇老和尚的开示了？他说，众生即佛，这众生，有好人也有坏人，佛不但要拯救好人，也要拯救坏人。现在，我去杀坏人，等我杀死了他们，你再与澄宇老和尚一起做法事，超度他们。”

“皇上，大金军是敌人，不是坏人。”

“反正一样，我出城去，就是为了杀人。这作孽的事，你不要去做，让我一个人去做。”

天祚帝这一段率真的表露，让萧莫娜大受感动，她踮起脚来，为身材高大的天祚帝正了正在火光中闪闪发亮的头盔，动情地说：“一国之主，在战场上就要冲在前头，你去吧，佛祖保佑你。”

就在两人依依话别之时，借着乱箭的掩护，一部分大金军的将士已冲到城墙跟前，他们与守城的辽兵近距离展开了枪战，一些金兵不知从哪儿弄来了槽木，抬起来奋力地撞击城门。天祚帝走下城楼，看到几十位辽兵组成人墙，死死地顶住摇摇欲坠的大门，天祚帝大喝一声：“散开！”

门洞里人声嘈杂，士兵们没有听到断喝声。全身披挂手持一柄长刀的天祚帝跃上战马，他的身后是三千名御林军铁骑。也不等天祚帝再次下令，只见那两扇上了顶门杠的大门整个儿倒了下来，大金军的呐喊像海啸一样涌进了瓮城门洞。

说时迟，那时快，只见天祚帝突然身子前倾，两只脚紧紧地踩着铜马镫，屁股离了金马鞍，一夹马腹，那匹长得最帅也最高大威猛的黑白相间的三河马，便像一支离弦的箭，射向了城门外火光明灭的草原。

熬鹰师出身的卫队长张宝成紧随在他的身后，再后面，三千铁骑像一股汹涌的洪流席卷而来。

战场上的气氛，顿时热烈起来。

最有趣的是，那九只翅大如轮喙利如刀的海东青也紧随着天祚帝，在夜空中翱翔——这些被天祚帝当作亲人一般看待的宠物们，本来被搬上城楼，锁在鹰架上。看到天祚帝骑在马上冲出城门，它们鼓噪着拍着翅膀尖叫起来，于是萧莫娜松开了拴在它们脚上的铜链子，让它们追随主人去战斗。

进攻的大金军的首领，那位第三支队的指挥官骨必朵，此刻正在门旗下察看战场的局势，那门旗插在一处小土堆上。骑在马上的骨必朵从这里可以俯瞰他的兵士们在城墙前展开的一次又一次的进攻。

还在城门楼上的时候，天祚帝就看到了那一面在北风中猎猎飞扬的门旗，他知道这是指挥官所在的位置，一出城门，他就朝着这面门旗狂奔而来。路上试图拦截他的那些金兵，都被紧紧追随天祚帝的御林军骁勇的骑士们缠住厮杀。

骨必朵也是久历战阵的将军，当天祚帝冲出城门时，他立刻就意识到这不是一般的人物，应该是辽军的主帅。他立刻从马背上取下强弓，从箭袋里摸出一支箭来扣在弦上，试图将这位奔向他的辽帅射杀。但是，当他刚刚拉起强弓，忽见一只海东青凌空而降，一只强健的翅膀在他的脸颊上扫了一下，他感到一阵灼痛，拉弓的手一松，海东青又在他的右手背上狠狠地啄了一口，顿时，他青筋裸露的手背上血流如注。

强弓掉地的同时，骨必朵的马也受惊了，它突然扬起两只前蹄，把猝不及防的骨必朵掀翻在地。

骨必朵的身边也有一小队战士，他们见指挥官滚落马下，纷纷赶过来营救，但这时天祚帝已驰到跟前，只见他刀一抡先砍断了门旗，然后纵身下马，就要取骨必朵的性命。但此时，七八位金兵将他与张宝成团团围住，刹那间一场短兵相接的厮杀在小土堆上展开。

张宝成一手握刀一手握棒护着天祚帝，一连击杀了三位金兵。这时，闻讯赶来的金兵越来越多，天祚帝一刀劈死了一个挺枪朝他扑来的金兵哨长，兴奋地嚷道："我是大辽皇帝耶律延禧，你们有种的，快快上来领死。"说话间，又一个猫腰冲向他的金兵被削成两截。而那九只海东青也尖叫着参加了战斗，它们的利喙将试图接近天祚帝的金兵啄得头破血流。

再说跌落马下的骨必朵，本想站起来投入战斗，怎奈脚踝骨摔断无法站起来，他试图杵着枪重新上马，但几次努力都失败了。这时候他听到天祚帝自报家门，才知道原来攻陷宁边州的是逃匿荒原的大辽皇帝。他立即从靴筒里抽出匕首，就地一滚——他想滚到天祚帝身边用匕首结果他的性命。但是，他的意图被混战中的天祚帝看出，也不待他滚到跟前，天祚帝已凌空跃起，双脚落地前，那把沉重的大刀已横空劈下，骨必朵紧握匕首的手被生生地斩断。

第三十四章　铁帅柔情

完颜宗翰回到元帅府，已经是下半夜了。他也是因为在武州地面遭遇到暴风雪而阻碍了行程。萧莫谛虽然不确定他能否在冬至日赶回来，却仍然坚持等候。当日夜思念的夫君带着一身雪花出现在面前时，她立刻伸出两只温热而柔软的手在他生满短鬓而又冰凉的脸颊上揉搓。她想着丈夫长途跋涉归来，一定是又累又饿，便张罗着要给这位风雪夜归人弄一碗热汤喝喝。

当萧莫谛准备离去时，完颜宗翰把她拦住了，借着温馨的烛光，他看到萧莫谛俊俏的脸蛋上闪耀着瓷一样的光芒。寝房里的砖炕烧得很热，只穿着一袭素丝睡袍的萧莫谛周身散发着一股说不出的销魂的香味。离家差不多两个月的完颜宗翰一直怀念这种香味，当然，还有她那一双脉脉含情的会说话的眼睛。他心中的某种渴望一下子被撩拨了起来，眼下他首先要解决的不是饥饿而是欲火。他迅速把自己身上的衣服扒光，将颤抖而又期待的萧莫谛抱上温热的炕头……

当玉山倾倒、银瓶乍泄的男欢女爱稍稍停歇，不觉已交寅时，但窗外仍一片漆黑，激情之后感到慵困的萧莫谛很想依偎着完颜宗翰强壮的胸膛美美地睡上一觉。突然，她记起了赵良嗣托付的事情，于是摇醒了刚刚睡去的完颜宗翰。

宗翰听完萧莫谛的述说，立刻睡意全消，他正想就此事再做详细的询问时，却听得门外有人轻轻地喊他："大帅！"

"谁？"完颜宗翰问。

"我。"这是小八爷的声音，"大帅，希尹监军与余睹都统都来了，在前厅等候。"

"这么早两人一起赶来，一定有急事。"

完颜宗翰说着，吻了吻萧莫谛比羊脂玉还细腻的脸蛋儿，然后翻身下炕，穿好衣服去了前厅。

大半个时辰前，宁边州失守的消息传到了完颜希尹的官邸。乍一听到这个消息，完颜希尹不免焦灼，因为失败的部队属于他的军团。他觉得这件事非同小可，同时他也知道完颜宗翰已经归来，于是急速通知耶律余睹一起前来元帅府禀报军情并商量对策。

听完希尹的报告，宗翰锁着眉头深思了一会儿，问："宁边州驻扎了多少部队？"

希尹答："第三团军的一个团。"

"一千人，"宗翰说了一句，又问，"第三团军的总辕设在哪里？"

"柔服县城。"

"为何总辕不设在州城，要设在柔服县呢？"

"因为柔服离西夏更近。"

宗翰想了想，又问："渔阳岭有守军吗？"

"有，只是一个哨棚，几十号人，属云内州的部队。"

"既然有兵士，为何辽兵进攻宁边州，守军却没有得到任何消息？"

宗翰的口气非常严厉，希尹听了忐忑不安，但他也不知道原因所在，只得推测："八成儿，那一只哨队全军覆没，没有一个回来报信。"

"这就更说不过去了。"宗翰本想做更严厉的训斥，但看到希尹涨红的脸，便又忍住了，改口问道，“给你送信的哨马，是谁派出的？”

“骨必朵。”

“他现在哪里？”

“他率领第三团军人马杀回了宁边州，出发之前派出哨马向我禀报军情。”

“那就是说，宁边州那边的战况，眼下还无从知晓。”

“是的。”

完颜希尹说这两个字的口气既有些紧张，又有些不知所措。他比完颜宗翰大两岁，虽然都姓完颜，但他不是阿骨打家族的近支。他认为宗翰之所以得到阿骨打的信任，是因为这位铁血将军是老皇帝的亲侄儿。宗翰从小与二太子宗望一块儿长大，两人义气相投，处得比亲兄弟还亲，哥儿俩最受阿骨打青睐，所以被委以东、西两路大军的主帅。希尹、娄石，还有阿骨打的亲儿子宗干、宗弼等，都只能在两支大军中担任副职。完颜希尹虽然心中十二分不高兴，但也只能藏着掖着不能表露。因为宗翰的确是大金军中的灵魂人物，在将士们中，宗望被称为“菩萨太子”，而宗翰则被称为“铁血元帅”。他英勇善战而且残酷无情，无论对辽还是对宋，他都持强硬态度。熟悉内情的人都知道，在阿骨打生前，能够影响他决策的只有两个人，一个是陈尔栻，一个就是宗翰。

宗翰言语不多，但每次打仗排兵布阵都深思熟虑，三言两语说出来句句都是良策。将士们只要执行，皆能出奇制胜，他的威信就是这样建立起来的。这一点，连完颜希尹也不得不佩服。这也是他有些惧怕宗翰的原因。

刚才希尹的回答显然令宗翰不满意，他早就看出这位本族兄弟表面恭顺，内心中却有那种不肯屈居人下的傲劲儿，为顾全大局，他总是避免与之争执，但他作为主帅仍需提醒，问道：“希尹，你得到情报后，如何判断？”

希尹回答：“咱认为，这是天祚帝派出来打粮的部队，他藏在夹山粮草奇缺，难以度过冬天。”

“你为何有这种判断？”

“一到冬至，兵马猫冬，这是祖辈传下的规矩。退一万步说，真是天祚帝出山了，他也不会绕道长途奔袭宁边州，他一定会进攻东胜，从那里，他才能进入西夏。”

希尹自以为分析透彻，宗翰却不做评论，他转而问耶律余睹：“余睹，你了解天祚帝，你说说，希尹的话有没有道理？”

耶律余睹曾是天祚帝手下最有权势的大将，归降大金后，就一直担任宗翰的副将。论战场上的经历，他比希尹丰富，但他看出希尹始终提防着他，故每次议事他都小心翼翼。眼下宗翰的提问，他无法回避，他只能说出自己的判断：“我认为，奔袭宁边州，应是天祚帝亲自指挥的。”

“啊，”宗翰浓浓的剑眉一扬，“你往下说。”

从宗翰的鼓励中，耶律余睹猜出他是同意这一观点的。但他也看出希尹的嘴角浮出了冷笑，此时他无法两边讨好，只得继续按自己的分析说下去：“天祚帝是一个由着自己性子做事的人，他常常冒着暴风雪，到旷野上寻找饥饿的狼群，或者钻进密林里打熊。尽管大臣们反对他这样做，认为冰天雪地中狩猎是一件非常危险的事，但天祚帝从不听他们的主意，他从不肯猫冬，恰恰相反，只要天上一下雪，他就精神抖擞……”

“余睹将军你别忘了，打仗不是狩猎，一个军团出来，连给养都无法补充！”

希尹粗暴地打断余睹的话，他觉得余睹的话是存心讨好宗翰，偏偏宗翰偏袒余睹。宗翰看出希尹的鬼心眼儿，制止他，道：“希尹，让余睹把话说完。”

余睹继续说下去：“希尹监军说得对，在严冬里发动战争，是军事上的大忌，主要的问题就是给养。但在我看来，天祚帝攻打宁边州，就是为了给养。离西夏最近的边城是东胜，但东胜只是一个县城，物资储备要比宁边州少很多。”

希尹戗了余睹一句：“按你的说法，天祚帝并不想逃往西夏。”

“天祚帝的第一想法是复国，不到万不得已的时候，他不会出逃西夏。”

希尹鼻子里哼了一声，表示他不屑听到这样愚蠢的猜测。

不管希尹与余睹两人的情绪如何变化，宗翰却一直专注地听着他们的争论，他喜欢每次会议都能听到不同的声音。这位才三十五岁的年轻元帅，善于从别人的争论与责难中发现问题。

但是，这场争论却因为第二个探马的到来立刻停止。这个探马是在骨必朵被天祚帝劈死之后赶回大同送信的。他向三位首脑报告了发生在宁边州的最新战况：第三团军的将士们死伤甚多，攻城不克后，又退回到柔服县防守。

听完探马的报告，希尹对自己坚持的观点开始反省，但对余睹仍不服气，他悻悻地说：“这回余睹赢了。”

宗翰忽然兴奋起来，他对两位助手说：“谁赢谁输有什么要紧的？关键是天祚帝这只老狐狸露面了，这一回，说什么都不能让他逃掉。”

三位首脑紧急商议之后，宗翰并没有立即做出军事部署，一来是因为刚刚开始的暴雪天气还会持续几天，茫茫荒原上的积雪浅处也淹过马腹，而且道路全部封冻，人马调动非常困难；二来天祚帝翻过渔阳岭后没有取道东胜，说明他出兵的第一目的不是进入西夏。这一点他同意耶律余睹的分析。但他并不认为天祚帝攻占宁边州仅仅只是为了打粮。据现在所掌握的情报分析，天祚帝应该是带领他所有的人马离开了夹山，这么大的军事转移，这位逃亡的皇帝究竟要干什么？宗翰感到有必要获得更多的情报，然后再做决定。于是他让两位副手各自回府，在军团内做好战斗前的准备。随后他让小八爷去驿馆通知赵良嗣速来会面。

趁着赵良嗣还没到来的这段时间，宗翰回到后院与萧莫谛一起享受了一顿可口的早餐。

当宗翰到前院与希尹、余睹会面的时候，萧莫谛也跟着起床了。小六儿等几名丫鬟帮着她盥洗梳妆完毕，她就亲自到厨房里，让厨师熬了一锅放了红枣和枸杞的二米粥，摊了几张白面煎饼。另外，将头天就准备好了的羊杂碎汤重新加了姜丝与干红辣椒加热。

宗翰一进膳房，就闻到了诱人的香气，按他的习惯会先喝一碗羊杂碎汤，但他迁就吃素的萧莫谛，先陪着她喝了一碗二米粥，然后再就着羊杂碎汤吃煎饼。

席间，宗翰问萧莫谛："你知道今儿个早晨，希尹前来报告了什么消息吗？"

"他说什么了？"

"昨儿夜里，天祚帝攻陷了宁边州。"

"天祚帝？"萧莫谛仿佛被马蜂螫了一口，"他还活着吗？"

"怎么，你认为他死了吗？"

萧莫谛放下碗筷，眼眶里闪出了泪花。打从完颜宗翰娶她为妾后，这一年半以来，她从来不在宗翰面前提天祚帝，好像这个人在她的生命中压根儿没有出现过。宗翰怕勾起心上人的伤心回忆，也从不提她在辽上京的往事。宗翰刚才突然提到天祚帝这个名字时，萧莫谛完全没有思想准备。来到西京后，她深居简出，几乎与外界隔绝，因此她不知道天祚帝的任何消息。昨天，赵良嗣在她面前提起天祚帝，她拦住了他的话头。她对现在的夫君非常满意，她很珍惜这来之不易的爱情。所以她拒绝与外人谈过去的事。当赵良嗣拿出天祚帝母亲的那颗虫珀吊坠时，她的心一颤，有那么一忽儿的时间，她发觉天祚帝除了可恨，也很可怜。童年他失去了母爱，晚年又奔波在逃亡的路上……但她立刻意识到这刚刚萌生的同情心会毁了她现在的爱情，于是又强压了下来。但偏偏宗翰又主动提起，仓促间她感到慌乱，有些把持不住自己了。

"翰哥哥，对不起，"萧莫谛一边擦拭着眼角的泪花，一边解释说，"对天祚帝，我并不怀念。"

宗翰笑了笑说："谛妹妹，你不用解释，我想，很快我就会与天祚帝见面的。"

"你会杀他吗？"

"不会的，他毕竟是大辽国的皇帝，我们会活捉他。"

"如果他不肯被你们活捉呢？"

"谛妹妹，我们会有办法的。"

完颜宗翰的口气中充满了自信。萧莫谛并不打破砂锅问到底追问丈夫有什么办法，她只是感叹："你是战神，没有你做不到的事情。"

"逃亡的皇帝毕竟还是皇帝呀，我肯定会善待他，"宗翰说话的语气好像要讨好萧莫谛，他朝心上人挤了挤眼睛，调侃道，"何况他的老婆，如今和我睡在一个炕上。"

"翰哥哥！"

萧莫谛两颊飞红，既害羞又生气，泪珠儿滚出了眼角，她赌气地要起身离开。完颜宗翰连忙拦住她，赔小心说："谛妹妹，你别生气，这玩笑开过分了，我向你道歉。不过，我还要告诉你一个消息。"

"还是天祚帝的吗？"萧莫谛连忙捂着耳朵，说道，"不听，不听！"

"不是天祚帝的。"

"啊，是谁的消息？"

"你姐姐的。"

"姐姐？你们攻破燕京之前，她不是被耶律大石带走了吗？然后她就失踪了，我再没听到她任何消息。"

"萧莫娜没有失踪，耶律大石把她带到了天祚帝那里。"

"那，姐姐肯定没有命了。"萧莫谛顿时紧张起来，"翰哥哥，你说，我姐姐是不是没命了？"

宗翰盯着萧莫谛，不解地问："你为什么觉得你姐姐会死呢？"

"她不是帮助她的丈夫秦晋王耶律淳篡位吗？秦晋王死后，她又成了皇太后，维持着燕京政权。秦晋王刚登位的时候，我还在天祚帝身边，他把我找去，恶狠狠地对我说，如果哪一天他抓住了萧莫娜，一定会把她杀死。”

宗翰摇摇头：“可是他没有杀她。”

萧莫谛苦笑了一下：“这怎么可能呢？”

宗翰于是转了个弯问：“当年，天祚帝非常喜欢萧莫娜，这是真的吗？”

萧莫谛点点头。

宗翰把嘴凑近萧莫谛的耳朵，低声说：“听说天祚帝娶你为妃，就因为你是萧莫娜的妹妹？”

萧莫谛不置可否，但眼神里闪过一丝惆怅。

“你们姐妹感情好吗？”

“好，不好能叫姐妹吗？”

“但你们性格完全不一样。”

“翰哥哥，你别绕弯子了，快告诉我，我姐姐还活着吗？”

“活着。”

“这就奇了，天祚帝怎么会不杀她？”

“不但不杀她，他俩还化敌为友，重新恩爱起来。”

“这不可能吧？”

“我怎么会骗你呢！”

“你从哪儿得到的消息？”

“天祚帝的行踪，一直在我们的掌握之中。”

完颜宗翰的话激起了萧莫谛对姐姐的思念，她还想刨根问底，但是，小八爷这时进来禀报说赵良嗣已经在客厅等候，宗翰于是对萧莫谛说了一句“你等着吧”，就随小八爷到了客厅。

大约一个时辰后，完颜宗翰又回到了后院。一直心神不宁的萧莫谛想继续问姐姐萧莫娜的事，又怕犯了打探军事机密的忌讳，所以她尽量装出平静的样子。但宗翰看出她的心思，主动捡起先前的话头问：“谛妹妹，你知道你姐姐现在哪儿吗？”

“在哪儿？”

“宁边州。”

“她随天祚帝到了那儿吗？她真的成了天祚帝的女人？”

“你想不到吧？”

“真的想不到，天哪，原来姐姐心中一直在惦念着这个男人。”

“第三批探马也回来了，他们亲眼看见，你姐姐穿着大红斗篷，站在宁边州的城楼上。”

“天祚帝会带着她逃往西夏吗？”

“不会。”

“你怎么知道不会？”

“赵良嗣说他们不会。”

“赵良嗣，他说有十万火急的情报告诉你，就是说这件事吗？”

“是的，”完颜宗翰深情地看了萧莫谛一眼，轻声说，“谛妹妹，哥给你提个建议好吗？”

“你说。”

“今后，不管是南朝还是我们大金国的官员，凡是要与你见面的，你全都拒绝，你不要见他们。”

“好，我本来就不想见他们。”萧莫谛想了想，又警觉地问，“翰哥哥，我昨天与赵良嗣相见，给你惹麻烦了吗？”

“没有，他是想通过你，让我信任他。”

“啊，他不是说有十万火急的情报要当面告诉你吗？”

“是的，他来大同三天了，就等着与我见面，他不相信希尹与余睹。我想他肯定是听到了什么风声。”

“是吗？”

“希尹与余睹不和，两人互不服气，这是自家的事儿，我不想让人知道。”

“赵良嗣的情报有用吗？”

“南朝鼓动张觉叛变我大金，南朝自以为得逞了，但我夺回了平、营、滦三州，并坚持要了张觉的人头。南朝君臣认为我是大金国最难对付的人，所以派赵良嗣前来向我示好。”

“怎么示好呢？”

完颜宗翰不愧是大金国的铁血元帅，任何时候柔情也不会取代理智，这会儿，他没有满足萧莫谛的好奇心，只轻描淡写地说：“南朝不可信，他们刚刚出卖了张觉，现在，又把天祚帝出卖了，谛妹儿，天祚帝已成了瓮中之鳖。”

“啊，我多替姐姐烧香，求佛祖保佑她平安。”

萧莫谛说着说着眼圈儿又红了，完颜宗翰看着她，心里头忽然浮出了一个大胆的计划。

第三十五章　玛哈嘎拉

天祚帝本想在攻陷宁边州的第三天，就挥师南下攻打武州，但因风雪太大，道路全都掩埋在深深的积雪里，车辆马匹无法行走，部队只好在宁边州城里待命，这一待不知不觉就过了六天。

第七天早上，天才麻麻亮，天祚帝就从被窝里爬起来，被惊醒的萧莫娜揉着眼睛问："雪停了吗？"

天祚帝侧耳听了听窗外说："风弱了很多，雪好像也停了。"

"谢天谢地，这场雪足足下了七天，鸟儿都不知冻死了多少。"

说话间，两人都穿戴了起来。盥洗后，他们又一起来到膳房里喝起了奶茶。这时，张宝成进来禀报部队最新的情况：战马冻死了二十七匹；因薪柴干粪供应不足，一半的房子无法取暖；积雪太厚导致城西一处有三间土坯房的宅子倒塌，住在里面的十二名兵士四死八伤；军粮只能维持二十天，为了节省，每天由三顿饭改为两顿……

听到这里，本来就焦灼不安的天祚帝立刻嚷了起来："出发，今天就出发！"

萧莫娜问："出发到哪里？"

"武州。"

"此去武州多少路程？"

"放在好天气里，两天就够了。"

"可现在不是好天气。"萧莫娜总是在节骨眼上显得比天祚帝冷静，"要想出发，任何时候都可以，只是要看效果。部队现在开拔，一边铲雪一边前进，一天能走十里地就不错了。到武州三百多里地，猴年马月才能走到？且这一路，大多数地面前不巴村后不巴店，恐怕还没有走到武州，十之八九的人马就没了。"

听了萧莫娜这席话，天祚帝泄气了，他转动着手中的银碗，一声不吭。

萧莫娜看到天祚帝手中银碗里的奶茶已经喝干，提起奶壶给他续添，却发现奶壶也是空的，于是让侍立在侧的亲兵再送一壶来。

亲兵刚要离开，天祚帝喊住了他："不用再添了。"

萧莫娜说："我看你没喝够。"

天祚帝回答："给养不够，能省就省点，还有……"

天祚帝瞅了萧莫娜一眼，没有说下去，萧莫娜追问："还有什么？"

"你这几天的脸色，没有在夹山时那样好。"

萧莫娜说："风雪太大，猫在屋子里出不去，哪有好脸色。"

"我知道，还有一个原因。"

"什么原因？"

"你多长时间没有用牛奶泡澡了？"

"出夹山就没有泡过。这兵荒马乱的，已顾不得讲究了。"

"我已下令，要省一些牛奶出来，让你泡一个澡。"

"多谢你，还是省下牛奶送给将士们喝吧，"萧莫娜说着，又低声问，"皇上，咱们一定要去武州吗？"

天祚帝回答："你知道的，咱们为什么要去武州。"

萧莫娜沉吟不语，此次军事行动的真实目的，天祚帝告诉过她。

在九月末，南朝童贯曾派秘密使者来到夹山，告知天祚帝，南朝徽宗皇帝一直对他很惦念。并言大金皇帝阿骨打薨逝之后，继位皇帝吴乞买很难遏制以完颜宗翰为首的少壮派将领的扩张野心，他们有撕毁盟约重新夺回燕京之意。有鉴于此，徽宗皇帝经过反省欲除往谬，决心与大辽重修旧好，决定帮助天祚帝重整旗鼓恢复统治。经商定，天祚帝于冬至日前后率兵离开夹山前往与宋境毗邻的武州，届时宋军会派十万兵马在武州接应，宋辽两军在武州会合后，再一举进军拿下西京大同，那时，天祚帝即可在西京大同宣布复国。

从一开始听到这个密谋时，萧莫娜就觉得不可靠。她坐镇燕京时，也曾就联宋抗金以及附宋保燕等大计派手下与童贯密议，最后她还在房山县六聘山中的天开寺与童贯直接见面。她觉得童贯是个笑面虎，表面让人感到亲善，内心却毒如蛇蝎。因此她提醒天祚帝不要上当。但天祚帝复国心切，加之他相信徽宗赵佶的反省——与阿骨打联盟无异于引狼入室，如今吃尽苦头这才醒悟过来，欲与他天祚帝重申旧谊再度联盟。当然，宋朝密使也说出了徽宗皇帝开出的条件，一旦大宋帮助天祚帝复国成功，大辽要如数归还燕云十六州给大宋。天祚帝权衡再三，答应了赵佶开出的这个条件。

当天祚帝按约定的时间从夹山出发，萧莫娜虽然不情愿，却仍随着他一起行动。夹山在云内州地面，为了迷惑大金军，天祚帝听从萧莫娜的建议，先挥师向北拿下渔阳岭，将岭口值守的一个哨队三十余人不留活口全部斩杀,然后再折回来,绕过百里开外的塞北重镇云内州，向东取道丰州，再南下振武、河滨——在这里渡过封冻的黄河，然后沿毛乌素沙漠的边缘，穿过金肃军境内人烟稀少的荒原，突然出现在宁边州城外。如此长途奔袭，五百里地只花了三天时间，所以才打了宁边州大金军一个措手不及。

奇袭宁边州是天祚帝蛰伏夹山近两年以来的第一次军事行动，也是第一次胜利。天祚帝心里头清楚，如果不是采纳萧莫娜的建议，这一路不会如此顺利。但他也知道，萧莫娜是不同意他采取这次军事行动的。所以，当萧莫娜再次对进攻武州提出质疑时，天祚帝仍以与童贯订立密盟来解释。

萧莫娜知道天祚帝个性执拗，凡是他认准的事情，旁人很难说服他改变。但她认为南下武州事关两万余将士及臣僚家眷的安危，在诸多疑团未能解开之前，决不可冒冒失失地进兵。就在昨天夜里天祚帝召聚几位将军商议军事的时候，萧莫娜去找了澄宇老和尚，在将各方局势做了细致分析后，两人决定找天祚帝谈一次。

这时，萧莫娜也不再绕弯子了，她直截了当地告诉天祚帝："澄宇老和尚有一些忠告，要当面告诉你。"

"噢，老和尚忠告？他要说什么？"

看到天祚帝有些吃惊，萧莫娜便起了身，以不容分说的口气说："走吧，我陪你去。"

天祚帝随着萧莫娜来到佛堂，澄宇老和尚正在蒲团上闭目静坐。

天祚帝一进来就嚷道："老和尚，萧莫娜说你有忠告对我说。"

澄宇老和尚将手持念珠的手抬了抬，示意两人先敬香。

天祚帝接过萧莫娜点燃的一支檀香，敬香施礼后，三人换到隔壁房间里落座，澄宇老和尚开口问道："皇上，还记得吐蕃部给你送来的那九十八尊佛像吗？"

"记得，老和尚你清点时，说是遗失了一尊。"

"还记得是哪一尊吗？"

"大黑天。"

"对，大黑天。"澄宇老和尚轻轻地念了一声"阿弥陀佛"，接着说，"皇上，你知道大黑天的神勇吗？"

"大黑天是护法神。"

"对，是护法神，但不是一般的护法神。"澄宇老和尚解释说，"在吐蕃部的番僧那里，大黑天被称作玛哈嘎拉。这是能够让十方恶魔闻之逃遁的梵天诸神中的第一神。有玛哈嘎拉在，百煞消亡，百毒不侵。"

听到这里，天祚帝神情有些沮丧，叹道："早知道大黑天如此神圣，咱就会把它日夜带在身边。”

“皇上，老衲对你说过，一切都是天意。”

萧莫娜插话问道：“有补救吗？”

澄宇老和尚说：“皇上，老衲有几句话要对你说。”

天祚帝看了看萧莫娜，问澄宇：“是忠告吗？”

“也算是吧。”

“请老和尚开示。”

“开示之前，请皇上随老衲先念三遍大黑天咒语。”

老和尚说罢，深深地吸了一口气，让胸腔里发出一种低沉的容易让人产生幻觉的声音：嗡，玛哈嘎拉，梭哈——

天祚帝、萧莫娜仿效澄宇老和尚的韵调，虔诚地诵唱：

嗡——
玛哈嘎拉
梭哈——

这样一连念了三遍，澄宇老和尚才正色说道：“这是祈请大黑天的咒语，凡遇到灾难要请大黑天解救时，就先念三遍这个咒语。”

天祚帝盯着澄宇，提心吊胆地问：“老和尚，咱们现在有灾吗？”

“有。”

“什么灾？”

“这次出夹山南下武州，似有不妥。”

“不妥在哪里？”

“出门即遭大雪，此天象也；冬至大开杀戒，此人象也；君臣将士坐困边城，此地象也。天地人三象都不吉利啊。”

“老和尚，咱们如今在一条船上，你可不能说这等泄气的话。”

“天意难违啊，皇上！”

“什么天意？”天祚帝稍显不满。

澄宇老和尚反问天祚帝："你知道南朝徽宗的年号吗？"

"他的年号？咱当然知道，"天祚帝搔了搔脑袋，愣了一会儿，自嘲道，"真他娘的，咱脑子突然不好使了。"

萧莫娜一旁说道："宣和。"

天祚帝嘿嘿一笑："对，今年是徽宗的宣和六年。"

澄宇老和尚轻声说："宣和这两个字，是亡国之兆。"

"啊？"天祚帝一惊。

"宣和这两个字拆开来看，是一旦宋亡，二口无依。"

"是吗？此话怎讲？"

澄宇老和尚便把这两个字写出来，一笔一画拆分出来讲给天祚帝听。

天祚帝听了，心下不免骇异。愣了半晌，又问："老和尚，你说南朝也会亡在大金手上？"

"亡在谁手上，老衲尚须推断，但亡是肯定的，这是天意。"

萧莫娜接着澄宇的话说："皇上，南朝的兵都是银样镴枪头，去年我在燕京，童贯率三十万大军犯境，我只派二万人马守住滹沱河一线，他们就一步也前进不了。这回童贯说派十万人马到武州边境接应，我怎么觉着都不可能。退一万步说，即便南朝真的派来了十万兵马，在这种天寒地冻的时候，他们还有勇气打仗吗？"

天祚帝正想辩驳，张宝成急匆匆进来禀报："皇上，从大同城里来了六个人，带着九匹骆驼来到了咱们这里。"

"都是什么人？"

"不知道，他们声言要见你和萧王妃。"

"啊，有这等事？"

天祚帝说着站起身，带着萧莫娜辞别澄宇老和尚来到前院廨房。

紧连着廨房的厅事里，已坐着从大同城里来的六个人。天祚帝与萧莫娜走进来，六个人全都站了起来。

天祚帝逐个审视来者，只见来者都穿着厚重的皮袍，其中的四个年轻后生，都长得膀大腰圆，一身虎气，还有两个脸部包裹得严严实实只露出一双眼睛的人。天祚帝走到这两个人跟前停住了，他站在个头儿稍高一点的那个人跟前，伸手想去解那人的头巾，那人本能地后退一步。

天祚帝问："你是谁？"

那个人没有回答，但却上前两步站到萧莫娜跟前。四目相对，萧莫娜看到一双圆溜溜的大眼睛和两弯长长的睫毛。

"你是……"萧莫娜有些狐疑。

"姐姐！"

来者激动地喊了一声，并迅速解下包扎面部的头巾和头上那顶貂皮帽子，跟着她一起来的贴身丫鬟小六子也解下了面巾。萧莫娜看着她们，顿时惊叫起来："莫谛！我的好妹妹，真的是你吗？"

姐妹两人紧紧地拥抱在一起。萧莫谛因为激动，伏在姐姐萧莫娜的肩上哭出声来。萧莫娜双手捧起萧莫谛的脸蛋儿，在她的额头上爱抚地亲了好几口，一面亲，一面喃喃说道："天哪，难道这是真的吗？好妹妹，你怎么会来到这里呢？"

萧莫谛抑制住冲动，让自己的情绪平静下来，她松开萧莫娜的手说："姐姐，听说你到了宁边州，我特意赶来看你。"

姐妹重逢却将天祚帝晾在一旁，这位一向不甘寂寞的老皇帝心里头很不是滋味。因为萧莫谛毕竟是他迎娶并册封的元妃，这时候他悻悻地插话道："萧莫谛你可别忘了，你可是我的元妃，你到宁边州来，就只是为了看你姐姐？"

萧莫谛看了一眼天祚帝，冷冷地说："皇上，我早就不是你的元妃了。"

天祚帝以牙还牙，讥道："你姐姐比你可爱。"

萧莫谛一反常态，出口的话火辣戗人："皇上，你前年离开金上京，连九只海东青都带走了，却将我一个弱小的女子留在那空荡荡的宫殿里。从那一刻起，我和你就已恩断义绝了。我发誓今生今世再不与你相见。”

“那你为何又来了呢？”

“为我姐姐，我不能眼睁睁看着她跟着你不明不白地去送死。”

“你怎么这样说话？”

天祚帝的蠢脾气眼看就要爆发，萧莫娜及时阻止了他。她吩咐张宝成将萧莫谛的随从好好安置。待所有闲杂人等全都退出后，屋子里只剩下萧家姐妹与天祚帝了，萧莫娜首先将天祚帝数落了一通，埋怨他不该对萧莫谛态度粗暴，然后才对萧莫谛说：“妹妹，告诉皇上，你为何冒着天大的危险来到宁边州？”

“姐姐，我们骑着骆驼，从大同来到这里，整整走了五天。”

“这还幸亏是骆驼，如果是马，你们恐怕早就没命了。”

“骑骆驼也九死一生，暴风雪太大了。”萧莫谛心有余悸，她呷了一口萧莫娜递给她的煎茶，继续说道，“姐姐，你们是不是准备攻打武州？”

萧莫娜与天祚帝对视了一眼，天祚帝问：“你怎么知道？”

萧莫谛回答说：“我不单知道这个，我还知道，你们是想攻占武州，在那里与南朝来接应你们的军队会合，然后一起进攻大同。”

天祚帝傻眼了，心中忖道：这么绝密的事情，萧莫谛是怎么知道的？他追问：“你真的是从大同来的吗？”

“这难道有假？”

“谁告诉你这些情报的？”

“我现在的夫君。”

天祚帝醋意大发，脸一下子拉了下来，看在萧莫娜的面子上，他没有发作，只悻悻地说：“完颜宗翰那王八羔子，竟敢强占我的女人。”

“人家什么时候强占了？”萧莫娜站出来说话了，“是你把我妹妹抛弃了，人家真心真意娶了她。”

萧莫谛强忍着泪水，看着天祚帝，她忽然感到恶心。

萧莫娜又问：“妹妹，你到这里来，完颜宗翰知道吗？”

“他不知道我怎么能来呢？”

“他怎么知道我们与南朝的密议呢？”

“南朝派一个名叫赵良嗣的特使，将童贯与皇上密商的事儿，一古脑儿告诉了完颜宗翰。”

“啊，是吗？”

萧莫娜因为自己的猜测得到了证实，心里头反而安稳了许多，但天祚帝却一下子抓狂了，他一跺脚从椅子上跳了起来，挥舞着双拳叫嚷：“不，这不可能！这绝不可能！”

萧莫娜起身去把天祚帝拽回到椅子上坐下，拍拍他的肩膀说：“阿适，你先安静一下，听萧莫谛把话说完。”

天祚帝大口大口喘着粗气，看得出来，残酷的现实把他逼到了绝望的边缘。萧莫娜一直攥着他的手，平静地问萧莫谛：“妹妹，来这里送信是你的主意吗？”

萧莫谛摇摇头。

“是完颜宗翰让你来的？”看到萧莫谛的表情是肯定的，萧莫娜又疑惑地问，“他为什么要这样做呢？”

萧莫谛回答：“宗翰不想让你们白白送死。南朝为了让大金完整地归还燕云十六州，便想使用这种卑鄙的计策把皇上骗到武州，好让大金军把你们全部歼灭。起因是南朝要收回山后的六州，宗翰以皇上还未抓到为理由，拒不归还。所以南朝才想出这个恶毒的方法，要把皇上作为礼物送给大金军。姐姐，你们大概还不知道，在宁边州周围，如今已布置了十五万军队，除了宗翰的十万兵马，宗望元帅还派完颜娄石大将军率五万兵马赶来。你们只要一离开这座城，就会立刻遭到围追剿杀。”

“宗翰为什么要派你来？”

“把最真实的消息告诉你们，还有……”

萧莫谛看了看天祚帝与萧莫娜，欲言又止。

“还有什么？”萧莫娜问。

“还有，宗翰知道姐姐你在这里，他想让我们姐妹俩见上一面。”

萧莫娜充满柔情地看着萧莫谛，把天祚帝的手攥得更紧了，她又问：“你现在的丈夫，要把我们怎么样？他何时来攻城？”

“春节之前，他不会攻城的。”

“那么说，让我们在宁边州过春节，让我们在这孤城里饿死？”

“今天，我们一共来了九匹骆驼，两人骑一匹骆驼，余下六匹，驮的都是酒、糖，以及各种杂粮点心、果品香料，是宗翰送给你们过节的。至于战士们过节要用的物资粮草，宗翰也会派人送到城外，你们派人去取。”

“过完春节后，宗翰会怎样对待皇上？”

“宗翰说，只要皇上放弃复国的念头，大金国会供养他。”

“不，我必须复国。”

天祚帝又跺着脚咆哮起来，他指着萧莫谛骂道：“你是个贱女人，你快滚，不然，我会拔刀杀了你，我说到做到……”

“闭嘴！”萧莫娜厉喝一声，看到天祚帝扭曲的脸，她抽回手，伸出手指头戳了戳天祚帝的额头，半是恫吓半是认真地说，“阿适，你要是敢动莫谛一根指头，我就会把你那九只海东青的脖子全都扭断。”

天祚帝长叹一声，把头埋了下去。

萧莫谛向姐姐投来感激的一瞥，对天祚帝说：“皇上，你就是不赶我，说完话我也会立即返回的。现在我就要走了。走之前，把你的一件传家宝还给你。”

“传家宝？”

天祚帝抬起了头，萧莫娜也瞪大了眼睛。

萧莫谛从袍子里掏出那条虫珀吊坠的项链，小心翼翼地放在天祚帝的手上。

“这是什么？”天祚帝茫然地问。

“你母亲的遗物。”

萧莫谛把从赵良嗣那里听来的故事原原本本讲了一遍。

也许是恶劣的心情在作祟，也许是童年惨痛的记忆让他突然思念含冤辞世的母亲，天祚帝双手捧着虫珀项链，失声痛哭起来。

萧莫娜与萧莫谛姐妹二人，从来没有看到过天祚帝如此动情的撕心裂肺的哭泣。多愁善感本是女人的天性,她们联想到自己坎坷的身世，也都掩面而泣。

第三十六章　王的葬礼

卯时刚过，天才麻麻亮，躺在被窝里的萧莫娜身子稍稍动了一下，睡在她旁边的天祚帝立刻就问："莫娜，你醒了吗？"

其实萧莫娜一宿都没合眼，只是临到五更天的时候才迷迷糊糊睡着了一会儿。听到天祚帝问话，她转过身子，把头枕在天祚帝的臂弯里，问他："昨夜里，你也没睡好吧？"

天祚帝抚摸着她的肩，问："你怎么知道？"

"我没听到你的鼾声。"

"啊，你不是笑话我睁着眼睛也能打鼾吗？"

"是啊，男人的鼾声，女人的笑声，都是很迷人的。"

天祚帝的手从萧莫娜的肩头滑到她丰满的乳峰上，他轻轻地摩挲着，用充满伤感的语调说："留给我们的日子不多了。"

萧莫娜把手盖在天祚帝的手背上，深情地说："阿适，佛国的日子更好。"

"是啊，不食人间烟火，少了许多烦恼，下辈子再也不当皇帝了。"

说着，两人紧紧地搂在一起，天祚帝把生满硬髭的脸贴在萧莫娜保养得极好的粉嫩的脸上，萧莫娜忍受了一会儿，然后推开他，问道：“今天是什么日子呀？”

“二月二龙抬头。”

“惊蛰过了五天了，听说在江南，惊蛰会打春雷的。”

“雷一响，猫冬的龙就会被惊醒。”

“阿适，你抬抬头。”

“我？”

“今天二月二，你是真龙天子，该你抬头了。”

天祚帝翻了个身，真的抬起了头，盯着萧莫娜，尽量显得轻松。

萧莫娜看着天祚帝瘦削的面庞，心里头满是酸楚，她抚摩着他的脸颊，叹道：“阿适，你瘦多了。”

“瘦了精神。”天祚帝强笑着。

“阿适，我是幸福的女人。”

“啊？”

“因为我在二月二这一天，真的看到了龙抬头。”

“莫娜，下辈子你当皇帝，我当你的女人。”

天祚帝说罢把头倒在萧莫娜的胸脯上，萧莫娜感到有几滴滚烫的水珠滴在她的乳沟里，那是天祚帝的泪水。

二月二龙抬头这一天，尽管江南已春气萌动，但辽阔的荒原上，还是坚冰铺地，所有的河川都还没有融冻，旷野上还刮着凄厉的北风，地上没有奔跑的野兽，天上也不见飞鸟，这样的景象让人绝望。

天祚帝终于在二月初一这天傍晚，赶到了应州地面上一处名叫西风寨的小村子，西风寨只有十几户人家，都是没有得到墨水滋养也没见过世面的庄稼汉。天祚帝并不是来这里歇宿，而是因为到达这里时，张宝成询问此为何处，村民说是西风寨。张宝成误听为棲凤寨，天祚帝将这村名视为吉兆，也就安歇下来了。这西风寨在应州北面三十多里的一处平原上，那里是桑干河上游——灰河与浑源川两条河流交汇前夹束的一处谷地。这谷地的东边是龙首山，过了龙首山就是浑源、广灵和蔚县。这三个县分属应州与蔚州，都是前辽西京的辖区。大同管辖的二十余州县，虽然都变成了大金国的军事管制区，但因这里属于燕云十六州的山后六州，按金宋密盟是要交割给南朝的。金国既迟迟未交，却又不能派遣和任命官员前来管理，因此山后六州的州县仍由前辽的官员们管理。原来驻扎在这些州县的辽军将领，只要他们同地方官吏一样表态效忠大金，也统统就地录用，大金西路军元帅完颜宗翰只派少数军官前来督察。这些前辽军政官员慑于大金军的威势，倒也一如既往恭谨办事，至少在表面上，他们十之八九都在完颜宗翰面前服服帖帖。但是，辽军攻陷宁边州的消息传出后，这些前辽官员立马就人心浮动了。这些官员中有不少人内心里还是忠于大辽王室的。他们暗地里相互串联，商量勤王大计，并派出使者前往宁边州，恭请天祚帝到他们的地盘上实施复国计划。这批官员中，就有浑源、广灵与蔚县三县的知县，以及在这三县区域内的大约三千多名驻军。

听到这些消息，特别是会见了几名费尽千辛万苦来到宁边州的特使后，本已陷入绝望的天祚帝，心中又燃起了希望之火。加之派出的探马回来禀报，通往西夏以及南下朔州、武州的道路全部被大金军堵死。此时越过黄河进入偏关，再从那里翻越长城，通过人烟稀少的平鲁、山阴两县，再涉过灰河，借道应州前往浑源，仍不失为一条较为安全的求生之路。天祚帝遂决定在宁边州过完元宵节就实施这一计划。

临出发前，天祚帝再次采纳萧莫娜的建议，将部队分成三拨：一拨五千人，带着大悲奴等官员由宁边州向西，过金肃军与河清军，穿越毛乌素沙漠前往乌兰木伦河流域；另一拨也是五千人，带着所有官员的家眷及王室卤簿文书向北过长城，经白道坂入凉城，然后过奄遏下水湖前往白水泺。大金军的三大军团分布在西、北、南三面，这两支向西、向北的部队沿途会遭遇恶战，但也能牵制大部金兵主力。他们若能突围成功，则西路军可入西夏，北路军可入漠北寻找耶律大石的军团。当然，这两支部队最重要的任务是掩护天祚帝向东突围。

三支部队几乎是元宵节前一天同时开拔。天祚帝亲率的这一支部队是装备最为精良的禁卫军，只有三千人。如果甩掉辎重，轻骑作战，这三千勇士以一当十，倒也是一支所向披靡的王者之师。但是，固执的天祚帝一定要带上他喜爱的金银财宝、古玩字画以及佛像法器。当然，那九只尖喙利爪的海东青也必须随军行动。从夹山出发时，运载这些物品一共使用了五百辆大车，现在通过精减，仍有二百辆。这些大车严重影响了部队行军的速度，加之一路的积雪与坚冰，部队第一天才走了不到三十里地。

应该说，萧莫娜的计策的确起到了作用。那两支向西向北的部队出城不久就遭到了金军的堵截，求生的渴望让辽军特别英勇，因此给大金军一个误判，即这两支部队是辽军的主力，于是金军调集更多的部队前来围剿，这样就给天祚帝的突围赢得了时间。怎奈这支禁卫军为两百车辎重所累，行军速度如蜗牛一般。大约十天以后，西路与北路的两支部队均被击溃，从俘获的大臣及家眷口中，金兵得知天祚帝并不在这两支队伍里。于是，大金军开始在整个防区内搜索天祚帝的下落。不久，完颜娄石的部队就在山阴县境内发现了辽军。其时，禁卫军正在设法将两百辆马车的辎重卸下来，肩挑背驮渡过灰河。完颜娄石即刻指挥部队掩杀过去，辽军猝不及防，一战之后，禁卫军失去了八百名将士。随后在断后的千名战士拼死抵抗之下,天祚帝成功突围，但危机并没有解除。得知消息的大金军全部赶到了这里，本在大同城中坐镇指挥的完颜宗翰也到了应州。一路上，天祚帝尽量避开城镇大道，但毕竟还有上千人，很难不走漏消息。昨天，禁卫军再次与完颜娄石的部队遭遇,这一仗不但让禁卫军减员过半,更是丢掉了大批物资，最重要的是所有的粮草给养全都失去了。临近天黑的时候，一个更大的噩耗传来：浑源、广灵、蔚县三县的知县及领兵的长官，因为遭人揭发，被完颜宗翰派兵全部诛杀，如今，这三个县里驻扎了三万多名大金军……

到此，天祚帝的希望全都破灭，当他误将西风寨当成楼凤寨而决定在此歇息时，他已放下了所有的傲慢与任性。他滚下马鞍，然后亲自把疲惫的萧莫娜扶下马来，附在她耳边轻声说："这里叫棲凤寨，你是人间最美的金凤,为了你,我决定在这里住一晚上。"萧莫娜没有吭声，他随天祚帝走进了一家农舍——据张宝成说，这是棲凤寨最好的房子了，因为它有一个热炕。但房子里充满了刺鼻的尿溲味，触眼之处全是腌臜。一进房子，萧莫娜就几欲作呕，不要说住，她这一生连看都没有看过这样破败的卧室，但现在她没有选择。幸亏张宝成始终没有丢弃他们的被褥，将世间最奢侈的被褥搁放在最简陋的土炕上，不是一般人能体会到的落差与辛酸。这一夜，曾经的大辽国最有权势的两个人，应该有很多的话互相倾诉，但他们却都不言不语，只是互相依偎着，用不再激情燃烧的身子温暖着对方，直到天亮了，他们才唠起了闲嗑。

当天祚帝把脑袋埋在萧莫娜胸脯中默默地流泪时，萧莫娜没有推开他，过了一会儿，她才说："阿适，你多久没有哭了？"

天祚帝坐了起来，回答说："我不知道，我好像从来就没有哭过。"

"你爷爷驾崩时，也没有哭过吗？"

"没有。"

"其实，你就是号啕大哭也是应该的。"

"为什么？"

"一个王朝终结了。"

"啊，是的。"

天祚帝极不情愿地承认，萧莫娜本来还想说一句"咱俩的爱也要终结了"，但她怕刺伤天祚帝，忍了忍没说出来，只是问道："龙抬头的日子，是不是晴天？"

天祚帝站起来，从极小的窗子朝外瞧了瞧，回答说："是阴天，好像又要下雪了。"

萧莫娜摇摇头："龙没有抬头啊。"

天祚帝下了炕，一边穿衣服一边说："早上吃什么呢？听张宝成说，只剩下十几颗红枣。”

萧莫娜没有回答，却问：“阿适，雪地上的经堂，布置了吗？”

“昨晚上就对张宝成说了，应该布置了。”

“好。”萧莫娜这时也披衣坐了起来，她打量着房子里肮脏而又破旧的陈设，又说，“阿适，你帮我做件事吧。”

“好，你说。”

“你到野地里，替我铲一桶最干净的雪回来。”

“铲雪？”

“是的，你不要使唤手下，要自己去铲。”

“为什么？”

“我要用雪擦擦自己的身子。”

“那么凉……”

“阿适，你别说了，马上要去礼敬佛祖了，我的身子必须干净。”

萧莫娜说着，一双忧伤却依旧动人的大眼睛里闪出了泪花。

临近辰时，天祚帝与萧莫娜各吃了三颗红枣，然后手牵着手走出了那间低矮的农舍。天祚帝身穿衮冕皇帝服，这皇帝服分契丹、汉两种，皆为国初所定制度，视不同场合穿戴。今日天祚帝穿的是契丹样式的皇帝服。大辽帝装从功能划分：平居所穿平巾帻、襕袍为常服，举行国事活动所穿的绛袍为朝服，头戴金质七彩宝石盔、身着攮甲戎装、足蹬络缝乌靴的为田猎服，青衣为祭服，垂饰犀玉带错的赤袍为礼服。天祚帝今天穿的便是礼服，这是辽皇帝着装的最高规格了。只见他上身的玄衣，绣有日、月、星、龙、华虫、火山、宗彝八章，下身的纁裳，绣有藻、粉米、黼、黻四瑞，他头上戴着镶珠嵌玉的通天冠，脚上穿着贴有龙凤金饰的硬底皂靴。穿上这身衣服，他的威仪顿时又显现了出来。

走在天祚帝身边的萧莫娜，也破天荒地穿上了皇后的章服，只见她凤冠灿烂，额缀金花，上着刺绣百鸟朝凤图案的紫袄，下穿金玉、水晶、靛石等缀饰的盘紫绿裳，足蹬绣着海东青的黑色筒靴，外罩一领金黄的貂裘。看上去雍容华贵，光彩照人，不容逼视。萧莫娜穿的这身皇后的服装，并不是天祚帝赐予，而是她的夫君秦晋王耶律淳在燕京称帝时按大辽的国服制度给萧莫娜定制的。她一直将这套衣服带在身边。今天早上，她将这套衣服找出来穿在身上。天祚帝猜得出这套衣服的来路，但他没有吭声，在他心目中，萧莫娜早就是皇后了。

天空又飘起了雪花，天祚帝与萧莫娜始终手牵着手走在封冻的雪地上，他们向村外的旷野走去。现在，依然追随皇帝的禁卫军将士不多了，大概不到五百名。他们又冷又饿，排列成两行，尽量显得精神抖擞，向天祚帝与萧莫娜行庄严的注目礼。

村子外头的一片雪地上，四周插满了大辽国的军旗，中间有十几辆马车，这些马车的篷顶与围栏都被掀掉，车上陈列着大大小小的佛像。最大的三世佛高约八尺，分别坐北朝南摆放在雪地正中。在三世佛的周围，按照佛寺的菩萨、罗汉及护法诸神的陈列方式一一就位。很显然，这是一座以雪地为基，以天穹为顶的寺庙，天祚帝与萧莫娜要在这里——在龙首山下的这片旷野，在二月二龙抬头这一天的辰时，为大辽国也为他们自己做一场佛事。

一进入这片雪地，天祚帝就发现大辽国军旗的外面，密密麻麻的全是骑马的战士，他们手持刀枪，将雪地围得水泄不通。

天祚帝问张宝成："他们是谁？"

萧莫娜说："不用问了，该来的都来了。"

"啊，是吗？"

天祚帝这才看清大辽国军旗外面那些骑在马上的战士都穿着大金军的服装，他点点头，反而平静了。他走向站在三世佛前穿着大红袈裟等候他们的澄宇老和尚，双手合十，虔诚地问："老和尚，今天的佛事怎么做？"

澄宇看了看天祚帝，又看了看萧莫娜，两人的服装让他略略有些诧异，他想了想，回答说："我们来念诵大悲咒吧。"

天祚帝点点头，突然两手张开，仰起头对着苍穹呼喊：

嗡——
玛哈嘎拉
梭哈——

尽管天祚帝几乎是在嘶叫，但呼啸的北风还是把他的声音吞没了。

澄宇老和尚问："皇上，你在呼唤大黑天吗？"

"是的。"

"阿弥陀佛，皇上吉祥。"

萧莫娜跪倒在三世佛前，天祚帝也跟着跪了下去。

澄宇又说："只要心诚，大黑天无处不在。"

萧莫娜说："老和尚，今天弟子陪着大辽国第九位皇帝耶律延禧，在佛祖面前告别宗庙，告别社稷。他，还有我，有愧于这片土地，有愧于契丹的子孙，大辽的人民。大辽没了，这片土地还在，社稷还在；皇帝没了，但草原的儿女还在。我们在此向佛祖谢罪，我们没有照看好这片土地。但生生世世，我们永不离开这片土地，永远怀念这片土地。"

萧莫娜说着，泪下如雨。

天祚帝接着萧莫娜的话，继续说道："苍天在上，佛祖在上，我耶律延禧当了亡国之君，是咎由自取。我的土地一块一块地失去，像割我的心头肉；我的人民一拨一拨地流离失所，我的心在流血；我的将士们一个又一个战死沙场，我如同天天都在失去亲人。但后悔有什么用，有什么用啊！佛祖啊，我已是行尸走肉，请求你照顾好我身边的这个女人，她是我见过的最好的契丹女人，她是这世上最好的女王……"

"阿适！"萧莫娜打断了天祚帝的话头，将沉浸在自责与悲伤中的天祚帝扶了起来，说道，"现在，我们跟着老和尚念诵大悲咒吧。"

天祚帝点点头，两人跟着澄宇老和尚一边念咒，一边绕着三世佛转经。

念咒九遍，他们回到三世佛的正面敬香。此时，雪愈下愈密。辽、金两国的军旗在北风中猎猎作响，远处雪雾叆叇，不知是谁的战马因吸入了冷空气而嘶鸣起来。

趁天祚帝上香并与澄宇老和尚小声交谈的时候，萧莫娜从腰带上挂着的小绣袋里掏出一粒花生米大小的琥珀色的药丸子塞进嘴中。

天祚帝似乎有了某种预感，他忽然转过身来，一眼瞥见萧莫娜正在吞咽着什么，连忙嚷道：“莫娜，你在吃什么？”

萧莫娜这时已吞下了药丸，但药性尚未发作，她深情地注视着天祚帝，平静地说：“阿适，你心爱的女人，要回到草原上去了。”

说着，萧莫娜的脸色忽然涨得通红，身子软绵绵地就要倒下去，天祚帝赶紧上前抱住她。体力严重下降的天祚帝抱不住萧莫娜变得沉重的身躯，他趁势坐到了雪地上，萧莫娜躺在了他的怀里。

“你吃了什么？”天祚帝仍在追问。

萧莫娜为了不让天祚帝伤心，她尽量保持微笑说：“阿适，离开燕京的时候，我就准备了这颗升仙丸，它是草原上三种草熬出来的。萨满说，吞这颗升仙丸，走的时候不会七窍流血，不会很难堪。我是女人，即便是死了，也要死得美丽。”

天祚帝再一次老泪纵横，他抚摸着萧莫娜渐渐变得煞白的脸庞，哽咽着说：“莫娜，你……你为什么要死呢？”

“宁为玉碎，不为瓦……瓦……”

萧莫娜终究没有把话说完，头一歪，倒在天祚帝的怀中。

“阿弥陀佛！”

澄宇老和尚长叹一声，闭着眼睛，跪在三世佛前一遍又一遍地念起了往生咒。在场的禁卫军将士们目睹这凄婉而又壮烈的一幕，无不失声痛哭。

在哭声中，两名禁卫军战士从农舍中抱来了萧莫娜使用过的猩红羊毛毯，铺在天祚帝身边的雪地上，并协助天祚帝将睡着了一般的萧莫娜挪到羊毛毯上。

天祚帝在张宝成的帮助下站起身来，他拔出张宝成腰间的弯刀，在三世佛前的雪地上狠命地刨击。

“皇上，你要干啥？”张宝成问。

“让皇后入土为安。”

张宝成明白了天祚帝的意思，他命令士兵从村子里找来几把镢头，帮助天祚帝刨坑。

大半个时辰后，一个大约一丈多长六尺多深的土坑刨了出来，天祚帝跳了进去，平躺了一会儿，又下令：“再往下刨深一点，我不能让我的皇后睡在里面难受，坑底尽量要平坦，不能让皇后硌了脖子和腰。”

当士兵们按天祚帝的吩咐再次把土坑修整完毕时，天祚帝又跳了下去，将萧莫娜与他共同使用过的被褥一层层铺垫起来，差不多码了二尺多高。然后，他又躺在被褥上好长时间不起来。飞舞的雪片落满了他的龙袍。张宝成等将士央求他起来，他说：“我再给她暖暖土坑，这里头太凉了。”

不知又过了多久，他才答应将士们将萧莫娜的遗体抬了下来，他请求澄宇老和尚在上面替萧莫娜念超度的经文，自己又躺倒在已经放好了的萧莫娜遗体旁，喃喃自语道：“莫娜，我也不走了，我就在这里给你做个伴儿，免得你孤单。”

这时，坑上的将士们忽然骚动起来，张宝成俯下身子向他禀报：“皇上，大金军开始逼近了，他们的头儿完颜娄石给的期限是午时。现在，午时快到了。”

“啊，我不想走。”

“皇上，你若躺在这里面，五百名将士将会被屠杀。”

“唉，好吧，我起来。”

天祚帝小心翼翼地坐了起来，他用手拂去了落在萧莫娜脸上的雪花，突然他想起了什么，颤抖着从自己的脖子上取下那条由萧莫谛送来的虫珀项链，流着泪将他母亲唯一的遗物戴在萧莫娜的脖子上。然后，再往萧莫娜的身上盖了三床锦缎棉被，这才无限伤感地离开了土坑。

天祚帝靠着马车，不敢看将士们往土坑里填土。

当土坑填平，雪花飘落其上的时候，天祚帝听到了马蹄声，他循声望去，只见一位穿着铠甲的将军纵身下马。

“你是谁？”

“大金军金吾大将军完颜娄石。辽国皇上，末将得罪了。”

天祚帝突然间像换了另一个人，刚才还满脸哀戚的他，一瞬间就恢复了桀骜不驯的神情，他指着完颜娄石说：“小将军，你要善待我的将士们，还有我那九只海东青。”

完颜娄石单腿下跪行了军礼，说道：“请皇上放心，我一定会善待他们。”

天祚帝不再搭理他，而是径自朝前走去，一边走一边问：“走吧，孩子们，我的轺车在哪儿？”

2016 年 7 月 13 日写毕于武汉闲庐

图书在版编目（CIP）数据

大金王朝．第二卷，降龙的骑士 / 熊召政著．-- 武汉：长江文艺出版社，2016.11

ISBN 978-7-5354-9175-6

I. ①大… II. ①熊… III. ①长篇历史小说—中国—当代 IV. ① I247.5

中国版本图书馆 CIP 数据核字 (2016) 第 255281 号

大金王朝．第二卷，降龙的骑士

熊召政　著

选题产品策划生产机构 | 北京长江新世纪文化传媒有限公司
选题策划 | 金丽红　黎　波　安波舜
责任编辑 | 张　维　　装帧设计 | 郭　璐　　媒体运营 | 张　坚
内文制作 | 张景莹　　责任印制 | 张志杰　　法律顾问 | 张艳萍
总 发 行 | 北京长江新世纪文化传媒有限公司
电　　话 | 010-58678881　　传　　真 | 010-58677346
地　　址 | 北京市朝阳区曙光西里甲 6 号时间国际大厦 A 座 1905 室　　邮　　编 | 100028

出　　版 | 长江出版传媒 | 长江文艺出版社
地　　址 | 湖北省武汉市雄楚大街 268 号湖北出版文化城 B 座 9-11 楼　　邮　　编 | 430070
印　　刷 | 北京中科印刷有限公司
开　　本 | 710 毫米 ×1000 毫米　1/16　　印　　张 | 23.25
版　　次 | 2016 年 11 月第 1 版　　印　　次 | 2016 年 11 月第 1 次印刷
字　　数 | 297 千字
定　　价 | 48.00 元